KB038740

길 위의 X

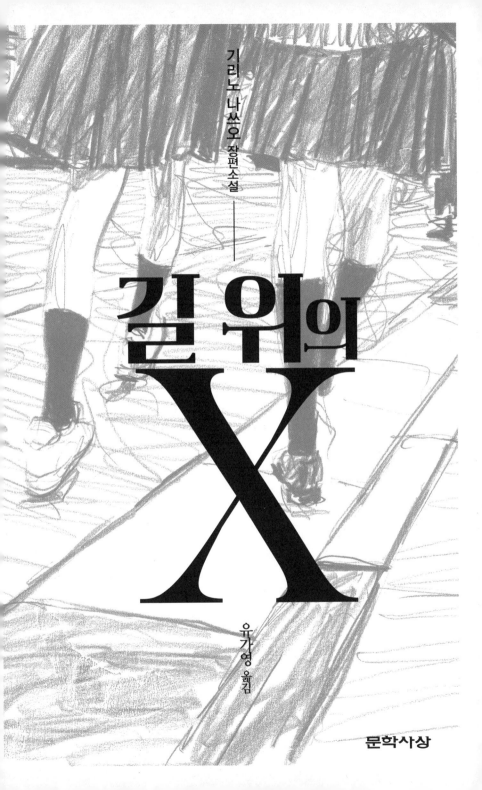

기리노 나쓰오 장편소설

길 위의 X

유가영 옮김

문학사상

■ 일러두기

한국어판 역주는 본문 안에 고딕 서체의 작은 글자로 처리하였으며 별도의 표기는 생략합니다.

차
례

제1장

마유

1

마유는 첫차로 '집'에 돌아왔다. 소리가 나지 않게 조심스레 현관문을 열고 안을 들어서자 늘 그렇듯 싸구려 소주 냄새가 진동했다. 또 작은아빠와 작은엄마가 서로 헐뜯고 싸우다가 술을 마시고 잠든 것이 분명했다. 소주 냄새에다 작은아빠가 피운 담배 냄새까지 나는 것 같아 마유는 자기도 모르게 인상을 찌푸렸다. 전철 안에서도 거의 자질 못해 무척이나 졸렸지만, 이 '집'은 들어올 때마다 바로 다시 뛰쳐나가고 싶어졌다.

작은아빠의 '집'은 지은 지 30년도 더 된 낡은 임대 아파트였다. 현관 바로 오른쪽에 좁은 화장실과 어둑어둑한 욕실이 있고 좁은 복도 끝에 4평 정도의 주방이 있었다. 주방은 이 '집'에서 가장 넓은 공간이었지만 식탁과 의자, 냉장고, 식기를 둔 선반, 박스째 사둔 생수와 쌀 포대 같은 것들이 어수선하게 놓여 있어 발 디딜 틈도 없었다. 식탁 위에도 조미료와 광고 우편물, 잡지 등이 어지럽게 쌓여 있었다. 가족들이 지내는 방은 주방 안쪽에 두 개 있었는데, 왼쪽 장지문 너머가 작은아빠 부부의 방이고, 그 오른쪽이 초등학생인 사촌 동생들의 방이었다.

마유는 사촌 동생들의 이층침대 옆에 이불을 깔고 잤다. 방마다 잡다한 짐과 옷가지들로 넘쳐나 마유의 책상을 놓을 공간 같은 건 없었기 때문에 마유는 '집'에서 공부를 해본 적이 없었다.

마유는 주방 커튼을 살짝 젖히고 밖을 내다보았다. 해는 이제 막 다 떠오른 참이었지만 벌써부터 초여름 햇살이 느껴졌다. 마유는 한숨을 내쉬었다. 애들 방에는 에어컨이 없어서 한낮까지 자다보면 방은 꼭 찜통처럼 더웠다.

싱크대에는 지난 밤에 사용한 컵과 접시가 잔뜩 쌓여 있었다. 그것을 곁눈질로 보면서 냉장고에서 보리차가 든 유리병을 꺼내 그대로 입으로 가져갔다. 사용할 수 있는 컵이 없었기 때문이다. 페트병에 든 보리차는 비싸다고 작은엄마인 사치에는 늘 티백으로 보리차를 끓였다. 언제 끓여 둔 것인지 알 수 없는 보리차에서는 조금 시큼한 맛이 났다.

배에서 꼬르륵 소리가 났다. 먹은 것이라곤 어젯밤 맥도널드에서 먹은 치즈버거 하나가 전부였다. 냉장고를 다시 열어보았지만 가지절임과 낫토納豆, 우리나라의 청국장과 비슷한 일본의 발효식품밖에 보이질 않았다. 하지만 채소 칸 안쪽에 아직 뜯지 않은 어묵이 숨겨져 있는 것이 보였다. 감춰놓은 것이 분명했다. 마유는 재빨리 어묵을 집어 교복 치마 주머니에 집어넣었다. 옷이 좀 눅눅해지겠지만 그런 것은 상관없었다.

전기밥솥을 열어보니 밥이 두 그릇 정도 남아 있었다. 누렇게 변색되고 말라비틀어진 것이 지은 지 며칠은 되어 보였지만 공복이었던 마유는 주저 없이 주걱을 들어 밥을 펐다. 막 한입 먹으려는데 갑자기 장지문이 활짝 열렸다.

"또 아침에 들어왔니?"

잠이 덜 깬 얼굴을 한 작은엄마가 방에서 나왔다. 마유는 황급히 밥솥 뚜껑을 닫았지만 작은엄마는 그것을 놓치지 않았다. 통통한 체형인 작은엄마는 티셔츠에 짧은 반바지만 입고 있었다. 눈썹은 다 밀어버린 데다 처진 눈초리에만 연장 시술을 받은 속눈썹이 묘하게 두드러져 무서웠다.

"뭐야. 너 그렇게 도둑년처럼 몰래 밥을 훔쳐 먹고 있었어? 어쩐지, 가끔 밥이 없어지더라니."

무안해진 마유는 아무 말도 하지 못한 채 우두커니 서 있었다.

"배가 고프기도 하겠지."

옆으로 다가온 작은엄마가 마유의 얼굴을 뚫어지게 쳐다보며 말했다.

"안 그래? 아침에서야 들어왔는데. 너 대체 뭘 하고 다니는 거야? 뭘 하기에 맨날 이렇게 늦게 들어와?"

"동아리 활동."

마유는 그렇게 대답한 뒤 해볼 테면 해보란 듯이 가슴을 폈다.

"아침까지 동아리 활동을 했다고? 웃기고 있네."

작은엄마가 인상을 찡그리더니 내뱉듯이 말했다. 삼십 대 중반인 작은엄마는 작은아빠의 두 번째 부인이었다. 첫 번째 부인은 집을 나가버렸는지 언제부턴가 보이지 않았다. 작은엄마는 첫 번째 부인보다 말투나 눈초리가 사나웠지만 소심한 작은아빠한테는 이래라저래라 일일이 간섭하는 작은엄마가 더 맞을 것이다.

"네가 언제부터 동아리 활동을 했는데? 너 누굴 바보로 알아? 거짓말인 거 다 아니까 말도 안 되는 변명은 집어치워."

"너라고 하지 마."

마유가 작은엄마를 밀치고 아이들 방으로 들어가려고 했을 때였다.

"뭐라고?"

작은엄마가 어깨를 붙잡았다. 뜻밖의 강한 힘에 마유의 몸이 뒤로 젖혀졌다.

"그만 좀 해."

잡고 있는 팔을 뿌리치자 작은엄마가 길길이 날뛰었다.

"뭘 그만해? 네 행동 하나하나가 우리 집에 얼마나 피해를 주고 있는지 알아?"

열린 장지문 너머로 작은아빠가 이쪽을 살피는 기색이 느껴졌지만 장지문은 스르륵 닫혔다. 작은엄마는 울화가 치미는 듯 방 쪽으로 고개를 돌렸다. 마유는 그 틈에 아이들 방으로 들어가려고 하다가 이번에는 교복 블라우스 소매를 잡혔다.

"기다려. 아직 얘기 안 끝났어."

"무슨 얘기?"

마주보고 서면 작은엄마가 마유보다 조금 작았다. 마유는 조금이라도 위압할 요량으로 발돋움을 하며 작은엄마를 노려보았다.

"네 태도 말이야. 더는 봐줄 수가 없을 지경이라고."

"그래서?"

"뭐? 그래서?"

작은엄마는 분을 못 참겠다는 듯 자기 허벅지를 주먹으로 치며 소리를 질렀다.

"네가 이렇게 늦게 들어오는 것도 그렇고, 오전 내내 자다가 다들 나가고 나서야 일어나서 돌아다니는 게 기분 나쁘단 말이야! 다른 식구들도 불만이 많아. 차라리 아르바이트라도 하면서 늦는 거면 또 몰라. 그리고 아르바이트를 할 거면 생활비라도 보태! 네가 훔쳐 먹는 밥값도 내고!"

"돈은 아빠가 처음에 다 줬잖아. 멋대로 갖다 써버린 건 당신들 아냐?"

자기도 모르게 날카로운 목소리가 나왔다.

"얘가 지금 무슨 소릴 하는 거야. 누가 들을까 무섭네."

작은엄마가 아연실색하며 말했다.

"찔리기는 하나 봐?"

"아니야. 네 아빠는 얼마 주지도 않았어. 그걸로는 턱없이 부족하다고."

마유가 반박하려고 하는 순간 장지문 너머로 작은아빠의 호통이 들렸다.

"시끄러워! 잠을 잘 수가 없잖아!"

"당신 조카잖아. 뭐 하자는 거야!"

작은엄마가 돌아보며 소리 지르는 틈에 마유는 아이들 방으로 들어가서 장지문을 힘껏 닫았다. 포기한 건지 작은엄마는 거기까지는 쫓아오지 않았다. 마유는 안도하며 책가방을 바닥에 내려놓았다. 이층 침대 아래층에서 자고 있던 에리가 그 소리에 깼는지 자기 엄마를 꼭 닮은 사나운 눈초리로 마유를 쏘아보았다. 큰딸인 에리는 12살 먹은 초등학교 5학년이고 위층에서 자고 있는 루나는 2학년인 9살이었다.

"내 이불 어디 갔어?"

에리는 대꾸도 않고 손가락으로 벽장을 가리켰다.

"일일이 치우지 마. 꺼내기 귀찮으니까."

마유가 불평하며 벽장에서 얇은 요를 꺼내자 에리가 차가운 목소리로 말했다.

"그렇지만 거치적거린단 말이야."

날선 에리의 말은 마유가 이 집의 모든 사람에게 미움받고 있다는 것을 새삼 느끼게 했다. 벌써 방 안의 온도가 높아지고 있는 것일까. 마유는 이마에 맺힌 땀을 닦았다. 조금 전의 말다툼 때문에 목이 말랐지만, 다시 주방에 나가려면 다들 외출할 때까지 기다려야 했다.

더위를 참고 이불을 머리끝까지 뒤집어쓴 마유는 교복 주머니에서 어묵을 꺼내 포장을 찢고 덥석 베어 물었다. 이불 속만이 유일하게 혼자 있을 수 있는 공간이었다.

문득 인기척이 느껴져 고개를 돌렸더니 에리가 이불을 들추고 안을 엿보고 있었다.

"이불 뒤집어쓰고 혼자 뭘 먹는 거야? 기분 나빠."

에리가 경멸스럽다는 듯이 말했다.

작은엄마가 언제 방으로 들이닥칠지 알 수 없었다. 마유는 잠도 자지 못한 채 여느 때처럼 이불 속에서 숨을 죽이고 '집' 일당의 동향을 살폈다.

에리와 루나는 서로 입을 옷을 갖고 싸우더니 가장 먼저 '집'을 나섰다. 두 사람은 늘 함께 등교하는 친구들이 있어서 '집'을 나서는 시간은 항상 7시 반으로 정해져 있었다. 그다음에는 작은아빠 야스시가 8시가 되기 조금 전에 '집'을 나섰다.

작은아빠는 마유 아빠보다 네 살 어린 동생이었다. 재건축 관련 회사에서 영업사원으로 일하다가 건강이 나빠져서 퇴직하고 요즘에는 공장에서 일하고 있었다. 하지만 좀처럼 정규직 전환이 되지 못하는 것에 불만을 품고 술만 마시는 통에 매일 밤 작은엄마와 싸우곤 했다. 그래서인지 아침에는 심사가 불편해 극단적으로 말수가 적었다.

"그러니까 당신이 좀 말해봐!"

싸우는 소리가 들렸다. 아침에서야 들어온 마유에게 주의를 주라고 작은엄마가 잔소리를 하는 모양이었다. 하지만 귀찮은 걸 싫어하는 작은아빠가 마유에게 설교 같은 걸 할 리가 없었다.

"내가 뭐라고 하면 되는데?"

어두운 목소리로 작은아빠가 물었다.

"간단하잖아. 외박하지 마라. 일찍 일어나서 학교에 가라. 이러면 된다고."

"그럼 당신이 말해."

"했어. 오늘 아침에. 근데 왜 내가 말해? 당신 조카니까 당신이 말해! 그 계집애 오늘도 아침에 들어와서는 뭐라고 변명했는지 알아? 동아리 활동이래. 동아리 활동은 무슨. 불량 동아리라도 들어 갔나 보지?"

작은아빠의 대답은 들리지 않았다.

"아침에 들어와서 점심때까지 자고 오후에 학교 가는 고등학생이 세상에 어디 있어? 있으면 나와 보라고 해. 이럴 바에는 차라리 학교를 그만두고 일이나 하는 게 낫지."

"그럼 어떻게 해?"

작은아빠의 성의 없는 대답에 작은엄마가 다시 격분했다.

"어떡하긴. 그 계집애 하는 꼴 좀 봐. 매사에 의욕도 없고 야무진 구석이라고는 눈 씻고 찾아봐도 없잖아. 보고 있으면 얼마나 짜증이 나는 줄 알아? 에리랑 루나한테도 나쁜 영향만 끼치잖아. 이젠 내보내는 수밖에 없다고."

나가고 싶은 것은 오히려 나야. 마유는 속으로 투덜거렸다. 내 책임은 요만큼도 없는데 어쩌다 이런 신세가 된 걸까. 서러움에 눈물이 날 것 같았다.

"출근하려는데 성가신 이야기 좀 하지 마."

작은아빠가 투덜거렸다.

"그럼 언제 말해? 밤에는 취해서 정신도 못 차리는 주제에."

잘한다. 싸워라, 싸워. 더 싸우고 확 헤어져버려라.

마유는 스마트폰을 꺼내 인터넷 창을 켜고 멍하니 바라보았다. 목이 말랐다. 빨리 주방에 가서 시원한 물을 꿀꺽꿀꺽 마시고 싶었다. 오줌도 싸고 싶었다. 자유롭게 뭐든 할 수 있는 것이 '집'인데 여기서는 무엇 하나 마음대로 할 수 없었다.

아빠랑 엄마는 지금쯤 어떻게 지내고 있을까. 어쩌면 둘 다 진작에 죽어버렸는지도 모른다. 그런 생각이 들자 마유는 불안해졌다. 하지만 곧 자신과 남동생이 버림받았다는 사실이 떠오르자 아빠 엄마는 아무래도 상관없다는 생각이 들었다. 그러는 사이 잠이 들고 말았다.

"앗, 큰일 났다. 몇 시지?"

땀범벅이 되어 잠에서 깬 마유는 황급히 스마트폰의 화면을 켜고 시간을 확인했다. 벌써 오후 1시였다.

귀찮지만 오늘도 학교에 가지 않으면 출석일수가 부족해질 것이다. 게다가 빨리 준비하지 않으면 작은엄마나 초등학교 2학년인 루나가 돌아올 시간이었다. 혼자만의 시간을 즐기고 싶었는데 그만 잠이 들고 말았다.

작은엄마는 파트타임으로 간병 일을 하고 있었는데 오전 중에 나가서 저녁 무렵에 돌아왔다. 상황에 따라서는 아침 일찍 나갔다 들어와서 저녁 때 다시 나가기도 했다.

마유는 구깃구깃해진 교복 블라우스와 스커트를 벗고 좁은 욕실에 들어가 서둘러 샤워를 했다. 작은엄마가 언제 돌아올지 모른다고 생각하니 초조해졌다. 전에 작은엄마의 샴푸를 썼다가 혼난 적이 있기 때문에 드럭스토어에서 받은 샴푸 샘플로 머리를 감았다. 남은 샴푸는 아깝지만 물에 흘려서 버렸다. 둘 곳이 없었기 때문이다.

욕실에서 나와 교복 블라우스를 갈아입었다. 땀에 젖은 블라우스는 늘 손으로 빤 다음 옷걸이에 걸어 방에서 말렸다. 세탁기를 몰래 쓰다 걸린 적이 있었는데 그때 작은엄마가 빨래가 많은 것도 아니면서 전기요금이 아까우니 손으로 빨라고 혼을 낸 것이다.

식탁에 빵부스러기가 떨어져 있었다. 아이들은 냉동실에 넣어둔 식빵을 구워서 절반씩 먹고 학교에 갔다. 마실 것은 보리차뿐이었다. 작은엄마는 아이들 학교에서 급식이 나온다는 이유로 아침밥은 그것밖에 주지 않았다. 하지만 토스트뿐인 아침밥도 마유의 몫은 없었다. 싱크대 모서리에 달린 음식물 쓰레기통에는 밥솥에 남아 있던 밥이 버려져 있었다. 날 유인하기 위한 함정이었던 거야? 마유는 마음이 아팠다.

스마트폰으로 시간을 확인하니 벌써 2시가 다 되었다. 지금 가봤자 출석 처리는 되지 않는다. 학교에 갈 이유가 사라졌다. 가야 할 곳도 있을 곳도 없었다. 마유는 한숨만 나왔다.

2

더 꾸물거리면 작은엄마가 돌아올 것이다. 공갈 협박이나 다름
없는 설교를 또 듣는 것은 질색이었다.

마유는 수도꼭지에 입을 대고 미지근한 물을 마셨다. 순간 심한
공복감이 밀려왔지만 서둘러 칫솔과 화장품이 들어 있는 책가방을
들고 '집'을 나섰다.

마유는 오후 4시부터 10시까지 도겐자카에 있는 라멘가게에서
아무도 몰래 아르바이트를 하고 있었다. 시급은 800엔밖에 되지
않지만 밥이 나오기 때문에 큰 도움이 됐다.

아르바이트가 끝나면 시부야에서 아침까지 시간을 보내고 그대
로 학교에 가는 경우가 많았다. 오늘 아침은 노래방에서 밤을 새고
있었는데 옆방에 있던 취객이 갑자기 들어오는 바람에 일단 '집'으
로 도망쳐온 것이었다.

계단을 뛰어 내려가는데 앞쪽 도로에 검은색 차 한 대가 세워져

있는 것이 보였다. 차 앞에 서 있는 초로의 남성이 임대 아파트 쪽을 힐끔힐끔 올려다보고 있었다. 갑자기 심장이 요동치기 시작했다. 설마 '이토 신이치'의 장녀를 찾으러 온 사람일까? '아무것도 모른다는 건 거짓말이지? 사실은 부모님이 어디 있는지 다 알고 있지?'라고 몰아대면 어떡하지? 걷잡을 수 없는 불안감에 마유는 계단 구석으로 잠시 몸을 숨겼다. 하지만 누굴 만날 약속을 한 건지 얼마 안 있어 나이 든 여성이 한 명 나타나 두 사람은 차를 타고 어디론가 가버렸다.

마유는 안도하며 털썩 주저앉았다. 지나친 생각이라는 것은 알고 있었다. 하지만 자신도 모르게 흠칫거리게 되는 것은 부모님이 빚을 갚지 못해 야반도주했기 때문이었다. 그게 2월 말이었으니까 벌써 4개월 전의 일이다.

중학교 졸업을 앞둔 마유는 이미 도내에 있는 중위권 사립여고 입학이 결정되어 있었다.

어느 날, 늘 어두운 얼굴이던 엄마가 갑자기 밝은 목소리로 "마유, 고등학교 입학 선물 사줄게, 갖고 싶은 게 있으면 말해봐"라고 말을 꺼냈다. 마유는 영어공부에 매진하고 싶었기 때문에 "전자사전"이라고 답했다. 그러자 엄마는 근처에 있는 전자제품 매장에서 3만 엔이나 하는 전자사전을 사주었다.

K시에서 레스토랑을 운영하고 있던 부모님은 요 근래 장사가 잘 안 되는 탓인지 매일 싸우기만 했다. 엄마의 선물을 받은 마유는 가게 경기가 좋아져서 부모님도 사이가 좋아졌나 보다 하고 기뻐했다. 오랜만에 즐거운 봄방학이 될 것 같은 예감에 마음이 들떴다. 올해 11살이 되는 남동생 료스케는 스마트폰을 사달라고 했지만

엄마에게 "그건 안 돼"라는 소리를 듣고 "뭐든 괜찮다며!"라고 짜증을 냈다. 스마트폰을 사줘봤자 통신비를 못 내면 무용지물이라는 것을 엄마는 알고 있었던 것이다.

마유에게 전자사전을, 료스케에게 게임기를 사준 날 밤, 부모님은 마유를 방으로 불렀다.

"이 집을 팔기로 했단다. 엄마랑 아빠는 돈을 벌러 멀리 나갈 거야. 마유는 작은아빠 집에서 맡아주기로 했으니까 거기에서 고등학교를 다니도록 해. 그래도 고등학교는 나와야 하니까. 그 정도 돈은 작은아빠한테 줄 거니까 걱정하지 않아도 돼. 료스케는 나고야 이모 집에서 맡아주기로 했어. 둘 다 반드시 데리러 갈 테니까 안심하고 기다려줘."

마유는 깜짝 놀랐다. 하지만 마음의 정리를 할 새도 없이 다음 날 나고야에 사는 엄마의 언니가 남동생을 데리러 왔다. 마유도 같이 가고 싶었지만 한창때인 남자 형제가 있어서 여자아이는 곤란하다며 거절당했다. 충격이었다. 어른들의 지나친 생각에 상처를 받을 수 있다는 것을 그때 처음 깨달았다.

마유는 부모님의 재촉에 어쩔 수 없이 약간의 소지품만 챙겨서 사이타마현 T시에 있는 작은아빠의 '집'으로 갔다. 언젠가 반드시 부모님이 데리러 올 것이라고 믿었기 때문이다.

그런데 그날 밤, 부모님은 도망치듯 행방을 감췄다. 야반도주였다. 집이 어떻게 되었는지는 그 뒤 한 번도 가보지 않아서 알 수 없었다.

부모님의 야반도주는 엄마한테 전화를 했다가 '지금 거신 번호는 없는 번호입니다'라는 안내음성이 나오는 바람에 깜짝 놀라 이모한테 전화를 걸어 처음으로 알게 된 사실이었다.

"네 부모님은 지금 빚 독촉 때문에 몸을 숨기고 있단다. 그러니까 너도 연락하고 그러면 안 돼. 그리고 예전 친구들과도 연락하지 않는 편이 좋겠구나. 빚쟁이들이 너희 행방을 찾고 있을지도 모르니까. 마침 고등학교에 올라갈 때라 얼마나 다행인지 몰라. 안됐지만 친구들과 연을 끊어야지 어쩌겠니."

료스케는 어떻게 지내는지 물어보려고 했을 때 수화기 너머로 남자아이들의 즐거워하는 웃음소리가 들렸다. 마유는 자신만 따돌려진 기분이 들어서 쓸쓸해졌다.

작은아빠 '집'에는 어렸을 때 한 번 가본 게 전부였다. 새 부인인 사치에도 처음 봤고 두 사람 사이에 딸이 둘이나 태어났다는 것도 처음 알았다. 마유는 물건이 어수선하게 널려 있는 주방에서 제대로 된 인사도 하는 둥 마는 둥 하며 작은아빠 가족과 처음 대면했다. 그때 입을 거의 열지 않는 작은아빠를 대신해 작은엄마가 말을 걸었다. 작은엄마는 조금 통통했지만 20대라고 해도 통할 것 같은 얼굴이었다. 그렇지만 나이보다 어려 보이는 얼굴이라고 해도 머리를 딸들과 똑같이 양 갈래로 묶고 있는 것은 어쩐지 징그러웠다.

"큰애가 에리고 작은애가 루나야."

어린 사촌들의 소개를 받은 마유가 인사했다.

"안녕? 난 마유라고 해. 너흰 몇 학년이니?"

"에리는 이번에 5학년에 올라가고 루나는 2학년."

"뭐 따로 배우는 거라도 있어?"

"우리 애들은 아무것도 안 해."

사촌들에게 물었는데 대답은 전부 작은엄마가 했다. 그리고 대화가 더 이상 이어지질 않아 마유는 어색함에 고개만 숙이고 말았다. 식탁에 손을 올렸다가 끈적거리는 느낌 때문에 기분이 나빴다. 음식물 찌꺼기와 소스 얼룩으로 더러워진 마룻바닥에 발을 딛고 있는 것도 싫었다. 작은엄마는 마유에게는 슬리퍼도 주지 않았다. 식탁 밑으로 서로 쿡쿡 찌르며 웃고 있는 어린 사촌들도 불쾌했다.

"마유 언니는 언제까지 우리 집에 있어?"

드디어 에리가 입을 열었다. 루나는 지루한 듯 손톱을 깨물고 있었다.

"고등학교에 다닐 동안만이야."

그렇게 답한 것은 작은아빠였다.

"지금 몇 학년인데?"

"이번에 고등학교에 들어가."

"그럼 앞으로 3년이네." 에리가 말했다.

그 자리에 있던 모두가 앞으로 3년이나, 라고 생각했을 것이다. 마유 역시 아무리 친척이라고 해도 조금도 친하지 않은 사람의 '집'에 살고 싶지는 않았다. 가능하면 혼자 살고 싶었다.

그날 밤, 작은엄마는 사립학교에 보낼 만큼의 돈을 받지 못했다며 근처에 신설된 공립학교에 들어가는 것이 좋겠다고 말했다. 당장 전학수속을 해준다기에 마유는 어쩔 수 없이 고개를 끄덕였다. 아빠한테 얼마를 받았는지 묻고 싶었지만 그런 부분에서는 아직 어린애라 좀처럼 말을 꺼내기가 어려웠다. 그래도 '집'에 살게 해주고 고등학교에 다니게 해주는 거니까 작은아빠 부부에게는 감사해야 한다고 마유는 생각을 고쳐먹었다. 차라리 고등학교를 그만두고 자립한다는 선택지도 없지는 않았다. 하지만 아빠가 말했듯이 무슨 일이 있어도 고등학교는 나오는 편이 좋을 것 같다는 생각이 들었다. 그리고 부모님과 연락을 취하기 위해서도 작은아빠의 '집'에 있는 편이 나을 것이었다.

약간의 희망을 품고 고등학교에 입학한 마유는 곧 큰 실망감에 좌절해야 했다. 수업 중임에도 잡담이 끊이지 않았다. 심지어 빙 둘러앉아서 떠드는 학생들도 있었다. 영어 시간에도 전자사전을 갖고 있는 것은 마유 혼자뿐이었다. 사전을 갖고 오기는커녕 사전을 본 적도 없는 학생이 대부분이었다. 옆자리에 앉은 여학생은 두 자릿수의 계산도 제대로 하지 못했다.

마유는 학교에서 전자사전을 숨기게 되었고 그런 마유에게 친구는 생기지 않았다.

무슨 일이 있어도 고등학교만큼은 나오고 싶었는데 그것조차 어려울 것 같다는 것을 깨달았다. 누구 하나 다정하게 대해주는 사람도 없고 있을 곳도 없었다. 마유는 학교에게마저 배신당한 기분이었다.

그래서 시부야로 나가 나이를 속이고 아르바이트를 시작한 것이다. 자유롭게 해줄 돈이 필요했다. 굳이 시부야까지 간 것은 좋아서라기보다 단지 '집' 근처에 있기 싫었을 뿐이었다.

시부야에 가면 자신과 비슷한 아이들이 많았다. 다들 초점 없는 눈빛으로 거리를 방황하고 있었기 때문에 어쩐지 안심이 되었다. T시에서 도부도조선을 타면 시부야까지 한 번에 갈 수 있어서 천만다행이었다.

3

운 좋게 직통을 타게 되어 평소보다 일찍 시부야에 도착했다.

마유는 당장이라도 비가 쏟아질 듯한 흐린 하늘을 올려다보았다. 비가 오면 오늘 밤에는 또 어디로 가야 하나. 걱정이 앞섰다.

역 앞의 교차로에서 신호를 기다리고 있자니 바로 정장 차림의 남자가 하나 다가왔다.

"저기, 시간 있어?"

처음에는 남자 어른이 말을 걸면 긴장해서 굳어버렸지만 이것도 매일 겪다 보니 완전히 익숙해졌다. 무시하고 내버려 두면 되는 것이다.

"너 고등학생이지? 괜찮으면 차라도 한잔하지 않을래?"

교차로를 건너는데도 남자는 계속 쫓아왔다.

"나랑 잠깐 얘기 좀 안 할래?"

곁눈질로 보니 30대 회사원 같아 보이는 남자였다. 안경을 쓴 얼굴이 묘하게 사람 좋아 보이는 인상을 하고 있었다. 하지만 여고생에게 말을 거는 남자들은 그 여고생을 다루기 쉽고 만만하게 여겨서 이런다는 걸 마유는 잘 알고 있었다. 용돈이 필요해서 남자들이 말 걸어주기를 기다리는 존재라고 여고생을 무시하고 있는 것이다.

전에 아르바이트가 끝난 후 돈이 없을 때 이런 남자를 따라 간 적이 있었다. 그때는 술집에서 같이 밥을 먹고 2천 엔을 받은 뒤 새벽 2시 조금 지나서 헤어졌다. 그리고 그 돈으로 24시간 만화방에 가서 시간을 보냈다. 어지간히 상대를 꿰뚫어보지 않으면 위험한 행동이지만 돈이 없거나 갈 곳이 없으면 어쩔 수 없었다. 그들이 데려가는 곳은 대개 술집이나 노래방 아니면 러브호텔이었다. 미유는 러브호텔까지 간 적은 없지만 노래방에서 추행당할 뻔한 적이 있었다.

혼자서 밤을 보낼 때는 PC방이나 만화방, 노래방에 갔다. 24시간 영업하는 패밀리 레스토랑이나 맥도널드에 갈 때도 있었지만 테이블에 엎드려 자는 것은 정말 고역이었다. 하지만 그런 곳이라도 '집'보다는 낫기 때문에 선잠을 자면서 첫차를 기다렸다. 아니면 첫차를 보내고 수업이 시작될 시간까지 있을 때도 있었다.

가게가 있는 언덕을 올라가자 이번에는 고등학생처럼 보이는 남자가 말을 걸어왔다. 머리를 뾰족하게 세우고 흰 셔츠에 검정 교복 바지를 골반까지 내려서 입고 있는 것이 경박스럽기 짝이 없는 차림이었다.

"저기, 나랑 안 놀래?"

단도직입적으로 물어오기에 고개를 저었다.

"왜? 왜 싫은데?"라며 남자는 포기하지 않고 다가왔다. "왜에? 왜?"

"아르바이트."

"원조 교제 같은 거?" 남자는 히죽거리며 말하더니 어딘가로 가 버렸다.

마유는 도겐자카 뒷골목에 있는 라멘가게 '겐베'의 건물 뒤쪽으로 돌아갔다. 좁은 바깥 계단을 올라 사무실 겸 직원 휴게실로 쓰이는 가게 2층으로 들어갔다.

"안녕하세요."

문을 열고 인사하자 사장인 기무라가 책상 앞에서 고개를 끄덕였다. 기무라는 마흔을 앞둔 뚱뚱한 남자로 직원들은 그를 '겐 씨'라고 불렀다. 유명한 가게에서 분점을 내준 것은 겐 씨의 성실함 덕분이라고 남자 직원들이 말하는 것을 들은 적이 있었다.

기무라는 마유가 16살밖에 안 된 고등학생이라는 것을 알면서도 어린데 고생이 많다며 선뜻 채용해주었고, 마유는 그것을 아직까지도 감사히 여기고 있었다.

사무실에 들어온 마유가 사물함에 짐을 넣고 있는데도 기무라는 나가지 않고 스마트폰을 보며 책상 앞에 앉아 있었다.

"죄송한데, 옷 좀 갈아입을게요."

"아, 미안, 미안."

기무라가 나갔지만 어쩐지 불안한 마음에 마유는 사무실 문을 잠갔다. 물론 기무라는 매상이 들어 있는 금고가 더 걱정이 됐을 것이다.

유니폼으로 갈아입고 문을 열자 바깥 계단에 아직 기무라가 서 있었다. 마유는 그 자리에 멈춰섰다.

"저기 마유, 요즘 아르바이트 끝난 다음에 뭐해?"

"집에 가는데요."

"정말이야? 요전에 맥도널드에 엎드려 자고 있는 거 봤어. 차로 지나가는데 이렇게 하고 자고 있는 게 보였거든."

기무라는 엎드려 있는 시늉을 내보인 다음 턱 부근을 굵은 손가락으로 문지르며 말했다.

"그게 뭐 어떻다는 건 아니야. 이렇게 말하면 좀 그렇지만, 어차피 남의 일이니까 쓸데없는 참견은 하고 싶지 않지만, 밤늦게 그러고 있는 거 위험하지 않아?"

마유는 깜짝 놀랐다. 설마 사장인 기무라가 걱정해줄 줄은 몰랐던 것이다.

"놀다가 늦어지면 맥도널드 같은 데서 자는 경우도 있긴 한데……"

마유는 말문이 막혔다. 놀아본 적이 없기 때문이다. 돈도 친구도 놀 수 있는 기회도 없었다. 마유는 그저 필사적으로 하루하루를 살아가고 있을 뿐이었다.

"그럼, 우리 가게는 12시까지잖아. 아무리 늦어도 1시에는 정리가 끝나고 다들 퇴근하니까. 만약 막차를 놓치거나 하면 이 휴게실에서 자도 돼. 문 안 잠그면 되니까. 그 대신 정말 급할 때뿐이야. 누굴 데려오거나 하면 안 돼."

"그럴 일은 없어요. 근데 정말 써도 돼요?"

기무라는 휴게실 안을 가리켰다.

"매상은 내가 야간 금고에 넣어두니까 괜찮아."

"감사합니다."

마유의 얼굴에 희색이 돌았는지 기무라도 흐뭇한 얼굴을 했다.

"뭘. 미성년자가 괜히 야밤에 돌아다니다 걸려서 우리 가게에서 일하고 있다는 말이라도 나오면 나중에 곤란해지니까."

그렇게 말한 뒤 기무라는 슬리퍼를 찰싹거리며 좁은 계단을 내려갔다. 사장은 그런 세세한 부분까지 생각하는구나, 하고 마유는 감탄했다.

하지만 아무리 생각해봐도 마유에게 너무 유리한 이야기였다. 마유는 밥을 먹는 내내 기무라의 진짜 의중이 무언지 생각하지 않을 수 없었다. 시부야에 혼자 있으려면 속지 않도록, 도둑맞지 않도록, 당하지 않도록 늘 마음을 다잡고 있어야 했다. 그럼에도 불구하고 시부야에 오는 것은 있을 곳이 없어도 거리를 방황하다 보면 어떻게든 시간을 보낼 수 있고 외로움도 잊을 수 있기 때문이었다. 조금 위험하긴 하지만 남자들이 끊임없이 말을 걸어오는 것도 그 순간만큼은 있을 곳이 없다는 사실을 잊게 해주었다.

"마유, 맛있니?"

주방에서 간을 보고 있던 기무라가 국자를 든 채 일부러 마유가 앉아 있는 곳까지 와서 물었다.

"네. 맛있어요."

오늘의 메뉴는 채소 수프와 달달하고 짭조름하게 삶은 돼지고기를 올린 대만식 돼지고기 덮밥이었다. 직원 식사는 기무라가 만들어주었고, 직원들은 카운터 끝자리에서 교대로 먹었다. 가게에서 일할 때 기무라는 세 명의 남자 직원에게 늘 호통만 치는 무서운 사장이었지만, 여자인 마유에게는 어째서인지 항상 자상하게 대해주었다.

"내가 만든 밥은 돈 주고도 못 사먹는 거니까."

기무라의 농담에 세 명의 직원 중 젊은 두 명이 몰래 웃는 것이 보였다. 기무라가 도마 앞으로 돌아간 뒤 한 명이 일부러 카운터 쪽으로 몸을 쑥 내밀고 마유에게 속삭였다. 이름이 구마가야라서 구마라고 불리고 있는 아르바이트생이었다.

"마유, 조심하는 게 좋아. 겐 씨는 어린 여자애들한테 환장하니까."

마유가 깜짝 놀라 기무라 쪽을 봤지만 기무라는 막 들어온 손님 두 명을 향해 "어서 옵쇼"라고 외치고 있었다. 그 소리에 구마도 황급히 돌아보며 인사를 했다.

카운터 좌석이 10개, 테이블은 3개밖에 없는 좁은 가게지만 점심시간에는 손님들이 줄을 설 정도로 꽤 인기가 있었다.

8시쯤 되자 결국 비가 내리기 시작했다. 아르바이트는 10시에 끝났지만 우산을 살 돈이 없었던 마유는 휴게실에서 세찬 빗줄기를 바라보며 망연자실해 있었다. 역에서 '집'까지 흠뻑 젖은 채로 걸어갈 생각을 하니 우울해졌다. 교복 스커트는 젖으면 갈아입을 여분이 없었다. 시부야에 있으려고 해도 만화방까지 가는 내내 흠뻑 젖은 채로 걸어가야 했고, 비가 오는 날은 어디든 붐비기 때문에 손님이 많으면 다시 다른 장소를 물색해야 했다. 차라리 없는 돈이라도 탈탈 털어서 가까운 러브호텔에 갈까? 이제 아무래도 상관없다는 생각이 들었다. 마유는 마음이 부서지는 것만 같았다.

계단을 내려가자 구마가 비닐우산을 들고 서 있었다.

"이거 써도 된대."

구마가 마유에게 손님이 두고 간 비닐우산을 건네줬다.

"어? 진짜요?"

"응. 겐 씨가 전해 달랬어."

그렇게 말하며 구마는 경박한 얼굴로 웃었다. 가게를 들여다보니 카운터는 취객으로 가득 차 있었고 기무라는 이마에 땀을 흘리며 분주히 일하고 있었다.

"손님이 찾으러 오지는 않을까요?"

"괜찮아. 다른 손님이 쓰고 갔다고 하면 되니까."

"그럼 잘 쓸게요."

구마는 뭔가 더 말하고 싶은 눈치였지만 마유는 가로막듯이 버튼을 눌러 우산을 펼쳤다. 그리고 역과는 반대 방향으로 걸어갔다.

비를 안 맞아도 되는 것은 고마웠지만 오늘 일은 왠지 이상한 불안감 같은 것이 느껴졌다. 구마가 말한 것처럼 기무라가 자신에게 뭔가 특별한 감정을 갖고 있는 거라면 어떻게 해야 할까 하는 불안감이었다. 겨우 얻게 된 아르바이트인데 성가신 일이 생기면 그만둘 수밖에 없었다. 그렇게 되면 어떡하지? 고등학교 학비와 교복 값, 교통비까지는 작은아빠가 내주었다. 엄밀히 말하면 부모님이 준 돈으로 내준 것이지만. 용돈이라고 주는 것은 작은엄마가 한 달에 2천 엔씩 주는 것이 전부였다. 그것만으로는 휴대폰 요금과 점심, 옷과 액세서리 비용까지는 도저히 감당할 수 없었다. 내년 수학여행은 아무리 애를 써도 못 갈 것 같아서 포기했지만 일상생활을 위해서라도 아르바이트는 해야만 했다.

불안과 망설임이 등 뒤로 드러난 걸까. 신호등 앞에서 멍하니 서 있자 곧바로 삐끼가 따라붙었다. 그가 쓰고 있는 투명한 비닐우산과 마유의 우산이 부딪쳤다.

"저기, 아르바이트 찾고 있는 거 아냐?"

전에도 마유에게 말을 건 적이 있는 남자여서 낯이 익었다. 영양 부족인지 깡마른 몸에 하얀 피부, 여장을 해도 위화감이 없을 만큼 가냘파 보이는 남자였다. 그에 반해 머리카락은 새까맣고 숱이 많아서 거기만 묘하게 남자다워 보였다.

"아니, 안 찾아."

남자는 JK여고생을 뜻하는 일본어 じょしこうせい의 약자 비즈니스의 삐끼인 것 같았다. JK 비즈니스는 여고생이 손님과 함께 산책을 하거나 노래방에 가거나 하는 일을 말하는데, 개중에는 음란한 마사지나 귀 파주기 같은 것도 있다고 했다.

"그래? 그럼 지금 어디 가는데?"

"몰라."

신호는 바뀌었지만 마유는 꾸물거렸다. 사실은 외로워서 누구라도 좋으니까 붙잡고 이야기하고 싶은 기분이었다.

"몰라? 그럼 잠깐 나랑 차라도 한잔하지 않을래? 이야기 들어줄게. 나라도 괜찮다면 조언도 해주고. 뭔가 도와줄 수 있을지도 모르잖아."

삐끼가 하는 말이니까 이것은 당연히 무슨 꿍꿍이가 있을 거란 생각에 아무리 외롭다고는 해도 경계심이 들었다. 시부야 거리에서 3개월을 보내다 보니 이 정도 감은 저절로 생겨났다.

"근데 좀 바빠서."

"정말이야? 어디로 갈지도 모른다며."

"그건 그렇지만……"

"아, 알았다. 나랑 같이 있는 게 싫은 거구나? 하긴 이름도 모르는 사람이니까."

삐끼가 웃으며 명함을 내밀었다.

"난 요네다라고 해."

비에 조금 젖어 있는 명함 위에는 세련된 글씨체로 '미스토라 프로모션 요네다 히로시'라는 이름이 적혀 있었다. 의도한 것인지 유독 크게 적힌 휴대전화 번호가 눈에 띄었다.

"뭔가 곤란한 일이 있으면 여기로 전화해. 슝 날아 갈 테니까. 정말이야. 이래봬도 나 꽤 든든한 사람이라고."

마유가 고개를 들어 바라보자 요네다는 진지한 눈빛을 하고 우산을 들지 않은 손을 휙휙 저었다.

"아니, 이건 일과는 별개야. 정말이야. 곤경에 빠진 여자애를 보면 그냥 못 지나치는 성격이거든. 너 무슨 고민 있지?"

대답을 망설이고 있자 옆에서 갑자기 허스키한 목소리가 끼어들었다.

"거짓말이야. 요네다가 하는 말 같은 거 믿지 마."

깜짝 놀라 옆을 보니 고등학생인 듯한 소녀가 서 있었다.

무더운 날씨인데도 블라우스 위에 하얀 브이넥 스웨터를 입고 있었다. 교복처럼 보이는 체크 미니스커트는 속옷이 다 보일 만큼 짧았다. 블라우스에 붉은색 큰 리본을 매고 있는 모습은 마치 애니메이션이나 게임에 등장하는 여고생 같았다.

노랗게 탈색한 긴 머리카락을 뒤로 늘어뜨리고 앞머리는 눈가를 덮을 만한 길이로 가지런히 정리되어 있었다. 연장 시술을 받았는지 길고 짙은 속눈썹 때문에 표정이 잘 보이지 않았지만 볼에는 정성들여 핑크색 블러셔가 발라져 있었다.

"이 자식이 너를 가게에 소개해주고 얼마를 챙길 거 같아?"

소녀는 친한 사이라도 되는 양 마유의 어깨에 손을 올리며 물었다. 블라우스 위로 소녀의 체온이 느껴졌다. 차가운 손이었다.

"글쎄." 마유는 고개를 저었다.

"10만 엔은 족히 챙기고도 남을걸? 그러니까 맥도널드에서 커피한 잔 사주는 것 정도는 이 자식한테는 아무것도 아니야. 속으면안 돼."

싱글거리며 보고 있던 요네다가 쓴웃음을 지으며 말했다.

"어이, 그쯤 해둬. 영업 방해라고."

"영업 방해라니? 네 마수에서 어리고 순수한 소녀 하나를 구했을 뿐이야."

"마수라니. 머리도 나쁜 주제에 어려운 말을 알고 있네."

"그 정도는 알아. 상식이잖아."

의외로 친한 사이인 듯 두 사람은 즐겁게 웃고 있었다. 곧이어요네다가 마유에게 손을 흔들었다.

"그럼 또 보자."

요네다가 떠나자 마유에게 소녀가 물었다.

"넌 이제 어디로 갈 거야?"

"만화방이나 PC방. 자리가 없으면 어쩔 수 없이 다른 데를 찾아서 밤새야지."

"아직 전철 다니잖아?"

소녀가 손톱으로 이를 쑤시며 말했다. 매니큐어가 벗겨져 드러난 손톱 색이 너무 옅어서 마유는 조금 놀랐다.

"그렇긴 한데, 집에 안 가고 바로 학교로 가려고."

"그래?" 소녀는 의외라는 듯 마유의 교복을 위아래로 훑어보았다.

"그거 어디 학교 교복이야?" 그렇게 묻고 곧바로 손을 내저었다. "아, 미안. 이런 거 물어보는 거 좀 촌스럽지? 어차피 모르는 학교일 텐데. 나도 그래. 가나가와 촌구석 학교거든."

"그래도 그 교복 귀여워."

"이거? 가게에서 산 가짜 교복이야. 손님을 받아야 하니까 일부러 갈아입은 거야. 원래 교복은 촌스럽고 구려. 네가 입고 있는 거랑 비슷할 거야."

소녀는 경멸하는 눈빛으로 마유의 교복을 바라보았다. 하루라도 빨리 고등학교를 졸업하고 자유로워지고 싶은 자신과는 달리 그렇게까지 해서 '여고생'으로 있고 싶어 하는 눈앞의 소녀를 마유는 이해할 수 없었다.

"난 노래방에서 밤샐 건데, 같이 안 갈래? 쿠폰이 많아서 싸게 갈 수 있어."

소녀의 말에 마유는 뛸 듯이 기뻤다.

"진짜? 살았다."

더할 나위 없는 제안이었다. 둘이서 내면 요금 부담도 줄어들 것이다.

"근데 너 못 보던 얼굴인데, 이름이 뭐야?"

횡단보도를 건너며 소녀가 물었다.

"이토 마유."

"마유구나. 난 미쿠. 그래서 다들 밋쿠라고 불러. 나중에 네 카톡 알려줘. 시부야에 나오면 다들 서로 돕고 그래. 밋쿠라고 하면 다 알 거야."

   K시를 떠난 뒤 처음으로 친구가 생긴 마유는 기쁜 마음에 밋쿠의 옆모습을 바라보았다. 그러나 그 순간 밋쿠의 입가에 주름이 보인 듯한 느낌이 들었다.

4

빗줄기가 조금 잦아들었다. 앞서 가던 밋쿠가 비닐우산을 살짝 기울여 하늘을 올려다보더니 뒤돌아 마유에게 물었다.

"근데 넌 몇 살이야?"

마유는 솔직하게 대답했다.

"막 17살이 됐어."

"17살이구나. 어쩐지 어려 보이더라."

밋쿠는 곁눈질로 재빠르게 마유의 전신을 훑었다.

"머리도 짧고 염색도 안 했고. 갓 고등학생이 된 느낌이랄까."

"기르고 있는 중이야."

"근데 짧은 게 더 잘 먹힐 거야. 그냥 쇼트커트로 있어."

밋쿠가 나른하게 말했다.

"잘 먹힌다니, 누구한테?"

"롤리타콤플렉스_{Lolita complex, 성인 남자가 어린 소녀에게만 성욕을 느끼는 콤플렉스.}"

"윽, 기분 나빠."

마유는 진저리를 쳤다.

"왜? 그런 남자들 속여서 돈만 챙기면 되잖아."

밋쿠는 유쾌한 듯 깔깔거리며 웃었다. 치열이 고르지 못한 입 안이 훤히 들여다보였다.

"밋쿠는 몇 살이야?"

제집 드나들듯 익숙하게 시부야 거리를 걷고 있는 밋쿠는 돌아보지도 않고 마유의 질문에 대답했다.

"난 고등학교 4학년."

"4학년?"

"어. 유급했거든."

20살짜리 고등학생. 어쩌면 밋쿠는 여고생 차림만 하고 있을 뿐 학교 같은 건 진작에 그만뒀는지도 모른다. 순간 그런 생각이 들었지만 차마 물어보지 못하고 마유는 질문을 삼켰다.

밋쿠는 마유에게 말했던 것처럼 시부야에 아는 사람이 많았다. 아직 고등학생 정도로 보이는 어린 여자애들이나 남자들과 스쳐지나가며 자주 인사를 나눴고 가끔은 멈춰 서서 이야기를 나누기도 했다. 밋쿠가 이야기를 나누면 마유는 우산을 든 채 옆에서 기다리고 있었다. 개중에는 "이 애는 누구야?"라고 마유를 가리키는 여자애도 있었다. 사람이 그리웠던 마유는 내심 소개시켜주길 바랐지만 밋쿠는 어깨를 으쓱할 뿐 아무 말도 하지 않았다. 마치 소개할 만한 가치도 없는 아이라는 의미인 것 같아서 섭섭한 마음이 들었다.

밋쿠는 특별한 목적지도 없이 걷고 있는 것 같았다. 그 옆을 따르는 마유의 어깨가 젖어 들었다. 아무리 무더운 6월이라고 해도 몸이 싸늘해졌다. 어디에 있는 노래방으로 갈 생각인지 물어보려는 순간 밋쿠가 도겐자카 도로변에 있는 편의점 위층의 패밀리 레스토랑을 가리켰다.

"저기서 뭐 좀 먹고 가지 않을래?"

마유는 6시에 가게에서 저녁을 먹긴 했지만 사실 벌써 배가 고팠다. 하지만 밥을 사 먹으면 노래방에서 밤을 새기에는 돈이 빠듯할 것 같았다. 리필이 되는 음료만 시켜도 될까.

"어? 괜찮긴 한데⋯⋯"

주저하고 있자 밋쿠가 긴 속눈썹 아래로 시선을 던졌다.

"아, 미안. 마유는 돈이 없구나. 괜찮아. 내가 낼게."

"어? 진짜? 사주는 거야?"

"응. 이 빗속에 혼자서 갈 데도 없잖아. 널 보면 왠지 버려진 고양이 같아서 내버려 둘 수가 없네. 필사적이라는 느낌이 딱하기도 하고."

버려진 고양이라는 말은 너무나도 정확한 표현이었다. 부모님이 사라진 뒤 처음으로 타인의 친절을 받은 마유는 눈물이 날 것 같았다.

"고마워."

"신경 쓰지 마."

밋쿠의 재촉에 패밀리 레스토랑 계단을 올랐다. 입구에 개별로 잠글 수 있는 우산꽂이가 있었다. 마유는 도둑맞을 것을 우려해 자물쇠를 잠갔지만 밋쿠는 아무렇게나 꽂아두었다.

"내 게 없어지면 다른 사람 걸 가져가면 되잖아."

"그런 거 별로 안 좋아해."

"마유는 참 착실하네."

밋쿠는 비꼬듯이 말하고 먼저 가게로 들어갔다. 늦은 밤인데도 비 때문인지 가게는 거의 만석이었다. 밋쿠는 망설임 없이 흡연석으로 향했다.

"담배 피워?"라는 질문에 마유는 고개를 저었다. "그래, 안 피우는 게 나아. 그래야 쓸데없는 돈이 안 들 거든."

흡연석에 밋쿠와 마주보고 앉은 마유는 담배에 불을 붙이는 밋쿠의 얼굴을 정면으로 바라보았다. 설치류처럼 앞니가 도드라진 작은 얼굴이었다. 눈 주위로 새까맣게 아이라인을 칠한 데다 속눈썹까지 길게 연장해서 원래 눈 크기를 가늠하기 어려웠다.

밋쿠는 테이블에 설치된 콘센트에 스마트폰 충전 잭을 연결한 다음 담배 연기를 내뿜으며 사진이 첨부된 메뉴판을 마유에게 건넸다.

"뭐 먹을래? 좋아하는 걸로 시켜."

"정말 얻어 먹도 돼?"

"친해진 기념으로 쏘는 거니까 뭐든 말해봐."

밋쿠가 입을 벌리고 웃었다. 담배 필터에 핑크색 립스틱이 덕지덕지 묻어 있었다.

"그럼 비프스튜로 할게." 마유는 조심스럽게 말했다.

"흐음, 마유는 고상한 음식을 좋아하는구나?" 밋쿠가 놀렸다.

비프스튜는 가끔 먹고 싶다고 꿈꾸는 음식 중 하나였다. 엄마가 잘 만들던 음식이었기 때문이다. 아빠가 새로 시작한 레스토랑 일을 도우면서부터는 거의 안 만들어주기는 했지만.

밋쿠는 치즈가 들어간 함박스테이크를 주문하고 마유 쪽으로 몸을 돌렸다.

"근데 마유는 왜 집에 안 들어가? 그러니까 요네다 같은 녀석이 들러붙는 거잖아."

작은아빠네 '집'을 집이라고 할 수 있을까.

그 집에 간 첫날, 아무도 마유가 쓸 방을 알려주지 않았다. 마유는 작은아빠 가족과 어색한 인사를 나눈 뒤로 계속 주방 의자에 앉아 있었다. 작은엄마는 딸들을 데리고 외출해버렸고 작은아빠는 휴일이라며 침실에 틀어박혀 나오지 않았다. 분명 술을 마시다 잠이 들었을 것이다.

작은엄마는 저녁이 다 되도록 돌아오지 않았다. 어둑어둑해진 주방에서 마유는 스마트폰을 들여다보거나 소지품을 정리했다. 그러나 소지품이라고 해봤자 당장 갈아입을 옷과 속옷 몇 벌, 스마트폰 충전기, 학용품, 전자사전이 들어 있는 배낭 하나가 전부였다. 세뱃돈을 저금해둔 통장도 들고 왔지만 잔액은 5만 엔이 채 되지 않았다. 현금은 집을 나설 때 엄마가 쥐어준 3만 엔이 다였다.

좋아하는 만화책, CD, 코트, 원피스, 티셔츠 전부 집에 놓고 왔다. 하긴 가져왔다고 한들 작은아빠 '집'에 그것을 놓아둘 공간 같은 건 없었을 것이다. 그래도 그때는 희망이 있었다. 여기에 있는 건 잠깐일 뿐 곧 부모님이 데리러 올 거라고 믿었다.

"거기 마유니?"

주방이 완전히 캄캄해지고 나서야 작은아빠가 침실에서 나왔다. 불쾌한 얼굴에 머리는 흐트러져 있었다. 작은아빠는 불을 켜고 돌아서며 말했다.

"캄캄한데 거기 앉아서 뭐하니? 깜짝 놀랐잖아. 불이라도 켜고 있지 그랬어."

"죄송해요."

질책 섞인 말투에 마유는 허둥대며 사과했다. 어릴 때 몇 번 본 게 전부라 마유는 아직 작은아빠가 낯설었다.

"우리 집은 좁아서, 솔직히 말하면 나도 입장이 난처해. 사치에가 화가 많이 났거든."

이제 와서 그런 말을 한들 어쩌라는 것인가. 마유도 여기가 아닌 다른 곳으로 가고 싶다고 간절히 바랐지만 달리 갈 곳이 없다는 것쯤은 잘 알고 있었다.

"제가 어떻게 하면 될까요?"

"일단은 사치에가 하는 말에 거스르지 말고 따라줄래?"

"그럴게요."

작은아빠가 선심 쓰듯 텔레비전을 켜주었다. 마유는 보고 싶지도 않은 프로그램을 계속 봐야 했지만 채널을 바꿀 용기는 없었다.

한 시간쯤 뒤 작은엄마가 두 딸을 데리고 돌아왔다.

"다녀왔습니다. 저녁은 밖에서 먹고 왔어."

에리가 작은아빠가 있는 침실을 향해 소리쳤다.

"아빠, 도시락 사왔어."

루나가 침실로 뛰어 들어갔다. 식탁 위에 놓인 것은 편의점 도시락 두 개였다. 감사히 받아야 했지만 마유는 실망감을 감추지 못했다. 자신이 환영받지 못한다는 것을 알아차렸기 때문이다.

"너희 집에선 더 맛있는 걸 먹었겠지? 미안하지만 우리 집에선

이게 진수성찬이야. 마유네 엄마가 잘 만드는 음식은 뭐였니?"

비아냥거리는 걸 깨닫지 못하고 마유는 솔직하게 대답했다.

"비프스튜요."

"엄마, 비프스튜가 뭐야?"

에리가 곧장 큰 소리로 물었다.

"정말 맛있는 음식이란다. 엄마는 만들 수도 없을 만큼 호화로운 음식."

"진짜?" 루나가 의아한 얼굴로 마유 쪽을 보았다. 굴욕과 인내의 날들이 시작된 순간이었다.

그날 일을 떠올린 마유는 치밀어 오르는 분노를 참지 못하고 저도 모르게 양손으로 얼굴을 덮었다.

"왜 그래?"

밋쿠가 의아한 듯 마유의 얼굴을 들여다보았다.

"아무것도 아니야."

"울어?"

"설마. 우는 거 아니야."

밋쿠가 모르는 체하고 충전 중인 스마트폰을 만지작거리는 사이 주문한 음식이 나왔다.

마유는 스푼으로 비프스튜를 떠먹었다. 엄마가 만든 것보다 간이 세서 별로였지만 그리운 맛이 났다. 밋쿠는 서툴게 포크와 나이프를 쥐고 함박스테이크를 반으로 갈랐다. 치즈가 주르륵 흘러나왔다.

"우와, 맛있겠다." 밋쿠가 감탄을 하더니 마유에게 물었다. "좀 전에도 물어본 건데, 왜 집에 안 들어가는 거야?"

"작은아빠네 집이거든."

"왜 작은아빠네 집에서 살아?"

"부모님이 야반도주하셨어."

"아, 그렇구나." 밋쿠는 어깨를 움츠렸다. "근데 그런 애들 많아. 그냥 혼자 사는 건 어때?"

"어떻게?"

마유는 밋쿠의 얼굴을 보았다. 밋쿠는 개처럼 얼굴을 접시에 박고 함박스테이크를 먹었다.

"쉬워. 여고생이잖아."

"그래도……"

"여고생은 인기가 좋아."

어른 남자들한테나 그렇겠지. 시부야 교차로에 서 있으면 불쑥 다가와서 말을 거는 그런 남자들.

"난 그런 거 싫어."

"무슨 소리야. 돈을 벌 수 있는데. 있을 곳도 마련할 수 있고."

있을 곳? 마유의 마음속에서 뭔가가 불쑥 고개를 치켜들었다.

"얼마나 벌 수 있는데?"

"그건 너 하기 나름이지. 일에 따라 다르겠지만 하루에 2만 엔은 확실히 벌 수 있어. 그럼 만 엔 넘게 저금할 수 있잖아. 아직 미성년자라 방을 구하기는 쉽지 않겠지만 그건 어떻게든 될 거야. 그런 거 주선해주는 사람도 많이 알고 있거든."

마유는 화가 나서 말했다.

"아무리 그래도 매춘은 싫어."

"몸을 팔라는 게 아니야." 밋쿠도 언성을 높였다. "그런 거 안 해도 얼마든지 돈 벌 수 있는 방법은 있어."

"어쨌든 난 그런 거 하고 싶지 않아."

마유가 단호하게 말하자 밋쿠는 버릇인 듯 좁은 어깨를 움츠렸다.

"그래. 솔직히 말하면 나도 그쪽 일을 하지 않는 게 좋다고 생각해. 힘 내."

밋쿠는 밥에 소금을 듬뿍 뿌린 뒤 서툰 포크질로 떠먹기 시작했다. 포크 가장자리로 밥이 부슬부슬 떨어져 내렸다. 다 먹으려면 시간이 걸릴 것 같았다.

마유가 쳐다보고 있자 밋쿠는 멋쩍은 듯 웃었다.

"소금 뿌린 밥을 좋아해."

"맛있어 보이네."

마유는 침을 삼켰다.

"너도 이렇게 먹어?"

마유는 천천히 고개를 저었다. 그렇게 하고 싶어도 할 수가 없었다.

"아아, 다이어트를 하는구나." 밋쿠가 멋대로 오해했다.

작은아빠네 저녁식사는 슈퍼마켓에서 세일하기를 기다렸다가 사온 반찬이 대부분이었다. 탄수화물이나 튀김 종류가 대부분이고 육류나 샐러드는 거의 올라오지 않았다. 밥은 집에서 지을 때도 가끔 있었다. 하지만 밥을 하더라도 마유는 배불리 먹어본 적이 없었다.

작은엄마가 내미는 밥그릇에는 밥이 늘 절반밖에 담겨 있지 않았다. 밥 반 공기에 크로켓 한 조각이 전부인 저녁식사는 턱없이 부족했다. 게다가 아침밥은 아예 주지도 않았다.

　마유는 배고픔을 참지 못해 등하굣길에 군것질을 하게 되었다. 작은엄마가 준 용돈 2천 엔은 순식간에 사라졌고 원래 갖고 있던 돈도 금세 바닥이 났다. 6, 7만 엔은 되었던 저금도 이제 만 엔 정도밖에 남지 않았다. 휴대전화 요금 때문에 거기에는 더 이상 손을 댈 수 없었다.

　작은엄마는 도시락을 싸주지도 않으면서 주방을 쓰는 것도 허락해주지 않았다. 그래서 직접 도시락을 쌀 수도 없는 마유는 빵 하나로 점심을 때우거나 굶어야 했다.

　자신이 있을 곳이 없다는 것도 괴로운 일이었지만 한 번도 배를 곯아 본 적이 없기 때문에 허기를 참는 것이 가장 고통스러웠다.

5

밋쿠의 스마트폰이 울렸다. 밋쿠는 발신자를 확인한 뒤 포크를 놓고 전화를 받았다.

"어떻게 됐어?"

전화 너머로 여자 목소리가 새어 나왔다. 밋쿠는 갑자기 화난 말투로 쏘아붙이고 자리에서 벌떡 일어섰다.

"내가 어떻게 알아? 네 탓이잖아."

친구 전화일까. 무슨 일인지 티격태격하는 것 같았다. 밋쿠가 자리를 떠버리자 마유는 먹다 만 음식 앞에 방치된 꼴이 되고 말았다.

"식사 다 하셨습니까?"

젊은 웨이터가 다가와 어색한 억양으로 물었다. 외국인인 듯했지만 어느 나라인지는 알 수 없었다.

"아직 다 안 먹은 것 같아요."

마유가 제지하자 그는 어깨를 움츠리고 가버렸다.

10분쯤 지나 밋쿠가 돌아왔다. 그러고는 아무 일도 없었다는 듯 자리에 앉아 다 식은 함박스테이크와 밥을 먹기 시작했다. 함박스테이크에서 흘러나온 치즈는 한참 전에 노랗게 굳어 있었다.

"있잖아. 노래방 가지 말고 여기에서 밤새면 안 될까?"

새벽 5시까지 영업하는 건 노래방과 똑같았지만 패밀리 레스토랑에서는 누워 있을 수가 없었다. 노래방 소파에서 몇 시간이라도 눈을 붙이려고 했던 마유는 낙담했지만 선택의 여지가 없었다. 밥을 얻어먹은 것만으로도 운이 좋은 밤이었으니까.

"괜찮아, 상관없어."

"먼저 가자고 해놓고 미안해. 친구가 올지도 몰라서 이쪽이 더 나을 것 같아."

식사를 마친 밋쿠가 냅킨으로 입가를 닦으며 사과했다.

"신경 쓰지 마."

"정말 미안해. 맞다. 샐러드랑 무한 리필 되는 음료도 주문해. 그리고 여기서 스마트폰도 충전해두고."

밋쿠가 샐러드와 음료를 주문해주었다. 식사에 곁들여 나온 양배추 샐러드만으로는 부족했기 때문에 마유는 오랜만에 신선한 채소를 마음껏 먹을 수 있는 것이 기뻤다.

채소를 수북이 담은 접시를 들고 자리로 돌아오자 밋쿠는 엄청난 속도로 문자를 보내고 있었다. 마유를 슬쩍 올려다볼 뿐 아무 말도 하지 않았다.

"고마워, 샐러드 잘 먹을게."

마유가 감사 인사를 했지만 밋쿠는 문자에 몰두하고 있는지 아무런 대꾸도 하지 않았다.

양상추와 오이를 배불리 먹은 마유는 홍차를 탔다. 향이라고는 조금도 나지 않는 티백 홍차였지만 그마저도 귀했던 마유에게는 맛있게 느껴졌다.

홍차를 마신 뒤 마유는 자리에 기대어 눈을 감았다. 패밀리 레스토랑의 문이 열릴 때마다 쏴아아 하는 빗소리가 들렸다. 그러는 사이 깜빡 잠이 든 모양이었다. 소곤거리는 여자 목소리가 들려서 눈을 떴다.

밝은색으로 탈색한 긴 머리를 허리께까지 늘어뜨린 소녀가 밋쿠 옆에 앉아 있었다. 긴 앞머리를 가지런하게 잘라서 소심해 보이는 쳐진 눈이 두드러졌다. 밋쿠와 비슷한 교복 차림에 애니메이션에서 튀어 나온 듯한 하늘하늘하고 부러질 것 같이 가녀린 몸매였다.

"헐, 그거 완전 어이없지 않냐?"

"어, 진짜 말도 안 돼."

밋쿠는 웃지도 않고 "헐, 어이없어"를 반복했다.

"근데 미나는 대체 어디로 간 거야?"

"몰라." 나중에 온 소녀가 심드렁하게 대답했다.

"모른다니, 너무 무책임한 거 아냐? 아, 완전 열 받아."

밋쿠가 난폭한 말투로 말하다가 마유가 깬 것을 알아챘다.

"어, 일어났어? 소개할게. 얜 시오리야."

시오리는 밋쿠와 이야기할 때보다 한 옥타브 높은 목소리로 인사했다. 마치 옷가게 판매원 같은 말투였다.

"안녕, 난 시오리야."

"마유라고 해."

인사가 끝나자 밋쿠가 시오리에게 설명했다.

"마유는 아직 고등학생인데 집에 들어가고 싶지 않대."

"그래서 여기에서 밤새고 있는 거구나."

"맞아, 맞아." 밋쿠가 고개를 끄덕였다. 시오리가 마유 쪽을 가리켰다.

"근데 마유는 중학생으로도 보이니까 좀 위험하겠다."

"맞아, 완전 위험해."

밋쿠가 동의하면서 가게 안을 둘러보았다. 패밀리 레스토랑은 거의 만석이었다. 젊은 남녀들이 스마트폰을 보거나 기대어 앉아 눈을 감고 있었다. 테이블에 엎드려 있는 사람에게는 조금 전의 억양이 어색한 웨이터가 주의를 주며 돌아다니고 있었다.

"뭐가 위험한데?"

마유가 묻자 밋쿠와 시오리는 얼굴을 마주 보았다.

"선도 말이야. 넌 아직 걸린 적 없지? 딱 보면 알아. 선도에 걸리면 부모님이나 학교에 연락이 가거든."

부모님은 실종 상태니까 작은아빠 부부에게 연락이 갈까?

마유는 화를 낼 작은엄마의 모습을 상상했다. 선도를 계기로 '집'에서 나올 수 있다면 좋겠지만 오히려 감시와 관리가 심해진다면 감옥이나 다를 바 없을 것이다. 작은엄마가 화내고 협박하는 모습을 보고 있으면 조만간 말이 아니라 손이 나올 것 같다는 느낌이 들었다.

그 '집'에는 자신의 책상도 없고 옷을 넣어둘 서랍장도 없으며 혼자 있을 수 있는 것은 화장실에 들어갔을 때뿐이었다. 차라리 화장실에서 지낼까도 생각해봤지만 청소도 제대로 되어 있지 않은 화장실에 오래 있는 것은 도저히 견딜 수 없을 만큼 고역이었다.

"어, 방금 엄청 싫은 표정 지었지?"

밋쿠가 눈치 빠르게 마유의 얼굴을 가리켰다.

"정말 싫어. 작은엄마가 완전 심술궂거든. 밥도 제대로 안 주고 용돈도 쥐꼬리만큼 줘. 집이 좁으니까 밖에 좀 나가라는 식으로 매몰차게 구는 주제에 내가 여기서 시간 때우다 들어가면 아침까지 뭐 했냐고, 행실이 나쁘다고 뭐라고 그래. 뭘 어쩌라는 건지 모르겠어."

"용돈은 얼마나 받는데?"

"한 달에 2천 엔."

"헐. 요즘 같은 시대에 2천 엔? 그것도 일종의 방임 아냐?"

밋쿠가 어이없다는 듯이 눈을 부라렸다.

시오리가 밋쿠의 반응을 살피며 아부하듯 동조했다.

"진짜 말도 안 된다."

"그럼 넌 어떻게 시부야에 오게 된 거야?"

밋쿠가 묻자 마유는 솔직하게 대답했다.

"도겐자카에 있는 라멘가게에 아르바이트 모집이라는 종이가 붙어 있더라고. 그래서 일하게 해달라고 부탁했어."

"마유는 잘못하면 중학생으로도 보이는데 거기 사장은 잘도 오케이 했네? 가게 이름이 뭐야?"

"'겐베'라는 가게야."

밋쿠와 시오리가 마주보았다.

"거기 아냐? 그 왜, 쇼핑몰 쪽에서 나와서 오른쪽에 있는 가게."

"아아, 거기." 시오리가 건성으로 동의했다.

"근데 거기 시급 엄청 짜잖아."

밋쿠가 담배에 불을 붙이며 말했다.

"시급 800엔에 6시간 근무니까 하루에 4,800엔이야. 교통비도 500엔씩 나오니까 그럭저럭 할만 해."

시오리가 소심한 눈빛으로 밋쿠 쪽을 보았다. 의견을 말해도 되는지 허락을 구하는 것처럼 보였지만 밋쿠는 무시하고 말했다.

"그래도 매일 노래방 같은 데서 밤새고 그러다 보면 돈이 안 모일 텐데."

"응, 빠듯해. 왜 이런 데서 이러고 있나 싶기도 하지만 결국 어디에도 갈 데가 없으니까 어쩔 수 없어."

"시오리, 너희 숙소에서 재워주는 건 어때?"

밋쿠가 담배 연기를 내뱉었다.

"괜찮긴 한데 다른 애들이 뭐라고 할지……"시오리는 확실하게 답하지 않았다.

"게다가 미나가 돌아올지도 모르고."

"걔가 다시 오겠어?"밋쿠가 큰 소리를 냈다. "다른 애들 물건도 없어졌다며? 그런 년이 잘도 돌아오겠다."

밋쿠가 큰 소리로 부정하자 시오리는 고개를 숙였다.

"그건 그렇지만……"

대체 무슨 일인 걸까. 친구들 사이에 문제라도 생긴 걸까. 부모님이 야반도주하고 친구들과의 교류마저 단절된 마유는 서로 다투는 것마저 그립고 부러웠다.

"시오리도, 시오리랑 같이 사는 애들도 너랑 같은 처지야. 집에 가기 싫고 학교도 가기 싫은데 있을 곳이 없는 애들이야. 그런 애들이 모여서 같이 살고 있거든. 근데 오늘 미나라는 애가 옷이랑 신발 같은 걸 훔쳐서 나가버렸대. 그래서 아까부터 이 야단이야."

마유는 숨을 삼켰다. 자신과 같은 처지의 소녀들이 모여서 함께 살고 있다는 이야기를 듣자 부러워서 견딜 수 없었다.

"좋겠다." 무의식중에 말이 흘러 나왔다.

"그러니까 시오리, 미나 그 배은망덕한 년 대신에 마유를 넣어주면 되잖아."

시오리가 곤란한 듯 미간을 찌푸리고 조그맣게 중얼거렸다.

"그렇지만 아직 확실한 건 아니니까. 바로 결정하긴 좀 어려워."

밋쿠가 스마트폰을 쥔 손으로 시오리의 가녀린 어깨를 푹 찔렀다.

"안 돌아온다니까. 짐도 다 들고 나갔다며?"

"그건 그렇지만."

"정신 똑바로 차려, 시오리. 처음 공동생활을 시작했을 땐 이렇지 않았잖아."

밋쿠에게 혼난 시오리가 응응, 하고 고개를 끄덕이며 말했다.

"그럼 한 번 보러 올래? 방 두 개짜리 빌라에 5명이서 살고 있거든. 다들 아르바이트하고 있는데 학교에 다니는 애도 있어."

"가보고 싶어. 가도 될까?"

기뻐서 졸음이 싹 달아난 마유는 간청했다.

"부탁이야. 나도 들어가게 해줘."

"근데 들어가려면 돈이 좀 들어." 밋쿠가 말했다.

"얼마나 드는데?"

"처음엔 인당 10만 엔. 그걸로 월세랑 수도세, 전기세 같은 걸 내거든. 다 떨어지면 다시 걷고. 미나는 그 돈도 안 내고 도망쳤어."

10만 엔이나 되는 큰돈을 어떻게 마련해야 할까. 낙담한 마유는 의자에 털썩 주저앉았다. 지푸라기라도 잡는 심정으로 스마트폰을 집어든 마유는 연락처에서 이모의 전화번호를 찾기 시작했다.

6

이모는 엄마 에이코보다 다섯 살이 많았다. 나고야에서 작은 토목건축 사무소를 운영하는 이모부를 도와서 경리 업무를 맡고 있었는데, 고등학생인 큰아들과 중학생인 둘째 아들을 두고 있었다.

거기에 마유의 남동생 료스케가 갑자기 맡겨졌으니 집에 여유가 없다는 건 어린 마유도 쉽게 상상할 수 있었다. 역시 돈을 빌리는 것은, 아니 염치없이 돈을 요구하는 것은 마음에 걸렸다. 마유는 액정에 뜬 이모의 이름을 응시한 채 움직이지 못했다.

"저기, 미나라는 애가 돌아올지도 모르니까 무리하지 않는 게 좋아."

시오리가 옆에서 걱정스러운 듯 스마트폰을 들여다보았다.

"그렇지만……" 마유는 머뭇거렸다.

미나가 돌아오면 모처럼 생긴 빈자리가 채워지고 만다. 지금이 기회였다. 지금이라면 공동생활에 비집고 들어갈 수 있었다.

초조해진 마유는 눈 딱 감고 이모에게 전화해보기로 결심했다.

신호음이 가는 동안 급하게 가게 문을 열고 밖으로 나왔다. 비는 여전히 내리고 있었다. 우산에서 떨어진 물방울로 패밀리 레스토랑의 출입구 쪽 바닥이 흠뻑 젖어 축축했다.

이모가 전화를 받은 것은 마유가 신호음을 8번까지 셌을 때였다.

"여보세요."

자고 있었는지 귀찮아하는 기색이 역력한 목소리였다.

"이모, 저 마유예요."

이모와 엄마는 단둘뿐인 자매지만 떨어져 지낸 적이 많아서 평소에도 그리 살갑지는 않았다. 마유는 이모의 언짢아하는 목소리에 기가 죽어 어떻게 말을 꺼내야 할지 망설였다.

"마유니? 무슨 일이야, 이렇게 늦은 시간에. 벌써 12시가 넘었잖니."

"죄송해요."

이모가 귀를 기울이는 기색이 느껴졌다. 세찬 빗소리와 물을 튀기며 도겐자카를 오가는 차 소리가 들릴 게 분명했다. 마유는 조마조마했다.

"너 아직 밖이니?"

아니나 다를까 이모는 걱정보다 비난의 기색이 짙은 말투로 물었다.

"네."

"이 시간까지 밖에서 뭐하니? 집에 왜 안 들어갔어? 누구랑 같이 있니?"

"좀 여쭤보고 싶은 게 있어서 전화했어요."

"뭘 물어본다고? 이런 시간에 뭣 땜에 그래?"

"돈이 좀 필요해서요."

마유는 가까스로 말을 꺼냈다.

"돈? 얼마나?"

"10만 엔이요."

"뭐어?" 이모는 말문이 막힌 듯했다. 잠시 침묵이 흐른 뒤 이모가 물었다.

"그 돈 어디다 쓸 거니?"

자유로워지기 위해서, 라고 말할 수는 없었다. 마유는 적당한 말을 찾지 못해 결국 입을 다물었다. 그러자 이모가 다그치듯이 질문을 퍼부었다.

"어디에 쓸 거야? 어서 말해봐. 이유도 모르고 그런 큰돈을 빌려줄 수는 없잖니. 그리고 네 작은아빠한테서 다 들었어. 너, 아침이 다 돼서야 집에 들어온다던데 정말이니? 대체 밖에서 뭘 하고 다니는 거야? 지금도 밖이잖아. 누구랑 뭘 하고 있는지 솔직하게 다 말해봐. 작은아빠도 행실 나쁜 조카딸을 어떻게 해야 좋을지 모르겠대. 우리 집도 그렇지만, 갑자기 조카를 맡게 된 네 작은아빠도 생각해야지. 좋든 싫든 책임져야 하는 게 어른이야. 그런데 너는 갑자기 10만 엔이나 빌려달라고 하고. 누가 봐도 의심스럽지 않겠니?"

"죄송해요."

마유는 작은 목소리로 사과했다. 흥분해서 말을 쏟아내는 이모에게 뭐라고 답해야 좋을지 알 수가 없었다.

"그렇지만 작은엄마는 용돈도 조금밖에 주지 않고 학교에서 필요한 돈도 내주지 않는단 말이에요." 마유가 하소연했지만 이모는 단칼에 부정했다.

"그럴 리 없어. 학교도 공립으로 옮겼고 너한테 해줄 수 있는 건 다 했다고 했어. 그런데도 네가 말을 듣지 않는다며 하소연하더라. 네 작은엄마 정도면 잘해주는 편이야."

어른들끼리 결탁해서 자신들에게 유리한 이야기를 만들어내고 있는 것이다. 마유는 분개했다.

"거짓말이에요. 작은엄마는 엄마한테 받은 돈도 저한테 다 쓰고 있지 않아요. 밥도 제대로 주지 않고 도시락도 싸주지 않아서 매일 얼마나 배가 고픈 줄 알아요?"

"마유, 너 대체 몇 살이니?"

이모가 어이없다는 말투로 물었다.

"17살인데요."

"그럼 너도 생각이라는 걸 좀 해봐. 밥도 제대로 주지 않고 도시락도 싸주지 않는다니. 누가 들으면 오해하겠다. 초등학생도 아니고 알아서 챙겨 먹으면 되잖니. 도시락도 직접 싸고."

그렇게 나온다 이거지. 더 이상 말해봤자 아무 소용도 없을 것이 뻔했다.

마유는 진절머리가 났다. 이모의 설교가 이어지는 동안 스마트폰을 귀에서 멀리 떼어 도겐자카 쪽을 향해 돌려놓았다. 무슨 말을 해도 통하지 않을 것이다. 마유는 이모에게 전화한 것을 후회했다.

"그런데 이모, 료스케는 잘 지내요?"

이모의 설교가 끊긴 틈을 타 마유는 재빨리 스마트폰을 귀에 대고 화제를 돌렸다.

"잘 지내. 요즘엔 축구도 배우고 있어."

"좋겠네요."

무심코 한숨이 나왔다.

"좋겠다니? 료스케는 오히려 널 부러워하던데. 도쿄에 계속 있을 수 있고 친구들과 헤어지지 않아도 되니까 좋겠다고 말이야."

빚쟁이가 찾아올지도 모르니까 친구들과 연락을 끊으라고 말한 것은 벌써 잊어버린 걸까. 마유는 할 말을 잃었다.

"그런데 엄마한테서 연락은 왔니?" 이모가 물었다.

"아니요."

"어쩌고 있는 걸까. 애들이 걱정되지도 않나."

"진작에 죽었는지도 모르죠."

"얘가 재수 없게 무슨 소릴 하는 거니!"

이모가 화를 냈지만 마유는 부모님이 돌아가셨다고 해도 어쩔 수 없다고 생각했다. 하루하루 살아가는 게 너무 힘들어서 부모님 걱정까지 할 여유가 없었다. 버림받은 자신의 처지를 비관하기에도 벅찼다.

"그야, 죽으면 슬프겠지만."

마유의 말이 탐탁지 않았는지 이모가 진지한 목소리로 말했다.

"딸이 그런 생각을 하고 있다니, 네 엄마도 참 불쌍하다."

과연 그럴까. 마유는 자신이 훨씬 더 불쌍하다고 생각했다. 갑자기 왕래조차 없던 친척에게 맡겨져서 학대에 가까운 취급을 받고 있지 않은가.

하지만 이모의 푸념은 멈추지 않았다.

"에이코가 지금쯤 어디서 뭘 하고 있을지 생각하면 가엾고 딱해서 견딜 수가 없어. 에이코에게 그런 일을 겪게 하다니, 나는 네 아빠가 정말 원망스러워."

마유는 아빠와 이모의 사이가 좋지 않았다는 것을 떠올렸다. 이모는 아빠가 회사를 그만두고 K시에서 레스토랑을 시작했을 때 "아마추어가 무턱대고 뛰어들 만큼 만만한 업계가 아니야"라고 다 안다는 투로 말하며 크게 반대했다고 한다.

그 예언이 보기 좋게 적중해 경영이 어려워지자 이모는 오히려 만족스러워했다고 엄마가 분하다는 듯이 말한 적이 있다. 하지만 이모는 그 사실을 모른다.

"이모, 료스케랑 통화할 수 있어요?"

"벌써 자지. 통화하고 싶으면 점심때쯤 전화해라."

이모는 한밤중이라는 것이 떠올랐는지 다시 언짢은 투로 말했다.

"알았어요. 그럼 끊을게요."

전화를 끊은 뒤 마유는 패밀리 레스토랑 안을 들여다보았다. 무덥고 습한 날씨 탓에 냉방이 잘되는 패밀리 레스토랑의 창문은 부옇게 김이 서려 있었다.

창문 너머로 뭐가 그렇게 재미있는지 밋쿠와 시오리가 자지러지게 웃고 있는 것이 보였다. 마유는 자기 혼자만 행복을 놓친 듯한 느낌이 들었다. 의기소침해져서 자리로 돌아가자 밋쿠가 물었다.

"누구랑 통화한 거야?"

밋쿠는 손가락에 담배를 끼우고 티백이 담긴 머그컵을 입으로 가져갔다.

"나고야에 사는 이모. 틀렸어. 돈 못 주신대."

"친척들은 꼭 돈 이야기만 나오면 쩨쩨해지더라. 왜 그럴까?" 시오리가 스마트폰을 보면서 중얼거렸다. "나는 설교 좀 하더라도 돈을 주는 남자들이 훨씬 낫다고 생각해."

그러자 밋쿠가 담배 연기를 뿜으며 웃었다.

"이야, 별일이네. 시오리가 그런 말을 다 하고."

시오리가 입술을 한 번 핥은 다음 귀를 기울이지 않으면 들리지 않을 만큼 작은 소리로 말했다.

"이렇게 된 건 전부 네 탓이라고 다들 쉽게 말하잖아. 네가 공부를 안 해서 그래, 학교를 안 가서 그래, 부모님 말을 안 들어서 그래. 이런 식으로 마구 비난하잖아. 근데 그렇게 말해도 어쩔 수 없다고."

"맞아, 맞아." 밋쿠가 웃으며 동의했다.

하지만 실의에 빠진 마유는 웃을 기력도 없었다. 이로써 작은아빠의 '집'에서 탈출할 기회도 사라져버린 것이다. 이렇게 된 이상 조금이라도 눈을 붙이고 다시 험난한 내일에 대비하는 수밖에 없었다. 마유가 소파에 등을 기대고 눈을 감자 시오리가 위로하듯 말했다.

"그렇게 낙담할 필요 없어. 어차피 미나도 갈 데가 없으니까 곧 돌아올 거야. 또 빈자리가 생기면 말해줄 테니까 카톡이나 알려줘."

마유는 시오리를 카카오톡 친구로 등록했다. 하지만 자리가 나도 10만 엔이나 되는 돈을 마련하지 못하면 아무 소용이 없었다.

"내가 돈 빌려줄까?"

갑작스러운 밋쿠의 말에 마유는 깜짝 놀라 밋쿠의 얼굴을 쳐다보았다. 냉정한 눈길로 이쪽을 바라보는 밋쿠는 긴 속눈썹 아래로 생긴 그늘 때문에 표정을 제대로 읽을 수가 없었다.

"정말이야?"

"잠깐, 그냥 준다는 게 아니라 빌려주는 거야." 밋쿠가 거듭 확인했다.

"저금해둔 돈이 조금 있거든. 그 돈이면 방에 들어갈 수 있을 거야. 그렇지, 시오리?"

시오리는 주저하는 듯 고개를 끄덕이고 밋쿠의 얼굴을 보았다. 소심한 건지 시오리는 밋쿠의 말을 거스르지 않았다.

"그렇지만 당장 갚을 수도 없는데."

그렇게 말하면서도 마유는 밋쿠의 돈을 받고 싶은 마음이 굴뚝같았다. 어쨌든 작은아빠의 '집'에는 돌아가고 싶지 않았다.

방 두 개짜리 좁은 빌라에 5명이 살든 10명이 살든 자신의 짐을 놓을 수 있고 맘 편히 누울 수 있는 공간만 있다면 어떤 대우를 받더라도 상관없었다.

"그야 10만 엔이나 빌려주는 거니까 아무 때나 좋다고는 못해. 그렇지만 마유는 라멘가게에서 아르바이트도 하고 있고 성실하게 노력하고 있으니까 응원하고 싶은 마음이랄까. 고등학교 4학년 언니로서."

밋쿠가 갑자기 어른스러운 말투로 말하자 마유는 순간 수상쩍은 생각이 들었다. 하지만 돈을 빌려준다는 말에 날아오를 만큼 기뻐서 그 생각은 금세 사라지고 말았다.

"고마워, 정말 기뻐."

마유는 밋쿠의 손을 덥석 잡았다. 가슬가슬하고 건조한 손이라고 생각한 순간 밋쿠가 기분 나쁜 듯 손을 뺐다. 너무 허물없는 행동이었을까. 마유는 겸연쩍었다.

마유가 가만히 있자 밋쿠가 시오리에게 말했다.

"그럼 마유 돈은 내가 낼 테니까 오늘 밤부터 재워줘."

"좋아. 마유, 따라와."

시오리가 일어섰다. 교복 스커트가 펄럭이면서 속에 입은 검은색 속바지가 훤히 보였다.

"정말 지금 가도 돼?"

마유는 반신반의하며 물었다. 밋쿠는 앉은 채로 고개를 끄덕였다.

"괜찮아. 내가 나중에 시오리한테 돈 줄 거니까. 돈 모으면 시오리 통해서 갚아. 아니면 나한테 직접 줘도 되고. 늘 이 근처에 있으니까 금방 찾을 수 있을 거야."

"고마워. 밥도 사준 데다 돈까지 빌려주고."

마유가 고개를 숙이자 밋쿠가 낯간지럽다는 듯이 시오리를 향해 말했다.

"마유는 가정교육을 잘 받았네. 감사 인사도 다 하고."

두 사람은 얼굴을 마주보고 우후후 웃었다.

"그럼 마유, 집에 가볼래?"

"응, 가보고 싶어." 마유는 곧장 대답했다. 하지만 일이 너무 순조롭게 진행되자 불현듯 걱정이 되었다. "근데 괜찮을까? 나 지금 돈 없는데."

"괜찮아. 내가 빌려준다고 하면 빌려주는 거니까. 가서 좀 자둬. 너 내일 학교에 갈 거지? 날 새면 힘들잖아. 걱정하지 말고 가."

밋쿠가 다정하게 말하자 마유는 자리에서 일어섰다. 먼저 간 시오리가 가게 입구에서 기다리고 있다가 계산서를 내밀었다.

"이거 잊으면 안 되지."

어리둥절해서 받아보니 자신이 먹은 비프스튜와 드링크 바, 샐러드 바는 결제가 되어 있지 않았다. 밋쿠가 사준다고 했는데 잘못 들은 걸까?

웨이터가 실수했는지도 몰랐다. 뒤를 돌아보니 밋쿠는 등을 돌린 채 정신없이 문자를 보내고 있었다. 자리로 돌아가 따지고 싶었다. 하지만 10만 엔이나 되는 돈을 내주기로 했기 때문에 망설여졌다. 그러는 사이 직원이 와서 무표정한 얼굴을 한 채 손가락으로 계산기를 두드렸다.

마유는 하는 수 없이 자기가 먹은 음식값을 지불하고 밖으로 나왔다. 시오리는 가게 입구에 꽂혀 있는 대량의 비닐우산 중에서 가장 상태가 좋은 우산을 고르는 데 열중하고 있었다. 마유는 우산꽂이 열쇠를 풀고 '겐베'의 분실물이었던 비닐우산을 꺼냈다.

"조금 걸어야 하는데 괜찮아?"

시오리가 감정 없는 목소리로 말했다.

"응, 괜찮아."

시오리는 도겐자카를 끝까지 올라간 다음 오하시 방향으로 다마가와 대로를 총총 걸어갔다. 의외로 발이 빨라서 마유는 필사적으로 뒤를 쫓았다.

"저기, 그 집 말인데, 처음에 10만 엔을 내면 얼마 동안 안 내도 되는 거야?"

"두 달 정도." 시오리는 돌아보지 않고 대답했다.

"겨우 두 달?"

"응. 위치가 좋으니까 월세가 비싸. 게다가 전기 요금이랑 가스 요금, 그리고 관리비까지 내야 하니까."

10만 엔이나 내고 겨우 두 달밖에 있을 수 없다니. 마유는 충격을 받아 멈춰선 채 꼼짝하지 못했다.

적어도 반년은 머물 수 있을 거라고 생각한 자신이 어리숙했던 걸까. 그렇게 짧다면 밋쿠에게 빌린 돈을 갚기도 전에 방을 나가야 할지도 몰랐다.

"나 관둘까 봐."

시오리가 멈춰서서 긴 앞머리를 살짝 넘기고 마유 쪽을 보았다. 깔보는 듯한 표정이었다.

"직접 방을 구하려면 보증금이니 복비니 해서 3개월 치 월세는 내야 해. 알고 있니?"

"아니, 잘 몰라." 마유는 고개를 저었다.

"마유는 정말 아무것도 모르는구나. 좀 배워."

시오리가 딱하다는 듯이 말했다. 마유는 갑자기 불안해졌다.

"그 정도야?"

"어, 무슨 어린애도 아니고." 시오리가 비웃었다.

그 말이 맞다. 교활한 어른들뿐인 거리에서 살아가기에 자신은 너무 어리숙하다고 마유는 생각했다.

"저기, 거기에는 어떤 애들이 있어?"

"다 너 같은 애들이야. 아무데도 갈 곳이 없는 애들."

"너도?"

"어."

시오리가 웃자 커다란 덧니가 튀어나와 어린애 같은 얼굴이 되었다. 이가 전부 들어가지 않을 만큼 입도 작고 얼굴도 작았다. 시오리는 대체 몇 살일까. 마유는 무심코 시오리의 입가를 쳐다보았다. 시오리는 부끄러운 듯 입술을 굳게 다물었다.

"시오리는 무슨 아르바이트를 해서 돈을 벌어?"

"이것저것. 같이 사는 애들도 다 달라."

시오리가 내뱉 듯이 말했기 때문에 마유는 더 이상 질문하는 것을 관뒀다.

"있잖아, 처음에 10만 엔 내야 한다는 이야기 말인데, 다른 애들한테는 절대 말하지 마."

"왜?"

"각자 입장이 다르니까. 아무튼 절대 말하면 안 돼."

시오리의 거듭된 당부에 마유는 순순히 고개를 끄덕였다.

7

빗속을 걸은 지 20분쯤 지났을까, 야마테 대로에서 좁은 골목으로 들어가자 낡은 빌라와 작은 아파트가 늘어선 지역이 나왔다.

시오리는 허름한 3층짜리 빌라로 들어갔다. 문기둥에 빌라명이 적혀 있었지만 어두워서 읽을 수 없었다. 바깥 계단으로 2층에 올라갔더니 맨 끝 집에서 불빛이 새어나오고 있는 게 보였다. 어느 집이나 창틀에 비닐우산이 걸려 있었다. 우산 끝에서 물방울이 떨어져 복도에 검은 얼룩이 뜨문뜨문 보였다. 복도 맨 끝 집에 걸려 있는 우산 개수가 가장 많았다.

시오리가 말없이 그 집 문을 열었다. 좁은 현관에서 가장 먼저 눈에 들어온 것은 엄청난 양의 여성용 신발이었다. 펌프스, 샌들, 스니커즈, 플랫슈즈, 크록스, 부츠. 형형색색의 신발이 비좁게 늘어서 있어 발 디딜 틈도 없었다. 신발만 보면 5명이 아니라 10명도 더 넘게 살고 있는 것 같았다.

고개를 들자 주방 식탁에 앉아 이야기하고 있던 소녀 둘이 마유를 보고 놀란 표정을 지었다. 둘 다 티셔츠에 반바지 차림이었는데 한 명은 쇼트커트, 다른 한 명은 금발로 염색한 머리를 길게 늘어뜨리고 있었다. 테이블 위에는 빈 컵라면 용기와 마시다 만 페트병, 과자 봉지가 너저분하게 놓여 있었다.

"어서 와."

둘은 담배를 피우며 시오리에게 인사했다. 시오리는 가볍게 고개만 끄덕이고 마유의 등을 밀었다.

"안으로 들어가."

마유는 일단 두 소녀에게 고개를 숙였다. 하지만 둘은 마유를 빤히 쳐다볼 뿐 아무 말도 하지 않았다.

주방 안쪽으로 방이 두 개 있었다. 왼쪽의 일본식 방은 장지문이 열려 있었는데 한 번도 갠 적이 없는 듯한 이불이 어지럽게 깔려 있는 것이 보였다.

오른쪽은 문이 닫혀 있었지만 아마도 두 평 정도 되는 방일 것 같았다. 구조가 작은아빠의 '집'과 똑같았기 때문에 왠지 안 봐도 상상이 갔다.

"미나한테 연락 왔어?"

시오리가 묻자 쇼트커트를 한 소녀가 대답했다.

"아니. 근데 그 년이 내 티셔츠도 입고 갔어. 그리고 모나의 샤넬 백도 갖고 갔대. 모나 엄청 화냈어."

"근데 그거 짝퉁 아냐?"

금발머리 소녀가 쉰 목소리로 말하자 쇼트커트를 한 소녀가 히쭉 웃었다.

"그래도 A급이잖아."

"걔 그거 진짜 줄 알고 갖고 다닌 거 아냐?"

"그럼 진짜 웃기겠다."

"그럴지도 몰라. 걔 완전 멍청하잖아."

두 사람은 얼굴을 마주보며 웃었다. 시오리는 대화에 전혀 끼지 않고 오른쪽 방문을 열었다. 방 안은 어스레하고 이불이 깔려 있었다. 벌써 누군가 자고 있는 듯 검은 머리카락이 이불 밖으로 비어져 나온 것이 보였다.

"마유는 이 방에서 자도록 해."

시오리는 자고 있는 소녀가 있는데도 형광등을 켰다. 예상했던 대로 두 평쯤 되는 방이었다. 창문에는 싸구려 커튼이 달려 있었고 한쪽 구석에는 자고 있는 소녀의 것으로 보이는 슈트케이스가 놓여 있었다.

시오리가 방문 오른쪽에 있는 벽장을 가리켰다.

"이불은 벽장에 들어 있으니까 마음대로 꺼내 써도 돼."

"알았어."

"그럼, 쉬어."

"응, 고마워."

시오리가 방을 나가자 마자 마유는 벽장에서 요와 베개, 타월 천으로 된 이불을 꺼내 방 귀퉁이에 대충 깔았다. 티셔츠로 갈아입고 불을 끄고 바로 누웠다. 이불에서는 싸구려 샴푸와 린스 냄새가 났다.

마유는 평소 습관대로 이불을 머리끝까지 덮고 스마트폰을 보았다. 보통 때였으면 곧바로 졸음이 밀려왔을 시간이었다. 하지만 밋쿠에게 빌린 10만 엔을 어떻게 갚아야 할지 고민하기 시작했더니 우울한 생각이 들어 눈이 감기질 않았다.

"너, 미나 대신 들어온 거야?"

옆에 깔린 이불에서 목소리가 들렸다. 마유는 허둥대며 이불을 밀어제치고 대답했다.

"응. 자리가 비었다는 말을 들었어."

"자리가 비었단 말이지?"라고 말하며 쿡쿡 웃는 소리가 들렸다.

"5명밖에 못 들어온다고 들었어. 그래서 꼭 들어오고 싶었어."

"흐음, 그렇구나."

갑자기 흥미를 잃은 듯 소녀가 하품을 했다. 그만 자라는 신호인 듯했다. 마유도 눈을 감았다. 어쨌든 작은아빠의 '집'은 탈출했으니까 돈 문제는 나중에 생각하면 된다. 그렇게 생각하니 마음이 편해졌다.

다음 날 아침, 스마트폰 알람 소리에 눈이 떠졌다. 마유는 서둘러 알람을 끄려고 했지만 마유의 스마트폰이 아니었다. 그도 그럴 게 알람을 설정한 기억이 없었다. 시간을 보니 아직 아침 6시였다.

"미안. 깨웠지?"

옆에서 자고 있던 소녀가 벌써 일어나 재빠른 몸짓으로 치장을 하고 있었다. 흰 블라우스에 체크 미니스커트, 무릎까지 오는 남색 긴 양말 차림은 어딘가의 고등학교 교복인 듯했다. 마유는 자기도 학교에 가야 한다는 것을 떠올리고 서둘러 일어났다.

"나도 학교 가야겠다."

"어디 학교야?"

머리를 빗고 있던 소녀가 돌아보며 물었다. 앞머리를 가지런히 자른 단발머리였는데 머리숱이 많아서 앞머리가 풍성했다. 입술은 두꺼워 부루퉁해 보이는 인상이었다.

"사이타마 쪽 공립학교. 허접한 학교라 말해도 모를 거야."

1지망이었던 도내 사립여고에 붙었는데도 제멋대로 공립학교에 진학시킨 작은아빠 부부에 대한 화가 다시 치밀어 올랐다.

"아무렴 어때. 어차피 관심도 없었어."

소녀는 태연하게 말하고 작은 슈트케이스에 빗과 거울을 넣었다.

"어, 그래."

그러나 어떤 학교에 다니든 작은아빠의 '집'에 있는 한 아무래도 상관없는 일이었다. '고졸'이라는 신분이 필요해서 출석 일수를 채우려고 나갈 뿐이고 학창생활을 즐길 마음 같은 것은 한참 전에 버렸다.

"저기, 너 어제 왔지?"

"맞아."

마유는 책가방에서 교복을 꺼냈다. 스커트가 구겨졌지만 어쩔 수 없었다. 티셔츠를 벗어서 개고 있는데 소녀가 목소리를 낮추며 말했다.

"심한 말은 안 할게. 오늘 이 집을 나가면 돌아오지 않는 게 좋을 거야. 아니, 빨리 도망 가."

"왜?"

마유가 큰 소리로 되묻자 소녀는 노골적으로 인상을 찌푸렸다.

"조용히 해. 다들 깨잖아."

"미안. 근데 왜?"

목소리를 낮춰 다시 묻자 소녀가 몸을 움츠리고 귓가에 속삭였다.

"여기에 있으면 매춘을 하게 돼. 너도 10만 엔 어쩌고 하는 말을 들었지?"

"들었어." 마유는 어리둥절해하며 대답했다.

"그렇게 큰돈은 없으니까 당연히 빌렸지? 그렇게 해서 옭아매는 거야. 빚을 갚으라고 하면서 여고생을 밝히는 손님한테 넘기는 거라고. 밋쿠가 보스고 시오리는 행동대장이야. 그러니까 빨리 도망치는 게 좋을 거야."

마유로서는 금방 납득하기 어려운 이야기였다. 밋쿠는 삐끼인 요네다에게서 자신을 구해주고 친절하게 대해줬다. 그런데 그게 자신을 속인 거라니 도저히 믿을 수 없었다.

"거짓말 아니고?"

소녀가 신경질을 내며 슈트케이스 지퍼를 난폭하게 닫았다.

"안 믿을 거면 말아. 난 이제 갈 거니까."

"잠깐만."

마유는 소녀의 블라우스 자락을 잡았다. 소녀가 귀찮다는 듯이 내뱉었다.

"미나라는 애가 도망쳤다는 말 들었지? 미나가 경찰서에 갈 거라고 했으니까 곧 경찰이 찾아올 거야. 원래는 나도 어젯밤에 도망치려고 했는데 그년들이 늦게까지 깨어 있어서 못 간 거야."

경찰이라는 말을 듣고 마유는 스스로도 느낄 만큼 얼굴색이 변했다. 당장이라도 경찰이 들이닥칠 것만 같아 무서웠다. 마유는 벌벌 떨면서 소녀의 뒤를 따라 방에서 나왔다. 주방은 어둑어둑하고 담배 냄새가 지독했다.

테이블 위에는 어젯밤 그대로 과자 봉지와 페트병, 빈 도시락 용기가 흩어져 있었다. 누군가 깜빡한 듯 오버 나이트라고 적힌 생리대 포장지가 떡하니 놓여 있었다.

소녀는 현관을 가득 메운 신발 속에서 갈색 슬립온을 찾아서 신고 있었다. 마유도 늦지 않으려고 서둘러 자신의 스니커즈를 찾았다. 마유의 스니커즈는 누군가에게 밟혔는지 흙이 덕지덕지 묻어 있었다. 안쪽이 아직 축축했지만 어쩔 수 없이 꿰어 신고 나갔다.

비는 그쳤지만 안개가 자욱했다. 마유는 창틀에 걸어둔 비닐우산을 들고 소녀를 뒤쫓았다. 소녀는 작은 슈트케이스를 끌어안고 지체 없이 바깥 계단을 내려갔다.

"저기, 잠깐만."

마유는 소녀를 불러 세웠다. 구해준 것에 대해 고마움을 전하고 싶었다. 슈트케이스 손잡이를 올리고 걷기 시작한 소녀가 돌아보더니 무표정하게 마유의 전신을 훑어보았다.

"뭔데?"

"알려줘서 고마워."

"뭐야, 그거였어?"

소녀가 다시 걷기 시작하자 마유도 나란히 걸었다.

"이제 어디로 갈 거야?"

마유는 자신과 같은 처지의 소녀가 이제 어디로 가서 무엇을 할지 알고 싶었다.

"아는 사람 집에 갈 생각이야."

"따라가면 안 돼?"

"안 돼."

단칼에 거절당했다. 마유는 길 위에 멈춰 섰다.

"왜 안 돼?"

"성가시게 굴지 말고 저리 가."

소녀의 차가운 말에 마유는 어안이 벙벙했다. 친절한가 싶으면 내친다. 성가시다고? 자신은 응석을 부리고 있는 걸까. 마유는 어떻게 해야 좋을지 몰라 우두커니 서 있었다. 소녀는 덜그럭 덜그럭 바퀴소리를 울리며 가버렸다.

아침 안개 속에서 직장인인지 정장을 입은 젊은 남성이 나타났다. 그는 마유를 수상쩍다는 눈빛으로 쳐다보며 지나갔다. 스쳐 지나갈 때 토스트 냄새가 났다. 왜 아무도 다정하게 대해주지 않는 거지? 마유는 눈물이 날 것 같았다.

8

학교에서는 아무도 마유에게 말을 걸지 않았다. 마유가 말을 거는 사람도 아무도 없었다. 수업이 시작되어도 학생들의 잡담은 끊이지 않았고 진지하게 수업을 듣는 학생도 없기 때문에 교단에 선 교사도 의욕이 없었다. 출석만 부르고 나가버리는 교사도 있어서 마유는 책상에 엎드려 잘 때가 많았다. 당당하게 바닥에 누워서 자는 남학생도 있었다.

그렇지 않아도 시끄러운데 점심시간이 되면 학교 전체가 윙윙 울리는 것처럼 엄청나게 소란스러워졌다. 남학생들은 이 교실 저 교실로 큰 소리를 내며 뛰어다니고 여학생들은 끼리끼리 도시락을 먹거나 화장을 하거나 속닥속닥 비밀 이야기를 하며 마유를 대놓고 무시했다.

교실 안은 의자나 책상이 날아다녀 위험하기 때문에 마유는 늘 교정에 나가서 점심을 먹었다. 주로 빵이나 편의점 주먹밥을 먹었는데 오늘은 100엔짜리 주먹밥 한 개가 전부였다.

수돗가에서 목을 축인 다음 마유는 주위를 둘러보았다. 회색 콘크리트로 된 학교 건물에는 검정 페인트로 'T백!'이나 '등장!' 등의 의미 없는 낙서가 휘갈겨 쓰여 있었다. 이런 곳에 더는 있고 싶지 않았다. 하지만 학교를 나가도 '집'밖에 갈 곳이 없었다.

차라리 죽어버릴까? 문득 그런 생각이 들었다. 전에는 부모님이 걱정돼서 애가 탔지만 최근에는 자신을 괴롭게 만든 원흉처럼 느껴져 원망하는 마음이 더 컸다.

옥상에서 뛰어내리면 죽을 수 있을까? 3층짜리 건물이라도 콘크리트 지면에 내동댕이쳐지면 죽을 수 있을 것 같았다.

마유는 건물 안으로 들어가 계단을 올랐다. 3층에서 옥상으로 향하는 좁고 어두운 계단을 오르려는 순간이었다. 수상한 기척이 느껴져 발을 멈췄다. "왔다, 왔어"라고 속삭이는 소리가 들린 것 같았다.

어쩌면 남학생 무리가 먹잇감을 기다리고 있는지도 몰랐다. 여자애들이 하는 이야기를 우연히 들은 적이 있었다. "옥상은 위험해"라고 했던 말이 떠올랐다.

마유는 공포로 몸이 얼어붙을 것 같았다. 하지만 곧장 정신을 차리고 계단을 뛰어 내려갔다. 위쪽에서 웃음소리가 들렸다.

"바보야, 네가 소리 내니까 도망쳐버렸잖아."

위험할 뻔했다. 성폭행을 당하고 입막음용 동영상까지 찍히는 경우가 있다고 했다. 마유는 책가방을 가지러 교실로 돌아갔다. 점심시간이라 '집'에 돌아가도 아직 작은엄마는 돌아오지 않았을 것이다. 마유는 서둘러 역으로 향했다. 자신이 죽어도 아무도 슬퍼하지 않을 것이다. 오히려 기뻐할 사람마저 있다는 것을 깨닫자 조금 전의 행동이 어리석게 느껴졌다.

열쇠를 열고 '집'에 들어갔다. 오후 한 시가 조금 지난 시간이라 작은엄마도 아이들도 없었다. 마유는 안심하고 샤워를 했다. 작은 아빠의 '집'에 있는 수건은 전부 더럽고 냄새가 나기 때문에 마유는 자기 손수건으로 젖은 몸과 머리카락을 닦았다.

냉장고에서 보리차 티백이 들어 있는 유리병을 꺼내 입을 대고 마셨다. 여전히 쉰 냄새가 나서 구역질이 났다. 냉장고에는 낫토와 달걀뿐 달리 눈에 띄는 것이 없었다. 문득 생각이 미친 마유는 작은 냄비에 달걀 5개를 삶고 찬장에서 발견한 컵라면을 재빨리 배낭에 집어넣었다. 또 먹을 것이 없는지 여기저기 찾아봤지만 아무것도 발견하지 못했다. 밥을 짓는 것 말고는 요리를 전혀 하지 않는 집이니 당연했다.

꾸물거리면 작은엄마가 돌아올지도 몰랐다. 작은엄마의 간병 일은 불규칙해서 일찍 오는 경우도 있기 때문에 주의해야 했다. 초등학교 2학년인 루나가 혼자서 집에 돌아오는 경우도 있었다. 루나는 5학년인 에리보다는 온순하기 때문에 작은아빠의 '집'에서 그나마 대화를 하는 편이긴 했지만 작은엄마에게 무슨 말을 할지 모르니 마주치지 않는 게 상책이었다.

마유는 작은아빠 부부의 침실에 몰래 들어가서 싸구려 수납장의 맨 위 칸을 열어보았다. 작은엄마가 액세서리와 지갑을 넣는 것을 본 적이 있기 때문이었다. 생각했던 대로 갈색 봉투가 들어 있었고 봉투 안에는 만 엔짜리 대여섯 장이 들어 있었다. 작은엄마의 급여

일지도 몰랐다. 마유는 작은엄마의 돈을 훔치는 것에 일말의 망설임도 없었다. 오히려 작은엄마가 충격을 받을 모습을 상상하니 기뻐서 웃음이 새어나왔다.

애들 방으로 가서 자신의 짐을 전부 배낭에 밀어 넣었다. 교과서는 어떻게 할지 망설이다가 결국 가져가기로 했다. 교과서 같은 건 이제 필요 없었지만 이 '집'에 자신의 흔적을 남기기 싫었다.

마유는 두 번 다시 작은아빠의 '집'에 돌아올 생각이 없었다. 학교에 갈 마음도 없었다. 혼자서 시부야 거리에서 살아갈 작정이었다. 삶은 달걀과 컵라면과 현금. 이것을 전별금餞別金 대신 받아가는 걸로 하자. 그렇게 생각하니 웃음이 나왔다.

밖으로 나와 평소 습관대로 먼저 1층에 있는 자전거 주차장을 내려다보았다. 작은엄마의 자전거가 세워져 있는 것이 보였다. 서둘러 엘리베이터가 있는 곳으로 가보았다. 1층에서 엘리베이터가 막 올라오는 참이었다. 작은엄마가 틀림없었다. 마유는 계단을 뛰어 내려갔다. 감쪽같이 속였다고 생각하니 웃음이 멈추지 않았다.

에리는 자전거에 늘 자물쇠를 채우지 않았다. 마유는 책가방을 핑크색 어린이용 자전거 바구니에 쑤셔 넣고 배낭은 들어가질 않아 어깨에 맨 채로 자전거를 몰았다. 역 앞에 도착한 후 주차장에 자전거를 버리고 막 도착한 전철에 올라탔다. 빈자리에 앉아서 몰래 봉투 속 돈을 세어보았다. 7만 3천 엔. 해냈다. 통쾌하다. 마유는 춤이라도 추고 싶은 기분이었다.

시부야에 도착해 역 사물함에 짐을 넣었다. 봉투 속 돈은 천 엔짜리 세 장만 빼고 전부 자신의 은행 계좌에 넣어두었다. 잔액은 7만 하고도 8,436엔. 당분간은 어떻게든 버틸 수 있을 거라고 생각하니 기분이 좋아졌다.

마유는 세 시가 되기 전에 '겐베'에 도착했다. 가게 뒤쪽 계단을
올라 휴게실 문을 열자 막 나오려던 기무라와 마주쳤다. 바쁜 점심
시간이 끝나고 한 대 피우고 있었던 것일까. 담배 냄새가 났다.

"어? 마유, 너무 일찍 온 거 아냐?"

기무라는 휴게실 벽에 걸린 시계를 돌아보았다. 그는 요리를 하
는 사람이라 손목시계를 차지 않았다.

"네, 그렇게 됐어요."

"학교 빼먹으면 안 된다."

기무라가 농담처럼 툭 던지고 계단을 내려갔다. 마유는 황급히
기무라를 불러 세웠다. 기무라는 좁은 계단 중간에서 뚱뚱한 몸을
억지로 비틀고 돌아보았다.

"죄송한데, 근무시간 말이에요. 더 해도 될까요?"

기무라가 의아한 얼굴을 했다.

"더 해도 되냐니, 시간을 늘려달라는 말이야?"

"네."

"학교는 괜찮아?" 기무라가 얼굴을 찡그렸다. "마유가 선도에 걸
려서 우리 가게에 경찰이 찾아오거나 하는 건 싫은데."

"돈이 필요해요. 그래서 일을 더 하려고요."

"기특하네." 기무라가 웃었다. "일찍 올 수 있겠어?"

"네. 일찍 와서 늦게 갈게요. 3시부터 11시까지 해도 될까요?"

기무라는 잠시 망설이는 기색을 보였다.

"11시라, 뭐 괜찮겠지. 하지만 밥은 저녁에 한 번밖에 안 나오니

까 배가 고플 텐데."

"그건 괜찮아요. 그럼 오늘부터 잘 부탁드립니다."

"괜찮긴 한데……" 기무라는 여전히 망설이는 얼굴이었다.

마유는 비닐우산을 내밀었다.

"그리고 어제 빌린 우산 돌려 드릴게요."

기무라가 웃으며 말했다.

"성실하네. 성실하고 기특한 알바생, 좋아."

기무라는 남자 직원한테는 호통만 치지만 마유에게는 무른 남자였다. 무른 게 아니라 다른 속셈이 있는 걸지도 모른다. 조심하자. 마유는 하루 만에 자신이 현명해진 것 같은 기분이 들었다.

유니폼으로 갈아입고 가게로 나가자 다들 줄여서 구마라고 부르는 구마가야가 말을 걸었다.

"마유, 시간 연장한다면서?"

"어."

마유가 대답하자 자욱한 수증기 너머에서 기무라가 말했다.

"거기 테이블 좀 닦아."

기무라는 마유가 구마와 이야기하는 것이 불쾌한 듯했다. "네." 마유는 순순히 대답하고 기름으로 번들거리는 테이블을 열심히 닦았다.

5시에 가게 구석에서 마파두부로 식사를 하고 난 다음부터는 계속 서 있었다. 9시가 되어 잠시 쉴 수 있게 되자 마유는 완전히 나가떨어질 것만 같았다. 누군가 휴게실에 놓고 간 만화 잡지를 베개 삼아 누웠다. 누워서 스마트폰을 확인하자 부재중 전화 몇 통과 메시지가 10건 넘게 와 있었다. 발신자는 전부 작은엄마와 작은아빠였다. 첫 번째 메시지 제목은 '자전거', 다음은 '도둑년'이었다. 마유는 진절머리가 나서 읽지도 않고 전부 삭제했다. 두 사람의 전화번호와 카카오톡도 모두 차단해두었다.

휴식 시간은 20분밖에 안 되지만 마유는 잠깐이라도 자려고 눈을 감았다. 아르바이트가 끝나면 노래방에서 밤을 새야지. 그리고 언젠가 집을 빌려서 혼자서 사는 거야. 그런 생각을 하니 즐거워졌다. 그때 누군가 계단을 올라와 문을 두드렸다.

"마유, 손님이 찾아왔는데."

구마였다. 마유는 깜짝 놀라 상체를 일으켰다. 여기서 아르바이트하는 것은 아무도 모르는데 누가 찾아왔다는 걸까.

"누군데?"

"요란하게 화장을 한 여고생 차림의 여자."

밋쿠나 시오리다. 그러고 보니 두 사람한테는 여기서 아르바이트하는 것을 말해버렸다. 경찰에 붙잡혔을 줄 알았는데 아직 잡히지 않은 건가.

"없다고 해줘."

"뭐? 지금 불러온다고 말해버렸는데."

"부탁이니까 없다고 해줘. 그 사람 무서워."

구마가 털레털레 계단을 내려가는 소리가 났다. 조금 지나서 대신 올라온 것은 기무라였다.

"내가 쫓아버렸어. 그 여자는 누구야? 질 나빠 보이던데."

"어제 알게 됐는데 매춘 같은 걸 시킨다고 해서 도망쳐 나왔어요."

"마유는 아직 어리니까, 이상한 데 엮이지 않도록 조심해야지."

"죄송해요." 마유는 기무라에게 머리를 숙였다.

기무라는 소매를 접어 올린 조리복 주머니에서 담배를 꺼내 불을 붙인 다음 마유의 눈을 응시했다.

"마유는 그 여자 몇 살인 것 같아?"

가게로 찾아온 게 밋쿠인지 시오리인지 몰라서 마유는 고개를 저었다.

"글쎄요. 저랑 비슷할 거 같은데."

기무라가 연기를 내뿜으며 웃었다.

"내가 여자 나이만큼은 정확하게 파악하는데, 그 여자 스무 살은 족히 넘었을걸."

"네에? 고등학생인 줄 알았는데."

무심코 외치자 기무라가 피식 웃었다.

"여고생 차림을 하고 있지만 26살쯤 먹었을 거야. 기분 나쁘게 그 나이에 교복이라니."

그런 어른한테 감쪽같이 속았단 말인가. 고등학교 4학년이라던 밋쿠의 옆모습이 떠올랐다. 마유는 알아채지 못한 자신이 한심하기 짝이 없었다.

기무라가 벽시계를 흘끗 올려다보았다.

"지금은 시간이 없으니까 끝나고 잠깐 이야기 좀 할까? 알바 시간 끝나면 아래쪽은 안 도와줘도 되니까 가게가 끝날 때까지 여기서 기다려. 정리만 하고 금방 올 테니까 나가지 말고 여기 있어."

"네, 그럴게요."

의지할 수 있는 어른이 이 남자밖에 없는 걸까. 마유는 스스로가 한심하게 느껴졌다. 돌아선 기무라의 하얀 조리복이 기름때로 얼룩져 있었다.

휴식 시간이 끝나고 가게로 내려가자 손님은 카운터 석에 앉아 있는 두 명뿐이었다. 삐끼 같은 젊은 남자와 회사원인 듯한 중년 남자 일행이었다.

주방에서 라멘을 만들고 있는 것은 기무라의 두 번째 제자로 30대쯤 된 야마모토라는 남자였다. 수증기로 부예진 검은 뿔테 안경을 쓰고 라멘 그릇에 중국식 돼지고기 구이를 신중하게 한 장씩 올리고 있었다. 기무라는 굵은 팔로 팔짱을 낀 채 야마모토의 움직임을 매서운 눈초리로 바라보고 있었다.

첫 번째 제자는 치프라고 불리는 중년 남자로 말수가 적고 좀처럼 웃지 않는 사람이었다. 지금은 입구를 등지고 교자를 굽고 있었다.

구마는 기무라가 옆에 서 있어서인지 거북한 얼굴로 컵을 씻고 있다가 마유를 보고 턱짓으로 바깥을 가리켰다.

좁은 도로를 끼고 마주한 규동 가게 앞에 밋쿠가 서 있었다. 어젯밤과 똑같은 고등학교 교복 차림으로 담배를 피우고 있는 것이 보였다. 과연, 26살이면 선도 같은 것에 걸릴 리가 없다. 그래서 태연하게 담배를 피울 수 있는 거였구나.

마유가 계산대에 서자 밋쿠가 마유를 알아보고 길을 가로질러 오는 것이 보였다. 경계 태세를 갖출 틈도 없이 자동문이 열렸다. 밋쿠가 얼굴만 들이밀고 손짓으로 불렀다.

"마유, 할 말이 있는데 잠깐 나와봐."

기무라가 쫓아버렸다고 했는데도 밋쿠는 뻔뻔스러웠다. 마유는 도움을 청하며 카운터 쪽을 돌아보았다. 기무라는 팔짱을 낀 채 밋쿠를 노려보고 있었다.

"지금은 못 나가."

마유가 그렇게 말하자 밋쿠는 가게 안으로 들어왔다.

"돈 빌려줬잖아. 그거 갚아야지." 밋쿠가 귓가에 속삭였다.

스스로도 느껴질 만큼 마유의 얼굴색이 하얗게 질렸다. 빌라에서 나왔으니까 돈을 빌린다는 이야기는 없는 일이 됐을 거라고 생각했던 것이다.

"난 빌린 적 없어."

"빌려줬어, 10만 엔."

"빌린 적 없어."

"빌려줬어."

밋쿠가 물러서지 않자 마유는 어떻게 해야 좋을지 몰랐다. 눈물이 날 것 같았다. 무슨 일인가 싶어서 손님들이 뒤돌아서서 마유를 쳐다보았다. 사장인 기무라가 카운터 판자를 밀어올리고 이쪽을 향해 걸어왔다.

"아까도 말했지만 영업 중이니까 그만하시죠."

기무라가 밋쿠의 앞을 가로막고 낮은 목소리로 말했다.

"난 이 애한테 빌려준 돈을 받으러 왔을 뿐이야."

밋쿠는 매니큐어가 벗겨진 손톱 끝으로 마유를 가리키며 태연하게 말했다. 가게 형광등 밑에서 보니 얼굴에 주름이 두드러졌다.

"잠깐 좀 나가지."

기무라가 가게 밖으로 밋쿠를 밀어냈다. 자동문이 닫혔다. 하지만 두 사람의 대화는 마유가 있는 곳까지 들려왔다.

"여기 와서 행패부리는 거 그만둬. 영업 방해로 신고할 거니까."

기무라가 낮은 목소리로 위협했다. 그러자 밋쿠가 마유를 가리켰다.

"방해는 지금 누가 하고 있는데? 나는 빌려준 돈을 받고 싶은 것뿐이야."

"돈 같은 거 빌리지도 않았잖아."

"빌렸어."

"어쨌든 방해되니까 돌아가."

"쟤 아직 17살이야. 야간에 일시키면 곤란해지는 거 아니야?"

밋쿠의 협박에 기무라가 무시무시한 목소리로 호통을 쳤다.

"너랑은 상관없으니까 그만 꺼져."

"재수 없는 새끼." 밋쿠가 소리 지르며 떠났다.

가게로 돌아온 기무라가 날카로운 눈빛으로 마유를 보았다.

"확실히 질이 나쁜 여자네."

"죄송합니다."

"괜찮아, 나중에 이야기하자."

손님 앞에서 안 좋은 모습을 보이게 된 기무라는 심기가 언짢아 보였다. 카운터 너머로 구마와 눈이 마주쳤지만 구마는 시치미를 뗀 얼굴로 마유의 눈을 피했다.

11시에 일이 끝난 마유는 휴게실에서 옷을 갈아입고 스마트폰을 충전했다. 드러누워서 책장이 돌돌 말린 만화책을 팔랑팔랑 넘겼지만 아무 것도 머리에 들어오지 않았다.

밋쿠가 10만 엔을 빌려줬다며 사람들 앞에서 우겨대는 것이 무서웠다. 정말로 빌린 것 같은 기분이 들어서 도망치고 싶어졌다. 밋쿠가 밑에서 기다리고 있으면 어떡하지? 마유는 불안해서 미칠 지경이었다.

얼마 안 있어 가게가 끝났는지 우르르 발소리가 나고 남자들이 올라왔다. 치프와 야마모토, 그리고 구마였다. 마유는 황급히 스마트폰 충전기를 뺐다.

"수고하셨습니다."

마유의 인사에 고개만 끄덕였을 뿐 세 사람은 허둥지둥 옷을 갈아입고 나갔다. 아마도 기무라에게 무슨 말을 들었을 것이다.

그 뒤로 30분이 더 지났고 시간은 벌써 새벽 1시가 다 되었다. 겨우 뒷정리와 발주를 끝낸 기무라가 휴게실 문을 열고 들어왔다.

"미안, 오래 기다렸지?"

기무라는 코카콜라 제로 캔 두 개를 건네며 말했다. 일부러 자판기에서 뽑아온 것 같았다. 구마에게 기무라는 술을 못 한다는 말을 들은 기억이 났다.

"죄송합니다."

양 무릎을 모으고 사과하자 기무라가 푸슉 소리를 내며 콜라를 따서 마유의 손에 쥐어주었다.

"일단 마셔."

달고 차가운 액체가 맛있어서 마유는 단숨에 절반이나 마셔버렸다. 마유에게 주스나 콜라는 사치였다. 마시고 싶다고 아무 때나 마실 수 있는 게 아니었다.

책상다리를 하고 앉은 기무라가 재떨이를 끌어당겨 담배에 불을 붙였다.

"저기, 무슨 일이 있었는지 말해줄래? 마유가 곧장 집에 가지 않고 길거리를 배회하니까 그런 이상한 애들한테 걸리는 거야. 애초에 어쩌다 그런 여자를 알게 된 거야?"

"아르바이트가 끝나고 도겐자카를 걷고 있는데 젊은 남자가 말을 걸었어요."

"헌팅?"

기무라가 지체 없이 물어왔다. 눈빛이 날카로웠다.

"아뇨. 무슨 삐끼인 것 같았어요. 그런데 아까 그 밋쿠라는 사람이 와서 이 사람 질이 나쁘니까 조심하라면서 도와줬어요. 그래서 완전히 믿어버린 거예요. 잘 곳이 없다고 하니까 같이 노래방에서 밤새자고 해서 따라갔는데 패밀리 레스토랑에서 밤을 새는 걸로 바뀌었어요. 그러다 밋쿠의 친구라는 사람이 와서 여럿이서 살고 있는 빌라가 있다고 했어요. 거기서 재워준다는 얘기가 나왔는데, 들어가려면 처음에 10만 엔을 내야 한다고 했어요. 그렇게 큰돈은 없다고 하니까 밋쿠가 자기가 빌려준다고……"

"어차피 말로만 빌려준다고 하고 현금 같은 건 받지 않았지?"

"네."

마유는 점점 설명하는 것이 귀찮아졌다. 하품이 나왔지만 꾹 참았다. 만성적인 수면 부족이라 늘 졸렸다.

"그래서 어떻게 됐어?"

"그 빌라에 갔는데 같은 방을 썼던 애가 빨리 도망치는 게 좋을 거라고 해서 도망쳐 나왔어요. 거기에 있으면 손님을 받게 된다고 해서."

기무라가 웃었다.

"빌린 돈을 갚으라면서 매춘을 시키는 거겠지."

"그런 것 같았어요."

마유가 끄덕이자 기무라가 목소리를 높였다.

"도대체가 요즘 세상은 젊은 여자가 뚜쟁이 노릇이나 하고 있고, 말세야 말세. 그렇지?"

마유는 적당히 맞장구를 쳤다. 뚜쟁이가 무슨 말인지 몰랐다. 그런 것보다 당장 오늘 밤 잘 곳과 밑에서 밋쿠가 기다리고 있는 건 아닐까 하는 걱정이 더 컸다.

기무라는 마유와 이야기하는 것이 즐거운 듯 기분 좋게 물었다.

"그런데 마유는 왜 집에 안 들어가? 가출했어?"

마유는 쓴웃음을 짓고 고개를 옆으로 저었다.

"아니에요. 작은아빠네 집이 싫은 거예요."

"부모님은 어쩌고?"

기무라가 다그치듯 물었다.

"야반도주했어요."

"흐음, 요즘 같은 시대에 야반도주라, 복고풍이 유행인가? 옛날 드라마도 아니고."

기무라가 놀리듯이 말하자 마유는 화가 났다. 부모님 탓에 이런 비참한 상황에 처했는데 그런 자신마저 비웃음을 당한 느낌이 들었다.

"하지만 빚을 못 갚아서 도망쳤다고 들었어요."

기무라는 관심 없다는 듯 단숨에 남은 콜라를 다 마셔버렸다.

"저기 말이야, 요즘엔 파산신청 같은 것도 쉽게 할 수 있어. 마유네 부모님은 그걸 몰랐거나 야쿠자가 연관돼서 문제가 발생했거나 둘 중 하나야."

야쿠자라는 말에 마유는 겁이 났다.

"저는 잘 몰라요." 마유는 작은 소리로 중얼거렸다.

기무라가 일어섰다.

"그럼 난 늦었으니까 갈게. 마유는 여기서 자고 가. 그 여자가 아직 있을지도 모르고, 어디 갈 데도 없잖아."

마유가 꾸벅 고개를 끄덕이자 기무라가 두툼한 손으로 어깨를 툭툭 두드렸다.

"혼자서 고생이 많겠지만 힘내. 나도 응원할 테니까."

"저 안 잘리는 거예요?"

주뼛주뼛 묻자 기무라가 큰 눈을 부라렸다.

"그런 짓은 안 해."

"다행이다"라고 중얼거리자 기무라가 만족스럽게 웃었다. 마유는 휴게실에서 잘 수 있게 된 것에 안도했다.

"여긴 오전 11시까지는 아무도 안 오니까 안심하고 있어. 그럼 잘 자라."

기무라가 나갔다. 마유는 그제야 안심하고 창문을 열어 담배 냄새가 나는 방을 환기시켰다. 길가를 내려다봤지만 밋쿠의 모습은 어디에도 없었다. 거리의 네온사인이 하나둘 꺼지고 사람들의 왕래도 끊겼다. 마유는 다시 만화책을 베개 삼아 바닥에 벌러덩 누웠다.

그날 밤 마유는 몇 번이나 잠에서 깼다. 혹시 기무라가 뭔가 이유를 대며 돌아오는 건 아닐까 불안했기 때문이었다. 하지만 기우였는지 아침까지 아무도 찾아오지 않았다.

얕은 잠을 반복하다가 겨우 눈을 뜬 것은 아침 8시였다. 노래방도 아니고, 맥도널드 의자 위도 아니고, 작은아빠 '집' 이층침대 옆의 얇은 이불 속도 아니었다. 자주 깨긴 했지만 오랜만에 혼자서 느긋하게 잔 것 같아 마유는 만족스러웠다.

9

아르바이트 시작 시간은 오후 3시였지만 마유는 가게 오픈 준비부터 도울 생각이었다. 근처 맥도널드에서 아침을 해결하고 휴게실로 돌아와 보니 구마가 벌써 와 있었다. 마른 체형에 자세가 구부정한 구마가 마유의 책가방을 만지고 있는 것이 보였다.

"뭐하는 거야, 함부로 건들지 마."

마유가 화를 내자 구마가 깜짝 놀라며 돌아보았다.

"마유, 어젯밤에 여기서 잤어?"

"응. 기무라 씨가 자도 된다고 했어."

"무사한 거지?" 구마가 놀렸다.

"바보!"

마유는 구마의 궁상맞은 등짝을 세게 때렸다. 등뼈가 손에 닿아 아팠다.

마유에게 맞은 구마는 누렇고 고르지 못한 치열을 드러내며 헤벌쭉 웃었다.

"그렇지만 위험하잖아."

"기무라 씨는 내가 갈 데가 없으니까 생각해서 말해준 거야."

"그러니까 그게 위험하다고." 구마가 히죽거렸다. "마유는 아직 모르겠지만."

"뭘 모른다는 거야?"

마유는 짜증내며 물었다. 늘 기무라에게 혼나기만 하는 구마에게는 친구 대하듯 뭐든 편하게 말할 수 있었다.

"헤헤헤." 구마는 경박한 표정으로 웃었다. "남자의 마음?"

"그렇지만 기무라 씨는 아저씨잖아. 우리 아빠랑 나이가 비슷할걸."

말하고 보니 불쾌했다. 마유의 아빠는 43살이다. 기무라도 크게 차이나지 않을 것이다. 그런 아저씨가 고등학교 1학년인 자신에게 관심을 갖고 있다고 생각하는 것만으로도 어쩐지 기분이 나빴다.

"바보야, 틈만 보여 봐. 곧장 덮칠 게 뻔하다고. 조심하는 게 좋아."

훔쳐볼까 봐 불안했던 것은 사실이지만 기무라 같은 남자한테 안기는 상상을 하자 혐오감과 공포심이 더욱 커졌다.

"우웩, 기분 나빠."

"그러니까 말했잖아. 그 자식 롤리타콤플렉스라고."

구마가 히죽거리면서 마유가 베개로 썼던 만화책 몇 권을 자신의 배낭에 쑤셔 넣더니 옆에 있던 휴대전화 충전기도 넣었다. 그 충전기는 마유가 빌려 쓰고 있던 것이었다.

"어? 그 충전기 가게 거 아니야?"

"아니야. 내 거야. 쓸래?"

구마는 집에서 충전하는 것이 아까워서 여기서 하고 있었던 모양이었다.

"괜찮아. 이미 했으니까."

"뭐야. 제법 뻔뻔하잖아." 구마가 쓴웃음을 지었다.

"뻔뻔한 건 구마 씨지. 내 가방은 왜 만졌어?"

그러자 구마의 표정이 부루퉁해졌다.

"딱히 뭘 훔치려던 건 아니야. 왜 이런 데 책가방이 있나 싶어서 본 것뿐이지."

"그럼 다행이고." 마유는 어깨를 움츠렸다.

"있잖아. 나 오늘부로 가게 그만둘 거야. 이제 여기 올 일 없으니까 마유랑도 이별이네."

마유는 충격을 받았다. 구마가 그만두면 이제 누구와 이야기해야 할까. 기무라, 치프, 야마모토 세 사람만 남으면 시시한 이야기를 주고받을 말상대가 없어서 심심할 게 분명했다.

"정말 그만두는 거예요?"

"뭐야, 왜 갑자기 존댓말이야?" 구마는 쓴웃음을 지었다. "관둘 거야. 그 녀석들 맨날 소리만 지르고. 나도 열 받아서 더는 못해먹겠어. 그래서 짐 챙기러 온 거야."

낙담한 마유는 바닥에 털썩 주저앉았다.

"나랑 제대로 이야기해준 건 마유뿐이었어. 다른 놈들은 죄다 거만하게 부려먹기나 하고. 확 죽어버렸으면 좋겠다."

구마가 증오심을 드러내며 휴게실 행거에 걸려 있는 각각의 조리복을 매섭게 노려보았다.

"이제부터 어떻게 할 거야?"

마유는 매달리는 듯한 심정으로 물었다.

"일단 좀 느긋하게 쉬다가 다시 일을 찾아봐야지."

"무슨 일?"

구마는 조금 주저하면서 부끄러운 듯이 말했다.

"나 사실은 웨딩 플래너가 되고 싶어."

그게 어떤 일인지 몰라서 마유는 고개를 갸웃했다. 구마는 털어
놓은 것을 후회하는 듯 입을 비쭉거렸다.

"여기 라멘, 바퀴벌레로 국물 내는 것 같다고 맛집 사이트에 써
버릴까 생각 중이야."

"그런 거 썼다간 금방 들킬걸." 마유는 웃었다.

"안 들켜. 그리고 들키면 어쩔 건데."

구마는 주머니에서 스마트폰을 꺼내 시간을 확인했다.

"슬슬 가야겠다. 곧 그 자식들 올 시간이야. 마유, 잘 있어."

구마가 몸을 돌리자 마유는 황급히 구마의 티셔츠 자락을 잡아
당겼다.

"잠깐만"

"뭐야, 옷 늘어나잖아."

구마가 냉정하게 마유의 손을 뿌리쳤다.

"카톡 계정 알려줘."

카카오톡 친구로 등록해놓자 조금 안심이 되었다. 하지만 가게
를 그만두면서 갑자기 쌀쌀맞아진 구마가 의지가 될 것 같지는 않
았다.

구마가 나간 뒤 마유는 자신의 충전기를 꺼내 누가 출근하기 전

에 충전해두기로 했다.

구마가 갑자기 가게를 그만둔 것은 마치 처음부터 정해져 있던 일인 것처럼 전혀 문제가 되지 않았다. 기무라는 마유의 근무 시간을 12시간으로 늘렸다. 주방 설거지까지 하게 되는 것은 고됐지만 급여가 올라가는 것이 기뻤다. 가게에서 제공하는 식사는 5시에 한 번 나오는 것이 전부라 마유는 점심시간이 되면 편의점에서 먹을 것을 사다가 2층의 휴게실에서 먹었다.

기무라는 변함없이 마유를 위해 휴게실을 빌려주었다. 지낼 곳이 생기자 마유는 가게 밖으로는 거의 나가지 않았다. 시부야 거리에는 밋쿠나 시오리가 돌아다니고 있을지도 모르고 가출한 자신을 찾는 누군가가 기다리고 있을지도 몰랐다. 작은아빠 부부에게 도둑 취급을 받고 있기 때문에 무슨 말을 어떻게 들었는지 모를 일이었다.

하지만 마유를 찾아오는 사람은 아무도 없었다. 덕분에 마유는 평화로운 일상을 보낼 수 있었다. 가끔 대중목욕탕에 가서 뜨끈한 탕에 몸을 담그고 코인 빨래방에서 세탁도 했다. 텔레비전은 없었지만 스마트폰으로 뉴스를 보고 유투브 동영상도 볼 수 있으니 심심하지 않았다. 덕분에 돈도 얼마간 모을 수 있었다.

7월에 접어들어 비가 억수같이 쏟아지는 밤이었다.

쿠션을 베개 삼아 담요 위에 드러누운 마유는 스마트폰의 작은 화면으로 텔레비전 방송을 보다가 지쳐서 잠깐 눈을 감았다. 그러다가 어느샌가 불을 켜둔 채 잠들어버린 모양이었다. 누군가 불을 끄는 소리에 마유는 얼핏 잠에서 깼다.

하지만 잠결이라 자기 집에서 자고 있는 듯한 착각에 빠졌다. 엄마가 "불을 켜둔 채 자면 어떡하니"라면서 종종 마유 방의 불을 꺼주었기 때문이다.

"고마워."

마유는 인사를 하고 나서야 꿈이라는 것을 깨달았다. 순간 실내 공기가 눅눅해진 듯한 느낌에 눈이 번쩍 뜨였다. 창문은 닫혀 있을 텐데 어떻게 바깥 공기가 들어온 거지?

갑자기 코를 찌르는 지독한 술 냄새와 함께 방 안에 검은 그림자가 서 있는 것이 보였다. 마유는 술 취한 남자가 휴게실에 들어왔다는 사실을 깨닫고 공황 상태에 빠졌다. 극심한 공포에 몸이 얼어붙었다. 목소리도 나오지 않았다.

간신히 몸을 일으켜 스마트폰을 집으려는 순간 남자가 덮쳐왔다. 무거운 체중에 짓눌려 숨도 못 쉴 지경이었다. 소리를 지르려고 했지만 남자의 커다란 손이 입을 틀어막았다. 남자는 왼손으로 마유의 입을 막고 오른손으로 재빠르게 티셔츠를 벗겼다. 잠옷 대신 입고 있던 트레이닝 바지도 끌어내려져 마유는 순식간에 알몸이 되었다.

성폭행을 당한다고 생각하니 머릿속이 새하얘졌다. 중학생 때 같은 반 남자아이와 장난으로 키스를 한 적은 있지만 섹스를 해본 적은 없었다. 마유가 덜덜 떨고 있자 남자가 낮은 목소리로 명령했다.

"힘 빼."

치프였다. 늘 과묵하게 묵례만 하던 남자가 자신을 덮치다니. 마유는 울면서 저항했지만 상대는 성인 남자였다. 저항할수록 거칠게 짓눌러왔다. 뺨을 한 대 맞고 나자 체념하는 수밖에 없었다. 마유는 오랜 시간 아픔과 공포를 견뎌야 했다.

"건방을 떠니까 이 꼴을 당하는 거야."

치프가 휴게실을 나간 뒤 마유는 충격에 움직일 수조차 없었다. 이게 성폭행이라는 건가. 짓밟힌 몸과 마음이 원래대로 돌아가는 일은 두 번 다시 없을 것이다. 눈물이 멈추지 않았다.

가게에서 치프의 얼굴을 다시 볼 생각을 하니 견딜 수가 없었다. 마유는 짐을 챙겨 휴게실을 나왔다. 마트에서 산 쿠션도 담요도 불결하게 느껴져서 전부 두고 나왔다.

오전 내내 맥도널드에서 꼼짝도 하지 못하던 마유는 오후가 되자 큰맘 먹고 가게로 향했다. 기무라에게 어젯밤의 일을 일러바치지 않으면 직성이 풀리지 않을 것 같았다. 게다가 일주일치 급여도 아직 받지 않았다.

가게는 만석이었다. 기무라와 치프와 야마모토 세 명이 주방에서 바쁘게 일하고 있었다. 어디에서 고용한 건지 중년 여성 한 명이 손님들 사이를 오가고 있었다.

마유는 밖에서 기무라와 눈이 마주치자 가볍게 인사했다. 기무라가 무시하자 용기를 내서 가게로 들어갔다. "어서 오십쇼." 야마모토가 외친 뒤 마유라는 것을 알아채고 기무라 쪽을 흘끗 보았다.

기무라는 모르는 척하며 돼지고기를 썰고 있었고 치프도 시치미를 뗀 얼굴로 사발에 국물을 따르고 있었다. 그 옆모습을 보면서 마유는 어떻게 해야 좋을지 알 수가 없었다. 억누를 수 없는 분노가 용솟음치는 반면 너무나도 태연한 남자들의 태도에는 공포가 느껴졌다. 마유가 그 자리에 못 박혀 있자 서빙을 하던 여자가 다가와 말했다.

"저쪽 자리로 앉으세요."

"아니, 기무라 씨한테 용건이 있는데요."

"사장님한테요?" 여자가 돌아보았다. "지금은 바빠서 안 돼요."

"그럼 알바비 받으러 왔다고 전해주세요."

그렇게 말하고 마유는 가게 밖으로 나왔다. '겐베'라는 빨간 간판 앞에 서서 스마트폰을 보고 있자 기무라가 나왔다.

"자." 기무라가 느닷없이 만 엔짜리 5장을 손에 쥐어주었다.

"부족한데요?"

마유가 항의하자 기무라가 가게 쪽을 돌아보며 대답했다.

"휴게실을 숙소 대신 썼으니까 숙박비로 조금 뺐어."

그런 말은 한 적도 없었으면서. 억울했지만 어쩔 수 없었다. 아무 말도 하지 못하던 마유는 주방 안에 있는 치프의 옆모습을 쏘아보았다.

"치프가 어젯밤에 휴게실에 들어왔어요."

말을 꺼내자마자 분해서 눈물이 났다. 기무라가 눈을 피했다.

"그런 일이라도 없었으면 안 나갔을 거잖아. 나는 가끔이라면 괜찮다는 뜻으로 말한 건데."

마유는 깜짝 놀라 기무라의 얼굴을 올려다보았다.

"설마 일부러 그런 거예요?"

눈물이 넘쳐흘러 목소리가 제대로 나오지 않았다.

"무슨 말인지 모르겠네."

기무라가 가게 안으로 돌아갔다. 마유는 손 안에 있는 만 엔짜리를 기무라 얼굴에 던지고 싶었다. 하지만 차마 그러지 못하고 꽉 쥔 채 서 있었다. 그런 자신이 미치도록 싫었다.

몸이 아팠다. 생리통이나 복통과는 다른 물리적인 상처에서 비롯된 통증이었다. 도겐자카 근처의 패밀리 레스토랑에는 밋쿠나 시오리가 있을지도 몰라 마유는 미야마스자카 쪽에 있는 노래방에 가서 몸을 누였다.

화장실에 가려고 방에서 나오자 맞은편에서 중년 남자가 걸어왔다. 마유는 자기도 모르게 얼굴이 굳어지는 것이 느껴졌다. 그 표정에 화가 난 건지 갑자기 남자가 트집을 잡았다.

"너, 방금 내 얼굴 보고 인상 썼지? 뭐야, 불만이라도 있어?"

말하기도 귀찮아 고개를 저었다. 하지만 남자는 무슨 울분이라도 쌓인 건지 좀처럼 물러서지 않았다.

"뭐야, 대답 정도는 해야 할 거 아니야! 이게 어디서 잘난 척이야!"

마유는 고개를 돌리는 것밖에 할 수가 없었다. 그때 소녀의 목소리가 들렸다.

"죄송해요. 얘가 몸이 좀 안 좋아서요."

소녀가 마유의 손을 잡았다. 건조하고 가슬가슬한 손이었다.

"잠깐 기다려."

"죄송해요. 용서해주세요."

소녀가 굽실거리며 사과하자 남자는 그럭저럭 진정된 것 같았다. 소녀는 마유의 손을 잡고 자신의 방으로 데리고 갔다. 마유는 소녀가 이끄는 대로 따랐다.

"저기, 괜찮아?"

고개를 끄덕이고 얼굴을 보니 비슷한 또래의 귀여운 소녀였다.

"고마워."

"뭘. 그 자식 좀 위험했어."

소녀가 담배를 물고 께느른한 표정을 지었다.

"잠깐만 같이 있어도 될까?"

마유가 조심스럽게 묻자 소녀는 진지한 얼굴로 대답했다.

"괜찮아. 난 리오나라고 해. 잘 부탁해."

"난 마유."

"근데 마유, 어디 안 좋니?"

리오나가 딱하다는 듯 한숨을 내뱉으며 물었다.

제2장

리오나

1

마유라는 아이는 몹시 상처 받고 분노한 것처럼 보였다. 그런 자포자기 상태가 대낮부터 노래방에서 잠이나 자는 게을러빠진 아저씨의 분노를 불러일으킨 것이다.

"뭐야, 불만 있어?"라고 시비를 걸어오는 남자들을 리오나는 수없이 봐왔다. 그런 놈들은 백이면 백 뒤에서 손가락질 당하고 험담을 들을까 봐 벌벌 떠는 소심한 피해망상증 환자들이다.

그들이 여고생들을 바라보는 눈초리는 여간 불쾌한 게 아니었다. 머리가 나빠서 불만을 말하지도 못하는 주제에 용돈만 탐내는 뻔뻔한 여자들이라고 생각하는 것이다.

한술 더 떠 증오심마저 느끼는 남자들도 있었다. 젊은 여자라는 이유만으로 이득을 본다고 생각하기 때문이다. 웃기지 마, 멍청한 자식들. 약자나 괴롭히는 주제에.

리오나는 고개를 숙인 채 굳게 입을 다문 마유 앞에서 담배를 피우며 그런 생각을 했다.

마유는 18살인 자신과 동갑이거나 한 살 아래일 것 같았다. 작은 얼굴에 쇼트커트, 낮은 코끝이 살짝 위로 들린 애교 있는 얼굴은 아직 천진난만해 보였다. 자신과 달리 영양가 있는 식사를 해온 것일까? 회색 바탕에 검은색으로 크게 'ONE'이라는 글자가 적힌 조금 유치한 티셔츠를 입고 있었다. 흰색 스니커즈는 누구한테 밟히기라도 한 건지 끝까지 까맣게 얼룩져 있었다.

언뜻 보기에는 평범한 여자애 같지만 리오나는 마유가 어디에도 갈 곳이 없다는 것을 알 수 있었다. 행색이 꾀죄죄한데다 배낭에 책가방까지 매고 이 시간에 노래방에 있는 애가 동아리 활동으로 바쁜 건전한 여고생일 리 없었다.

"조금 전에는 고마웠어."

마유가 겨우 고개를 들고 인사했다. 꺼질 듯한 목소리였다.

"됐어. 대단한 일도 아닌데."

"그런 말을 들을 줄은 생각도 못했어. 왠지 머리가 멍해져서 어떻게 해야 좋을지……"

마유가 띄엄띄엄 떠오르는 단어들을 필사적으로 그러모아 억지로 연결한 것처럼 말했다. 타인과 별로 말하고 싶지 않은 상태 같다는 생각이 들었다.

"알아. 그 자식 뭔가 여자한테 앙심이라도 품고 있는 느낌이라 위험했어."

마유가 고개를 끄덕였을 때 광대뼈 부근에 옅은 멍이 있는 것이
보였다.

"그거 어떻게 된 거야?"

리오나가 가리키자 마유의 표정이 순식간에 흐려졌다. 광대뼈를
감추듯이 손으로 누른 채 대답했다.

"아무것도 아니야."

"맞았어?"

마유는 대답하지 않았다. 그 눈에 서서히 눈물이 차오르는 것 같
아서 리오나는 눈을 돌렸다. 틀림없다고 생각했지만 굳이 자세히
묻지는 않았다.

수없이 많이 맞아본 리오나는 마유의 멍이 맞아서 생겼다는 것
쯤은 금방 알 수 있었다. 때리는 사람은 대개 남자였다. 남자는 힘
이 세기 때문에 살살 친다고 해도 여자아이의 부드러운 피부에는
금방 상처가 생겨버리곤 했다.

"아파 보여."

리오나가 새로운 담배에 불을 붙이면서 중얼거리자 마유는 고개
를 저었다. 그 일에 대해서는 묻지 말아달라는 의사표시일 것이다.

"그래, 미안. 쓸데없는 걸 물었네."

"괜찮아. 저기, 이름이 뭐랬지?"

"리오나."

"리오나? 무슨 한자 써?"

"뭐든 상관없어. 가타카나도 괜찮아."

그냥 울림이 좋아서 리오나라는 이름을 쓰고 있을 뿐이다. 어차
피 본명이 아니니까 어떤 한자를 쓰든 아무래도 상관없었다.

"내가 아는 애는 이과理科의 이, 중앙中央의 앙, 나라奈良의 나를 써서 리오나理央奈였어."

마유가 누군가를 떠올리듯이 말했다. 언뜻 보니 공부를 잘하고 따지기 좋아하는 것 같았다. 이런 애는 자칫 건방져 보이기 때문에 손해를 본다. 남자의 잔학성을 돋우는 것이다.

"아, 그래."

별로 관심이 없는 리오나는 건성으로 대답했다. 마유에게도 물어보는 편이 좋으려나 싶어 되물어보았다.

"마유는 어떤 한자를 써?"

"진실真実의 진에 자유自由의 유."

마유는 평소 자주 그렇게 말해온 듯 술술 대답했다.

"자유의 유……?"

얼른 떠오르지 않아서 되묻자 마유가 손으로 허공에 글자를 썼다.

"이렇게 밭 전田 자에서 위쪽으로 길게 나온 것."

"아아, 맞다, 맞다." 리오나는 멋쩍은 웃음으로 얼버무렸다. 잠시 침묵이 흘렀다. 리오나는 포테이토칩 봉지를 마유 쪽으로 내밀었다.

"이거 먹을래?"

마유는 고개를 저었다.

"괜찮아. 식욕이 별로 없어."

"아, 그래."

리오나가 봉지를 거두자 마유가 고개를 숙였다.

"미안해. 생각해서 권해준 건데."

"아니야, 괜찮아."

마유가 일어나서 문 밖을 살폈다.

"아까 그 자식 이제 없겠지?" 마유는 밖을 확인한 다음 문을 열고 리오나에게 말했다. "그럼 난 내 방으로 갈게."

"응, 잘 가."

리오나는 손을 흔들었다. 마유는 "고마워"라고 작은 목소리로 인사하고 방을 나갔다.

몇 시간 뒤 리오나는 화장실에서 마유와 다시 마주쳤다. 마유는 세면대에서 세수를 하고 타월지로 된 손수건으로 광대뼈에 생긴 멍 주변을 피해서 얼굴을 조심스레 닦고 있었다.

"아직 있었구나. 만나서 다행이야. 아까는 고마웠어. 조금 잤더니 기운을 차렸어."

마유는 말수가 많아졌다. 하지만 정말로 기운을 차린 걸까 의심이 들었다.

"다행이네. 그 자식은 마주치지 않았어?"

"응. 괜찮았어." 마유가 웃어보였다.

리오나가 화장실에 갔다 나오자 마유가 복도에서 기다리고 있었다.

"저기, 괜찮으면 같이 밥 먹으러 가지 않을래? 내가 살 테니까."

그런 말을 들어본 적이 없어서 리오나는 깜짝 놀라며 물었다.

"사준다고? 왜?"

"리오나가 다정하게 대해줬으니까."

마유가 수줍은 듯 말하며 웃었다.

마유가 도겐자카 쪽은 가고 싶지 않다고 해서 리오나는 미야마스자카에 있는 체인점으로 안내했다. 리오나는 생선조림 정식, 마유는 닭고기 된장구이 정식을 주문했다.

마유는 이런 가게가 있는 것도 몰랐던 모양이었다. "된장국이 먹고 싶었어"라며 기쁜 듯이 말했다.

"근데 왜 도겐자카 쪽은 가고 싶지 않다는 거야?"

리오나가 묻자 마유는 찌푸린 얼굴로 말했다.

"밋쿠라는 여자한테 속은 적이 있거든. 처음에는 리오나도 그런 사람인 줄 알았어. 도겐자카 교차로에 서 있었는데 젊은 남자가 말을 걸어와서 아무것도 모르고 이야기하고 있었거든. 근데 여고생 같은 애가 와서 '그 자식 여자애들 팔아먹는 삐끼니까 조심해'라면서 도와준 거야. 돈도 빌려준다고 하고, 숙소에서도 살게 해준다고 해서 엄청 기뻤는데⋯⋯. 그 밋쿠라는 사람 사실은 고등학생이 아니라 26살 정도 됐을 거래. 우리 같은 애들을 속여서 한집에 모아놓고 매춘을 시키고 있었나 봐. 그래서 도망쳤는데 돈 갚으라고 아르바이트하는 데까지 쫓아와서⋯⋯"

마유가 더듬거리며 설명하는 것을 듣고 리오나는 고개를 끄덕였다. 그런 패거리는 어디에나 있었다. 리오나도 숱하게 봐왔다. 밋쿠라는 여자도 분명히 본 적이 있을 것이다.

"그런 거 안 갚아도 돼. 그래서 도겐자카에 가고 싶지 않은 거구나?"

"뭐, 그렇지." 마유가 조금 애매한 표정을 지었다. 뭔가 또 다른 이유가 있는 것 같았다.

"그 삐끼 말인데, 요네다라는 이름 아니었어?"

리오나가 묻자 마유는 고개를 저었다.

"이름은 기억이 안 나."

"마른 체형에 머리숱이 엄청 많아."

"아아, 그럼 아마 그 사람이 맞을 거야." 마유가 겨우 웃었다. "확실히 머리숱이 많긴 했어."

"요네다는 삐끼지만 그렇게 나쁜 녀석은 아니야. 비교적 친절하다고 아는 애가 그랬거든."

헌팅한 여자애를 가장 먼저 건드린 다음 무자비하게 팔아버리지만. 리오나는 뒷말은 생략했다.

"친절하다는 건 무슨 말이야?"

"연애 상담을 해주거나 일을 찾는다고 하면 같이 찾아주고 좋은 조건으로 협상도 해준다는 것 같아."

"흐음, 그렇구나." 마유가 시무룩한 얼굴로 말을 이었다. "근데 그 일이라는 거 여고생들 데리고 하는 'JK 비즈니스'라는 거잖아."

"맞아. 나도 하고 있어."

리오나가 아무렇지 않게 말하자 마유는 놀란 것 같았다.

"그거 정확히 무슨 일을 하는 거야? 위험하지는 않아?"

"위험하지 않은 일은 없어. 근데 별로 돈이 안 돼. 그래서 이런저런 옵션을 다는 거지."

"옵션이라니?"

"예를 들면 스커트를 슬쩍 올려서 팬티를 보여주거나, 볼을 만지게 해주거나, 팔짱을 끼게 해주는 거야. 그렇게 해서 한 번에 2천 엔 정도 받아."

"리오나는 예쁘니까 더 심한 짓을 하고 싶어 하는 사람도 있을 것 같아."

그렇게 말한 뒤 마유는 뭔가 떠올린 듯 으스스 몸을 떨었다. 리오나는 분명하게 말했다.

"그야, 위험한 일도 있지. 성폭행을 당한 애들도 많아."

"미안하지만 난 그런 거 못할 거 같아. 남자라는 생물이 끔찍이 싫거든."

리오나는 큰맘 먹고 물어보았다.

"저기, 무슨 일이 있었지? 괜찮다면 말해줘."

간신히 무거운 입을 뗀 마유가 띄엄띄엄 전해준 것은 예상대로의 사건이었다. 그렇지만 가게 전체가 가담한 악질적인 흉계에는 리오나도 혀를 내둘렀다.

"도겐자카에 가고 싶지 않은 가장 큰 이유는 그거였구나. 지독한 가게네."

"맞아. 정말 죽여버리고 싶어."

중얼거리는 마유의 눈에 증오와 울분이 맺혀 있었다.

"경찰서에 가보는 건 어때? 명백한 범죄잖아."

"그것도 생각해봤어. 근데 가출했으니까. 집으로 돌려보내질 것 같아서."

"돌려보내지면 곤란한 사정이라도 있는 거야?"

"당연하지." 마유가 말했다. "작은아빠네 집이거든. 다시는 돌아가고 싶지 않아."

리오나는 마유의 얼굴을 보면서 물었다.

"저기, 마유는 성폭행당하고 맞으면서 어떤 생각이 들었어?"

"떠올리고 싶지도 않아. 저항했다가 뺨을 두 대쯤 얻어맞았어. 아프기도 했지만 지금껏 누구한테 맞아본 적이 없어서 엄청 충격이

컸어. 이대로 살해당하는 건 아닐까 너무 무서웠어." 마유의 목소리가 떨리는 것 같더니 결국 눈물이 볼을 타고 흘렀다.

"처음이었는데 그런 아저씨한테 당한 게 너무 억울해. 더러워. 기분도 더럽고 내 몸도 더러워진 것 같아. 아무리 박박 씻어도 그 느낌이 지워지지 않아. 임신이라도 하게 되면 어떡 하나 싶고."

"알아. 많이 아팠지?"

"응. 아파서 죽는 줄 알았어."

리오나는 갑자기 식욕이 뚝 떨어져서 담배에 불을 붙였다. 문득 고개를 들자 마유가 진지한 얼굴로 자신을 바라보고 있었다.

"리오나도 그런 경험이 있어?"

리오나는 아무 말도 하지 못한 채 창문에 비친 자신의 얼굴을 응시했다. 자신과 꼭 닮은 얼굴을 한 엄마를 떠올리면서.

2

리오나의 본명은 다지리 루이카涙華였다. 리오나는 초등학생 때부터 '루이카'라는 이름이 못 견디게 싫었다. 화려하고 독특한 이름이라서가 아니었다. "술집여자 이름 같아"라고 남자애들한테 놀림받았기 때문이다.

엄마는 리오나가 남자애였다면 한자로 '이문泥門'이라고 쓰고 데몬이라고 부를 생각이었다고 했다. 리오나는 자신이 남자가 아니라서 다행이라고 생각했다. 리오나의 엄마 무쓰미는 자식에게 눈물이니 진흙이니 하는 이름을 붙이는 여자였다. 어려서 아무 생각도 없었던 것이다.

엄마는 18살에 리오나를 낳아 고등학교를 중퇴하고 결혼했다. 딱 지금 자신과 같은 나이에 임신과 출산을 경험한 것이다. 정말 멍청한 여자다. 생각할수록 경멸스러웠다.

엄마는 올해로 35살이 되었지만 나이를 속이고 사쿠라기초에서 호스티스로 일하고 있는 것 같았다. 벌써 몇 개월이나 연락을 끊고 지냈기 때문에 정확한 것은 알 수 없었다.

리오나의 친아빠는 엄마보다 두 살 연상으로 동네 건달이었다. 두 사람은 중학교까지 같은 학교를 다녔다. 엄마 말로는 같은 학교에 다니는 동안은 친하게 이야기를 나눈 적도 없었다고 했다. 그러다 엄마가 고등학생 때 요코스카 불꽃놀이에서 우연히 만나 눈이 맞았다는 것이다.

리오나는 초등학생 때 엄마의 스티커 사진을 본 적이 있었다. 허리춤에서 돌돌 말아 길이를 엄청나게 짧게 줄인 교복 스커트에 헐렁헐렁한 흰색 루스삭스loose socks를 신고, 금발로 물들인 머리는 가운데 가르마를 탄 채 포즈를 취하고 있었다.

엄마는 얼굴이 예뻐서 요코스카 시내에서는 꽤 유명했던 모양이다. 아빠가 푹 빠져서 쫓아다녔다고 한다. 하지만 20살의 아빠는 엄청난 바보에 어린애였다. 뜻대로 되지 않으면 금방 뚜껑이 열려 소리 지르고 엄마에게 손을 댔다. 엄마는 싸울 때마다 맞아서 얼굴에 푸른 멍을 달고 친정으로 돌아왔다.

그러던 차에 엄마를 구해주겠다는 새로운 남자가 나타났다. 유흥업소에서 삐끼로 일하는 남자였다. 엄마는 기다렸다는 듯이 이혼하고는 리오나를 데리고 그 남자와 재혼해버렸다.

리오나의 아빠는 한동안 미련이 남아 스토커 같은 짓을 했던 듯했지만 엄마의 새로운 남자는 사실 야쿠자와 연결되어 있는 양아치 중의 양아치였다.

"죽고 싶지 않으면 다시는 찾아오지 마." 남자의 협박에 겁을 먹은 아빠는 더 이상 엄마에게 접근하지 않았다. 하지만 곧 새로운 문제가 발생했다. 새로운 남자는 아빠와 달리 말수가 적었다. 그런 만큼 입으로 화내기보다 곧장 손부터 나가는 타입이었다.

리오나가 철이 들 무렵에는 싸움이 끊이지 않았다. 리오나는 남자에게 맞은 엄마가 벽에 나가떨어지거나 턱이 빠져 구급차 신세를 지는 것을 보고 자랐다. 엄마가 그 남자와 헤어지는 데는 4년이 걸렸다.

세 번째 남자는 얌전했지만 여자 문제로 엄마를 실컷 마음고생 시키더니 결국 다른 여자를 만나 나가버렸다. 그것이 2년 전이다. 엄마도 어지간히 데었는지 한동안은 리오나와 둘만의 평온한 생활이 이어졌다. 하지만 그것도 잠시, 얼마 안 있어 엄마에게 또 남자가 생겼다. 그 남자는 엄마에게 손찌검을 하지는 않았지만 교육이라는 명목하에 이따금씩 리오나를 때리곤 했다. 때리는 것뿐이면 그나마 다행이었다. 리오나가 집을 나온 것은 중학교를 '졸업'한 직후였다. 따라서 리오나는 정식으로는 의무교육을 마치지 못한 셈이었다.

"미안, 이상한 거 물어봐서."

마유의 목소리에 퍼뜩 정신이 들었다. 리오나는 손끝까지 타들어간 담배를 서둘러 비벼 껐다.

"아니야, 별로 이상한 질문 아니었어. 난 그런 경험은 없어."

너는 거짓말을 하고 있어. 마음속에서 또 한 명의 자신이 손가락을 들이댔다. 하지만 세상에는 떠올리는 것조차 고통스러운 일도 있었다.

마유도 말한 것을 후회하는 듯 씁쓸한 표정으로 찻잔에 담긴 옅은 엽차를 응시하고 있었다.

"괜찮아?"

리오나의 물음에 마유는 눈을 들지 않고 단숨에 내뱉었다.

"나 같은 건 살아봤자 소용없다고 생각했어. 솔직히 말하면 아까까지만 해도 확 죽어버릴 작정이었어."

"그게 무슨 소리야?"

마유가 얼굴을 확 들었다. 어려 보이는 얼굴에는 고뇌가 차 있었다.

"차라리 죽는 게 속 편하잖아. 안 그래?"

"그럴지도……"

그렇게 답하고 리오나는 슬며시 교복 블라우스 소매를 잡아 내렸다. 자해한 흉터를 마유에게 보이고 싶지 않았다.

이 상처는 그때 생긴 것이다. 다시는 떠올리고 싶지 않은 그날의 일. 죽어버릴 작정으로 그었는데 피가 멎어버려서 낙심했다. 사람은 손목을 긋는 정도로는 쉽게 죽지 않는다는 것을 알았다. 그때 리오나는 어디로도 도망칠 곳이 없다는 것을 깨닫고 절망하고 말았다.

"근데 말이야. 나 하나 죽는다고 해도 아무도 신경 안 쓰겠지? 슬퍼할 사람 하나 없다고 생각하니까 엄청 쓸쓸해졌어. 이 세상에 나혼자만 내버려진 느낌이 들어서 너무 무섭더라고."

마유가 말했다. 똑 부러지게 말하는 걸 보니 역시 공부를 잘하는 아이 같았다. 책도 많이 읽고 스스로 생각하며 자랐을 것이다. 복

받은 아이다. 늘 엄마와 그 남자에게 시달려 온 자신과는 달리.

"그럴지도……"

리오나가 같은 대답을 반복했지만 마유는 알아채지 못한 듯 한숨을 내뱉었다.

리오나는 휴대전화로 슬쩍 시간을 확인했다. 벌써 오후 5시가 지나 있었다.

"저기, 마유는 이제부터 어떻게 할 거야?"

마유는 접시에 남아 있는 마요네즈를 젓가락 끝으로 모으는 작업에 열중하는 척하고 있었다.

"어떻게 할까?" 마유가 겨우 대답했다. 생각하고 싶지 않은 걸 테지.

"다시 노래방으로 돌아갈 거야?"

"그러든지 아니면 맥도널드에서 시간을 보내든지 해야지. 어느 쪽으로 할지 고민 중이야."

"어느 쪽이든 돈이 들겠네."

"어쩔 수 없지 뭐. 그래도 알바비는 받았으니까 한동안은 어떻게든 될 거야."

마유의 체념 섞인 말투에 리오나는 분통이 터졌다. 마유는 알바비에 위자료까지 받아도 모자랄 판이었다. 이 아이는 울며 겨자 먹기로 참고 있는 것이 아닐까 싶은 생각이 들었다.

"괜찮으면 나 있는 데 올래?"

"너 있는 데라니?"

마유가 불안한 듯 물었다. 밋쿠인지 뭔지 하는 여자한테 속은 적이 있어서 경계하는 것 같았다.

"나 있는 데라고 해도 친구네 집이야. 나도 신세 지고 있거든."

"내가 가도 괜찮을까?"

사양하는 듯했지만 리오나는 마유의 눈에 어렴풋이 희망이 비치는 것을 알 수 있었다. 만난 지 서너 시간밖에 되지 않은 애한데 이렇게까지 할 필요가 있을까? 하지만 어째서인지 리오나는 마유를 내버려 둘 수 없었다.

"아마 괜찮을 거야. 곧잘 재워주는 남잔데 꽤 친절해."

"남자 친구?" 마유가 한쪽 눈썹을 올리며 물었다.

"정확히 말하면 남자 친구는 아니야. 그냥 친구."

리오나는 슈토와의 관계를 뭐라고 설명해야 좋을지 고민하며 말을 골랐다. 슈토가 자고 싶다고 하면 같이 자기도 하니까 단순한 친구 사이는 아니었다. 하지만 남자 친구가 아닌 것만은 확실했다.

"그렇지만 둘이 같이 살고 있는 거잖아?"

마유가 고개를 갸웃거렸다.

"맞아. 말하자면 가끔 하게 해주고 그 대가로 갠 날 재워주고 그런 관계야."

리오나는 시원스럽게 말해버리고 웃었다. 마유는 어젯밤 일이 떠올랐는지 얼굴이 굳어졌다.

"어떡하지?"

"어차피 갈 데도 없잖아?"

"응." 고개를 끄덕이는 옆모습에서 깊은 절망감이 엿보였다. 이 애 정말로 죽을 생각인지도 모른다. 리오나는 갑자기 불안해져서 마유의 손목을 꽉 붙잡았다.

"저기, 만난 지 얼마 안 돼서 이런 이야기하는 것도 좀 이상하지

만, 너 좀 위태로워 보여. 걱정된다고. 그러니까 같이 가자. 나 마유
랑 친해지고 싶어."

친해지고 싶다는 말에 마유가 깜짝 놀란 표정으로 리오나를 바
라보았다.

"정말? 정말 나 같은 애랑 친해지고 싶어?"

"그래." 리오나가 대답하자 마유는 두 볼을 감쌌다.

"기뻐."

그 말을 들은 리오나도 덩달아 기분이 좋아졌다. 진심이 담긴 말
이었기 때문이다. 일을 할 때도 '기뻐요'라든지 '행복해요' 같은 말
을 자주 썼지만 그 말들은 진심이 아니었다. 그러나 마유가 한 말
은 모두 진짜였다.

"근데 짐은 그것뿐이야?"

리오나는 마유의 발밑에 놓인 배낭과 책가방을 가리켰다.

"역 사물함에 조금 더 있어."

"그럼 가지러 가자. 같이 들어줄게."

"고마워."

그제야 순순히 끄덕이는 마유를 보고 리오나는 안도했다.

마유가 역 사물함에서 교과서와 갈아입을 옷이 든 종이가방을
꺼냈고 그것들을 리오나가 들어주었다.

"교과서도 있네? 마유, 학교는 어떻게 했어?"

"이제 안 가." 마유는 딱 잘라 말했다. "형편없는 학교거든. 수업
을 제대로 듣는 학생이 한 명도 없어. 친구도 안 생기고."

두 사람은 잠시 말없이 이노카시라선 시부야역을 향해 걸었다.

이노카시라선이 신기한지 마유가 두리번거렸다.

"그 사람 집은 어디에 있어?"

"고마바토다이마에라는 역 근처."

"몰라. 가본 적 없어."

마유는 별로 내키지 않은 듯 중얼거렸다. 비가 올 것 같은 날씨였다. 리오나는 하늘을 올려다보며 말했다.

"비가 올 것 같네. 오늘은 일하러 가지 말아야겠다."

"일이라면 손님이랑 노래방에 가거나 산책하거나 하는 거지? 비오면 밖에 나가기 싫겠다."

아니, 사실 우리는 더 이상 거리에 서 있거나 하지 않아. 방에서 손님을 기다리거나 손님이 기다리고 있는 호텔로 보내져. 그리고 추잡한 짓을 해.

아까 JK 비즈니스 이야기를 했을 때 혐오스러워하던 마유의 표정이 떠올라 리오나는 솔직하게 말하지 못했다. "응, 그렇지 뭐"라고 얼버무렸다.

3

　슈토의 아파트는 고마바토다이마에역에서 국제고등학교 쪽으로
가면 나왔다. 비가 부슬부슬 내리기 시작하자 두 사람은 발걸음을
재촉했다.

　"왠지 신기하네." 마유가 말했다. 회색 티셔츠에 점점이 빗방울이
얼룩진 것을 보면서 리오나는 물었다.

　"뭐가 신기해?"

　"리오나랑 오늘 처음 만났는데 모르는 사람 집에 재워달라고 이
렇게 같이 가고 있잖아."

　"못 믿겠어?"

　과감히 물어보자 마유는 세차게 고개를 저었다.

　"아니야. 리오나는 처음 만났을 때부터 믿고 있었어."

　마유의 통찰력과 솔직함에 놀라 리오나는 잠시 할 말을 잃었다.
그런데 왜 라멘가게의 사악함은 꿰뚫어보지 못한 건지 묻고 싶어

졌다. 그 속을 알기라도 한 듯 마유가 먼저 말을 꺼냈다.

"겐베 사장도 밋쿠도 그런 사람들인 걸 왜 몰라 봤을까? 하지만 그때의 나는 누구한테든 기대고 싶은 마음이 컸으니까. 뭔가 이상 하다고 느꼈어도 거역하지 못했던 것 같아."

마유는 아직 17살인데 '거역하지 못했다' 같은 어려운 말을 썼다.

"왠지 알 것 같아."

"응, 고마워. 알아주는 사람이 있는 것만으로도 기뻐. 왠지 갑자기 어른이 된 기분이 들어."

아니, 그건 체념이 몸에 밴 거야. 리오나는 애처로운 마음으로 마유의 어려 보이는 얼굴을 바라보았다.

애처롭다……? 리오나는 의아했다. 자신도 아직 18살밖에 되지 않았는데 왜 나이 차이가 거의 나지 않는 마유를 그런 식으로 보게 되는 걸까. 자신은 다정한 사람도 아닌데.

마유가 고통스러운 듯 발을 질질 끌며 걷고 있는 것이 보였다. 상처 입은 몸과 마음. 그것을 본 순간 리오나는 마음속으로 외쳤다. '똑같아!' 자신이 경험한 길을 마유가 고스란히 걷고 있었다. 그 순간을 목격하고 있는 것이다.

마유는 어른 남자에게 짓밟힌 고통을 짊어지고 있었다. 그것은 무슨 일이 있어도 절대로 지워지지 않는 깊은 상처이지만 상처 입힌 남자들은 그것을 모른다.

"마유, 힘내."

불쑥 말하자 마유가 어리둥절한 얼굴로 리오나 쪽을 쳐다보았다.

"응?"

"나 다 알아, 네 마음."

"어떻게?"

"나도 똑같은 일을 당한 적이 있으니까."

큰맘 먹고 말하자 마유가 우뚝 멈춰섰다. 그리고 리오나의 얼굴을 보더니 눈물을 뚝뚝 흘렸다. 마유는 두 주먹을 눈에 대고 아이처럼 펑펑 울기 시작했다.

"울지 마."

리오나는 자신보다 키가 큰 마유의 머리를 주먹으로 톡톡 쳤다. 마유는 울음을 그치려고 했지만 눈물이 멈추지 않는지 흐느끼며 말했다.

"리오나 불쌍해."

"마유도 불쌍해."

어둑어둑해진 길 저편에서 여고생 두 명이 걸어오고 있었다. 여름 교복 차림에 책가방을 들고 있었다. 슬쩍 이쪽을 보더니 도로 반대편으로 건너가버렸다. 주택가 길 위에서 대성통곡하고 있는 마유를 보고 피한 것이다.

"나 그 자식들 절대 용서하지 않을 거야." 쥐어짜는 듯한 목소리로 마유가 중얼거렸다. "절대로 용서 못 해. 절대."

"그래. 혼내 주자. 내가 도와줄게."

"정말?" 마유가 빤히 쳐다보았다. "그거 정말이야?"

너무 빤히 쳐다봐서 조금 무서울 정도였다.

"정말이야. 내가 마유의 복수를 도와줄게."

그 말을 듣고 겨우 안심한 듯 마유의 몸에서 힘이 빠지더니 그대로 스르륵 주저앉았다.

"왜 그래? 정신 차려."

리오나가 허리를 떠받치자 마유는 우는 것도 웃는 것도 아닌 표정을 지었다.

"진짜 내 편이 생겼다고 생각하니까 맥이 풀렸어. 계속 혼자라는 생각에 괴로웠거든."

"알아. 처음 본 순간부터 그렇게 느꼈어."

"리오나를 만나서 다행이야."

그렇게 말하고 마유는 다시 눈물을 흘렸다.

"이제 조금만 더 가면 되니까 힘내."

리오나는 마유의 등을 밀었다.

국제고등학교 모퉁이를 돌자 벽돌로 지어진 저층 아파트가 보였다. 지은 지 오래됐지만 고급스러워 보이는 아파트였다.

"저기야."

리오나가 가리키자 마유가 인상을 썼다.

"좋은 곳이네"라고 말했지만 어렴풋이 경계심이 엿보였다. "저기, 그 친구라는 사람은 어떤 사람이야?"

"걱정하지 마. 괜찮아. 나를 믿어."

리오나는 마유의 팔을 잡았다. 비와 땀으로 끈적끈적했다. 며칠 안 감은 듯한 머리에서는 냄새가 확 풍겼다. 본인은 깨닫지 못하겠지만 소녀 노숙자가 되기 일보직전이었다.

"리오나의 남자 친구가 아니라는 건 잠깐 동안 재워줄 뿐이라는 거지?"

마유는 아직 불안한 듯했다.

"그래. 말했잖아."

"그럼, 리오나네 집은 어디야?"

"우리 집은 요코스카야."

리오나는 처음으로 남에게 집이 어딘지 솔직하게 말했다. 사실을 말한 적은 거의 없었는데.

"요코스카면 페리 제독의 상륙이 있었던 곳이잖아." 마유가 퀴즈 방송처럼 말했다.

"잘 아네. 너 우등생이구나."

놀리듯이 말했지만 마유는 기죽지 않았다.

"뭐, 그렇지."

이런 천진난만한 점도 남자 입장에서는 건방지게 보이기 때문에 괴롭힘을 당하는 것이다. 세상 물정에 밝은 리오나는 아무것도 모르는 마유가 불쌍했다.

"우리가 갈 집에는 도쿄대에 다니는 사람이 살고 있어."

그렇게 말하고 마유의 반응을 살폈지만 마유는 "흐음, 그렇구나" 라고 했을 뿐 조금도 놀라지 않았다. 리오나는 다음에 할 말을 삼켰다.

슈토는 원래 내 손님이었는데 여고생을 밝혀. 그렇게 말하면 마유는 분명 싫어할 것이다. 게다가 슈토의 그 이상한 취미를 알게 되면 기분 나쁘다며 나가버릴지도 모른다. 걱정스러웠지만 달리 갈 곳이 없으니까 어쩔 수 없었다.

슈토의 집은 3층 동남쪽 모퉁이에 있었다. 입구에서 호수를 누르고 호출하자 곧바로 잠겨 있던 유리문이 열렸다. 두 사람은 3층으로 올라가 집 앞에서 인터폰을 눌렀다.

곧장 문이 열리고 슈토가 얼굴을 내밀었다. 지나치게 영양 섭취가 좋아 보이는 포동포동 살이 붙은 얼굴과 몸이 드러났다. 흰 피부에 검은 테 안경을 쓴 슈토는 축 늘어진 민트색 티셔츠에 검은색 트레이닝 반바지 차림이었다. 리오나가 늘 보는 슈토의 모습은 이런 것이었다. 도쿄대 교양학부에 다니는 22살의 학생인 슈토가 학교에는 대체 어떤 차림으로 가는 건지 리오나는 알지 못했다.

슈토는 복도의 어둠 속에 마유가 서 있는 것을 보고 깜짝 놀랐다.

"내 친구야. 들여보내줘."

리오나가 툭 던지듯 말하고 먼저 집 안으로 들어갔다. 슈토는 어안이 벙벙한 얼굴을 했지만 아무 말도 하지 않았다. 아니, 할 수 없었을 것이다. 리오나는 꼼짝 않고 서 있는 마유의 손을 잡아끌었다.

"죄송합니다. 실례할게요."

마유가 마치 동아리 활동에 처음 참가하는 중학생처럼 예의 바르게 인사했다.

"얘는 마유라고 해. 갈 데가 없으니까 좀 재워줘."

"응, 괜찮아."

슈토는 순간 당황한 듯했지만 무인양품 슬리퍼를 가지런히 정돈해 마유에게 내밀었다. 이런 점은 부잣집 아들다웠다. 물론 리오나는 슬리퍼 같은 건 신지 않고 서슴없이 마룻바닥을 걸어갔다. 마유가 슬리퍼를 신으려다가 부끄러운 듯 말하는 것이 들렸다.

"저, 양말이 더러운데 여기서 벗어도 될까요?"

"그렇게 해."

슈토가 난처한 듯 작은 목소리로 대답했다. 두 사람 다 조심스러워하는 게 꼭 유치원 꼬맹이들 같았다. 리오나는 그대로 거실로 가서 소파에 앉았다. 뒤따라온 마유가 놀란 얼굴로 집을 둘러보았다.

방 두 개와 거실, 주방으로 되어 있는 구조에 거실은 6평은 될 듯한 넓이였다. 방 두 개중 하나는 슈토가 침실 겸 게임 룸으로 쓰고 있었고 창고처럼 쓰던 다른 방에서 리오나가 지내고 있었다.

"뭐 좀 마실래?"

슈토의 말에 마유가 어떻게 해야 하냐는 듯이 리오나를 쳐다보았다. 리오나는 슈토에게 명령했다.

"리오나는 콜라 마시고 싶어. 마유도 그게 좋대."

슈토는 로봇처럼 획 돌아서서 주방 구석에 있는 냉장고로 향했다. 놀란 얼굴을 하는 마유에게 리오나는 속삭였다.

"슈토는 명령해주는 걸 좋아해."

이해할 수 없다는 식으로 마유가 고개를 갸웃거렸다. 리오나는 소파에 앉아서 양해도 구하지 않고 리모컨으로 텔레비전을 켰다. 예능 프로그램이 나오고 있었다. 마유가 옆으로 와서 살짝 걸터앉는 것을 보고 리오나는 마유가 예절이 바른 아이라고 생각했다.

"슈토는 니가타 출신이야. 아빠가 엄청 부자래. 약국 체인점으로 돈을 벌고 있나 봐."

"와, 좋겠다. 부럽네."

마유가 휑한 거실을 둘러보며 말했다. 거실에서 눈에 띄는 것은 대형 텔레비전과 대형 냉장고뿐이었다. 그 냉장고에서 슈토가 캔 콜라 세 개를 꺼내고 있었다.

문틈으로 슈토의 방 안이 보였다. 책상 위에 놓인 컴퓨터에서는 스크린세이버가 움직이고 있었다. 게임이라도 하고 있었는지 컴퓨터 앞에는 컵라면 용기와 과자 봉지가 널브러져 있었다.

"슈토, 포테이토칩 있어?"

리오나는 포테이토칩 중독이었다. 콜라와 포테이토칩만으로 살 수 있다고 해도 과언이 아닐 정도였다.

"있어." 슈토가 냉장고 옆에 있는 비닐봉지를 들여다보았다.

"무슨 맛 샀어?"

"콩소메consommé."

"아, 왜!" 리오나는 입술을 삐죽거리며 소리쳤다. "리오나는 간장 마요 맛이 좋다고 했잖아. 근데 왜 콩소메 맛을 산 거야?"

"미안."

슈토가 고개를 숙이는 것을 보고 리오나는 조금 더 세게 말했다.

"왜 내가 말하는 건 금방 잊어버리는 거야? 너 머리 나쁘지? 도쿄대 다닌다는 것도 거짓말이지?"

"미안."

슈토의 목소리가 점점 작아졌다. 동시에 옆에 앉은 마유가 더 이상 못 참겠다는 듯이 몸을 움찔거렸다. 집주인에게 이런 태도를 취해도 되는 건지 애가 타는 모양이었다.

"됐어. 콩소메 맛이라도 괜찮으니까 갖고 와."

슈토는 순순히 콜라와 포테이토칩을 가져와 소파 테이블 위에 올려두었다. 리오나는 포테이토칩 봉지를 활짝 찢어서 마유 앞에 놓았다.

"먹자."

슈토가 마유를 흘끗 쳐다보는 것을 알아채고 리오나가 명령했다. "슈토, 목욕물 받아놔. 마유가 씻고 싶대."

리오나는 얌전히 욕실로 향하는 슈토의 등을 보면서 마유에게 설명했다.

"저 자식한테는 건방지게 명령해줘야 해. 안 그럼 따분해 하거든. 쫓겨나기 싫으면 너도 거만하게 굴어."

마유가 입을 반쯤 벌린 채 고개를 갸웃거렸다.

"무슨 말인지 모르겠어."

"슈토는 마조히즘masochism, 정신적·육체적 학대를 받는 데서 성적 쾌감을 느끼는 변태 성욕이야. 진성 마조히스트라고."

슈토가 돌아오기 전에 얼른 마유의 귀에 속삭였다.

"으윽, 그게 뭐야. 성가셔." 마유의 말에 리오나가 자지러지게 웃었다.

마유의 말이 맞았다. 슈토는 확실히 성가신 녀석이었다. 하지만 그런 것에 맞추지 않으면 어디에도 있을 곳이 없었다. 가진 것이 아무것도 없는 우리는 대체 어떻게 해야 자유롭게 살 수 있을까?

"이제부터 마유한테 보여줄게."

"뭘?" 리오나는 마유의 질문을 무시했다.

"물 받아놓고 왔어."

할 일이 없어져서 따분한 듯 우두커니 서 있는 슈토에게 리오나가 말했다.

"아아, 리오나 단무지 먹고 싶은데, 있어?"

"있어. 가져올게."

슈토가 희희낙락하며 냉장고에서 단무지가 담긴 흰 접시를 들고 오더니 랩을 벗기고 나무젓가락과 함께 리오나에게 건네주었다.

리오나는 '자, 게임 시작이야'라고 속으로 되뇌이며 나무젓가락으로 단무지 한 장을 집어 입 안에 넣었다. 오독오독 씹은 다음 엉망이 된 단무지를 젓가락으로 꺼내 슈토의 얼굴에 들이밀었다.

"자, 아 해."

슈토가 말 잘 듣는 개처럼 입을 벌리자 리오나가 그 안에 잘 씹은 단무지를 넣어줬다. 돌아보니 마유가 아연실색한 표정으로 보고 있었다.

슈토는 리오나가 씹어서 입 안에 넣어준 단무지를 끝까지 음미한 다음 삼켰다. 몇 장 더 먹더니 목이 말랐는지 콜라를 다 마셔버렸다.

"마유도 해봐."

리오나는 마유의 옆구리를 팔꿈치로 찌르고 나무젓가락을 건넸다. 하지만 마유는 기분 나쁜 듯 바라만 볼 뿐 젓가락을 받으려고 하지 않았다.

"뭐? 난 싫어."

거부하는 마유의 작은 목소리가 슈토에게 들린 모양이었다. 슈토가 마유 쪽으로 돌아섰다.

"죄송합니다. 부탁드립니다."

슈토의 애원하는 표정에 마유가 깜짝 놀랐다.

"나도 해야 하는 거야?"

"그래. 오독오독 씹은 다음 그걸 슈토에게 주기만 하면 돼. 쉽지?"

리오나가 말했지만 마유는 도리질치며 거부했다.

"싫어. 그런 거, 해본 적 없는걸."

"부탁합니다."

슈토가 무릎을 꿇자 마유가 당황하며 말렸다.

"그러지 마세요."

리오나는 초조해져서 마유에게 속삭였다.

"이것도 게임이라니까."

마유는 왜 모를까. 리오나는 아직도 '착한 아이'인 마유에게 질린 기분이었다. 생판 모르는 여자아이를 재워주는 거잖아. 욕실도 빌려주고 냉장고에 들어 있는 시원한 음료도 마시게 해주는데 뭐든 하란 말이야, 마유! 그렇게 소리치고 싶었다.

마침내 결심이 섰는지 마유가 서툰 젓가락질로 어설프게 단무지를 집어 입에 넣었다. 몇 번 씹은 다음 젓가락으로 단무지를 꺼냈다. 투명한 타액이 주르르 흘렀다.

"고맙습니다."

마유는 슈토가 입에 넣는 것을 보지 않으려고 눈을 돌리고 있었다.

"한 번 더 해."

리오나가 지시하자 마유는 순순히 한 장 더 입에 넣었다. 슈토의 만족스러운 듯한 모습에 리오나는 안심했다. 이 정도면 둘이서 당분간 신세를 져도 될 것 같았다.

"슈토, 욕실 좀 쓸게."

단무지 의식이 끝난 다음 리오나는 마유를 욕실로 안내했다. 칫솔과 치실 정도밖에 없는 살풍경한 욕실에 훌륭한 드럼식 세탁기가 놓여 있는 것을 보고 마유가 눈을 빛냈다.

"이거 써도 되려나?"

리오나는 고개를 저었다.

"기다려. 내일 상태를 보고 나서."

"또 뭔가 해야 돼?"

마유는 불안한 듯했다. 리오나는 거실을 돌아보았다. 슈토는 게임을 하러 컴퓨터 방으로 돌아갔는지 보이지 않았다.

"빨래는 마음대로 못 해."

"왜?" 마유가 물었다.

"슈토는 우리 속옷을 자기 옷이랑 같이 빨고 싶어 할 거야."

얼굴을 찡그린 마유가 세탁기를 가리켰다.

"근데 이거 자동이잖아."

"어, 그러니까 넣기만 할 뿐인데 넣는 과정을 직접 하고 싶어 해."

"그거 기분 나쁘지 않아?"

"당연히 나쁘지. 엄청 기분 나쁘다고. 기분 나쁜 게 당연하잖아."

리오나는 외쳤다. 지금까지 만난 남자들은 다 천차만별이었지만 취향은 하나같이 모두 기분 나쁜 것들뿐이었다. 경험이 풍부하고 닳고 닳은 리오나도 몇 번이나 토할 뻔했다.

묶여 달라, 묶어 달라, 볼을 힘껏 꼬집어 달라, 교복을 입고 한 바퀴 빙글 돌아봐라, 팔에 난 솜털에 볼을 비비게 해달라.

"마유는 아직 아무것도 몰라. 그러니까 각오하는 게 좋을 거야."

마유가 너무 순진해서 리오나는 그만 위협하는 듯한 말을 해버렸다.

"뭘 각오해야 하는데? 갈 곳이 없는 게 그렇게 잘못이야?"

마유의 물음에 리오나는 말문이 막혔다. 물론 잘못이 아니다. 나쁜 건 그것을 이용하는 어른 남자들이었다. 하지만 리오나는 그렇게 말할 수 없었다. 왜 이제 와서 그런 당연한 소리를 해야 하는지 알 수 없었다. 마유는 너무 어렸다.

"어쨌든 슈토는 기분파니까 우리가 너무 우쭐해지면 나가라고 소리칠지도 몰라. 조심해야 돼."

"그럴 때는 어떻게 해?"

"또 연기를 하거나 해서 심기를 맞춰야지."

그것도 언제까지 유지될까? 슈토의 속마음 같은 건 알 도리가 없었다. 어차피 자기 욕망을 채우는 것만 생각하는 남자다. 욕망을 채우고 나면 모르는 체한다. 그리고 다시 욕망이 커지면 여기에 있어 달라고 애원한다. 그 반복이었다. 하지만 언젠가 그 반복이 깨질 때가 올 것이다. 다른 누군가에게 관심이 옮겨가거나 욕망이 더욱 커져서 자신이 감당할 수 없게 됐을 때다. 그때를 위한 대책도 마련해놓아야 했다.

"힘들겠다." 마유가 남의 일처럼 말했다.

"당연하잖아. 남의 집에 빌붙어 산다는 건 그런 거야."

"나도 알아."

마유가 싫은 일이라도 떠올린 듯 내뱉었다.

"무슨 일 있었어?"

"작은아빠네 집에 있을 때 방이 없어서 화장실에서 잘까도 생각했어. 애들 방 이층침대 옆에 이불을 깔고 잤는데 좁아서 이불을 다 펼 수도 없었거든. 다리를 구부리고 자야만 했어. 공부할 책상도 없고 서랍 하나도 없어서 짐도 배낭 안에 넣어둔 채로 지냈어. 밥도 안 주고 돈도 안주고 정말 견디기 힘들었어."

리오나는 문득 불안해져서 물었다.

"저기, 작은아빠한테 무슨 일 당하거나 그러진 않았어?"

"무슨 일이라니?" 마유의 얼굴이 흐려졌다.

"성_性적인 거."

분명하게 말하자 마유가 목소리를 높였다.

"무슨 말을 하는 거야? 작은아빠는 아빠의 동생이야. 그런 짓을 할 리가 없잖아."

"넌 운이 좋은 편이네."

그렇게 말하고 리오나는 드럼식 세탁기의 유리문을 들여다보았다. 깜빡하고 꺼내지 않은 세탁물이 보였다. 리오나의 속옷 한 장이 슈토의 팬츠와 얽혀 있었다. 리오나는 재빨리 자신의 속옷을 꺼내 주머니 속에 구겨 넣었다.

"저기, 리오나. 그게 무슨 말이야?"

마유가 듣고 싶어 하자 리오나는 간단하게 말했다.

"나는 중학생 때 새아빠한테 당했어."

4

입 밖으로 내뱉은 순간 다시 괴로움이 치밀어 올랐다. 싫다, 싫다. 정말 싫다. 밤이 되는 것이 두려워 친구 집을 전전했지만 그것도 한계가 있었다. 어쩔 수 없이 집에 돌아오면 새아빠가 자신의 귀가를 기다리고 있었다. 정확히 엄마가 없을 때만 노려 집에 있던 악마 같은 자식.

자고 있는 자신의 이불 속에 파고드는 어른 남자에게는 아무리 저항해도 소용없었다. 결국에는 체념하고 무기력해지고 말았다. 리오나는 자신이 죽어가는 것을 느꼈다. 쓰러진 자신을 위에서 내려다보며 눈물을 흘리는 또 하나의 자신. 성性의 임사체험이었다.

"너무 끔찍해."

마유의 얼굴이 창백해졌다. 분명 자신이 당한 일을 떠올렸을 것이다.

"마유, 목욕하고 싶었지? 씻고 나와."

리오나가 다정하게 말하자 마유가 눈물을 참고 끄덕였다.

리오나는 다시 마유의 머리에 손을 얹고 가만히 쓰다듬어 주었다. 왜 우리는 이런 일을 당해야 하는 걸까.

마유가 욕실을 쓰는 사이 리오나는 거실로 돌아갔다. 아까 켜놓았던 텔레비전이 그대로 틀어져 있었지만 슈토의 방문은 닫혀 있었다. 분명 정신없이 게임을 하고 있을 것이다. 슈토는 어릴 때부터 줄곧 게임에 빠져 지냈던 모양이었다. 하지만 머리가 좋고 요령을 잘 피워서 운 좋게 도쿄대에 들어갔고 그에 기뻐한 부모가 이런 비싼 아파트를 사줬다고 했다.

하지만 슈토가 하는 일이라고는 게임이랑 여고생과 SM플레이를 하는 것뿐이었다. 공부하는 모습 따윈 한 번도 본 적이 없었다. 리오나는 터져 나오는 슈토에 대한 경멸을 억누를 수 없었다.

소파에 앉아서 보고 싶지도 않은 뉴스 방송을 멍하니 응시하면서 포테이토칩을 네댓 장씩 쥐고 입 안에 우걱우걱 밀어 넣었다. 포테이토칩 파편으로 입 안이 해졌다. 강한 소금 맛이 점막을 파고들었다. 리오나는 그런 식으로밖에 먹을 줄 몰랐다.

기름으로 더러워진 손가락을 핥으며 물어뜯어서 짧아진 손톱을 바라보았다. 그리고 손목에 있는 상처를 응시했다. 아직 발그스름한 것은 재작년의 상처였다. 이거면 죽을 수 있겠구나 싶을 만큼 깊게 그었는데 정신을 차려보니 피는 이미 멎어 있었다. 그 위에 하얗게 된 상처는 4년 전, 결국 새아빠에게 당하고 말았다는 절망감에 그은 것이었다. 새아빠가 자신을 노리고 있다는 것은 알고 있었고 늘 경계하고 있었는데 그날은 부주의하고 말았다.

엄마인 무쓰미는 리오나의 아빠와 헤어진 뒤 셀 수 없이 많은 남자와 사귀었지만 재혼한 상대는 두 명뿐이었다.

첫 번째는 이혼하고 곧바로 재혼했던 유흥업소 삐끼였다. 그는 가정폭력을 일삼는 남자였고 엄마는 늘 코뼈가 부러지거나 따귀를 맞아 턱이 빠졌다. 그때마다 울부짖고 난리를 피워서 이웃이 경찰에 신고한 적도 한두 번이 아니었다.

부부 싸움이 시작되면 초등학생인 리오나는 벽장에 숨어들어가 눈을 감고 양손으로 귀를 막았다. 그리고 어둠 속에서 꼼짝도 하지 않고 필사적으로 다른 집 아이가 되는 상상을 했다.

리오나에게 잘 해주던 같은 반 여자애 집에 놀러간 적이 있었다. 집이 크고 넓은 데다 그 큰 집에 여러 식구가 같이 살고 있어서 리오나는 깜짝 놀라고 말았다. 엄마와 아빠뿐만 아니라 할머니와 젊은 고모, 그 애의 언니와 오빠, 여동생까지 다 함께 사는 대가족이었다.

그 집 식구들은 모두 리오나를 따뜻하게 맞아주었고 리오나는 그날 처음 시폰 케이크와 홍차를 대접받았다. 따뜻한 홍차를 마신 것도 수제 케이크를 먹은 것도 홍차 잎이라는 것을 본 것도 처음이었다. 그전까지 리오나는 페트병에 담긴 홍차밖에 본 적이 없었다.

리오나는 그 애가 돼서 냉장고를 열고 랩이 씌워진 시폰 케이크 접시를 보거나 가족들이 텔레비전을 보면서 '이리 와봐. 이거 재미있어'라고 부르는 소리에 귀를 기울이는 상상을 하곤 했다.

엄마와 새아빠의 격렬한 싸움이 진정되고 나면 갑자기 헐떡이는 소리가 들려올 때도 있었다. 숨어 있던 벽장문을 열고 몰래 엿보면 귀신 같은 형상으로 소리 지르며 싸우던 두 사람이 알몸으로 뒤엉켜 있었다. 그럴 때는 새아빠의 등에 있는 잉어 문신의 비늘이 꿈틀거리는 것 같아서 징그러웠다.

첫 번째 새아빠는 난폭하고 형편없는 남자였지만 리오나를 꽤 귀여워해줬다. 때린 적은 단 한 번도 없었다. 기분이 좋을 때는 여기저기 데려가 주고 헬로 키티가 그려진 운동화를 사주기도 했다. 리오나는 친아빠보다 좋은 사람이라고 생각했다.

최악은 리오나가 초등학교 6학년 때 엄마가 두 번째로 재혼한 남자였다. 그는 아직 엄마와 살고 있기 때문에 호적상으로는 지금도 리오나의 새아빠다.

엄마한테는 가끔 카카오톡 메시지가 온다. '어떻게 지내니? 별일 없으면 집에 한 번 와'라고. 하지만 리오나는 답장을 하지 않는다. 다시는 하지 않을 것이다.

지금은 무슨 일을 하고 있는지 모르겠지만 재혼했을 당시에 새아빠는 물수건 렌털 업자였다. 그때 그는 엄마보다 10살이나 많은 믿음직하고 다정한 남자로 보였다.

리오나의 엄마는 실제 나이보다 훨씬 젊어 보였다. 아무리 봐도 26살밖에 안 되어 보이는 엄마한테 12살짜리 딸이 있다는 것을 알았을 때 새아빠는 속으로 쾌재를 부르지 않았을까. 새아빠는 젊은 여자, 아니 어린 여자를 좋아했던 것이다.

처음에는 설마 자신을 노리고 있을 줄은 상상도 하지 못했다. 하지만 같이 살다 보니 사소한 것들이 점차 신경 쓰이게 되었다. 새아빠는 걸핏하면 리오나의 어깨에 팔을 두르기 시작했다. 그 횟수가 늘었다고 느낄 때쯤 팔을 두르고 있는 시간이 점점 길어졌고 급기야는 어루만지기까지 했다. 리오나는 새아빠가 자신을 보는 눈빛이 달라졌다는 것을 깨달았다.

엄마는 밤에 일을 하기 때문에 늘 한밤중에 귀가했고 새아빠와 둘이서 엄마의 귀가를 기다리는 일이 많았다. 처음에는 새아빠도 술을 마시고 늦게 들어오곤 했는데 이상하게 귀가 시간이 점점 빨라졌다.

어느 날 밤, 리오나가 욕조에서 씻고 있는데 욕실 문이 열리는 소리가 났다. 리오나의 몸이 굳어졌다. 새아빠가 들어온 것이다. 회식 때문에 늦게 귀가할 거라는 말을 하기에 안심하고 욕조에 몸을 담그고 있었다. 이 무렵의 새아빠는 거짓말을 해서라도 리오나와 단둘이 있고 싶어 했다. 그것을 어렴풋이 눈치채고 있었는데 그만 방심하고 만 것이다.

리오나는 어쩌지도 못하고 조그만 욕조 안에 웅크리고 있었다. 작은 욕실이지만 이렇게 욕조가 딸린 빌라에 살 수 있게 된 것도 정기적인 수입이 있는 새아빠 덕분이었다.

엄마가 사귀거나 결혼한 남자들은 죄다 일정한 직업이 없었고 있다고 해도 금방 그만둬버려서 거의 기둥서방이나 다름없었다. 엄마가 이번 남편을 마음에 들어 한 것은 자신의 벌이가 다소 좋지 않아도 남편의 수입이 생활을 지탱해준다는 안심감 때문이었다.

"루이."

새아빠가 본성을 감추고 부드러운 목소리로 욕실 밖에서 리오나를 불렀다. 엄마와 새아빠는 리오나의 본명인 '루이카' 대신 '루이'라고 불렀다.

"씻고 있어요."

리오나가 힘껏 외친 것과 동시에 욕실 문이 열렸다.

"같이 씻어도 될까?"

새아빠의 얼굴은 술로 불콰하게 물들어 있었다. 그나마 아직 옷을 입고 있는 것은 다행이었다.

"문 닫아요!"

리오나가 소리 지르면서 손으로 물을 뿌렸다. 몸을 반쯤 욕실 안으로 들이밀었던 새아빠는 옷에 물이 튀자 주춤했다.

"뭐야, 루이. 아저씨한테 물을 뿌리면 어떡하니."

부드러운 말투가 기분 나빴다.

"저리 가! 변태!"

리오나가 소리를 지르며 마구 물을 뿌려댄 탓에 새아빠는 쓴웃음을 지으며 욕실에서 나갔다. 리오나가 욕실에서 나와 거실을 들여다보니 새아빠는 책상다리를 하고 앉아 축구 중계를 보면서 소주를 마시고 있었다. 힐끗 곁눈질로 리오나를 보는 시선에 풀지 못한 욕망이 쌓여 있는 것 같아서 무서웠다. 리오나는 서둘러 옷을 걸치고 머리도 말리지 않은 채 밖으로 나가 엄마를 기다렸다. 초등학교 6학년 초겨울의 일이었다.

퇴근길인 듯한 남자들이 지나갔다. 머리에 수건을 두른 초등학생 여자아이가 밤길에 오들오들 떨면서 서 있는 것을 보고도 누구 하나 말을 걸어주는 사람은 없었다. 수상쩍다는 듯 눈썹을 찌푸리고 지나갔을 뿐이다.

12시가 다 됐을 무렵 저 멀리 엄마의 모습이 보였다. 평소처럼 취한 발걸음이었지만 그날 밤은 가게에서 기분 나쁜 일이라도 있었는지 미간에 주름을 잡고 걸어왔다. 얄팍한 흰색 다운코트는 새아빠가 생일 선물로 사준 것이었다.

"엄마."

리오나가 서 있는 것을 보고 엄마는 깜짝 놀란 듯 멈춰 섰다.

"뭐야, 루이였니? 깜짝 놀랐잖아."

"엄마, 내가 씻고 있었는데 아저씨가 욕실에 들어왔어. 같이 씻자면서."

"뭐야, 겨우 그런 걸로. 같이 좀 씻어주면 되잖아."

엄마가 대수롭지 않은 듯 말했다.

"싫어. 기분 나쁘잖아."

그 순간 주먹이 날아와 리오나는 깜짝 놀랐다. 엄마의 주먹은 리오나의 옆얼굴에 날아왔고 오른손 약지에 낀 가짜 루비가 박힌 커다란 반지가 볼을 스치며 턱 부근에 찰과상을 냈다.

"아파! 왜 때려?"

리오나가 덤벼들자 엄마는 리오나의 공격을 능숙하게 피하면서 등을 밀쳤다. 그 손에 리오나가 앞으로 기우뚱 고꾸라졌고 머리에 두른 수건이 땅에 떨어지고 말았다. 앞선 두 번의 결혼에서 가정폭력을 겪은 뒤로 엄마도 말보다 손이 먼저 나가게 되었다. 리오나는 수건을 주워들어 있는 힘껏 엄마에게 내던졌다.

"멍청한 년!" 엄마가 소리쳤다. "너도 신세를 지고 있는 거니까 그 정도는 서비스하란 말이야."

도저히 엄마라고는 생각할 수 없는 말에 리오나는 화가 치밀었다.

"무슨 소리를 하는 거야? 그 자식, 폭력은 안 쓸지 몰라도 엄청 변태라고. 알아?"

"그런 건 아무래도 상관없어."

엄마는 내뱉듯이 말하고 곧장 집으로 들어가버렸다. 날이 추워서 리오나도 어쩔 수 없이 뒤따라 들어갈 수밖에 없었다. 거실에 있던 새아빠는 말없이 엄마를 쳐다본 다음 등 뒤에 숨어 있는 리오나를 매섭게 쏘아보았다.

"루이가 있는 말 없는 말 다 했을 테지?"

"아니, 별말 안 했어."

그렇게만 대답하며 엄마는 싸구려 부츠를 벗었고 새아빠는 안심한 듯이 다시 텔레비전 쪽으로 몸을 돌렸다.

뭐야, 이걸로 끝이야? 리오나는 낙담했다. 하지만 엄마에게 배신당한 적이 어디 한두 번인가. 리오나는 새아빠한테서 몸을 지키기 위해서 어떻게 해야 할지 혼자 생각해야 했고, 결국 새아빠와 단둘이 있는 것을 피하기 위해서는 누군가의 집을 전전하는 수밖에 없었다. 동급생 중에 미토라는 비교적 사이가 좋은 편모 가정의 아이가 있었다. 리오나는 편의점 주먹밥과 컵라면으로 혼자 저녁을 해결한 뒤 미토네 집으로 갔다.

미토네 엄마는 젊은 싱글맘이었다. 18살 때 남자와 헤어지고 난 뒤 임신 사실을 알았지만 폭력을 휘두르는 남자였기 때문에 굳이 임신 사실은 알리지 않았다고 했다. 그래서 미토는 아빠 이름을 몰랐다. 미토네 엄마는 슈퍼마켓 생선 코너에서 일하고 있었지만 그것만으로는 먹고 살 수 없다며 밤에도 근처 선술집에서 아르바이트를 했다. 혼자서 집을 지켜야 했던 미토는 리오나가 찾아가면 기쁘게 맞아주었다. 미토는 밤에 혼자 보내는 시간이 많은 탓에 한참 전에 술과 담배를 시작했고 리오나도 미토네 집에서 술과 담배를 경험했다.

"루이카라는 이름 정말 싫어."

리오나가 털어놓자 미토가 말했다.

"그럼 이름을 바꾸면 되잖아. 다른 사람이 될 수 있어. 나도 사토미였는데 촌스러워서 미토로 바꾼 거야."

"그럼 나는 리오나로 할래."

"좋은데?"

이렇게 해서 초등학교 6학년이었던 두 소녀는 겨우내 둥지 속에 틀어박히듯 사이좋게 서로를 보듬었다.

중학교에 진학하자마자 미토에게는 1년 선배인 남자 친구가 생겼다. 얼마 지나지 않아 남자 친구가 미토네 집에 틀어박히게 되고 그 친구들까지 모여들게 되었다. 그렇게 해서 미토의 엄마가 필사적으로 일해서 집세를 내던 빌라는 순식간에 소년소녀들의 아지트가 돼버렸다.

리오나는 새아빠를 피하기 위해 어쩔 수 없이 미토네 집에 와 있었지만 점점 있기 거북해졌다. 남자애들은 쓰레기를 함부로 버리고 집을 엉망으로 어지럽히며 집 안을 늘 담배 연기로 가득 차게 했다. 집 안의 먹을 것도 제멋대로 먹어치우더니 직접 밥을 짓거나 쌀을 훔쳐가기도 했다. 누군가 고양이를 주워 와서 기르기까지 하자 집은 완전히 엉망이 되고 말았다.

화가 난 미토네 엄마가 남자애들을 쫓아내려고 했지만 미토는 좋아하는 남자에게 싫은 소리를 못하는 성격이었다. 그들은 점점 더 제멋대로 날뛰었다.

"미토, 저 녀석들이 멋대로 굴지 못하게 따끔하게 말해야지."

보다 못한 리오나가 주의를 줬지만 미토는 남자 친구의 눈치를 보며 눈물지을 뿐이었다. 싫은 소리를 하면 때린다는 것이었다. 리 리오나는 거친 남자애들이 너무 싫었다. 자칫하다가는 성폭행을 당하게 될지도 몰랐다. 결국 리오나는 미토네 집을 더 이상 찾지 않게 되었다. 대신 새로 친해진 반 친구들 집을 걔들이 싫어하지 않도록 조심하며 전전하기 시작했다.

새아빠는 리오나가 남자들과 자고 다닌다고 생각하는 것 같았다. 갈아입을 옷을 가지러 집에 가면 "밖에서 뭘 하고 다니는 거냐?"라고 혼내기 일쑤였다. 리오나가 부쩍 성장한데다 밖으로만 나돌아서 초조해하는 것 같은 새아빠의 태도에 리오나는 꼴좋다고 생각했다.

"리오나, 엄마가 사라졌어."

어느 날, 학교에서 만난 미토가 망연자실하게 중얼거렸다.

"그게 무슨 말이야?" 리오나는 깜짝 놀라서 물었다.

"엄마가 집에 안 와."

"연락은 해봤어?"

"휴대전화도 안 받아. 집주인이 빨리 방 빼래. 대체 무슨 일이 벌어진 건지 모르겠어."

불량 청소년들이 모여들어 비행의 온상이 되고 있다며 이웃에서 불만이 쏟아진데다 딸에게 정나미가 떨어진 미토의 엄마가 집을 나가버리고 만 것이었다. 얼마 지나지 않아 미토는 집주인에게 쫓겨나고 말았다.

이 일은 리오나에게도 큰 충격을 줬다. 부모자식이라도 마음에 들지 않으면 연을 끊어도 된다는 것을 처음으로 안 것이다. 미토는 엄마에게 버림받았지만 리오나는 그 반대였다. 엄마와 새아빠와의 인연을 끊고 싶어서 미칠 지경이었다.

집을 나가버리면 그만이지만 아직 중학생인데다 아무것도 가진 게 없었다. 중졸로는 취직할 곳도 없었다. 어떻게든 새아빠의 관심을 끊어내면서 고등학교까지 나오는 수밖에 없었다. 지금 생각해보면 너무 안이한 생각이었다.

한편, 엄마에게 버림받은 미토는 중학교를 졸업하고 미장이가 된 남자 친구와 동거를 시작했다. 거기에도 남자애들이 들이닥쳐 마치 합숙소 같았다고 했다. 그러다 미토가 미장이 반장에게 성폭행을 당하고 화가 난 남자 친구에게 뼈가 부러질 만큼 맞았다는 소문이 돌았다. 미토와 연락이 끊겨 진위 여부는 알 수 없었지만 힘든 상황이라는 것만은 알 수 있었다. 하지만 도와줄 방법이 없었다. 리오나도 경제적으로 어려웠고 성性적으로도 위험한 상황에 처해 있었다. 누구에게 어떻게 도움을 청해야 좋을지 몰랐다.

그리고 중학교 1학년 겨울방학, 리오나에게도 괴로운 일이 일어나고야 말았다. 몹시 추운 한겨울 날씨에 하필 등유가 똑 떨어졌다. 리오나는 하루 종일 이불 속에서 꾸물거리고 있었다. 그날따라 집에 있었던 것은 엄마가 감기에 걸려 일을 쉬고 집에서 자고 있었기 때문이었다. 엄마가 있으면 새아빠도 손을 대지 않을 거라는 믿음이 있었다.

저녁때가 되자 새아빠가 퇴근했다. 엄마와 리오나가 이부자리를 나란히 하고 자고 있는 것을 보고 깜짝 놀란 것 같았다.

"루이도 감기에 걸려서 화냥질을 쉬는 건가?"

그렇게 빈정거린 뒤 새아빠는 등유를 사와서 석유스토브를 켰다. 방이 따뜻해지자 긴장이 풀린 리오나는 어느새 깊이 잠들어버렸다.

한밤중에 이불을 찬 건지 추워서 잠이 깼다. 집 안은 캄캄했다. 어디선가 엄마의 코고는 소리가 들렸다. 그 사이 일어나서 술이라도 마셨는지 크고 깊은 소리였다.

리오나는 이불을 찾으려고 더듬거렸지만 잡히지 않았다. 이상하다고 생각한 순간 옆에 누군가 있다는 것을 알아챘다. 깜짝 놀라서 뻗은 발이 남자의 털 많은 정강이에 닿자 엉겁결에 비명을 질렀다. 그 순간 커다란 손이 리오나의 입을 틀어막았다. 저항했지만 강한 힘으로 짓눌려 양손을 머리 위로 결박당했다. 다음은 기억나지 않는다. 너무나도 고통스러웠기 때문에 스스로 기억을 지워버린 것이다.

리오나가 알게 된 사실은 딱 하나였다. 새아빠가 엄마에게 수면제 같은 것을 먹였다는 것이다. 엄마는 다음 날 아침이 되도록 좀처럼 눈을 뜨지 못했다. 점심때가 지나서야 간신히 일어나 두통이 난다고 투덜거리고는 다시 자버렸다.

자신을 강간하기 위해 엄마에게 수면제를 먹였다니, 그럴 거면 자기에게도 수면제를 먹이지 그랬냐고, 리오나는 속으로 울부짖었다. 혐오밖에 느껴지지 않는 역겨운 기억과 멎을 기미가 보이지 않는 육체의 고통은 매일 리오나를 괴롭혔다. 자신이 더러워졌다는 생각에 견딜 수가 없었다. 또 새아빠에게 당하면 어떻게 하지? 리오나는 무서워서 집에 있을 수가 없었다.

하지만 어디에도 갈 곳이 없었다. 미토네 집은 이미 갈 수 없는 상황이 되었고 반 친구들도 매일 재워주지는 않았다. 고등학생이나 직장인 남자를 사귀어서 신세를 진다고 해도 언젠가는 남자의 노리개로 전락하고 말 것이다. 그러다 임신해서 원치도 않는 아이를 낳거나 중절수술을 하게 되는 것이고. 리오나는 주위에 있는 젊은 남자들 중 피임을 하는 사람을 한 명도 보지 못했다.

5

화려한 밤과는 달리 한낮의 도부이타 거리는 대부분의 가게가 문을 열지 않아서 평범하고 지저분한 거리에 지나지 않았다. 그날도 갈 곳이 없던 리오나는 교복 차림으로 요코스카 중심가를 방황하고 있었다. 중학교 1학년이 다 끝나가는 3월의 추운 날이었다.

낮에는 볼 것도 없는 거리에 관광객들이 돌아다니고 있는 것이 짜증났다. 리오나는 언짢은 얼굴로 일부러 길 한가운데를 걸어갔다. 새아빠와 엄마를 생각하면 이유도 없이 화가 나서 아무한테나 마구 화풀이하고 싶은 기분이 들었다.

"저기, 너 혹시 루이카 아니니?"

갑자기 쉰 목소리가 자신의 이름을 불렀다.

놀라서 돌아보니 백발을 부자연스러울 정도로 밝은 갈색으로 물들인 노파가 "여기, 여기"라며 손짓으로 부르고 있었다. 작고 마른 몸집의 노파는 하얀 푸들이 그려진 보라색 맨투맨 티셔츠에 화려한 타이츠를 입고 있었다. 야윈 팔에는 티셔츠에 그려진 개와 똑같은 푸들이 안겨 있었는데 푸들은 눈언저리가 붉게 물들어 있었다. 궁상맞은 노파와 개의 조합이었다.

"누구야?"

리오나는 일부러 눈초리를 매섭게 하고 노려보았다. 전혀 기억에 없는 사람이었다.

"어머, 너 기억 못 하니? 이쪽으로 와봐."

노파가 리오나를 골목으로 손짓해 불렀다. 그 앞에는 '푸짱'이라고 적힌 노란 간판이 세워진 작은 바가 있었다. 이런 더러운 가게에도 미군이 오는지 간판에는 BEER&COCKTAIL이라고 서툰 글씨로 영어가 적혀 있었다.

"당신 본 적 없다고."

리오나는 입을 삐쭉 내밀고 노파에게서 고개를 돌렸다. 아무도 보고 싶지 않았다. 아무와도 이야기하고 싶지 않았다. 아무도 신경 쓰고 싶지 않았다.

일주일 전에 손목을 그은 참이라 리오나의 마음은 황폐하기 짝이 없었다.

이 따위 세상 살아봤자 소용없다고 자살을 결심한 리오나는 학교를 빼먹고 집에 아무도 없을 때를 노려 부엌에 있는 식칼로 왼쪽 손목을 그었다. 하지만 제대로 손질되지 않은 식칼은 무뎌서 좀처럼 깊게 들어가지 않았다. 피는 금방 멎어버렸다. 문득 모든 것이 시시하게 느껴진 리오나는 칼을 내려놓고 새아빠의 티셔츠로 바닥에 떨어진 피를 닦은 다음 버려버렸다. 그래도 도저히 화를 억누를 수가 없어서 리오나는 엄마가 새아빠한테 받은 18K 목걸이를 들고 나가 전당포에 맡기려고 했다. 하지만 미성년자라고 상대도 해주지 않았다. 게다가 도금이라 천 엔도 안 된다는 말을 들었을 때는 실소를 금치 못했다. 이런 걸 받고 기뻐했을 엄마가 우스웠다.

"나는 말이지, 네 할머니란다."

엄마의 엄마? 리오나는 깜짝 놀라서 자신을 '할머니'라고 소개한 노파의 얼굴을 보았다. 그때 리오나는 14살이고 엄마인 무쓰미는 31살이었다. 외할머니도 젊어서 엄마를 낳았으니까 이제 49살일 것이다. 그런데 눈앞의 노파는 아무리 봐도 70살은 족히 넘어 보였다.

"거짓말 마, 우리 할머니는 더 젊어."

리오나는 내뱉듯이 말했다. 외할머니는 리오나가 어렸을 때 이혼하고 상당히 나이 어린 창호 기술자와 재혼해 도쿠시마 쪽으로 갔다고 들었다. 조부모가 가까이에 살았다면 그리로 피난갈 수 있었을 텐데. 리오나는 그것이 내내 안타까웠다.

"아니, 네가 루이카가 맞다면 나는 틀림없이 네 할머니야."

노파는 팔 안에서 날뛰는 푸들을 밑에 내려놓고 확신에 찬 목소리로 말했다.

"무쓰미의 엄마라면 더 젊을 거야."

이 무렵 리오나는 새아빠를 '그 자식' 엄마를 '무쓰미'라고 불렀다.

"미안하구나, 젊지 않아서." 노파는 쓴웃음을 지었다. "그게 아니라 나는 네 친할머니야. 네 아빠의 엄마."

리오나는 아빠의 가족은 한 명도 만난 적이 없었다. 리오나가 어렸을 때 엄마와 이혼한 뒤로 아빠는 한 번도 만나러 오지 않았던 것이다.

"그걸 어떻게 알아? 만난 적도 없는데."

리오나가 소리치자 노파가 놀란 듯이 눈썹을 올렸다. 눈썹은 밝은 갈색 펜슬로 실제 눈썹보다 굵고 길게 그려져 있었다.

"너 말버릇이 나쁘구나. 그런 게 유행이니?"

"무슨 상관이래."

리오나는 부루퉁한 태도를 보였지만 황폐해진 마음으로 방황하고 있었던 만큼 할머니가 불러 세워준 것이 내심 기쁘긴 했다.

"그나저나 많이 컸구나."

할머니가 차분하게 말을 걸자 리오나도 조금 고분고분해졌다.

"근데 나인 줄 어떻게 알았어?"

"네 엄마랑 꼭 닮아서 혹시나 싶었지."

할머니는 인도에서 오줌을 싸고 있는 푸들을 곁눈질로 보면서 대답했다.

"나 무쓰미랑 닮았어?"

엄마가 너무 싫었던 리오나는 어두운 얼굴로 물었다.

"애 좀 봐, 엄마 이름을 그렇게 막 부르면 쓰니?" 노파는 기가 막힌 얼굴을 했다. "닮았어. 꼭 닮아서 금방 알아봤단다. 우리 류지를 안 닮아서 참 다행이야. 이렇게 예쁜 얼굴로 태어나서 얼마나 다행이니."

류지가 아빠의 이름이었다는 것을 떠올리며 리오나는 어깨를 움츠렸다.

"과연 그럴까?"

엄마랑 닮았는데 엄마보다 어려서 새아빠에게 성폭행을 당한 걸까? 그렇게 생각하니 눈물이 날 만큼 분했다. 자신의 탓은 요만큼도 없는데 갑자기 짊어지게 된 짐이 너무 무거웠다. 14살인데 벌써 늙어 죽을 것 같았다.

리오나는 새아빠의 얼굴을 보는 것조차 괴로웠다. 그래서 새아빠가 퇴근하기 직전에 집을 뛰쳐나와서 새아빠가 출근하고 난 다음 집에 들어가는 생활을 반복하고 있었다.

"할머니, 아빠는 잘 있어요?"

리오나는 심드렁하게 물었다. 그런 건 아무래도 상관없었다. 어차피 겁쟁이에 가정 폭력범에 변변한 인간이 아니라는 것은 알고 있었으니까.

"저기, 할머니라고 안 하면 안 될까?"

할머니의 말에 리오나는 되물었다.

"그럼 뭐라고 불러?"

"가와사키 기미에니까, 기미에 씨라고 불러줘."

할머니가 새침 떨며 교태를 부리자 리오나는 웃었다.

"그럼 나도 루이카라고 부르지 마. 그 이름 딱 질색이야. 정말이지 머리가 나쁠 것 같은 이름이라고 생각하지 않아?'

"맞아. 나도 네 엄마는 취미가 고약하다고 생각했단다. '눈물' 같은 건 이름에다 붙이는 게 아닌데."

기미에가 넉살좋게 말했다.

"나는 아빠가 지었다고 들었는데."

"그럴지도 몰라. 둘 다 똑같이 바보였으니까 서로 책임을 떠넘겼을 테지. 그럼 뭐라고 부르면 좋겠니?"

"리오나라고 지었어."

"리오나. 세련된 이름이구나. 루이카보다 훨씬 낫네."

기미에는 푸들을 안아 들고 손으로 가리켰다.

"모처럼 만났는데 잠깐 들렀다 가."

"저기?"

리오나는 '푸짱'이라고 적힌 간판을 가리키며 물었다.

"맞아. 이 애 이름에서 땄단다."

할머니는 사랑스럽다는 듯 지저분한 푸들의 머리에 볼을 비볐다.

"그럼 그 애는 몇 살이야?"

"얘는 7살. 지난번에 키운 개도, 지지난번에 키운 개도 다 푸짱이었어. 나는 말이지, 이 가게를 연 지 25년이 됐지만 줄곧 푸짱이라는 개만 기르고 있어. 그러니까 이 애는 3대 푸짱이란다."

기미에의 가게는 갈고리 형 카운터에 의자가 7개밖에 없는 정말작은 바였다. 카운터 너머의 선반에는 리오나가 모르는 이름의 위스키들이 늘어서 있었다.

"리오나, 너 설마 맥주는 안 마시겠지? 뭐 마실래?"

개를 가게 안에 내려놓고 기미에가 물었다. 개는 지저분한 바닥위에 풀썩 드러누웠다.

"콜라 마시고 싶어."

리오나는 높은 스툴에 힘겹게 앉고 나서 답했다.

할머니는 냉장고에서 페트병 콜라를 꺼내 카운터 너머로 건네주고 자신은 캔 맥주를 따서 건배하는 시늉을 했다.

"손녀를 만났으니 건배해야지."

"류지는 어떻게 지내? 무쓰미가 엄청 폭력적인 사람이라고 했는데."

기미에가 어두운 표정을 지었다.

"난폭한 애였어. 네 엄마는 헤어지길 백번 잘 한 거야. 지금은 교도소에 있단다."

"무슨 짓을 했는데?"

아빠가 교도소에 있을 줄은 몰랐다.

"자동차 절도. 차량 털이를 몇 건인가 한 뒤에 남의 차를 멋대로 몰고 다녔어. 상해 사건도 일으켰고. 하지 않은 건 살인뿐이야. 정말 구제불능이지."

"역시 변변한 집안이 아니네."

리오나는 한숨을 내뱉었다. 초등학생 때는 언젠가 자기에게도 동화 속에 나올 것 같은 기적이 생기지 않을까 상상한 적도 있었다. 하지만 현실은 어찌할 수도 없을 만큼 흔해 빠지고 너무나도 잔혹한 것이었다.

"류지의 아버지도 질이 나빴으니까. 술꾼에 게으르고 난폭한 사람이었단다. 나는 아들만 셋 낳았는데 한 명도 제대로 된 놈이 없었어. 첫째는 도박에 미쳐서 행방불명이 된 지 10년이 넘었지. 둘째 류지는 감방 생활 중이고. 셋째는 신주쿠에서 호스트를 했어. 얌체 같은 짓을 해서 돈을 벌고 있다는 소문을 듣고 조금은 믿음직스럽다고 생각했는데 빚 때문에 자살해버렸지."

기미에가 담배에 불을 붙이고 연기와 함께 내뱉었다.

"처참한 집안이네. 도박 중독에, 교도소에, 자살이라니."

콜라를 한 모금 마시자 얼마나 오랫동안 냉장고에 들어 있었는지 이가 시릴 만큼 차가웠다.

리오나 안에 간신히 남아 있던 아주 작은 희망이 바로 지금 산산

조각 난 것 같았다. 엄마는 자기 딸이 남편이라는 놈한테 당해도 아무렇지 않은 여자인데다 아빠의 집안은 변변찮은 놈들뿐이었다. 자신이 아무리 발버둥 쳐도 운명을 바꿀 수 있을 것 같지는 않았다.

"저기, 호스트를 했다는 삼촌은 어떻게 자살했어?"

"신주쿠의 고층 빌딩에서 뛰어내렸어. 빚쟁이가 찾아와서 도망쳐 다니다가 막다른 길에 몰리니까 발작적으로 근처 빌딩 옥상에서 뛰어내렸을 거라고 경찰이 그러더구나. 근데 의외로 살해당한 건지도 몰라. 류지도 그런 말을 했거든. 보험금이 걸려 있었던 게 아닌가 하고."

기미에가 넌더리가 난다는 듯이 한숨을 내쉬었다.

"그거 무쓰미도 알고 있어?"

"알고 있다고 해도 신경도 안 쓸걸. 미안하지만 네 엄마는 냉정하고 성질이 고약해. 미국식으로 말하면 빗치bitch야. 귀찮아질 것 같으면 잽싸게 손 떼고 뒷일은 모르는 척하잖아. 류지는 네 엄마를 정말 좋아했는데 미움받고 말았지. 뭐, 여자한테 난폭하게 굴었으니까 자업자득이지만."

미군을 상대로 장사하고 있어서인지 빗치라고 내뱉는 기미에의 발음이 꼭 원어민처럼 좋았다.

"그럼 남은 건 기미에 씨뿐?"

"맞아. 너랑 나뿐이야."

기미에는 그렇게 말하고 캔 맥주를 페트병 콜라에 부딪쳤다. 딩, 하고 이상한 소리가 났다.

"저기." 리오나가 눈 딱 감고 말했다. "나 가끔 여기 와도 돼?"

"그럼. 언제든지 와."

"다행이다."

그렇게 중얼거리고 곧바로 눈을 내리깐 것은 눈물이 나올 것 같았기 때문이었다.

"이거 어떻게 된 거니?"

기미에가 리오나의 교복 소맷부리로 드러난 붕대를 가리켰다. 리오나는 왼손을 감췄다.

"아무것도 아니야."

"네 엄마 재혼했지?"

"응."

"어떤 사람이랑?"

"형편없는 남자랑."

그렇게 말한 순간 결국 눈물이 넘쳐흐르고 말았다. 리오나는 당황했다. 기미에가 물수건을 내밀며 말했다.

"울어. 맘껏 울어. 슬플 때는 우는 거란다."

6

그날 밤 리오나는 기미에와 만난 일을 엄마에게 말했다. 엄마와
는 거의 말도 하지 않는 상태였는데 기미에와 만난 것이 너무 기뻐
서 마음이 느슨해지고 말았다.

"오늘 가와사키 기미에라는 사람을 만났어."

엄마가 몸을 웅크려 담배에 불을 붙인 다음 돌아보았다.

"그게 누군데?"

"기억 안 나? 아빠의 엄마래."

"네 아빠?"

엄마가 연기를 내뱉고 의아한 표정을 지었다. 동안이라 평소에
는 귀엽고 나이보다 훨씬 젊어 보이는데 이럴 때의 엄마는 추해 보
였다.

"그게 어쨌다는 거야?"

"지금 교도소에 들어가 있대."

"아아, 류지 말이지. 역시나." 엄마는 비웃었다. "그럴 줄 알았어. 정말 멍청하고 폭력적인 남자였어. 뭘 해도 금방 그만둬버리니까 벌이도 시원찮고, 사람을 죽일 만한 근성도 없으니까 좀도둑질이나 했겠지. 가족들도 다 똑같아서 근방에서도 기피하는 집안이었어. 특히 기미에. 더럽게 못생긴 주제에 얼마나 심술궂었는데. 나 엄청 시달렸어. 아아, 생각하니까 또 열 받네."

엄마는 몸서리까지 쳐보였다.

"그런데 잘도 결혼까지 했네?"

리오나는 어이가 없었다.

"류지가 계속 쫓아다녀서 그랬지. 네가 좋아서 미치겠어, 내 옆에서 있어줘, 라면서. 그래놓고 다른 남자를 쳐다보았다고 두들겨 패고, 추파를 던졌다고 두들겨 패고. 나는 남자들한테 인기가 많았으니까 정말 힘들었어."

그렇게 질투가 심하고 폭력적인 남자랑 결혼해서 딸까지 낳아놓고 그 딸 앞에서 인기 많은 과거를 자랑하는 여자의 심경을 리오나는 도무지 이해할 수 없었다.

"그렇게 함부로 말하는데, 그래도 내 아빠잖아. 너무한 거 아냐?"

리오나의 말에 엄마는 앞니에 낀 음식 찌꺼기를 긴 손톱으로 파내면서 쓴웃음을 지었다.

"그래, 맞아. 넌 그 자식이랑 꼭 닮았어. 어릴 때부터 고집이 센데다 조금만 마음에 안 들면 난폭하게 굴고 정말 애먹었다니까. 그때마다 그 자식의 피가 진하게 흐르는 것 같아서 정이 뚝 떨어져."

이런 말까지 듣다니 아빠가 불쌍해서 견딜 수 없었다. 물론 그 딸인 자신도.

"아빠는 때리고 나서 사과하거나 하진 않았어?"

"그야 울면서 빌었지. 이틀 정도는. 근데 그다음 날부터는 또 술 마시고 때리고. 정말 지긋지긋했어."

"그런 남자랑 결혼한 당신이 멍청한 거야."

"뭐라고?"

엄마가 주먹으로 때리려고 하자 리오나는 재빨리 피하고 구석으로 도망쳤다. 무의식중에 웃음이 새어나왔다.

"바로 손부터 나가는 건 당신도 똑같잖아."

"부모한테 당신이라니!" 엄마가 소리쳤다.

"누가 부모야. 이제 와서 제대로 된 부모인 척하지 마. 웃기지도 않아."

"나가, 나가버려. 너 같은 건 중학교도 갈 필요 없어. 그냥 나가 죽어버려."

"좋아. 난 기미에 씨랑 살 거야."

"뭐가 기미에 씨야. 성질 고약한 알코올중독 할망구지."

엄마가 입을 크게 벌리고 웃었다.

"중학생 딸한테 손대는 새아빠보다 훨씬 나아."

마침내 진실을 말했다고 생각한 순간 엄마의 손바닥이 뺨에 내리꽂혔다.

"거짓말하지 마!"

"거짓말 아니야! 사실이란 말이야!"

그렇게 외친 순간 분해서 눈물이 났다. 하지만 엄마는 확신에 찬 얼굴로 단호하게 말했다.

"넌 거짓말쟁이니까 네가 하는 말은 믿지 말라고 했어."

엄마가 하는 말이 잘 이해되지 않아서 리오나는 어안이 벙벙했다.

"그게 무슨 말이야?"

"그 사람이 그랬어. 루이카는 자기한테 유리하게 거짓말을 하는 버릇이 있다고. 분명 몇 번이나 아빠가 바뀌었으니까 엄마의 관심을 끌고 싶어서 거짓말을 하는 거라고. 그러니까 자기가 무슨 짓을 했다는 말을 들어도 절대로 믿지 말라고 했어."

교활한 수를 쓰는 새아빠에게 화가 나서 견딜 수가 없었다. 리오나의 울음 섞인 항의는 제대로 전달되지 않았다.

"다 거짓말이야. 그 자식이랑 나랑 누구 말을 믿는 거야?"

답을 듣지 않아도 엄마가 어느 쪽을 고를지는 뻔했다.

"그만 좀 해. 그런 거짓말까지 할 만큼 새아빠가 밉니? 너처럼 손버릇 나쁜 애를 키우느라 고생하는데. 루이카가 있으면 이것저것 없어진다고 투덜거렸어."

"뭐가 없어졌는데? 말해봐."

나는 그 자식한테 뭘 빼앗겼는지 알아? 다시는 되찾을 수 없는 거라고.

리오나의 눈물은 어느새 다 말라버렸다. 동시에 마음은 점점 싸늘해져갔다.

"네가 훔친 거니까 네가 말해보지 그래."

엄마가 웃으며 말했다.

새아빠의 거짓말만 믿고 편들고 있는 이 사람은 엄마가 아니다. 절대 용서하지 않을 것이다. 결코 믿지 않을 것이다. 리오나는 다짐했다.

새아빠는 그 뒤로도 몇 번이나 리오나의 방에 들어왔다. 방 두 개짜리 빌라는 장지문으로 나뉘어 있기 때문에 침입하는 것은 식은 죽 먹기였다. 처음에는 엄마를 신경 쓰며 몰래 수면제를 먹였지만 시간이 지나자 술에 취해 곯아떨어진 엄마에게서 불과 몇 미터밖에 떨어지지 않은 곳에서도 대담하게 리오나를 덮쳤다. 격렬하게 저항하면 호되게 얻어맞았다. 결국 리오나는 체념하고 죽은 듯 가만히 있게 되었다.

"무쓰미한테 말하면 죽여버릴 거야."

어느 날 밤, 새아빠는 리오나의 목을 조르는 시늉을 하며 협박했다. 죽음의 공포보다는 이런 남자한테 살해당하는 것이 싫었다. 차라리 내 의지로 죽어버리자고 생각했다. 하지만 자살도 쉽지 않았다. 그렇다면 이제 이 집을 나가는 수밖에 없었다. 리오나는 기미에의 존재가 어둠을 밝히는 등대처럼 느껴졌다.

리오나는 그날 밤, 엄마가 일하러 나간 사이에 집을 나갔다. 교복과 책가방, 휴대전화와 옷. 짐은 그렇게 많지 않았다. 필요한 물건은 아무도 없을 때 가끔 들어와서 가져가면 되었다.

버스를 갈아타고 '푸짱'으로 향했다. 간판에 노란색 조명이 켜진 가게는 낮보다 수상해 보였다.

가게 문을 열자 스툴에 앉아 있던 미군 같은 젊은 외국인 둘이 리오나를 보고 놀란 얼굴을 했다. 두 사람 모두 멕시코계인 듯 진한 얼굴이었다. 그중 마음씨 좋아 보이는 마른 남자의 무릎 위에 기미에의 푸들이 올라가 있었다.

"어머, 리오나잖아."

리오나는 카운터 안에서 담배를 피우며 담소를 나누고 있던 기미에를 향해 손을 흔들었다. 기미에는 낮에 봤을 때와 똑같은 복장이었지만 화려한 장밋빛 립스틱을 발라서인지 조금 젊어 보였다.

기미에는 궁금해하는 남자들에게 손녀라고 영어로 설명했다.

"할머니, 나 좀 재워줘."

리오나가 애원하자 기미에가 고개를 끄덕이고 카운터에서 나왔다. 기미에가 밖으로 나가려고 하자 푸들이 남자의 무릎에서 내려가려고 안달했다.

"무슨 일 있었니?"

가게 옆 계단을 오르면서 기미에가 억양 없는 목소리로 물었다.

"집에 가고 싶지 않아."

"그러니? 그럼 여기 있어."

기미에의 집은 가게 2층에 있는 원룸이었다. 벽 쪽에 침대가 있고 방 한가운데 작은 탁자가 있는 간소한 방이었다. 강아지용 펫시트가 여기저기에 깔려 있고 한 장은 오줌으로 더러워져 있었다.

"무쓰미한테 쫓겨났니?"

기미에가 웃으며 물었다.

"뭐, 비슷하긴 한데……"

리오나는 뭐라고 대답해야 좋을지 몰라서 거칠어진 입술을 꽉 깨물었다. 그러자 기미에가 웃었다.

"너한테 남자를 뺏겨서 화난 거 아니야?"

리오나는 깜짝 놀라 기미에를 쳐다보았다. 정말 그런 것이었던가?

"걘 자기 생각밖에 할 줄 모르는 여자니까."

어렴풋이 새아빠의 낌새를 눈치챘으면서 엄마가 자신을 지켜주지 않은 것은 그런 이유였던 것이다.

"그럼 그 자식한테 화내면 되잖아?"

리오나가 내뱉듯이 말하자 기미에는 테이블 위에 있는 재떨이에 피우던 담배를 껐다.

"그럴 순 없지. 버림받고 싶지 않을 테니까."

기미에는 다 안다는 듯 미소를 띠고 말했다. 리오나는 좁은 방 한가운데 서서 그 모습을 바라보았다.

"결국 손해를 보는 건 나뿐이잖아. 안 그래?"

"리오나 말이 맞아."

다음 날 아침, 리오나는 아직 자고 있는 기미에가 깨지 않도록 조용히 일어나 혼자 편의점에서 빵을 산 다음 버스 안에서 먹으면서 학교에 갔다.

학교가 끝난 뒤에는 기미에와 함께 이불을 사러 갔다. 기미에는 맛집이라고 유명해져 관광객이 늘어선 식당에서 카레라이스를 사주었다.

리오나는 기미에가 어디를 가든 더러운 개를 데리고 다니는 것에는 두 손을 들고 말았지만, 명령하는 듯한 말투를 쓰지 않는 것이나 남의 험담을 할 때는 신랄하고 정확하게 꼬집는 점이 마음에 들었다.

기미에는 점심 전에 일어나서 가게를 청소하고 대중목욕탕에 갔다. 목욕을 하고 나서는 근처에서 끼니를 해결한 후 파친코에 가서 몇 시간이고 정신없이 게임을 했다. 저녁 무렵이 되면 슈퍼마켓에서 믹스 너트 같은 안주를 구입하고 6시 반 정각에 가게 문을 열었다. 매일 새벽 2시까지 영업하고 일요일 하루만 쉬는 힘든 일상을 기미에는 담담히 소화해내고 있었다.

기미에는 음식에는 전혀 흥미가 없어서 늘 카레나 소고기덮밥, 메밀국수만 먹었다. 매일 같은 음식을 먹어도 전혀 아무렇지 않은 타입이라 포테이토칩 말고는 먹고 싶은 게 없는 리오나는 오히려 그런 기미에가 편했다.

그건 그렇고 '푸짱'처럼 좁고 더러운 가게에 예의 그 미군 같은 단골손님이 있는 것은 놀라웠다. 대부분 맥주 한 병으로 두세 시간씩 삐대는 쩨쩨한 손님뿐이었지만 기미에는 그들에게 인기가 좋았다. 가게에서는 잘 웃지도 않고 불필요한 말은 하지 않는 무뚝뚝한 기미에였지만, 어쩌면 아들 중 한 명은 행방불명이고, 한 명은 자살, 남은 한 명은 교도소라는 처지가 미군들의 동정심을 불러일으키고 있는 건지도 몰랐다.

중학교 2학년이 무사히 지나고 3학년이 된 여름, 리오나에게는 한 가지 욕심이 생겼다. 고등학교에 진학하고 싶다는 희망이었다. 교활할 만큼 영리했다는 류지의 동생과 닮은 건지 리오나는 머리가 좋았다.

"기미에 씨, 나 고등학교에 가고 싶은데 어떻게 하면 좋을까?"

"그럼, 당연히 가야지. 내 아들들도 고등학교는 나왔어. 요즘 세상에 중졸이면 써주는 데도 없다더라."

"고등학교 들어가도 여기에 있어도 돼? 가게 일도 도울게."

기미에가 고개를 끄덕이자 리오나는 덩실거렸다. 기미에와는 묘하게 마음이 잘 맞았다. 앞으로 일 년 반 뒤에 출소할 아빠와도 같이 살아보고 싶었다.

"그럼 무쓰미한테 이야기하고 올게."

"그게 좋겠다. 네 부모니까 돈을 낼 의무가 있어."

내키지 않았지만 리오나는 오랜만에 집에 돌아갔다. 아니나 다를까 엄마는 떨떠름한 기색이었다.

"중졸이면 충분하잖아?" 엄마는 담배를 피우며 퉁명스레 말했다.

"싫어. 고등학교에 가고 싶어. 중졸이면 일할 데도 없고."

"그럼 새아빠한테 부탁해보든가."

"내가?"

"그럼 누가 하니?" 엄마가 히죽거렸다.

그런 자식을 만날 바에는 고등학교에 가지 않는 편이 나았다. 리오나는 실망한 채 기미에의 집으로 돌아왔다.

"어떻게 됐니?"

기미에의 물음에 고개를 옆으로 저은 순간 눈물이 떨어졌다. 나는 왜 그런 여자의 딸로 태어난 걸까.

"그럼 내가 고등학교에 보내줄게. 맡겨 둬."

기미에의 말은 고마웠지만 정말로 가능한 일인지 리오나는 의심스러웠다. 기미에의 생활에 여유가 없다는 것쯤은 같이 살고 있는 자신이 누구보다 잘 알고 있었다.

엄마와 둘이서 살 때는 가난했지만 새아빠와 재혼하고 나서는 욕조가 딸린 빌라로 이사도 했고 용돈도 받았다. 집에 식량이 떨어진 적은 여태껏 한 번도 없었다. 하지만 기미에의 생활은 먹을 것조차 없는 때가 종종 있었다. 기미에가 '푸짱'의 매상 대부분을 파친코로 탕진해버리기 때문이었다. 그럴 때는 둘이서 가게 안주로

배를 채워야 했다.

정말로 기미에는 리오나가 고등학교에 다닐 돈을 마련할 수 있을까? 리오나가 불안해하자 기미에는 "파친코를 그만두고 가게를 담보로 돈을 빌릴 거야"라고 말했다.

"그렇게까지 안 해도 돼. 고등학교에 안 가도 살 수 있으니까."

리오나가 사양했지만 기미에는 완강히 물러서지 않았다.

"넌 어렸을 때부터 멍청한 부모 때문에 고생만 했잖니. 고등학교 정도는 가도 돼."

"그럼 일을 하고 학교는 야간에 다닐게."

"아니. 야간에 다닐 바에는 화장을 하고 몰래 우리 가게에 일하는 편이 나아. 너를 보고 오는 손님이 늘지도 모르고."

기미에가 정색하고 말하자 리오나는 쓴웃음을 지었다. 지금까지도 가게 일을 도운 적이 종종 있었다. 하지만 어린애가 가게에 있으면 안 된다고 별로 나이 차이도 나지 않는 미군 손님이 불평해서 그만둔 것이다.

의무교육이 끝나면 드디어 엄마와 새아빠, 두 사람과 완전히 인연을 끊을 수 있었다. 그러면 좋아하는 기미에랑 둘이서 지금처럼 서로 도우면서 살 수 있었다. 이걸로 자신의 인생도 다시 태어날 수 있을 거라고 리오나는 기대했다.

기미에는 계속해서 말했다.

"다음에 류지 면회 갈 때 너도 데려가 줄게."

아빠는 치바 교도소에 수감되어 있다고 했다. 기미에의 제안에 리오나는 내심 마음이 흔들렸다. 난폭한 사람이든 차량털이범이든 친아빠였다. 한 번쯤은 만나보고 싶었다. 그런 생각이 들자 리오나는 자신에게 혈연에 대한 기대감과 의존심이 생긴 것에 깜짝 놀랐다. 이게 다 할머니 기미에와의 만남이 가져다준 것이었다.

약속대로 기미에는 파친코에 발길을 딱 끊었다. 교사와의 면담도 끝났고 이젠 정말 고등학교로 진학할 수 있을 것 같았다.

가까운 현립 고등학교의 입학시험을 치기로 결정한 초겨울의 어느 날, 학교에서 돌아온 리오나는 무언가 이상한 점을 깨닫고 얼어붙고 말았다. 도부이타 거리가 소방차로 가득 메워져 있었던 것이다. 설마하고 달려가 보았지만 리오나의 예감은 보기 좋게 적중했다. '푸짱'이 불타 내려앉아 흔적도 없이 사라진 것이었다.

리오나가 등교한 직후, 뒤쪽 낡은 집 2층에서 불이 시작되어 '푸짱'으로 불길이 번졌다고 했다. 발화 원인은 누전이었는데 찬바람이 강하게 분 탓에 불길이 빨리 번졌다는 것이다. 지붕이 맞닿은 2층은 눈 깜짝할 사이 화염에 휩싸여버렸고 자고 있던 기미에는 침대 위에서 개와 함께 불타 죽었다.

리오나는 경찰서에 가서 시신을 확인했다. 솔직히 말해 시신이 기미에인지 아닌지 제대로 알 수가 없었다. 하지만 앙상한 안짱다리가 눈에 익었다. 시신 옆에는 푸짱인 듯한 동물의 불탄 사체도 있었지만 뼈가 가는 탓에 대부분 녹아버렸다.

"할머니가 맞는 것 같아요."

리오나가 말하자 경관이 감탄한 듯 말했다.

"아직 어린데 울지도 않고 의젓하구나."

엄마가 학비를 내줄 수 없다고 했을 때는 분해서 눈물이 났는데 이때는 온몸에 힘이 빠져 울 힘조차 나지 않았다.

중학교 졸업을 앞두고 외톨이가 되어버린 리오나는 류지를 만나러 치바 교도소에 갔다. 기미에의 사망 소식을 알리고 장례에 관한 것을 상담하고 싶었다. 또 아빠가 어떤 사람인지 만나보고 싶었다.

하지만 수감자 본인이 거부한다는 이유로 면회 허가가 나오지 않았다. 리오나는 충격을 받았다. 친딸이라는 증명까지 들고 왔는데 류지는 무쓰미와의 사이에서 태어난 아이를 만나고 싶지 않던 모양이었다.

기미에 덕분에 혈연의 안락함에 도취되어 있었던 만큼 류지의 거절은 예상외로 타격이 컸다. 리오나는 등대의 불빛이 꺼지고 다시 어두운 바다로 내던져진 듯한 느낌이었다.

이제 어디로 가야 할까? 있을 곳을 잃은 리오나는 하는 수 없이 다시 엄마의 집으로 돌아갔다.

"또 빨아 달라고 왔니?"

새아빠가 웃으며 속삭이던 밤, 리오나는 식칼을 꺼내 들고 새아빠를 찌르려고 했다. 하지만 어른 남자를 당해낼 수 있을 리 만무했다. 너무 쉽게 제압당한 리오나는 발작적으로 왼쪽 손목을 그었다.

이번에는 상처가 깊었는지 피가 멈추지 않았다. 당황한 엄마와 새아빠가 구급차를 불러 리오나는 목숨을 건졌다. 하지만 두 번째 상처는 신경을 손상시킨 탓에 왼손 손가락을 제대로 움직일 수 없게 되었다.

"너는 정신병자야."

그 뒤로 새아빠는 리오나를 정신병자 취급하게 되었다. 그렇게 집요하게 쫓아다닐 때는 언제고 이제는 손바닥을 뒤집듯 리오나를 밀어내려 했다.

"식칼로 나를 죽이려고 했다니까. 그런 위험한 애새끼랑은 같이 살 수 없어. 하루 종일 감시할 수 없다면 쫓아내버려."

　새아빠의 부추김에 엄마도 결국 동의했다. 3학기는 거의 나가지 않았는데도 학교 측은 성가신 일에 휘말릴까 두려워 3월에 리오나만 따로 졸업시켜주었다.

　리오나의 거리 생활이 시작된 것은 16살의 초봄이었다.

7

리오나는 멍하니 재작년을 떠올리고 있었다. 그때 욕실에서 희미한 소리가 났다. 목욕을 마친 마유가 몸을 닦거나 양치를 하고 있는 것 같았다.

리오나는 슈토의 방을 살폈다. 흰색 문은 굳게 닫혀 잠잠했다. 밤낮이 바뀐 슈토가 이 시간에 자고 있을 리는 없으니 아마 평소처럼 인터넷 게임에 빠져 있을 터였다. 배가 고파진 슈토가 거실로 나오기 전에 자신도 씻는 편이 좋을 것 같았다. 리오나는 미지근해진 콜라를 단숨에 마셔버리고 일어섰다.

"욕실 잘 썼어."

욕실에 갔더니 마유가 자기 손수건으로 젖은 머리를 닦고 있었다.

"수건으로 닦아."

리오나는 멋대로 수납장을 열어 흰 수건을 던져주었다.

"그 사람 거잖아. 써도 돼?"

"괜찮아. 빨래는 내가 했으니까."

그렇게 말했지만 멋대로 집 안 비품을 쓰면 슈토가 언짢아한다는 것쯤은 알고 있었다. 슈토는 화를 잘 내지 않는 성격이었지만 신경질적으로 눈썹을 찌푸릴 때면 조금 무서웠다. 리오나는 여자친구도 손님도 섹스 파트너도 아니었다. 그저 그의 놀이에 어울려주고 있을 뿐인 위태로운 관계에 지나지 않았다. 나가라고 하면 나갈 수밖에 없는 처지인 것이다.

슈토는 리오나가 아키하바라에서 'JK 산책' 일을 하고 있을 때 찾아온 손님으로 처음 만났다. 단골이 된 슈토가 "다음에 우리 집에 놀러 올래?"라고 제안해서 몇 번 자고 가는 사이에 눌러 앉게 되었다. 리오나 혼자 슈토의 게임에 어울려주는 동안은 이 집에 머물러도 뭐라고 하지 않았다. 하지만 마유가 추가됐으니 슈토가 어떻게 나올지는 모를 일이었다.

"그럼 잘 쓸게."

빨래를 리오나가 했다는 이야기를 듣고 마유는 안심한 듯 흰 수건을 머리에 얹었다.

"드라이어도 써."

리오나가 선반에서 작은 드라이어를 꺼내 마유에게 건넸다. 슈토가 화내면 자신이 어떻게든 달랠 생각이었다. 거리 생활을 한 지 얼마 안 된 마유에게 청결한 욕실과 드라이어의 열풍으로 머리를 말리는 상쾌함을 맛 보여주고 싶었다.

"난 이제 어떻게 할까?"

마유가 다 쓴 드라이어의 코드를 재빨리 감고 정리하며 물었다.

그것을 본 리오나는 마유가 좋은 환경에서 성장했다는 것을 새삼 느꼈다. 행복하게 자라온 마유가 부러웠다.

"현관 옆에 작은 방이 있으니까 거기서 쉬고 있어. 웬만하면 오늘은 눈에 띄지 않는 편이 좋을 거야."

마유가 진지한 얼굴로 끄덕였다. 현관 옆에 2평 반 정도 되는 작은 방이 있었다. 창문도 없는 어두운 방이지만 거기라면 슈토도 뭐라고 하지 않을 것 같아서 리오나는 그 방에 이불을 가져다 놓고 생활하고 있었다.

마유가 나간 뒤 리오나는 재빨리 옷을 벗고 욕실로 들어갔다. 욕조 뚜껑은 반듯하게 덮여 있고 타일에는 머리카락 한 올 떨어져 있지 않았다. 리오나는 머리를 감고 몸을 씻은 다음 욕조에 들어갔다. 물속에서 왼쪽 손목의 상처 자국을 바라보았다. 붉은 기는 많이 가셨지만 아직 상처가 두드러져 보였다. 이 상처 탓에 여름에도 반팔 입는 것을 주저하게 되었다. JK 비즈니스에서 자해를 한 아이는 손님들이 꺼리기 때문에 위험인물로 여겨졌다. 때문에 리오나도 자연스레 상처 자국을 감추게 되었다.

왼손 중지와 약지를 움직여보았지만 역시 마비된 손가락은 움직이지 않았다. 리오나는 이를 악물고 움직이려고 애썼다. 지금까지는 아무래도 좋다고 생각했는데 마유를 만나면서 조금 달라진 듯한 느낌이 들었다. "왜일까?" 리오나는 소리를 내 말해보았다. 타일이 깔린 욕실 안에서 자신의 목소리가 울렸다. 욕조에서 나온 리오나는 조금 망설였지만 물을 빼버렸다. 슈토가 욕조를 쓰고 싶으면 다시 물을 받겠지 뭐, 하는 생각이었다. 속옷을 걸치고 잠옷 대용인 트레이닝 반바지와 티셔츠를 입고 있을 때였다.

"리오나, 전화 왔어."

마유의 말에 깜짝 놀라 욕실을 나왔다. 동료들과는 카카오톡으로 연락하기 때문에 전화가 오는 일은 거의 없었다.

"자, 여기."

마유가 스마트폰을 가져다주었다. 발신자를 확인하니 놀랍게도 미토였다. 미토와 연락이 끊긴 지는 벌써 2년도 넘었다.

"여보세요, 미토?"

"리오나?" 미토의 가는 목소리가 들렸다.

"그래. 오랜만이야."

"다행이다. 번호 바뀌었으면 어떡하나 싶었어."

미토가 안도한 듯 말하며 웃었다.

"마찬가지야."

미토에게 마지막으로 연락한 것은 리오나가 집을 나오려고 했을 때였다. 미토는 동거남과 트러블이 있었던 탓인지 전화도 받지 않았다. 그래서 연락하는 것을 포기하고 있었다.

"어떻게 지내?" 리오나가 물었다.

"이런저런 일들이 많아서 한마디로 설명하기 어려워."

"그렇겠지."

미토네 집은 엄마가 늘 집을 비웠기 때문에 갈 곳 없는 아이들의 아지트였다. 리오나도 미토네 집에서 신세를 지면서 많은 도움을 받았다. 하지만 미토의 남자 친구와 그 친구들이 모여 들면서 너무 위험한 곳이 되어버렸다. 그렇게 미토와 사이가 멀어진 탓에 미토 혼자 남자들 틈에 남겨져 고생이 많았을 것이다.

"미토, 엄마는 어떻게 됐어?"

"모르겠어. 딱 한 번 전화 온 적이 있는데 그게 다야. 내 전화번호는 절대 안 바꾸는데 엄마는 바뀌었나 봐. 남자 친구가 있는 것 같았어."

"다들 부모 때문에 고생이네."

리오나는 자신의 경우를 말한 건데 미토가 낮은 목소리로 대답했다.

"아니, 나는 내 탓이라고 생각해."

미토는 늘 자신감이 없고 자존감이 낮았다. 나는 아무것도 못 해. 나는 구제불능이야. 그렇게 자신을 몰아붙이기 때문에 사귀는 남자를 우쭐해지게 만드는 것이다.

"그렇지 않아." 리오나는 짜증이 나서 소리쳤다. "미토의 탓이 아니야."

"그럴까?"

"그래."

자기도 모르게 큰 소리를 내고 말았다. 문득 고개를 들자 옆에서 있던 마유가 걱정스럽게 쳐다보고 있었다. 리오나는 통화를 멈추고 마유에게 물었다.

"왜?"

"여기에 앉아 있어도 될까? 이야기하는 거 안 들을 테니까."

마유는 난처한 듯 방구석을 가리켰다.

"괜찮아." 리오나가 끄덕이자 마유는 미안해하는 얼굴로 구석에 가서 앉았다.

"거실에서 텔레비전이라도 보면 좋을 텐데."

"그렇지만 왠지 걱정돼서."

낯선 집에 있는 것이 불안한 것이다. 게다가 집주인은 이상한 기호를 가진 슈토였다. 리오나는 마유의 마음이 손바닥 보듯 훤히 보였다.

"괜찮아. 여기 있어도 돼."

"고마워."

마유는 작은 목소리로 말한 뒤 스마트폰을 손에 들었다. 리오나는 미토와의 통화로 돌아갔다.

"중간에 미안."

"방금 걔, 누구야?" 미토가 물었다. 마유의 목소리가 들린 모양이었다.

"마유라는 애야. 오늘 시부야에서 알게 됐어. 가출해서 갈 데가 없다고 하길래 불쌍해서 데려왔어."

말하면서 돌아보자 마유와 눈이 마주쳤다. 마유가 생긋 웃었다.

"좋겠다." 미토가 부러워했다. "나도 거기 가면 안 돼? 나도 갈 곳이 없는데."

"오라고 하고 싶지만 남의 집이라 좀 어려울 것 같아."

"남자 친구 집이야?"

"아니."

바로 부정의 말이 입 밖으로 튀어나왔다. 리오나는 슈토에 대한 혐오감으로 무의식중에 몸서리쳤다.

"그럼 뭔데?"

"글쎄. 그 녀석이 원하는 대로 놀아주고 돈을 받거나 지금처럼 방을 빌려 쓰는 관계?"

그렇게 말하자 미토가 곧바로 지적했다.

"그러니까 손님이라는 거네."

"맞아. 처음에는 손님이었어."

"틀렸어, 리오나. 한 번 손님은 영원히 손님인 거야." 미토가 시원시원하게 말했다.

그런 건가. 슈토는 영원히 손님밖에 될 수 없는 건가. 친구도 애인도 지인도 될 수 없는 단순한 클라이언트. 문득 그런 단어가 떠올라 리오나는 쓴웃음을 지었다. 그래서 슈토는 리오나의 친구에게 아무런 관심도 없고 하물며 대접할 마음 같은 건 털끝만큼도 없을 것이다. 마유는 게임에 참여했으니까 잠깐 동안은 머물게 해줘도 괜찮다고 생각한 것이 틀림없었다. 손님이라는 입장에서 엄연히 선을 긋고 있는 것을 느끼고 리오나는 마음이 싸늘해졌다. 아무리 감춰도 여자를 사는 남자는 팔리는 여자에 대한 멸시를 품고 있는 것이다.

"그건 그렇고, 미토, 진짜 오랜만이다."

리오나는 화제를 바꿨다.

"응. 문자라도 보내고 싶었는데 남자 친구가 리오나랑 인연을 끊으라고 어찌나 성화를 부리던지. 처음에는 휴대전화까지 매번 체크했다니까. 그러다 자기 멋대로 리오나의 카톡 계정이랑 번호를 삭제해버린 거야."

자신이 그 정도로 미토의 남자 친구에게 미움받고 있었을 줄은 몰랐다.

"인연을 끊으라니. 걘 나를 정말 싫어했구나. 어쩐지 몇 번이나 전화해도 안 받더라."

스마트폰을 만지고 있던 마유가 얼굴을 들고 리오나 쪽을 보았다. 여자아이는 부정적인 감정에 예리하게 반응한다. 리오나가 상처 받은 것이 어렴풋이 전해진 것이다.

"싫어했다기보다 그 자식, 리오나를 두려워했어."

미토에게서는 의외의 대답이 나왔다.

"말도 안 돼."

"정말이야."

"내가 고분고분하지 않아서 그런 걸까?"

"아마도?" 미토가 웃었다. "나는 뭐든 시키는 대로 했으니까."

"그래도 내 번호 용케 기억하고 있었네?"

"혹시 몰라서 메모해뒀어."

"근데 남자 친구한테는 화 안 냈어? 멋대로 지워버리다니 너무 하잖아."

"그렇지만 어쩔 수 없잖아. 대들면 맞기밖에 더 하겠어."

미토는 담담하게 말했다. 하지만 갈 곳이 없다는 말이 걸렸다. 남자 친구랑 헤어진 걸까.

"근데 왜 갈 데가 없어? 남자 친구는? 헤어졌어?"

"쫓겨났어. 그 자식 다른 여자가 생겼거든. 맨날 싸우기만 했으니까 쫓겨나서 오히려 속 시원하기도 해. 근데 난 돌아갈 집도 없고 갈 데도 없어서 그 자식 후배네 집에 신세지고 있었는데 거기서도 쫓겨났어."

근심으로 눈썹이 축 처져 있을 미토의 얼굴이 떠올랐다.

"그렇구나. 고생 많았겠네."

"그게 다가 아니야." 미토가 목소리를 낮췄다.

"뭐가 또 있어?"

"나, 임신했어."

"누구 앤데?"

리오나는 깜짝 놀라서 엉겁결에 소리를 높였다.

"당연히 그 자식 애지. 근데 후배네 집에 있을 때 임신한 걸 알게 돼서 그 집에서도 쫓겨난 거야. 다시 남자 친구한테 돌아갔더니 그 새끼가 자기 애 아니라면서 낳든 말든 맘대로 하라고 우기잖아."

"짐승만도 못한 놈. 그래서 이제 어떻게 할 거야?"

리오나는 자신도 모르게 말투가 거칠어졌다.

"모르겠어. 근데 애초에 발단은 그 자식이 바람을 피워서잖아. 그걸 가지고 화를 냈더니 나가, 너 같은 건 이제 필요 없어, 라고 하더라. 뻥 차인 느낌이었어. 그러니까 리오나, 오늘 하룻밤이라도 좋으니까 재워줄 수 없을까? 리오나랑 얼굴 보고 이야기도 하고 싶어."

순간 마음이 흔들렸지만 리오나는 단호하게 말했다.

"여긴 어려울 것 같아. 미안."

미토와 미토의 엄마에게 신세를 많이 졌지만 지금 자신은 미토를 도와줄 수 있는 상황이 아니었다. 리오나는 미안해했지만 미토는 원망도 하지 않고 체념한 듯한 말투로 말했다.

"이해해. 당연히 어렵겠지. 우리 집도 그 자식 친구들이 많이 왔었잖아. 얼굴도 모르는 다른 학교 애들까지 멋대로 들어와서는, 내가 학교에서 돌아오면 그 자식들이 자기 집처럼 고타쓰_{나무로 만든 상에 이불이나 담요 등을 덮은 일본의 온열기구}에 들어가서 뒹굴고 있거나 게임을 하고 있었어. 엄마가 녹화해둔 텔레비전 방송을 멋대로 보고 지워버리는가 하면, 냉장고를 뒤져서 엄마가 사둔 맥주나 과일주까지 꺼내서 마셔버렸지. 휴대전화 충전은 당연한 거였고. 현관은 더러운 신발로 가득 차 있고 마루는 모래랑 흙으로 늘 거슬거슬했어. 화장실 변기는 올려둔 채 내리지도 않고 바닥에는 소변이 흥건했어. 그게 너무 싫어서 나 진짜 몇 번이나 열 받았는지 몰라. 방에 남자 냄새가 나는 것도 기분 나쁜데 벽장에서 이불까지 꺼내서 자고 있는 녀석도 있었으니까. 리오나가 거기에 나를 부를 수 없다는 거 잘 알아. 아는 사람의 아는 사람이 뻔뻔하게 밀고 들어오는 거 정말 싫으니까."

단숨에 쏟아낸 미토는 지쳤는지 작게 한숨을 내쉬었다.

"그럼 오늘 밤엔 어떻게 할 거야?"

"만화방이라도 가서 죽치고 있어야지."

"내일 아침엔 어떻게 할 건데?"

"글쎄, 공원에 가든지 맥도널드라도 들어가야지. 정 피곤하면 누군가 따라가는 수밖에 없고."

"미안해."

"괜찮아. 재워달라고 부탁할 수밖에 없는 내 처지가 괴로울 뿐이야. 리오나의 마음도 잘 알고."

미토가 낮은 목소리로 중얼거렸다. 미토는 소심하고 다정하다. 남이 싫어할 일은 절대로 하지 않는다. 하지만 사람들은 미토의 다정함을 이용해놓고 의지가 없네, 소심하네 하면서 비난했다. 자신도 그중 한 명이라는 생각에 리오나는 우울해졌다.

"미토, 그냥 여기로 와."

리오나는 과감히 말했다.

"그렇지만……" 이번에는 미토가 주저했다.

"괜찮아. 어떻게든 될 거야. 오랜만에 얼굴도 보고 싶고 수다도 떨고 싶어. 주소 알려줄 테니까 꼭 와. 근처에 오면 전화하고. 입구는 키가 없으면 못 들어오니까 전화하면 내가 밑으로 내려갈게."

리오나는 미토에게 주소를 알려주고 전화를 끊었다. 그리고 곧장 마유의 얼굴을 살폈다.

"괜찮아. 절대 안 들렸을 거야. 목소리도 작았는걸."

마유가 속삭였다.

"전화 오면 1층에 내려갔다 올 테니까 슈토한테 들키지 않게 현관문만 살짝 열어줄래?"

"알았어."

마유라면 잘 할 거란 생각이 들어 리오나는 안도했다.

정확히 30분 뒤, 미토에게 전화가 왔다.

"지금 아파트 앞에 있어."

"알았어."

리오나는 조심스레 현관문을 열고 밖으로 나갔다. 엘리베이터를 타고 입구로 내려가자 유리문 너머에서 금발로 물들인 긴 머리를 양 갈래로 묶은 소녀가 손을 흔들고 있었다. 미토였다. 고등학교에 다닐 리도 없는데 교복을 입은 완벽한 여고생 차림이었다. 자동문이 열리자 미토가 뛰어 들어왔다.

"리오나 오랜만이야. 보고 싶었어."

미토가 루이비통의 복제품인 듯한 가방을 내팽개치고 달려왔다. 리오나는 초등학교 6학년 겨울을 거의 매일 함께 보낸 친구를 힘껏 껴안았다.

"나도 보고 싶었어."

"다시 만나서 기뻐."

리오나는 기뻐하는 미토를 재촉했다.

"서둘러. 그 녀석이 눈치채기 전에 방으로 들어가자."

엘리베이터를 타고 3층에 올라가는 동안 리오나는 미토의 변화에 깜짝 놀랐다. 졸린 듯한 홑꺼풀 눈매가 쌍꺼풀이 있는 탁 트인 눈매로 바뀌어 있었고, 다이어트를 얼마나 한 건지 도저히 임신한 몸이라고는 생각할 수 없을 만큼 부러질 듯 가는 몸매가 되어 있었다.

"미토, 성형했어?"

눈을 가리키며 묻자 미토가 웃었다.

"당연하지."

"근데 너 진짜로 임신한 거야?"

교복 스커트 위로 배를 살짝 눌러보았지만 납작했다.

"응. 6주래. 아직 티는 안 나."

"어떻게 할 거야?"

"돈 모아서 수술하는 수밖에 없잖아."

미토가 대답한 것과 동시에 엘리베이터가 3층에 도착했다.

슈토의 집 앞으로 가자 문이 살짝 열려 있었다. 리오나의 지시대로 마유가 안에서 문을 열어둔 채 두 사람을 기다리고 있었다.

"쉿!"

서둘러 안으로 들어가 마유의 얼굴을 보았다. 마유는 소리 없이 입모양으로 괜찮아, 라고 말했다. 신고 온 신발을 든 미토를 가운데 끼고 세 사람은 현관 옆의 작은 방으로 들어갔다.

"어쨌든 무사히 들어왔네."

미토가 기쁜 듯 작은 목소리로 속삭였다.

"이거, 선물"

미토가 가방 안에서 편의점 봉투를 꺼냈다. 주먹밥 6개와 보리차 페트병 3개가 들어 있었다.

"들키지 않아야 할 텐데."

리오나가 우울한 목소리로 말하자 미토는 태평하게 대답했다.

"언젠가는 들키게 돼 있어."

문제는 그때가 되면 어떻게 할 것인가 하는 것이었다. 리오나는 불을 켜지 않으면 완전히 암흑 속이 되는 방을 둘러보았다. 만약 밖에서 문을 잠가 여기에 갇히게 되면 어떻게 할 도리가 없었다. 어떻게든 방법을 찾아야 했다.

8

마유가 화장실에 갔다 오는 김에 슈토의 동태를 살피고 왔다.

"어땠어?"

리오나는 목소리를 낮추고 물었다. 가져온 편의점 주먹밥을 먹고 있던 미토가 갑자기 긴장한 표정으로 마유를 올려다보았다.

"방에 틀어박혀 있어. 문틈으로 불빛이 새어나오는 거 보면 아직 깨어 있는 것 같아. 근데 소리는 거의 안 났어."

"여럿이서 인터넷 게임을 하고 있으니까 혼자만 빠져나오지는 못하는 거야. 그러니까 화장실을 가거나 씻을 거면 지금이 기회야."

"근데 욕조에 물 빼버렸잖아?" 마유가 말했다.

"괜찮아. 나 안 씻어도 돼. 잘 데만 있으면 돼."

미토가 사양했다. 리오나는 미토가 남보다 두 배는 더 눈치를 보는 아이였다는 것을 떠올렸다.

"그럼 세수만 하고 와."

"괜찮아. 그 사람이 잠들고 나서 조용해지면 할게."

리오나는 쓴웃음을 지었다.

"그러니까 안 잔다니까. 언제 자는지도 몰라. 컴퓨터 앞에서 선잠을 자다가, 컵라면을 먹다가 그래. 도저히 컴퓨터 앞을 떠날 수 없을 때는 오줌도 요강에다 싸는 것 같아."

"요강이라니, 그거 아픈 사람들이나 쓰는 거잖아. 완전 기분 나빠."

마유가 내뱉었다.

"페트병이 아닌 것만으로도 다행이지."

리오나는 마유를 향해 말했다. 너무 풀이 죽어 있기에 불쌍해서 데려왔지만 마유가 보이는 생경한 반응에 짜증이 났다.

"근데 맨날 게임만 하면 리오나랑은 언제 하는 거야?"

미토가 너무 직설적으로 묻자 리오나는 쓴웃음을 지었다.

"그 녀석이 내킬 때. 그래서 여기에 살게 해주는 것 같아. 그래도 진성 마조히스트라 편해."

"흐음, 마조히스트인 남자는 어떻게 하는데?"

미토가 진지한 얼굴로 물었다. 리오나는 마유 앞에서 말하기가 꺼려졌지만 미토가 듣고 싶어 하니까 대답해줬다.

"슈토만 옷을 다 벗고 나는 교복을 입은 채로 거만하게 명령하는 거야. 납작 엎드리게 만들어주면 흥분해서 굉장해져."

"여왕님이네." 미토가 웃었다. "근데, 굉장해진다는 건 무슨 말이야?"

"그게 이렇게 서버리는 거야."

미토가 꺄르르 웃었다. 예상대로 마유는 불쾌한 표정을 짓고 있었다. "징그러워"라고 중얼거리는 것 같았다. 이번에는 화를 참지 못해 리오나도 불만을 드러냈다.

"마유, 싫으면 나가도 좋아. 나는 아직 집을 구할 수 없으니까 이렇게 살아가는 수밖에 없어. 넌 아직 모르겠지만."

"나도 알아."

마유가 고개를 숙인 채 중얼거렸다. 물기가 다 마른 짧은 머리가 볼에 사르르 내려앉았다.

"넌 몰라."

리오나는 강한 어조로 말했다.

"왜? 나도 알아. 나도 더러운 아저씨한테 성폭행당했으니까."

마유가 큰 소리로 외쳤다.

"그거랑 이건 달라."

"다르지 않아."

"달라."

리오나는 정색하고 화냈다.

"잠깐 잠깐. 두 사람 다 조용히 해. 위험하잖아."

미토의 충고에 리오나가 정신을 차렸다. 작은 목소리로 속삭이듯 마유에게 말했다.

"마유도 심한 일을 당했다고 생각해. 하지만 우리도 많든 적든 그런 경험을 하고 있어. 너만 피해자가 아니야."

마유는 울상이 되었다.

"그래서 다 똑같은 피해자라는 거야? 그런 건 이상하잖아."

"이상해. 하지만 현실이 그래. 이게 다 부모들 잘못이야."

"그럴까? 그럼 우리 집도 부모님이 잘못했다는 거야?"

다리를 끌어안고 앉아 있는 마유가 무릎에 얼굴을 파묻고 말했다. 우는 모습을 보이고 싶지 않은 것이다.

"마유는 요 근래까지 좋은 부모 밑에서 자랐지? 그러니까 태평하게 그런 소리를 할 수 있는 거야. 그렇지 않은 애들이 얼마나 많은데."

두 사람의 대화를 지켜보고 있던 미토가 마유를 달래듯이 다정한 목소리로 말했다.

"내 이야기를 들어보면 마유 넌 그나마 나은 편이라고 생각하게 될 거야."

마유가 여전히 얼굴을 들지 않은 채 뾰로통한 목소리로 말했다.

"그런 거 비교해봤자 무슨 의미가 있어?"

하지만 미토는 마유의 말을 마음에 두는 기색도 없이 이야기하기 시작했다.

"있지, 난 중학교 때 남자 친구가 생겼는데 명령받는 걸 좋아하는 성격이라 남자 친구한테 푹 빠져버렸어. 근데 남자 친구가 자기 친구들을 우르르 몰고 와서 우리 집에 죽치고 있게 된 거야. 그래서 우리 집에 놀러 와주던 리오나가 더 이상 오지 않게 됐어."

"됐어, 그런 이야기. 와줬다니, 나도 있을 곳이 없어서 간 거야."

리오나가 끼어들자 미토가 가만히 있으라는 식으로 리오나의 손을 잡았다. 거슬거슬 거칠어진 손이었다.

"어쨌든 말이야, 그 남자 친구의 친구들이 장난 아니었어. 보조키를 만들어서 멋대로 집에 들어오질 않나. 우리 엄마가 아무리 자물쇠를 바꿔도 소용없었어."

"왜?"

마유가 얼굴을 들고 이상하다는 듯 물었다.

"남자 친구가 새 열쇠를 달라고 하면 내가 줘버리기 때문이야. 그러면 곧장 여러 개를 복사해서 친구들에게 나눠주는 거지."

"안 주면 되잖아?" 마유가 어이없다는 얼굴을 하고 있었다.

"그럴 수 없었어. 나도 몇 번이나 말했어. 열쇠를 복사해서 멋대로 친구들을 집에 데려오지 말라고. 근데 그렇게 말하면 남자 친구가 길길이 날뛰는 거야. 자기한테 보조키 하나도 못 주는 거냐, 그러면 자기 입장이 뭐가 되겠냐, 자길 좋아한다고 말한 건 다 거짓말이었냐고 하면서 미친 듯이 화를 냈어."

"그 자식 그때 중3이었지?"

리오나가 떠올리며 눈살을 찌푸렸다.

"맞아, 그 자식은 아빠랑 형을 흉내 내면서 우쭐해져 있었어. 아빠가 비계공飛階工으로 일하고 있는데 형도 이어받아서 같이 하고 있었던 모양이야. 둘 다 거친 성격인데다 여자는 남자가 시키는 대로 해야 하는 존재라고 생각해서 말을 안 들으면 바로 손부터 올리는 사람들이었어. 난폭한 건 그쪽 집안 가풍인가 봐."

가풍이라는 말에 리오나는 실소했지만 마유는 아연한 얼굴로 미토를 바라보고 있다.

"그래서 나도 남자 친구 말을 듣지 않으면 여자 친구 실격이라는 생각이 들게 된 거야."

"마인드 컨트롤 같은 거?"

리오나가 말하자 미토가 힘없이 웃었다.

"리오나는 인텔리라서 금방 어려운 말을 하는구나."

"인텔리는 무슨. 중졸의 낙오잔데. 그래서 너희 엄마는 어떻게 했어?"

"쳇바퀴 돌기였지. 엄마가 자물쇠를 바꾸면 남자 친구가 보조키를 달라고 하고. 보조키를 건네면 여러 개가 만들어지고. 결국 엄마가 집을 나가버렸어. 지금은 연락도 안 돼."

"절연당한 거네. 근데 엄마 입장에서는 당연하다고 생각해. 모르는 남자애들이 자기 집을 엉망진창으로 만들어버린 거니까."

미토가 한숨을 쉬었다.

"그게 다가 아니야. 그 자식들 한밤중에 몰래 들어와서 엄마를 강간하려고 했어. 그래서 정나미가 떨어진 거야. 남자 친구와 헤어지지 않는 나한테."

미토네 엄마도 리오나의 엄마와 마찬가지로 어려서 미토를 낳았으니까 막 30대가 됐을 때였다.

"그랬구나. 미토네 집은 우리 집이랑 다르게 모녀 사이가 좋았는데 버림받았다고 해서 이상하다고 생각했어."

"남자 친구한테 화를 냈더니 자기랑 엄마 중에 누구를 선택할 거냐고 다그치더라. 결국 남자 친구를 선택할 수밖에 없었어. 엄마는 집을 나가서 돌아오지 않았으니까. 근데 그게 그 자식을 더 우쭐하게 만들었던 것 같아. 저기, 리오나. 나 미장이 반장한테 성폭행당한 거 알고 있어?"

"어, 들었어." 리오나는 솔직하게 대답했다.

"미토도 성폭행당한 적이 있어?"

마유가 조심스럽게 물었다.

"응. 반장 집에서 술을 마셨는데 남자 친구가 취해버린 거야. 자고 가라고 하기에 어쩔 수 없이 다른 방에 이불을 깔고 먼저 자고 있었어. 그랬더니 남자 친구가 취해서 쓰러진 틈을 타서 반장이 들어온 거야."

"반장이란 사람은 몇 살인데?"

마유가 불쾌한 듯 얼굴을 일그러뜨리며 물었다.

"마흔이 조금 넘었으려나. 그만두라고 했는데도 취해서 막무가내였어. 근데 내가 정말 싫었던 건 그 일을 알게 됐는데도 남자 친구가 거기 일을 그만두지 않았다는 거야. 오히려 나한테 참으라고 했다니까."

마유가 미토에게 따졌다.

"왜 그때 남자 친구랑 헤어지지 않았어?"

미토가 두꺼운 아이라인 속에 있는 작은 눈을 깜박였다. 아이라인은 땀으로 번져 있었다. 창고로 쓰는 2평짜리 방에는 에어컨이 없어서 무척 더웠다. 창문도 없는 탓에 세 사람의 체온으로 실내 온도는 더욱 올라가 있었다.

"그야 나도 싫었지만 한 번뿐이었고, 어쩔 수 없다고 생각했어."

"말도 안 돼."

마유가 강한 어조로 부정했다. 리오나도 맞장구쳤다.

"네 남자 친구는 남자들끼리의 관계를 우선시한 거네. 그런 점이 가장 교활해."

"나도 알아." 미토가 입술을 배쭉거렸다. "그래서 헤어졌다고 했잖아."

"왠지 애매한데." 리오나는 쓴웃음을 지었다.

"그야 그 자식 애를 임신해버렸으니까."

"맞다, 그랬지. 어떻게 할 거야?"

"유흥업소 단기 알바로 돈을 모을 거야."

하지만 미토는 아직 18살이었다.

"유흥업소 같은 데서 써줄 리가 없잖아. 역시 아키하바라에서 JK 비즈니스를 하는 수밖에 없어."

"하지만 JK 비즈니스는 돈이 안 되잖아."

미토가 불만스러운 듯 입술을 쭉 내밀었다. 리오나가 한마디 하려는 순간 격렬하게 문을 두드리는 소리가 났다. 깜짝 놀란 미토가 비명을 지르며 펄쩍 뛰었다.

"이봐 너희들, 뭘 그렇게 떠들고 있어. 시끄럽잖아."

셋이서 떠든 탓에 슈토가 알아챈 모양이었다. 미토가 숨을 새도 없이 거칠게 문이 열렸다. 티셔츠에 반바지 차림을 한 슈토가 서슴없이 방으로 들어와 미토를 보고는 벌컥 화를 냈다.

"앤 또 누구야? 언제 들어왔어? 여긴 내 집이라고. 나가." 슈토는 겁먹고 움츠러든 미토를 가리켰다. "너 말이야, 너. 언제 들어왔냐고? 난 들어와도 좋다고 허락한 적 없어."

"죄송해요. 잘못했어요. 바로 나갈게요. 용서해주세요."

미토는 겁에 질린 얼굴로 개구리처럼 바닥에 납작 엎드려서 빌었다.

"우리 다 금방 나갈 거니까 진정해."

리오나는 한 번도 본 적 없는 슈토의 격분한 모습에 놀라서 황급히 소리쳤다. 하지만 슈토의 분노가 쉽게 가라앉지 않을 것 같자 리오나도 미토와 같이 엎드려서 빌기 시작했다.

"너, 멋대로 친구들 부르지 마. 내 집인데 우쭐해져서는."

슈토가 맨발로 리오나의 어깨를 밟았다. 그 힘에 어깨가 바닥에 세게 부딪혔다.

그 순간 퍽하고 둔탁한 소리가 나더니 슈토가 맥없이 옆으로 쓰러졌다.

무슨 일이 벌어진 건지 리오나는 어리둥절했다. 고개를 들어보니 금속 배트를 손에 쥔 마유가 멍하니 서 있었다. 쓰러진 슈토의 후두부에서는 피가 흘러나왔다.

"이 사람, 죽었어?"

마유는 허공을 응시한 채 힘없는 목소리로 물었다.

"죽었냐고?"

마유가 억양이 없는 목소리로 다시 한 번 물었다.

리오나는 쓰러져서 움직이지 않는 슈토를 관찰했다. 후두부에 출혈이 있지만 상처는 깊지 않은 것 같았다. 숨도 쉬고 있었다. 리오나는 안도했다. 하지만 한편으로는 슈토가 깨어나면 얼마나 미쳐 날뛸지 상상만 해도 겁이 났다.

"아니, 괜찮아. 숨 쉬고 있어."

설마 마유가 이런 대담한 행동을 할 줄은 생각지도 못했기 때문에 너무 놀란 나머지 목소리가 떨렸다.

"뭐야, 안 죽었어?"

마유가 시시하다는 듯이 중얼거리고 금속 배트를 손에서 놓았다. 바닥에 떨어진 배트에 슈토의 머리카락이 몇 가닥 붙어 있는 것을 보고 리오나는 토할 것만 같았다.

"와, 나 완전 놀랐어."

미토가 얄팍한 가슴께를 양손으로 누르며 리오나에게 동의를 구했다.

"응, 나도 진짜 깜짝 놀랐어."

"아직도 심장이 벌렁거려."

"나도 그래."

미토가 걱정스러운 듯 마유 쪽으로 시선을 보냈지만 마유는 아직도 얼떨떨한 건지 계속 멍하니 서 있었다.

"이 사람 서슬이 퍼래서 날뛰는데 나 살해당하는 건 아닐까 정말 무서웠어. 마조히스트라고 해서 안심하고 있었는데."

미토가 슈토를 보면서 말했다.

"나도 이렇게 화내는 건 처음 봤어."

리오나가 기억하는 한 슈토가 이렇게 격분한 적은 한 번도 없었다.

"그럼 정당방위네."

마유가 그 즉시 말하자 리오나는 깜짝 놀랐다.

"마유, 의외로 침착하네. 대단해."

"그렇지도 않아. 아깐 제정신이 아니었어. 나 이제 어디에도 가고 싶지 않아. 여기에서 계속 리오나랑 미토랑 살고 싶은데 이런 징그러운 변태 자식한테 방해받을 순 없다고 생각했어."

마유가 쓰러져 있는 슈토를 내려다보며 중얼거렸다. 그 눈에 눈물이 반짝이는 것을 보고 리오나는 마유에게 물었다.

"마유, 이제 슈토를 어떻게 하면 좋을까?"

"모르겠어."

마유는 양손으로 얼굴을 가린 채 방구석에서 웅크리고 앉았다. 발작적으로 때려버렸는데 이제야 무서워진 것이다.

"근데 이 배트는 어디서 났어?"

미토가 묻자 마유가 현관 쪽을 가리켰다.

"현관 쪽에 세워져 있었어. 무슨 일이 생기면 이 자식을 때리는데 쓸 수 있을 것 같아서 봐뒀어."

"흐음, 나는 보복이 두려워서 그런 생각도 못하는데."

미토가 태평하게 말했다. 리오나는 이 사태를 어떻게 해결해야 할지 그 생각으로 머릿속이 꽉 찼는데 미토는 여전히 요점을 벗어나 있었다.

"나 이 사람 너무 싫어. 그래서 엉겁결에 때려버렸어."

마유는 끌어안은 무릎을 신경질적으로 흔들면서 말했다.

"어쨌든 슈토가 깨어나면 성가시게 굴 테니까 일단 묶어서 여기에 놔둘까?"

리오나가 말하자 미토가 "찬성"이라고 손뼉을 쳤다. 미토는 이 상황을 즐기고 있는 것처럼 보였다.

"마조히스트니까 묶이는 거 좋아할 거 아냐. 깨어나면 기뻐하겠네."

"그럴지도."

리오나는 방을 나가 가스레인지 밑의 여닫이문을 열었다. 거기에 플레이에 사용하는 로프가 들어 있었다. 마유가 뒤따라와서 리오나에게 말을 걸었다.

"리오나, 미안해. 경찰에 신고해도 괜찮아. 내가 잘못한 거니까."

"신고할 리 없잖아. 그 자식이 내 어깨를 밟아서 때린 거지? 마유는 도와준 것뿐이야."

"모르겠어." 마유가 멍한 얼굴을 했다. "나, 그 자식이 기분 나쁘고 싫었어. 뭐랄까 남자들이 너무 싫은데 그 자식이 꼭 남자 대표

같은 느낌이 들어서 울컥해버린 거야. 정신을 차리고 보니까 있는 힘껏 배트를 휘두르고 있었어."

"알아. 이미 저질러버린 일은 어쩔 수 없으니까, 일단 이것 좀 도와줘."

로프를 보여주자 마유는 순순히 끄덕였다.

슈토는 아직 기절해 있었지만 출혈은 멎었다. 리오나는 마유의 도움을 받아 슈토의 양손과 발을 새우처럼 꺾어서 묶은 다음 창고 방에 밀어뜨렸다.

"늘 이렇게 해?"

미토가 흥미진진한 얼굴로 슈토가 꽁꽁 묶이는 모습을 바라보았다.

"평소에는 좀 더 느슨하게 하지 이렇게 세게는 안 묶어. 근데 지금은 날뛰거나 하면 안 되니까 꽉 묶었어."

"이것도 씌우면 좋을 것 같아."

마유가 찬장에서 찾아온 안대를 난폭하게 씌웠다.

"시끄러우니까 수건으로 입도 막는 게 좋지 않을까?" 미토도 거들었다.

결국 슈토는 새우처럼 꺾인 자세로 꽁꽁 묶여 안대와 재갈이 채워진 모습으로 바닥에 내동댕이쳐졌다. 정신이 들어도 쉽게 탈출할 수 없도록 방문에는 박스 테이프까지 붙여 놓았다.

세 사람은 거실로 이동해 소파를 차지하고 텔레비전을 보았다. 항상 슈토의 그늘에 떨어야 했던 리오나는 해방감에 마음이 들떴다. 하지만 마유가 불안한 듯 말했다.

"그 자식 죽어버리면 어떡하지?"

리오나는 2L짜리 생수 페트병을 양손으로 잡고 입을 대고 마시며 대답했다.

"죽게 안 돼."

"그렇지만 밥 같은 건 어떻게 할 거야?"

마유가 주방으로 눈을 돌렸다. 슈토는 컵라면을 먹기 위해 물을 끓이는 것 외에는 취사를 전혀 하지 않기 때문에 주방은 새것이나 다름없었다. 스테인리스 싱크대는 흠집 하나 없이 깨끗했다.

"뭔가 먹여야지. 그때 빼고는 방에 자물쇠를 달아서 가둬놓고. 감금 사건 같은 거 흔하잖아. 그런 거라고 생각하면 돼. 만에 하나 슈토가 도망치면 우리도 빨리 도망치면 돼. 그 자식 우리 본명도 모르니까. 리오나가 본명인 줄 알고 있을걸."

리오나의 말에 마유가 놀란 얼굴을 했다.

"리오나가 본명이 아니었어?"

"아니야." 미토가 끼어들었다. "리오나는 예명이고 본명은 루이카야. 눈물 루涙 자에 중화할 때 화樺. 굉장하지?"

"응, 굉장해. 그쪽이 더 예명 같아."

마유가 감탄한 듯 말했다. 슈토를 때렸을 때는 몽유병자 같아서 어쩐지 섬뜩했는데 겨우 안정된 것 같았다.

"미토도 본명 아니잖아."

리오나가 폭로하자 미토가 히죽 웃었다.

"내 본명은 사토미야. 시시하지? 그래서 사토미에서 두 글자만 빼서 미토라고 지었어. 마유도 하나 만들래?"

마유는 언짢은 듯 고개를 저었다.

"나는 됐어. 마유라는 이름은 부모님이 지어주신 거니까."

"그렇겠지. 마유네 부모님은 좋은 부모니까."

리오나는 살짝 짜증이 나서 빈정거렸다. 하지만 마유가 반성하듯 고개를 숙이자 말이 조금 지나쳤나 싶어서 불쌍해졌다. 리오나는 마유의 생경함이나 착실함에 넌더리가 날 때가 있었다. 하지만 아 까처럼 견딜 수 없는 상황이 되자 이성이 끊어져버린 마유를 보면 성폭행으로 받은 상처가 어지간히 깊구나 싶어서 한숨이 나왔다.

"저기, 리오나네 엄마도 좋은 점 있었어."

두 사람을 보고 있던 미토가 중재했다.

"좋은 점? 우리 엄마한테 그런 게 있을 리가 없어."

"리오나네 엄마는 예쁘게 생겼잖아. 리오나도 엄마를 꼭 닮아서 예쁘고. 난 그게 엄청 부러웠어."

아아, 그건가. 리오나는 실망했다. 확실히 자신은 몸집이 작고 날 씬하다. 얼굴도 예쁜 편이라고 생각했다. 교복 차림으로 거리를 걷 다 보면 회사원처럼 보이는 아저씨들이 자주 말을 걸어왔다. 자신 의 얼굴과 몸매가 아저씨들이 갖고 있는 미소녀 이미지와 일치하 는 것이다. 그렇게 생각하자 오한이 들 만큼 역겨웠다. 하지만 여고 생을 가장하고 일하고 있는 만큼 자신의 외모를 이용하지 않을 수 는 없었다. 그런 상반된 생각이 리오나를 복잡한 사고의 소유자로 만들고 있는 건지도 몰랐다.

"미토도 예쁘잖아."

"나는 원판이 못생겼어. 필사적으로 꾸미고 있지만 이 이상은 무 리야. 그보다 이 집에 현금은 없으려나?"

"그 녀석 방에 조금 있을 거야." 리오나가 물었다. "근데 왜?"

"그야, 수술 비용이 필요하니까." 미토가 태연하게 답했다.

"그거 도둑질 아냐?"

말없이 듣고 있던 마유가 분연히 말하자 미토가 놀란 얼굴을 했다.

"안 돼?"

"별로 좋지 않은 짓 같아."

"마유, 배트로 사람을 때린 주제에 무슨 말을 하는 거야. 자칫하면 죽었을지도 몰라. 그럼 살인자가 되는 거라고. 네가 저지른 짓이 죄가 더 무거운 거야."

"그래도 도둑질은 좀 그래."

"마유가 무슨 말을 하는지 잘 모르겠어."

미토가 웃으면서 말하자 "그래? 왜 모르지?"라고 마유가 고개를 갸웃거렸다.

그때 창고 방에서 무슨 소리가 난 듯한 느낌이 들었다. 리오나는 말다툼하는 두 사람을 놔두고 상황을 살피러 갔다.

박스 테이프를 벗기고 방 안을 들여다보니 정신이 든 슈토가 날뛰고 있었다. 재갈을 벗기려고 필사적으로 얼굴을 바닥에 문질러대고 있었다.

"시끄러워."

리오나가 일갈하자 슈토가 뭔가 말하려고 했다. 하지만 수건을 입에 물려놓았기 때문에 말을 할 수가 없었다. 리오나는 로프가 느슨해지지 않았는지 점검했다. 뒤이어 머리 상처도 확인했다. 큰 혹이 생겼지만 피는 멎어 있었다. 죽음에 이를 정도의 부상은 아닌 것 같아서 리오나는 안도했다. 하지만 날뛰는 슈토를 내려다보니 앞으로 어떻게 해야 좋을지 막막했다.

"슈토, 네가 난폭하게 굴어서 이렇게 된 거야. 다 자업자득이라고."

리오나의 말에 슈토가 끄덕이는 몸짓을 했다.

"다 같이 너를 길러주기로 했어. 그러니까 말 잘 들어야 해. 그러면 네가 좋아하는 이런저런 벌도 내려줄 테니까."

슈토가 다시 크게 끄덕였다.

"내일은 로프도 느슨하게 해주고 오줌도 싸게 해줄게. 아니면 기저귀를 찰래? 성인용 기저귀 사다줄게. 좋지? 그럼 그때까지 애벌레처럼 자빠져 있으렴."

슈토가 절망한 듯 고개를 푹 떨궜다. 리오나는 불을 끄고 문을 닫았다. 그리고 문에 다시 박스 테이프를 붙여서 봉해두었다. 아침이 되면 자물쇠를 사서 달아야 할 것 같았다. 슈토를 잘 감금할 수 있을지 불안했지만 이젠 되돌릴 수 없었다.

거실로 돌아와 보니 미토와 마유는 아직도 말다툼을 하고 있었다. 리오나는 두 사람에게 소리쳤다.

"들어봐, 여기에 눌러 살까 해."

"난 찬성." 미토가 기세 좋게 손을 들었다.

"마유는?"

"좋은 것 같아." 마유가 안도하는 눈빛으로 끄덕였다.

"먼저 슈토의 방에 가서 돈을 찾자. 도둑질이지만 자금이 없으면 감금도 못 해. 마유는 어때? 의견이 있으면 말해."

"없어."

마유가 체념한 얼굴로 곧장 답했다.

"근데 이거 돌아올 수 없는 길이라는 건 알지?"

"어쩔 수 없잖아."

미토가 벗겨진 손톱을 바라보며 웃는 얼굴로 말했다.

제3장

감금

1

하루 종일 비가 내렸다. 마유는 슈토의 방 베란다에서 저물어 가는 하늘을 바라보았다. 비는 마유가 슈토의 집에 온 날부터 일주일 동안이나 계속 내리고 있었다.

슈토의 방 창문에서는 주택밖에 보이지 않았다. 마유가 살았던 사이타마 외곽의 주택가와 달리 폭이 넓고 큰 집들뿐이었다. 집집마다 마당이 있어서 비를 맞은 식물들이 기세 좋게 가지를 뻗고 있는 것이 눈에 들어왔다.

마유는 불과 한 달 전까지만 해도 자신이 낯선 사람 집에 멋대로 눌러 살게 될 줄은 상상도 하지 못했다. 부모님과 남동생과 함께 아무 걱정 없이 살았던 일, 작은아빠 집에 맡겨지고 나서부터의 일, 모든 것이 먼 옛날처럼 느껴졌다.

쿵쿵쿵, 일정한 리듬으로 문을 두드리는 소리가 났다. 뭔가 요구할 것이 있을 때 슈토는 자신이 갇혀 있는 방문을 두드렸다. 가끔 울분을 풀 듯이 일부러 크게 두드리는 경우도 있었다. 그러면 리오나는 밥을 주지 않거나 화장실에 보내주지 않았다. 그것이 먹혔는지 슈토는 조심스러운 소리로 신호를 보내게 되었다.

"무슨 일인데?"

마유는 슈토가 감금된 창고 방 앞에서 물었다.

문에는 위 아래로 두 개의 자물쇠가 달려 있었다. 처음에는 직접 자물쇠를 설치하려고 했는데 자신들의 힘으로 튼튼한 자물쇠를 다는 것은 쉽지 않았다. 결국 열쇠 수리공을 불러서 설치했다. 체인까지 요청하자 "개라도 키우세요?"라며 의심스러워했다. 자물쇠를 설치하는 동안 슈토는 마유와 미토의 감시하에 꽁꽁 묶이고 재갈이 채워진 채로 자신의 방에 연행되어 있었다. 자물쇠를 설치한 뒤로는 뒷짐을 진 채로 결박되어 창고 방에 갇혀 있었다. 더워 죽을 것 같다고 하도 난리를 피워서 선풍기를 넣어줬더니 그 뒤로는 얌전해졌다.

"오줌 마려워."

슈토가 초등학생 같은 말투로 말했다. 이상하게도 슈토는 감금되고 나서 점점 어린애 같아졌다.

"지금은 안 돼. 참아."

마유는 일언지하에 거절했다. 슈토만 놔두고 세 명 모두 외출하는 경우는 없었다. 누구 한 명은 반드시 남아서 슈토를 감시하기로 되어 있었다. 그리고 그때는 슈토가 어떤 요구를 해도 문을 열어서는 안 된다는 규칙이 있었다. 슈토에 관한 규칙은 전부 리오나가 정했다.

"부탁이야."

슈토가 불쌍한 목소리로 말했다.

"요강 있잖아."

요강은 슈토가 인터넷 게임을 할 때 쓰던 것을 가져다 놓았다.

"다 찼어."

"그럼 참아."

"더 이상 못 참겠어."

"그래도 참아." 마유는 위협적인 목소리로 무자비하게 소리쳤다. 그런 다음 리오나의 지시를 떠올리며 덧붙였다. "바지에 싸면 나중에 리오나한테 벌 받을 거야."

슈토가 기뻐할 거니까 꼭 그렇게 말하라고 리오나가 지시했지만 마유는 슈토를 기쁘게 해주기 싫었다. 정말 하기 싫었지만 미토가 "플레이라고 하면 범죄가 되지 않아. 자기가 좋아서 갇혀 있는 거니까"라고 말해서 어쩔 수 없이 지시에 따랐다.

"제발 부탁이야. 진짜 쌀 것 같다고."

슈토가 비명을 질렀다.

"바지에 싸면 벌 받는다니까?"

그렇게 내뱉고 거실로 돌아가려고 하자 "뭐야, 젠장!"이라고 소리친 슈토가 문을 세게 걷어찼다. 마유는 옆집에 들킬까 봐 간담이 서늘해졌다.

쓰레기장에서 아파트 주민인 듯한 주부가 의심스러운 눈초리로 쳐다보았다고 미토가 하소연한 적이 있었다. 금발인 미토는 겉으로 보면 완전 불량 청소년이었기 때문에 왜 이런 애가 여기에 있는 건지 수상쩍게 여긴 것이다. 그 뒤로는 마유가 쓰레기 담당이 되었다.

슈토의 지갑에는 생각보다 돈이 적었다. 전부 4만 엔이 채 되지 않았다. 방을 뒤져봤지만 슈토는 현금을 많이 찾아놓는 타입이 아닌지 더 이상의 돈은 발견되지 않았다. 미토는 비밀번호를 캐내서 ATM에서 돈을 뽑자고 주장했지만 슈토가 순순히 말해줄 리 없었기 때문에 관두었다. 그 대신 절약을 위해 밥은 직접 해먹기로 결정했다.

슈토의 집에는 주전자 말고는 아무것도 없었다. 그래서 세 사람은 근처 슈퍼마켓에서 싸구려 냄비와 그릇을 사와서 인스턴트 라면이나 우동을 끓여 먹으며 끼니를 해결하고 있었다. 리오나는 포테이토칩과 콜라만 있으면 충분하다고 할 만큼 음식에는 전혀 흥미가 없었고 미토는 입덧으로 고생하고 있어서 마유 혼자 세 끼 식사 준비를 책임져야 했다.

마유는 전부터 직접 요리를 하고 싶었기 때문에 주방을 자유롭게 쓸 수 있는 것이 기뻤다. 가스레인지를 썼던 것은 작은아빠네 집을 나오면서 냉장고에 있던 달걀 5개를 삶아서 들고 나왔을 때가 마지막이었다. 하지만 삶은 달걀을 요리라고 할 수는 없었다. 그것은 요리가 아니라 비참한 기억이었다.

마유는 외출한 두 사람을 위해 저녁으로 토마토 샐러드와 돼지고기 볶음을 준비했다. 슈토에게는 돼지고기 볶음과 주먹밥을 줄 생각이었다.

슈토에게 밥을 먹일 때는 셋이서 감시하면서 포박을 풀고 창고 방에서 먹게 했다. 마유는 금속 배트를 들고 등 뒤에서 엄중히 감시하는 역할을 맡았다. 하지만 슈토가 갇혀 있는 방은 환기가 되지 않아서 코를 틀어막고 싶을 만큼 악취가 나기 때문에 들어가기 싫었다.

"다녀왔어."

리오나와 미토가 돌아왔다. 집 열쇠는 슈토에게서 진작에 빼앗아서 세 사람이 가지고 있었다. 두 사람은 미토의 전 남자 친구 집에 위자료를 받기 위한 담판을 지으러 갔다 온 참이었다. 내친 김에 미토를 성폭행한 반장 집에도 들러 위자료를 청구해서 중절 비용에 보태자는 계획이었다.

"아아, 너무 더워."

미토가 소파에 풀썩 앉았다. 오늘처럼 딱 붙는 청바지를 입고 있으면 배가 조금 두드러졌다.

"마유, 미안한데 냉장고에서 마실 것 좀 꺼내줘."

마유는 보리차가 든 유리병을 꺼내 컵에 따라줬다.

"땡큐."

미토가 단숨에 마신 뒤 "휴, 이제 좀 살겠다"라며 자신의 어깨를 주물렀다.

"어땠어?"

마유의 질문에 미토가 귀찮다는 듯이 답했다.

"그럭저럭 성공이라고 해야 하나? 근데 여기저기 다녔더니 피곤해."

"전 남친한테는 얼마나 받아냈어?"

미토가 열 손가락을 펼쳐 보였다.

"10만 엔?"

"여기저기 다 해서 20만 엔."

"해냈구나." 마유는 기뻐했다.

"뭐, 그렇지."

"반장은 어땠어?"

"얘기하자면 길어."

미토는 설명하기 귀찮은지 소파에 누운 채 입을 다물었다. 더위와 습기로 눈 화장이 번져 있었다.

"리오나는?"

"슈토의 상태를 살피러 갔어."

마유는 리오나 몫의 보리차를 컵에 따랐다. 리오나라면 마시고 싶지 않다고 할지도 몰랐지만 안 마시겠다고 하면 자기가 마셔야겠다고 생각하며 리오나를 기다렸다.

쿵쿵 발소리를 내며 리오나가 거실로 들어왔다. 몸집은 작은데 당당하게 걷기 때문에 발소리가 컸다. 리오나는 어느 학교의 것도 아닌 가짜 교복을 입고 여고생처럼 꾸미고 있었다.

"좀 도와줘. 슈토가 오줌 싸고 싶대."

"또?" 미토가 성가신 듯 상반신을 일으켰다. "그 자식 너무 자주 싸는 거 아냐? 방광 근육이 약한가?"

"아까부터 마렵다고 했어."

마유는 방구석에 세워져 있는 금속 배트를 들었다. 볼일을 볼 때는 아무래도 로프를 푸는 수밖에 없었다. 대신 모두가 감시하는 가운데 소변을 보도록 하고 있었다. 이때도 슈토의 뒤통수에 금속 배트를 들이대는 것은 마유의 역할이었다.

"그럼 여태껏 참은 거야? 기특하네."

미토가 장난스럽게 말했다. 미토는 소심한 주제에 말투가 과격했다.

"빨리 와. 문 열거니까 주의하고."

리오나가 긴장한 얼굴로 말했다. 리오나가 문을 여는 동안 마유는 금속 배트를 준비하고 미토는 식칼을 들었다.

문이 열리자 방에서 고약한 냄새가 났다. 체취와 오줌을 지린 냄새였다. 하지만 선풍기가 돌아가고 있어서 방이 습하지는 않았다.

"냄새 한번 지독하네." 미토가 코를 쥐었다.

"너희 때문이잖아."

슈토가 미토를 매섭게 쏘아보았다. 성격이 맞지 않는 건지 슈토는 처음부터 미토를 적대시했다. 미토처럼 언뜻 보기에 약삭빠르고 누구한테든 잘 맞춰줄 것 같은 여자가 싫은 것뿐일지도 몰랐다. 리오나가 마치 맹수 조련사처럼 슈토를 화장실 앞으로 끌고 갔다. 변기 앞에서 뒤로 결박한 로프를 풀자 슈토는 등을 돌린 상태로 손목을 흔들고 돌리면서 풀었다. 리오나는 타박하지 않고 그 모습을 가만히 보고 있었다.

"자, 이제 싸야지."

리오나가 말하자 슈토는 얌전히 배뇨를 시작했다. 긴 배뇨가 끝나고 바지춤을 여미자 손을 씻게 한 다음 다시 뒷짐을 지게 하고 결박했다. 묶을 때 "아아" 하는 슈토의 비명 소리가 들렸다.

"있잖아. 나 너희가 여기 있어도 아무 말도 안 하고 방해도 하지 않을 테니까. 이제 풀어주면 안 돼?"

"아직 안 돼."

리오나가 곧바로 답했다.

"그럼 대체 언제 풀어줄 건데? 목욕도 하고 싶고 침대에서 자고 싶어."

"네가 하고 싶은 건 게임이겠지."

다시 창고 방으로 가면서 슈토와 리오나가 이야기했다.

"그게 나도 신기한데 게임은 별로 안 하고 싶어. 이렇게 되고 나니까 평범한 게 하고 싶어졌어."

"평범한 거라니?"

"편의점에 가서 서서 만화책을 보거나 아이스크림을 사거나, 뭐 그런 거."

"완전 초딩이네."

두 사람의 대화를 듣고 있던 미토가 마유에게 몰래 속삭였다.

"사이좋네. 저 두 사람은 완전히 플레이하는 기분인가 봐. 게다가 슈토 살 빠지니까 조금 멋있어지지 않았니?"

마침 슈토가 고개를 숙이며 창고 방에 들어가는 참이었다. 리오나는 방 안을 점검하고 있었다.

"그런가?"

마유는 고개를 갸웃거렸다. 여자아이가 씹어서 뱉은, 타액으로 범벅이 된 단무지를 좋아하는 슈토가 멋있다는 생각 같은 건 한 번도 해본 적 없었다. 오히려 타기唾棄해야 할 존재라고 생각했다. 하지만 확실히 포동포동했던 몸이 말쑥해졌다. 감금된 뒤 체중이 몇 킬로그램이나 줄어든 걸까?

"수고했어."

자물쇠를 채운 리오나가 얼굴을 들고 마유에게 웃어 보였다. 이곳에서는 리오나가 완전히 리더였다. 슈토를 어르고 아르바이트를 해서 돈을 벌고 생활비를 계산하고 세 사람의 생활을 성립시켜주고 있는 것이다.

"리오나, 오늘 어땠어? 미토는 피곤해서 말하기 귀찮대."

세 사람은 냉방이 잘 되는 거실로 가서 소파에 앉았다. 미토는 텔레비전을 켜고 저녁 뉴스를 무심하게 응시하고 있었다.

"그저 그랬어. 먼저 전 남친 집에 가서 내가 담판을 지었지. 네 아이를 임신했으니까 중절 비용 내놓으라고. 그랬더니 자기 아이라는 증거를 보여 달래. 그래서 미토가 그럼 일단 낳을 테니까 자식으로 인정하라고 했어. 처음에는 낳든지 말든지 마음대로 하라고 거만하게 굴더니 여자 친구한테 가서 말해야겠다고 하니까 당황하더라. 근데 돈이 없다면서 겨우 5만 엔밖에 안 줬어. 그래서 그 자식 엄마를 찾아가서 돈을 달라고 했거든. 그랬더니 손자를 임신해줘서 고맙다고 꼭 낳아 달라고 하더라고."

리오나는 마유가 따라놓은 보리차 컵을 들고 웃었다. 미토는 쿠션을 끌어안고 폭소했다.

"반장 놈은 내 얼굴을 보더니 완전 당황해서는 안절부절못하더라고."

미토는 속이 후련해 보였다.

"자기도 켕기는 게 있으니까. 꼴좋게 됐지 뭐."

리오나와 미토는 얼굴을 마주보고 크게 웃었다. 미토를 성폭행한 미장이 반장한테도 5만 엔 넘게 돈을 받아 온 것 같았다. 마유는 두 사람의 대화를 듣고 있기 괴로워서 슬쩍 눈을 돌렸다. 리오나에게서 느껴지던 어두운 그늘이 사라진 것 같았다. 처음 노래방에서 만났을 때 마유가 리오나에게 끌렸던 것은 절대 웃지 않는 눈이었다. 리오나가 온몸으로 발산하는 절망의 한숨이 당시 자신의 심정과 꼭 맞았던 것이다.

하지만 소꿉친구인 미토가 나타나고 슈토를 감금하고 나서부터 리오나는 슈토뿐만 아니라 자신들에게도 명령만 하고 있었다. 그럴 때면 리오나의 눈에서 얼핏 쾌락 같은 것이 엿보이는 것 같았다. 지나친 생각일까?

"왜 그래, 마유?"

리오나는 예리했다. 마유의 작은 변화도 놓치지 않았다.

"아무것도 아니야."

"그래? 뭔가 불편해 보이는데."

리오나의 말을 듣고 미토가 깜짝 놀란 듯 마유를 돌아보았다. 펜슬로 검게 칠한 작은 눈이 당황하고 있는 것을 알 수 있었다.

"그런 거 아냐."

마유는 얼버무리고 자신도 보리차를 컵에 따라 마셨다. 만든 지 시간이 꽤 지난 탓에 보리차는 떫어져 있었다. 페트병으로 사면 비싸니까 작은엄마가 했던 것처럼 티백으로 만들었다. 간단한 건데도 리오나와 미토가 직접 만든 보리차는 처음 마셔본다고 해서 마유는 깜짝 놀랐다. 두 사람에게는 마유가 무슨 말을 하든 "마유네 부모님은 좋은 사람들이니까"라든지 "마유는 가정환경이 좋으니까"라는 말이 습관적으로 따라왔다.

"그럼, 다행이고."

리오나의 교복 풍 흰색 블라우스 소매로 가는 손목이 들여다보였다. 손목 안쪽에 바퀴 모양으로 솟아오른 붉은 상처는 자해한 흉터일 것이다. 마유의 시선을 느꼈는지 리오나가 잽싸게 손목을 감췄다.

"미안."

마유는 왠지 모르게 사과했다. 리오나는 신경 쓰지 않는다는 식으로 미소 지어 보였다. 마유는 리오나의 그런 눈치 빠른 점이 좋았다. 미토였다면 순간 놀란 듯한 표정은 짓겠지만 입에서 나오는 말은 마유가 따갈 수 없을 만큼 과격했을 것이다.

2

　해 질 녘의 비는 왠지 모르게 기분을 우울하게 만들었다. 남의 집에서 하는 일 없이 하루를 보낸 세 명의 소녀와 소녀들에게 감금된 한 명의 남자. 남자를 감금하고 있기 때문에 마유는 아무것도 하지 못한 채 집에 틀어박혀 감시밖에 할 것이 없었다. 그런 생활이 이젠 슬슬 진절머리가 났다.

　학구열이 높은 학생들이 모인 고등학교에 가서 열심히 공부하고 싶었다. 요즘 화제라는 영화를 보거나 쇼핑몰에서 쇼핑도 하고 싶었다. 하지만 그 전에 엄마를 만나고 싶었다. 사이타마의 자기 방으로 돌아가고 싶었다. 부모님한테 버림받은 뒤 간신히 버티며 필사적으로 살아왔다고 생각했는데 이제 와서 향수병에 걸리기라도 한 걸까? 그것은 리오나와 자신의 사이에 미토라는 제삼자가 끼어든 탓이기도 했다. 미토 때문에 리오나와 조금 거리감이 생긴 듯한 기분이 들었다.

"아, 심심해."

미토는 재미있는 방송이 없는지 계속 리모컨으로 채널을 이리저리 바꾸고 있었고 리오나는 누군가에게 문자를 보내고 있었다. 그것을 본 미토가 기지개를 켜면서 리오나에게 물었다.

"리오나, 오늘은 비 오니까 아르바이트 안 갈 거지?"

"응, 안 가. 방금 못 간다고 문자 보냈어. 어차피 이런 날은 손님도 없을걸."

"당일에 통보하면 벌금 내야 하지 않아?"

"응, 그래도 어쩔 수 없지 뭐."

"술이라도 마실까?"

"밥이라면 준비해놨는데."

마유가 끼어들자 미토가 하얀 이를 내보이며 간살부리는 웃음을 지었다.

"고마워, 마유. 뭐 만들었어?"

"돼지고기 볶음이랑 토마토 샐러드."

"와, 맛있겠다." 미토가 마음에도 없는 인사치레를 했다. "나 돼지고기 완전 좋아해."

그러자 음식에 흥미가 없는 리오나가 대화를 가로막고 말했다.

"그것보다 미토, 돈 생겼으니까 빨리 병원에 가봐. 지금 술타령할 때가 아니잖아."

미토가 내키지 않는 기색으로 크게 하품을 했다.

"알고 있다니까."

그때 슈토의 방에서 스마트폰 벨소리가 났다. 전원이 꺼져 있으면 수상하게 여길지도 몰라서 충전기에 연결해뒀더니 요 며칠 문자와 카카오톡 착신음이 빈번하게 울리고 있었다. 슈토를 감금한 지 일주일이 지났다. 부모형제나 친구들이 슈토와 연락이 안 돼서 걱정하고 있을지도 몰랐다.

"큰일 났어. 전화야." 미토가 말했다.

"보여줘 봐."

마유는 슈토의 방으로 뛰어 들어가 리오나에게 스마트폰을 가져다주었다. 리오나는 주저 없이 발신자를 확인했다.

"엄마인 것 같은데."

"저기, 리오나. 슬슬 위험하지 않을까?"

미토가 소파 팔걸이에 턱을 올린 채 말했다.

"뭐가?" 리오나가 미토를 돌아보았다. "뭐가 위험한데?"

"그야, 문자에 답장도 안 하고 게임 상대한테도 전혀 연락을 안 하고 있잖아. 다들 걱정하고 있지 않을까?"

"그럴까? 누구랑 연락하는 거 거의 본 적 없는데. 어떻게 하면 좋을지 슈토한테 물어볼까?"

마유는 엉겁결에 물었다.

"뭘 물어봐?"

"글쎄, 전화나 문자가 오고 있으니까 잘 둘러대 달라고 부탁해보려구."

"그 자식이 그런 걸 해줄까?" 마유는 반신반의했다. "감금당하는 거 진짜 싫어했잖아."

"그래? 꽤 즐기는 것 같지 않았어? 오줌 쌀 때도 다들 보고 있으니까 들뜬 것 같던데."

미토가 웃자 마유는 화가 치밀어 올랐다.

"그게 뭐야! 감금 놀이라도 하고 있다는 거야? 그 자식을 때리고 묶어 놨는데 그게 놀이가 된다고 생각해? 나는 범죄라고 생각해서 밤에 잠도 못 잘 만큼 조마조마한데, 사실은 감금 놀이였던 거야? 뭐가 뭔지 모르겠어. 미토 일만 해도 이해가 안 가. 성폭행한 놈이나 임신한 여자를 쓰레기처럼 버린 놈한테 가서 돈을 받는다니, 그게 뭐야? 협박? 금품 갈취? 나는 그것도 이해가 안 가. 쓰레기 같은 놈들이잖아! 범죄자잖아! 왜 이쪽이 실실거리면서 돈을 받으러 가야하는 건지 모르겠어. 경찰서에 가면 되잖아!"

자기도 모르게 눈물이 흐르고 있었다.

"진정해, 마유."

리오나의 질책에 마유는 제정신이 들었다. 미토가 흥분해서 울부짖는 자신을 불안하게 쳐다보는 것이 느껴졌다. 리오나는 소파에 앉은 채 날카로운 눈빛으로 노려보고 있었다.

"그렇지만, 참을 수가 없어서."

흐느껴 울면서 어떻게든 설명하려고 해봤지만 잘 되지 않았다.

"경찰서에 가봤자 돈은 못 받아. 현실적인 문제를 따졌을 때 미토의 배속에 있는 아기를 어떻게 할지가 먼저잖아. 안 그래?"

리오나가 일어나서 마유의 어깨를 잡았다.

"그렇지만 왠지 더러운 느낌이 들어서."

마유는 리오나에게서 눈을 돌리며 말했다.

"더럽다고? 그거 무슨 뜻이야? 성폭행이나 임신을 빌미로 돈을 뜯고 있다는 거야? 그 말은 우리가 더러운 일을 하고 있다는 거네? 근데 그건 순전히 네 맘대로 생각하는 거잖아. 우리한테 실례가 되는 말이라곤 생각 안 해?"

리오나가 따지자 마유는 혼란스러웠다.

"그럴지도 모르지만, 왜 그렇게 현실에 휩쓸리는지 모르겠어. 그 반장이라는 사람, 전 남친의 직장 상사였다며. 근데 남친이랑 헤어졌으니까 이제 상관없는 거 아냐? 전부 고소하면 되잖아."

"리무, 리무." 미토가 까불며 말했다. "리무, 리무, 리무야."

"왜 무리라는 거야? 왜? 알 수 있게 설명해봐."

마유는 자신보다 겨우 한 살 많은 리오나와 미토가 교활한 어른처럼 행동하는 것이 싫어서 무심결에 시비조로 말했다. 게다가 미토가 중간에 끼어들어 훼방을 놓자 더 화가 났다. 미토는 적당히 상황을 모면할 생각만 하고 있는데 소꿉친구라는 이유로 리오나가 미토를 편드는 것이 마음에 들지 않았다.

"그럼 말이야, 마유도 라멘가게에서 당한 일 경찰에 신고해야지." 리오나가 위협적인 목소리로 윽박질렀다. "안 그래? 마유도 라멘가게 2층에 몰래 들어온 아저씨한테 성폭행당했잖아. 근데 왜 신고 안 해? 이쪽이야말로 어엿한 범죄 아니야?"

그날의 굴욕이 떠오르자 마유는 다시 눈물이 날 것 같았다. 울지 않으려고 입술을 꽉 깨물었지만 목소리가 떨리는 것만큼은 도저히 막을 길이 없었다.

"나도 신고하고 싶어. 그렇지만 여러 가지로 성가실 것 같아서 못 했어. 아직 17살인데다 가출까지 했잖아. 분명 경찰에서 이것저것 물어볼 텐데. 그것도 싫고 작은아빠한테 연락이 가는 건 더더욱 싫었어."

"그래도 신고했으면 경찰의 보호하에 자립 지원센터 같은 곳에 들어갈 수 있었을 거야. 그럼 작은아빠 집에 가지 않아도 돼."

마유는 세차게 고개를 저었다.

"경찰에서 연락이 가면 작은엄마는, 거봐, 내 그럴 줄 알았어, 라고 마치 다 알고 있었다는 투로 말할 게 뻔해. 나는 그 사람한테 그런 말을 듣게 되는 게 제일 싫어. 그걸 상상하면 도저히 경찰서에 갈 수 없었어."

"그건 그렇지."

리오나가 이해한다는 듯이 말했다. 더 이상 우쭐한 기색은 없었다. 오히려 불쾌한 일을 떠올리게 만든 것을 걱정하고 있는 듯했다.

"그게 가장 분할 거야. 이해해."

미토가 길게 자란 자신의 손톱을 응시하며 중얼거렸다.

"그럼 마유는 어떻게 하고 싶은데?"

리오나가 마유를 똑바로 쳐다보며 물었다. 미토도 고개를 끄덕이며 바라보았다.

"응, 나도 듣고 싶어. 말해줘."

"마유, 어떻게 하고 싶은지 말해봐. 우리가 할 수 있는 일이라면 협력할 테니까."

마유는 얼떨떨해서 리오나를 보았다. 리오나가 진지한 표정으로 마유의 양팔을 세게 잡자 마유는 간신히 입을 열었다.

"라멘가게 2층에 눌러앉은 나도 잘못했다고 생각해. 하지만 왠지 계획된 것 같은 느낌이 들어."

"누가 뭘 계획했는데?" 미토가 물었다.

"일부러 나를 2층에 살도록 한 게 아닐까 싶어. 그렇잖아. 정말 민폐였다면 나가라고 하면 그만이야. 그런데 밤에는 있어도 된다는 식으로 말하니까 솔깃해져서 눌러앉은 거지."

"악질이네. 백 프로야. 틀림없어." 미토가 내뱉듯이 단언했다. "마유가 운이 나빴던 거야. 하필 그런 놈들이 있는 가게에 가서."

마유는 고용됐던 당시를 떠올리고 한숨을 쉬었다.

"그땐 아무것도 몰랐으니까. 알바 모집 종이를 보고 들어갔는데 바로 채용돼서 오히려 좋은 가게라고 생각했어."

"이해해. 불쌍한 마유."

미토가 숙연하게 고개를 숙였다.

"좋아, 다 같이 복수해주자."

리오나가 단호하게 말했다.

"나도 그러고 싶지만 어떻게 해야 효과적일지 모르겠어."

"그걸 생각해보는 거야."

"좋았어. 혼내주자. 자업자득이라고." 미토가 눈을 빛냈다. "그렇지, 마유?"

마유는 어떻게 하면 자신이 느낀 굴욕과 고통을 되갚아 줄 수 있을지 생각하느라 곧바로 답을 하지 못했다.

미토는 빼빼 말랐지만 식욕은 엄청났다. 마유가 대충 만든 돼지고기 볶음을 "이거 진짜 맛있다"라고 걸신들린 것처럼 먹으며 떠들어댔다.

"인터넷에 올리면 돼. 맛집 사이트나 블로그 같은 데 많잖아. 거기에 써버리는 거야. 성폭행 전문 라멘가게입니다, 라고."

나무젓가락을 쪼개던 리오나가 다른 의견을 주장했다.

"안 돼. 그런 데 올렸다가는 괜히 성가시기만 해. 근거 없는 비방이니 중상모략이니 해서 금방 삭제될 게 빤하고."

"진짜? 그렇지만 사실이잖아." 미토가 툴툴거렸다.

슈토의 집에는 식탁이 따로 없었다. 미토는 한쪽 무릎을 세우고 마유와 리오나는 책상다리를 하고 거실 바닥에 둘러앉아 식사를 했다. 이야기를 나누며 마유는 떨이로 산 시들시들한 토마토를 입에 넣었다. 맛이 없어서 게워내고 싶은 것을 억지로 참고 씹었지만 미토는 정말 맛있다는 듯 "이 토마토 맛있다"라며 입으로 가져갔다. 리오나는 서툰 젓가락질로 돼지고기를 집으려다 번번이 실패했다. 그러다 귀찮아졌는지 먹는 것을 관두었다.

"근데 말이야, 라멘가게 녀석들에게 호된 맛을 보여주고 싶긴 하지만 그것도 뭔가 허무한 것 같아. 복수를 한다고 해도 내가 더럽혀졌다는 사실은 변하지 않잖아. 그건 어떻게 해야 할까?"

마유는 누구에게랄 것 없이 말했다.

"마유는 가끔 뜨끔한 소릴 하네."

리오나가 나무젓가락을 종이 접시 위로 툭 내려놓았다.

"그런가?" 마유는 고개를 갸웃거렸다.

"마유 말이 맞아. 허무해. 그러니까 뭘 해도 소용없어. 상대를 처벌해봤자 기분이 나아지는 것도 아니야. 본인의 상처는 본인이 치유하는 수밖에 없어. 나도 그렇게 해왔고."

"그건 리오나니까 가능한 거야. 나는 그렇게 야무지지 못해."

마유는 혼잣말처럼 중얼거렸다.

친구도, 엄마도, 선생님도, 경찰도, 의사도, 그 누구도 자신을 치유해줄 사람이 없다는 것은 두려울 만큼의 고독을 홀로 짊어지는 것이라는 생각이 들었다. 몸은 살아 있지만 마음이 살해된 듯한 감각과 그 상처는 영원히 지워지지 않을 것이다. 그런데 남자들은 그런 것은 알지도 못했다.

미토가 보리차를 마시면서 마유의 생각을 읽기라도 한 듯 똑같은 말을 했다.

"강간하는 남자들은 그런 거 전혀 신경도 안 써. 강제로 당하는 여자들도 속으로는 좋아하고 있다고 생각할걸. 우리의 고통 같은 건 생각해본 적도 없고 느끼지도 못해."

"그게 가장 분한데, 어쩔 수 없다는 게 문제지."

마유는 분해서 이가 갈렸다.

"어쩔 수 없지만 우리가 이만큼 분노하고 있다는 것은 알게 해야지."

리오나가 우울해 보이는 표정으로 말했다. 우울해 보이는 것은 새아빠에게 아직 자신의 분노를 제대로 표출하지 못했기 때문일까?

"저기, 마유. 라멘가게 놈들 죽여버리고 싶다고 생각한 적은 없어?"

미토가 마유에게 물었다. 미토의 말에 마유를 바라보는 리오나의 눈에 예의 그 빛이 되살아났다. 활활 타오르는 검푸른 불꽃이었다.

"당연히 있지. 내내 그 생각만 했어. 어떻게 하면 고통스럽게 죽일 수 있을지 상상했지. 하지만 죽여봤자 아무 소용없잖아. 설령 그 자식들이 죽어도 내 마음은 원래대로 돌아갈 수 없으니까."

"그래, 그게 가장 큰 문제야."

리오나가 큰 소리로 외치고 아무도 보지 않는 텔레비전을 리모컨으로 껐다. 갑자기 방 안이 잠잠해지자 바깥의 빗소리가 크게 들려왔다.

"그 자식들은 전혀 신경도 안 쓰는데 우리는 죽을 만큼 상처받고 있어. 너무 불공평해."

"남자도 성폭행을 당하게 해서 두려움을 느끼게 해주자는 여자들도 있어."

미토가 웃으면서 말했다.

"남자를 어떻게 성폭행해?" 마유가 물었다.

"남자가 남자를 성폭행하는 거야."

"그럼 의미 없잖아. 남자끼리는 안 돼. 이성이니까 무슨 생각을 하는지 몰라서 무서운 건데."

마유는 낙담했다. 자신의 원한을 어떻게 풀어야 좋을지 정신이 이상해질 만큼 깊이 생각하고 고민했지만 방법이 떠오르지 않았다. 자기를 성폭행한 다음 날에도 시치미 뚝 떼고 주방에 서 있던 남자들의 옆모습이 떠오를 때면 오장육부가 뒤집어질 것 같았다.

"성폭행하는 남자들은 우리를 깔보고 있어. 여자는 자기보다 훨씬 못한 존재라고 여기는 거지. 그러니까 걸리지만 않으면 얼마든지 지독한 짓을 하는 거야. 이렇게 완벽한 차별이 어디 있어?"

리오나가 조용한 목소리로 말했다. 18살이라고는 믿기지 않는 어른스러운 말투였다.

"맞아. 말을 안 들으면 한 대 후려갈기면 된다고 생각하잖아."

미토가 분한 듯이 덧붙였다.

"그건 네 전 남친 얘기고."

그 말을 듣고 미토가 깜짝 놀란 듯 리오나를 쳐다보며 대꾸했다.

"때리는 것도 성폭행하는 것도 똑같은 거야."

마유는 미토의 말이 맞다고 생각했다. 둘 다 힘으로 억누른다는 것에는 차이가 없었다.

"그보다 그 라멘가게에 한 번 가보지 않을래? 적진 시찰!"

미토의 말에 리오나가 마유를 보았다.

"마유만 괜찮다면 나는 좋아."

"다 같이 가면 괜찮을 것 같아."

마유가 답하자 리오나가 깜짝 놀란 얼굴을 했다.

"전엔 도겐자카 근처에도 가기 싫다고 했었잖아?"

"좋아, 그럼 지금 갈까?"

미토가 일어섰다. 그 바람에 종이 접시에 담은 돼지고기 볶음 국물이 흘러서 리오나가 웃음을 터트렸다.

"갈 거면 내일 가자. 아무리 그래도 비도 오는데 오늘은 좀 그래."

마유는 조금 밝은 목소리로 말했다.

3

마유와 리오나는 아침 식사를 들고 창고 방으로 갔다. 편의점 주먹밥 한 개와 비엔나소시지 한 개뿐이라 양이 적다는 생각은 들었지만 돈이 없으니 어쩔 수가 없었다.

리오나가 자물쇠 두 개를 열고 체인을 풀자 갑자기 문 옆에 서 있던 슈토가 돌진해왔다. 마유는 엉겁결에 금속 배트로 슈토의 가슴을 찔렀다. 슈토가 비틀거리며 엉덩방아를 찧었다.

"무슨 짓이야? 아프잖아."

슈토의 목소리는 가냘팠다.

"갑자기 달려드니까 그렇지."

리오나가 언짢은 목소리로 말했다.

"배도 고프고 화장실도 가고 싶단 말이야. 이제 줄 좀 풀어줘."

슈토는 바닥에 쭈그려 앉은 채로 불평했다.

"밥이라면 여기 가져왔어."

리오나가 종이 접시를 가리키자 슈토는 울부짖었다.

"이걸론 부족해. 배도 고프고 목도 말라. 오줌도 마렵고 똥도 싸고 싶어. 목욕도 하고 싶어. 하다못해 손만이라도 자유롭게 해달라고."

"먼저 음식 말인데. 네 돈 좀 빌려줘. 안 그럼 먹을 걸 살 수가 없어. 다들 돈이 없으니까. ATM에서 돈 뽑게 카드 비밀번호 좀 알려줘."

"왜 내가 너희까지 부양해야 하는 건데?"

슈토가 비명을 지르듯 소리쳤다.

"어쩔 수 없어. 운명공동체니까."

리오나가 웃으면서 말했다.

"나는 그딴 거 동의한 적 없어. 너희 얘기는 경찰한테 말 안 할테니까 풀어줘. 부탁이야. 줄 좀 풀어 달라고. 이제 정말 미쳐버릴 것 같아."

"안 돼."

리오나가 거절하자 슈토가 불쌍한 목소리를 냈다.

"부탁합니다. 제발 부탁이에요. 그만 자유로워지고 싶어요. 부탁이니까 풀어주세요."

"안 돼."

슈토가 일어서려고 하자 마유는 재빨리 금속 배트를 슈토의 가슴에 댔다.

"맞기 싫으면 불쑥 일어서지 마."

마유가 윽박지르자 슈토는 울음을 터뜨릴 것 같은 얼굴로 말했다.

"그러지 않을 테니까 용서해주세요. 부탁이니까 손이라도 자유롭게 해줘. 머리가 가려워서 죽을 것 같아."

그때 미토가 슈토의 스마트폰을 내밀었다.

"전화 왔어."

리오나가 발신자를 확인하고 슈토에게 스마트폰을 들이밀었다.

"네 엄마 전화 같아. 받아서 잘 둘러대면 상으로 줄 풀어줄게."

"진짜지?"

"난 거짓말 안 해. 자, 받아."

리오나가 수신 버튼을 누르고 스피커폰 모드로 전환했다.

"여보세요, 슈짱?"

사투리가 묻어나는 중년 여성의 목소리가 들렸다.

"어, 나야."

"아아, 다행이다. 저번부터 전화했는데 안 받길래 무슨 일이라도 생긴 줄 알았지. 아빠도 문자 보냈는데 답장이 없다고 해서 걱정했단다. 별일 없지? 그럼 됐어. 할머니가 가부키 극장에 가고 싶다는데 넌 같이 안 갈 거지?"

슈토의 엄마는 세 명의 소녀가 귀를 기울이고 있는 것도 모르고 태평한 말투로 계속 떠들고 있었다.

"가부키 극장 같은 델 내가 왜 가!"

"그렇게 말할 줄 알았어. 학교는 잘 다니고 있지?"

슈토의 엄마는 안심한 눈치였다.

"잘 다니고 있어."

"그래. 시간 뺏어서 미안하구나. 그럼 또 전화하마."

통화가 끝나자 한숨 놓였는지 다들 얼굴을 마주보았다.

"제대로 했지? 이제 줄 풀어줘."

리오나는 단단한 매듭에 가는 손가락을 갖다대고 열심히 줄을 풀었다. 슈토가 리오나에게 덤벼들까 봐 마유는 경계하며 금속 배트를 계속 겨누고 있었다. 여차하면 머리를 깨버릴 생각까지 하고 있었다.

"무서워라. 이름이 마유랬나? 애 눈이 정상이 아니야." 슈토가 마유를 올려다보면서 무섭다는 듯이 리오나에게 하소연했다. "애 좀 위험하지 않아?"

내가 그렇게 위험해 보이는 걸까? 어쩔 수 없다. 이런 심한 일을 당한 여자애는 그렇게 많지 않으니까. 이런 생각을 하며 마유는 표정 하나 바꾸지 않고 금속 배트를 세게 고쳐 잡았다.

"슈토, 카드 비밀번호 알려줘."

리오나가 주머니에서 카드를 꺼내 슈토의 얼굴 앞에서 흔들었다.

"엇, 내 카드잖아. 젠장, 훔쳐갔구나."

"듣기 거북하네. 네가 순순히 알려주지 않으면 네 식사는 하루한 끼가 될 거야. 그것도 우리가 먹다 남은 거니까 뭐가 나올지 몰라."

리오나가 위협하자 슈토는 체념한 기색으로 네 자리 번호를 말했다.

"컴퓨터 패스워드는 뭐야?"

"그만하면 됐잖아. 컴퓨터까지 들여다볼 셈이야?"

슈토는 진절머리가 난다는 듯이 소리쳤다.

"말 잘 들으면 컴퓨터도 가져다줄 생각이야. 그 대신 컴퓨터로 도움을 요청하거나 하면 우리는 즉시 이 집을 떠날 거야. 현관문도 이 방 자물쇠도 쉽게 열지는 못할 테니까 넌 한동안 갇혀 있게 되겠지. 허튼 생각만 하지 않는다면 컴퓨터를 넣어줄게. 그 대신 스마트폰은 안 돼."

"부탁합니다. 절대 도움을 요청하는 짓 따위 하지 않을 테니까 컴퓨터 넣어주세요. 게임만 하면서 지낼게요. 오줌도 요강에 싸겠습니다. 폐는 끼치지 않겠습니다."

슈토는 결박당한 채로 몇 번이고 이마를 바닥에 찧으며 애원했다.

슈토가 아침을 먹는 사이 다시 창고 방에 자물쇠를 채우고 마유는 리오나와 둘이서 슈토의 방으로 갔다. 문을 열자마자 젊은 남자의 체취가 훅 풍겨 와서 숨이 막혔다. 옷장 앞에는 빨지 않은 티셔츠와 반바지, 배낭 등이 어지럽게 흩어져 있었지만 의외로 책장은 가지런히 정리되어 있었다. 노트북과 프린터가 놓여 있는 큰 책상은 비교적 잘 정돈되어 있었지만 여기저기 과자 부스러기와 음료수 얼룩이 있어서 더러웠다. 노트북은 일주일 전부터 계속 켜진 상태로 녹색 램프가 점멸을 반복하고 있었다.

"윽, 냄새!"

바짝 뒤따라온 미토가 야단스럽게 코를 막았다.

"오랫동안 닫아둬서 그래. 창문 좀 열자."

리오나가 블라인드를 평행으로 맞추고 창문을 열었다. 무더운 바깥 공기가 한꺼번에 훅 들어오자 숨 막힐 듯한 녹음 냄새가 났다. 넓은 창 너머로 고층 호텔인 셀리안 타워가 우뚝 선 시부야 거리가 보였다. 마유는 자신이 얼마 전까지 저 거리에 숨어서 지냈던 것을 떠올렸다. 덩달아 라멘가게에서 당했던 일이 떠오르자 몸서리치고 싶을 만큼 강한 혐오감이 들었다. 그 혐오감은 남자들뿐만 아니라 시부야 거리에서 방황하고 있던 가련한 자신을 향한 것이기도 했다. 그때는 아무것도 모르는 멍청한 어린애였다. 하지만 교활한 어른들이 자신을 더 이상 어린애가 아니게 만들어버린 것이다.

"냄새는 나지만 좋은 방이네. 그지?"

미토가 누구에게랄 것 없이 동의를 구하고 창가에 서서 아래쪽을 내려다보았다. 그러더니 갑자기 목소리를 낮추고 마유의 티셔츠를 잡아당겼다.

"저기 좀 봐봐. 맞은편 집 여자가 알몸으로 돌아다니고 있어."

"어디 어디?" 리오나가 호기심을 그대로 드러내며 창문에 달라붙었다. "정말이네."

마유도 뒤에서 내려다보니 레이스 커튼 사이로 맞은편 2층에서 중년 여성이 수건 한 장만 두르고 거실을 돌아다니고 있는 것이 보였다. 슈토의 집은 3층이라 위에서 엿보고 있는 것을 알아채지 못한 듯 여자는 음료수 잔 같은 것을 손에 들고 편하게 걷고 있었다.

"위험해. 들킬지도 모르니까 블라인드를 살짝 닫자."

마유가 블라인드를 조절해 맞은편 집에서 알아채지 못하도록 한 다음 다시 다 같이 엿보았다.

"저 아줌마, 아침부터 욕조에 들어갔나 봐. 우아하네." 리오나가 모두에게 속삭였다.

"슈토 자식 맨날 여기서 엿보고 있었던 거 아냐?"

미토가 책상 서랍을 멋대로 열고 쌍안경을 꺼냈다. 마유가 슬쩍 보니 서랍 안에는 필기구와 노트가 너저분하게 들어 있었다.

"키햐, 잘 보이네, 잘 보여."

미토가 과장된 웃음소리를 내며 쌍안경을 들여다보았다. 마유도 솔깃해져서 발돋움을 하고 내려다보았다. 여자는 알몸으로 팔과 허벅지에 보디크림을 바르고 있었다. 중년 여성의 알몸 같은 것은 사실 보고 싶지도 않았다. 마유가 놀란 것은 남편이 출근하고 아이들도 학교에 가버린 집에서 전업주부는 저런 식으로 자유롭게 지내는 것일까 하는 점이었다. 레스토랑을 하던 부모님은 두 분 다 아침부터 가게에 나가서 밤늦게까지 돌아오지 않았다. 그래서 마유가 엄마를 대신해 저녁밥을 만들고 남동생을 돌보았다. 모자가정에서 자란 리오나와 미토도 여유로운 전업주부의 모습이 낯설고 신기한 듯 중년 여성의 행동을 넋을 놓고 보고 있었다.

"저 보디크림 록시땅L'Occitane, 프랑스의 화장품 브랜드 거야. 똑똑히 보여." 미토가 말했다.

미토에게 건네받은 쌍안경을 들여다본 리오나가 중얼거렸다.

"저 사람 맥주 마시고 있어. 좋겠다. 자유로워서. 그래서 다들 주부가 되고 싶은 건가 봐. 부자가 아니면 의미 없겠지만."

그리고 쌍안경을 마유에게 건넸다.

"마유도 볼래?"

하지만 마유는 쌍안경을 받지 않고 밀었다. "난 됐어. 슈토가 만진 물건이라고 생각하니까 기분 나빠. 안 볼래."

리오나가 질렸다는 듯이 마유를 보았다. 그 시선에는 거센 비난이 담겨 있었다.

마유도 리오나를 보았다. 리오나는 슈토에게 너무 관대했다. 슈토가 좋은 '손님'이었을지는 몰라도 지금은 언제 덤벼들지 모르는 적이 아닌가. 남자한테 다정하게 굴지 말라며 한 소리 하고 싶은 기분이었다.

"흐음, 마유가 그렇게 결벽증이 있는 줄은 몰랐네."

리오나가 빈정거리자 마유도 대꾸했다.

"나도 리오나가 그렇게 무를 줄은 몰랐어. 슈토한테 컴퓨터를 준다니, 말도 안 돼."

"쉿, 큰 소리 내면 옆집에 들리잖아."

미토가 목소리를 낮추고 가만히 창문을 닫았다.

"미안."

마유는 미토에게 사과한 뒤 슈토의 컴퓨터에 연결된 키보드를 쳐보았다.

"어머, 슈토의 컴퓨터를 만지는 건 괜찮나 보네?"

리오나가 비아냥거리자 마유는 바로 사과했다.

"미안해. 여기는 슈토네 집이고 리오나가 아니었다면 들어오지도 못했을 텐데. 잘난 척 굴어서 미안."

"괜찮아. 용서해줄게."

리오나가 딱딱한 목소리로 말했다. 언젠가 더 부딪치게 될 날이 올지도 몰랐다. 하지만 마유는 리오나가 좋았다. 게다가 리오나에게 모든 것을 의지하고 있는 지금 리오나와 떨어져서 혼자 살아갈 자신은 없었다.

"나도 마유 의견에 찬성이야. 그 자식한테 컴퓨터를 주면 무슨 짓을 할지 몰라." 미토가 마유의 편을 들었다. "그 자식은 계속 저 방에 가둬두고 우리가 자유롭게 쓰자. 여기 완전 편해. 와이파이도 쓸 수 있고 방도 크고."

"감금하는 데도 한계가 있어." 리오나가 말했다. "저쪽은 살아 있는 사람이란 말이야."

"한계는 무슨. 계속 가둬두면 돼."

미토가 태연하게 말했다.

"슈토가 쇠약해져서 죽어버리면 어떡할 거야?"

"그딴 거 내버려두면 되잖아."

슈토와 사이가 나쁜 미토는 아무렇지도 않게 내뱉었다.

"시체를 그대로 놔두자고?"

리오나도 어이가 없는지 웃었다.

"응. 방을 봉인하면 돼."

"이 방보다 더 지독한 냄새가 날 텐데, 그건 어떻게 할 거야? 도저히 살 수 없을 정도는 아니겠지만 지내기 힘들 거야."

리오나가 진지하게 말하자 미토가 우웩 하고 토하는 시늉을 했다.

"안 되겠어. 나 진짜 토할 것 같아. 잠깐 화장실 좀."

"그것보다 빨리 애나 지우고 와."

리오나가 냉정하게 말하고 고개를 돌렸다. 화장실에 간 미토가 돌아왔을 무렵에는 이웃 주부도 편해 보이는 원피스를 입고 소파에서 잡지를 보고 있었다.

"그럼 병원 좀 찾아볼게. 컴퓨터 패스워드는 뭐래?"

리오나가 스마트폰에 적은 메모를 보면서 패스워드를 불렀다. 게임 캐릭터 이름인 것 같았다. 미토가 패스워드를 입력하고 어설픈 손놀림으로 구글 화면을 열더니 '시부야', '산부인과', '지우다'라고 천천히 입력했다.

"미토, 아무리 그래도 '지우다'라고 치지는 않지. 보통은."

리오나가 비웃자 미토가 멍청한 얼굴을 했다.

"그럼 뭐라고 치면 돼?"

"중절 비용이라고 치면 어때?"

"그렇구나."

미토는 몇 개의 병원 사이트를 비교해보더니 수술할 병원을 결정한 것 같았다.

"스마트폰보다 보기 쉽고 편한데? 컴퓨터랑 이 방, 우리가 써버리자."

슈토에게 컴퓨터를 준다는 이야기는 이 시점에서 사라진 듯했다. 리오나도 더 이상 슈토에게 줘야 한다고 말하지 않았다.

"슈토가 슬슬 화장실에 가고 싶어 할 시간이니까 둘 다 도와줘."

그러나 결국 슈토가 조금이라도 쾌적하게 지낼 수 있도록 마음을 쓰고 있는 것은 리오나뿐이었다. 언젠가 리오나가 슈토를 놓아주는 건 아닐지 마유는 걱정됐다.

셋이서 슈토를 화장실에 데리고 갔다가 다시 방에 가둔 후 리오나가 마유를 불렀다.

"마유, ATM에서 돈을 찾을 수 있는지 시험해볼 건데 같이 편의점에 가지 않을래?"

마유는 끄덕였다. 미토가 남자 친구와 반장에게서 받아온 돈은 중절 수술만으로도 빠듯할 것 같았다. 리오나는 슈토의 돈을 인출해서 모두의 생활비로 충당할 생각인 것이다.

결국 나는 남의 돈까지 훔치는 도둑이 되어버렸구나. 마유는 작은아빠 집에 맡겨졌을 때만 해도 이런 생활이 기다리고 있을 것이라고는 꿈에도 생각하지 못했다. 하지만 이것이 현실이었다.

나갈 준비를 하는데 스마트폰이 울렸다. 마유에게 전화를 걸 사람은 나고야의 이모가 아니라면 행방불명된 부모님밖에 없을 터였다. 두근거리며 발신자를 확인했더니 '구마가야'라는 이름이 떠 있었다. '겐베'에서 같이 아르바이트를 했던 구마였다.

구마가 '겐베'를 그만둘 때 카카오톡 친구 등록을 하기는 했지만 그 후로는 연락을 하질 않아서 존재를 까맣게 잊고 있었다. 정확히는 '겐베'와 관련된 사람과는 연락하고 싶지 않았다는 게 마유의 본심이었다. 받을까 말까 주저하고 있자 리오나가 말했다.

"왜 안 받아? 싫어하는 녀석이야?"

하긴 받지 않을 이유는 없었다. 마유는 하는 수 없이 전화를 받았다.

"여보세요."

"마유? 나 구마야. 기억해?"

"물론 기억하지. 잘 지냈어?"

구마와 함께 아르바이트를 했던 것이 먼 옛날 일처럼 느껴졌다.

"응, 잘 지내. 지금은 246번 국도변에 있는 주유소에서 야간 알바하고 있어."

"야간 알바? 힘들겠네."

"별거 아냐. 시급도 좋고 차도 거의 안 와서 편해. 겐베에서는 맨날 혼만 났는데. 블랙기업도 그런 블랙기업이 없었지."

구마는 활기차게 떠들어댔다. 기분이 좋은 건지 스마트폰에서 쩌렁쩌렁 목소리가 새어나오자 옆에 있던 리오나가 눈치 빠르게 일어섰다.

"마유도 거기 아르바이트 그만뒀지? 언제 그만뒀어?"

"구마 씨가 그만두고 나서 일주일쯤 지나서였나?" 대답하고 나니 구마가 어떻게 알고 있는 건지 의아했다. "나 그만둔 건 어떻게 알았어?"

"요전에 근처에 갈 일이 있어서 잠깐 들여다봤어. 그랬더니 다른 여자애가 일하고 있더라고."

마유가 성폭행당한 다음 날은 처음 보는 아줌마가 계산대에 서 있었다. 일이 마무리되자 기무라는 다시 어린 여자애를 고용한 모양이었다.

"몇 살 정도 돼 보이는 애였어?"

"마유랑 비슷할 것 같던데? 귀엽게 생긴 애였어."

"저런, 불쌍해라."

무심결에 말하자 구마가 곧바로 맞장구쳤다.

"맞아, 맞아. 그 녀석들 위험하니까."

"뭐 아는 거라도 있어?"

"어? 아니, 난 잘 몰라." 구마가 당황하며 부정했다. "그냥 뭔가 꾸미고 있는 것 같았으니까."

구마도 알고 있었던 것을 자기만 알아채지 못했던 것이다. 마유는 깊은 한숨을 내뱉었다.

"마유, 언제 한번 보자. 지금은 어디 살고 있어?"

"고마바토다이마에." 마유는 솔직하게 답했다.

"진짜?" 구마는 놀란 듯 했지만 아무것도 묻지 않았다. 아마도 마유가 남자 집에 눌러앉아 있다고 생각하고 있을 것이다. 그리고 그

것은 사실이었다.

"그럼 또 연락할게."

"응."

전화를 끊자 리오나가 궁금한 듯 쳐다보기에 마유는 말해주었다.

"라멘가게에서 아르바이트했을 때 주방에서 일하던 남자애야."

"그 녀석한테는 무슨 일 안 당했어?"

"안 당했어. 오히려 같이 알바하는 처지라서 이야기도 자주 나눴거든. 나를 성폭행한 건 치프라는 사람이야. 늘 사장 옆에서 묵묵히 일만 하던 남자."

"우웩, 재수 없어."

어느 틈에 뒤로 온 미토가 또 토하는 시늉을 해서 다 같이 얼굴을 마주보고 웃었다.

4

마유는 편의점 과자 선반 앞에서 뭘 고를지 고민하는 척하며 리오나를 기다렸다. 잠시 후 슈토의 돈을 찾으러 갔던 리오나가 돌아왔다.

"어떻게 됐어? 비밀번호는 맞아?"

마유가 작은 목소리로 묻자 리오나가 끄덕였다. 그러더니 "잠깐 나가자"라고 마유의 어깨를 밀면서 출입문 쪽으로 향했다.

편의점 밖에 설치된 쓰리기통 앞에서 리오나가 작은 손을 슬며시 펼쳤다. 손바닥에는 만 엔짜리 열 장이 포개져 있었다.

"성공했구나. 그 녀석이 말한 비밀번호가 진짜였어."

마유는 안도하며 리오나를 보았다. 실제로 돈을 보기 전까지는 슈토가 거짓말을 한 건 아닐까 걱정했던 것이다. 하지만 리오나의 얼굴은 심각했다.

"근데 마유, 이것 좀 봐."

리오나가 '명세표'라고 적힌 작은 종이를 보여주었다. 잔액이 13만 엔 정도밖에 없었다.

"의외로 얼마 없네?"

"그러게 말이야." 리오나가 수긍했다. "일단 10만 엔 정도만 찾고 잔액을 보고 나서 조금 더 찾으려고 했거든. 30만 엔 정도 있으면 당분간은 버틸 수 있잖아. 근데 이것밖에 없어서 깜짝 놀랐어."

둘은 얼굴을 마주보았다. 머리 위로 태양이 이글이글 내리쬐고 있어서 리오나의 둥근 이마에 금세 땀이 솟아나는 것이 보였다. 마유는 자신의 이마에 난 땀을 손등으로 닦았다.

"그럼 지금 전부 찾아버리면 안 돼?"

마유가 말하자 리오나가 고개를 저었다.

"그 생각도 해봤는데 좀 걱정되는 게 있어서. 만약 이 계좌에서 관리비나 전기 요금 같은 게 빠져나가고 있으면 어떡해. 잔고가 부족해서 빠져나가지 못하면 위험하잖아. 부모한테 미납 통지 같은 게 갈지도 모르고."

마유는 리오나의 철두철미함에 깜짝 놀랐다.

"난 그런 거 생각도 못 했어."

"난 할머니랑 같이 산 적이 있잖아. 그래서 이런 거에 예민해. 제때 빠져나가지 않으면 성가시거든."

"대단해."

마유는 감탄하며 리오나의 눈을 보았다.

"별거 아니야"라며 리오나가 쓴웃음을 지었다. "그렇지만 조만간 부모가 입금해줄지도 모르니까, 어떻게 해야 좋을지 슈토한테 물어볼게."

"순순히 말해줄까, 그 녀석이?" 마유는 미심쩍었다.

처음에는 다른 사람의 돈을 멋대로 인출하는 것에 거부감이 들어서 마지막까지도 주저함을 감추지 못했다. 하지만 막상 선을 넘게 되자 마유는 주저함 대신 뜻대로 되지 않은 것에 대한 짜증을 느끼는 스스로에 놀라고 있었다.

"그래도 비밀번호는 솔직하게 말했잖아."

마유는 리오나가 슈토를 감싸는 것이 마음에 들지 않았다. 리오나는 슈토를 회유해서 넷이서 지내는 게 가장 좋다고 생각하는 것이다. 하지만 슈토에게 그럴 마음이 없다는 것은 자명했다. 물론 마유도 그건 싫었다.

"그럼 이 10만 엔으로 당분간 버티면 되잖아."

"안 돼, 부족해."

"왜? 식비는 5만 엔 정도면 될 거야. 그동안 나도 아르바이트할 거니까."

"잠깐 이쪽으로 와봐."

리오나는 빈번하게 들고 나는 손님들의 눈을 의식해 다시 마유의 어깨를 밀어 구석에 재떨이가 설치된 흡연 구역까지 데려갔다. 그곳에는 택배기사인 듯한 중년 남성이 더위에 눈살을 찌푸리며 담배를 피우고 있었다.

"생각해봐. 미토한테 돈이 들잖아. 초진비랑 이것저것 포함하면 20만 엔 정도는 들 거란 말이야."

"미토, 돈 다 받아왔잖아?"

리오나가 곧바로 답했다.

"그거 거짓말이야. 그렇게 많이는 못 받았을걸?"

마유는 깜짝 놀라서 목소리를 높였다.

"20만 엔 모았다고 했잖아?"

"내가 따라간 건 전 남친 만날 때뿐이야. 마지못해 5만 엔을 내놓는 것까지는 확인했어. 근데 전 남친 엄마네 집은 근처까지는 같이 갔는데 돈 받는 건 직접 못 봤거든. 가난한 사람들이라 그렇게 많이 줬을 리가 없어."

"손자를 낳아 달라고 했다며?"

마유가 의아한 얼굴로 묻자 리오나가 어깨를 움츠렸다.

"말은 그렇게 해도 돈은 못 주는 거지. 그러니까 그건 전부 미토가 지어낸 이야기야."

"그럼 성폭행했다는 미장이 반장은?"

"모르겠어." 리오나가 걱정스럽게 고개를 저었다. "교활한 아저씨니까 아마 돈도 안 줬을 거야."

"나는 전부 합쳐서 20만 엔이나 받아왔다는 말을 듣고 화가 난 거였어. 뭔가 남자들한테 알랑거리는 것 같잖아."

마유는 그래서 리오나와 미토에게 화를 냈던 것이다.

"기억나. 근데 나는 정말로 그렇게 돈이 있는 건지 의문이 들어서 조마조마했어. 어쩌면 미토가 거짓말을 하고 있는 건 아닐까 하는 생각이 들더라고. 돈이 생겼다고 하면서도 병원에 안 가고 계속 꾸물거리고 있었으니까. 분명 돈이 부족해서일 거야."

마유는 한숨을 쉬었다.

"미토한테 심한 말을 해버렸네."

"괜찮아. 거짓말한 미토가 잘못한 거야. 걔 엄청 소심해서 그 순간을 모면하려고 거짓말을 하는 버릇이 있어. 게다가 허세를 부리느라 분명 사실대로 말하지 못했을 거야."

"돌아가면 이 돈 건네주고 당장 병원에 데려가는 게 좋겠어."

마유는 병원 홈페이지를 응시하던 미토의 옆모습을 떠올리며 말했다.

"그럼 나 8만 엔만 더 찾아올게."

리오나는 다시 한 번 ATM으로 향했다. 이제 잔액은 5만 엔이었다. 마유는 돌아온 리오나에게 부탁했다.

"리오나 나도 아르바이트할 테니까 JK 비즈니스 소개해줘."

"뭐? 진심이야?"

리오나가 진의를 살피듯이 마유의 눈을 들여다보았다.

"진심이야. 맥도널드에서 아르바이트하는 것보다 수입은 좋지?"

리오나가 언짢은 얼굴로 입술을 삐죽거렸다.

"기분 나쁜 손님들도 많은데 마유 네가 할 수 있을까? 같이 산책하거나 노래방에 간다는 건 거짓말이야. 막 더듬고 키스하고 그래. 그것도 안 씻고 다니는지 더럽고 입 냄새 나는 남자들이."

"싫긴 하지만 리오나도 하는데 나만 못 한다고 할 수는 없어. 리오나만 너무 고생하고 있잖아."

슈토의 아파트는 넓고 편하지만 그건 슈토의 존재를 잊고 있을 때뿐이었다. 마유가 바라는 것은 잠을 자거나 밥을 먹을 수 있는 공간이었다. 그 공간만 확보할 수 있다면 자기도 나가서 일하고 싶었다. 어쩌면 그것은 슈토를 감시하는 괴로움에서 도피하는 것일 수도 있지만 마유는 그런 생각을 일부러 하지 않으려 애쓰고 있었다.

"잠깐, 너무 오버하지 마." 리오나가 웃었다. "마유도 고생 많이 하잖아. 너는 우리보다 어리니까 초조해하지 않아도 돼. 정 하고 싶다면 맥도널드나 선술집에서 하면 돼."

"아니, 음식점은 됐어. 어떤 남자들이 있을지 몰라서 무서워. 그 라멘가게 때문에 넌더리가 났어. 나 JK 한번 해보고 싶어. 그러니까 부탁할게."

"관둬. 마유는 안 맞아."

리오나가 다시 한 번 단호하게 거절하자 마유는 낙담했다. 사실은 JK 비즈니스 같은 건 하고 싶지 않았지만 리오나가 하고 있다면 자기도 못 할 건 없다고 생각했다.

"왜 그렇게 생각하는데?"

"무리해서 JK 같은 걸 하면 말이야, 마유는 남자를 엄청 싫어하게 될 거야. 나처럼."

마지막 말이 마유를 혼란스럽게 했다.

"리오나는 남자가 싫어? 하지만 슈토한테는 엄청 다정하잖아. 어떻게 그게 남자를 싫어하는 거야? 오히려 엄청 좋아하는 것처럼 보이는데."

리오나가 어이없다는 듯이 쓴웃음을 지었다. 그럴 때의 리오나는 자기 나이보다 10살은 더 나이 들어 보였다.

"그럼 표현을 바꿔볼게. 남자 중에서도 어른 남자가 엄청 싫어질 거야. 그 자식들은 뭐든 가성비, 가성비 하면서 자기가 돈을 낸 만큼 본전을 뽑으려고 해. 그게 무슨 뜻인 줄 알아? 우리 같은 건 물건으로밖에 보지 않는다는 거야. 그 자식들이 제일 먼저 하는 게 뭘 것 같아? 바로 여자애들의 등급을 나누는 거야. 그리고 지갑 속의 돈과 저울질하지. 예쁘고 어릴수록 비싸도 어쩔 수 없다고 생각하면서. 우리가 20살이 넘으면 아무 가치도 없다고 여길걸. 쓰레기 같은 놈들."

리오나가 큰 소리로 말하자 편의점에 들어가려던 고등학생 남자가 깜짝 놀란 듯 이쪽을 보았다. 리오나는 목소리를 낮췄지만 힘주어 말했다.

"그러니까 내 말은 가출한 지 얼마 안 된 마유가 불쾌한 일을 겪지 않았으면 좋겠다는 거야. 쓸데없는 참견이라고 생각할지도 모르지만."

리오나는 마유의 팔을 잡고 걷기 시작했다. 마유는 팔에 땀이 나는 것이 창피해서 슬쩍 손을 떼어 냈다.

"근데 어디 가는 거야?"

"돌아가자. 미토 혼자라서 걱정 돼. 걘 슈토랑 사이도 나쁘잖아."

마유는 멈춰 서서 리오나의 얼굴을 보았다.

"리오나가 걱정하는 건 미토가 아니라 슈토지? 남자가 싫다면서 슈토 같은 녀석한테는 다정하잖아. 아니야?"

"내가 언제?" 리오나가 화를 내며 소리쳤다. "슈토는 침으로 범벅이 된 단무지를 좋아하는 스스로를 부끄럽게 여기고 있어. 그리고 그런 자기 자신에게 화를 내고 있다는 게 느껴진단 말이야. 그래서 가끔 불쌍하다고 느낄 때가 있을 뿐이라고."

"동정하고 있다는 거야?"

마유는 그런 기분 나쁜 남자도, 그런 취향을 인정해주는 리오나도 이해할 수 없었다.

"그런가? 동정인가?"

리오나는 이마의 땀을 닦으며 생각하는 듯했다. 마유는 리오나의 대답을 기다리며 옆모습을 바라보았다. 새끼고양이처럼 살짝 치켜 올라간 큰 눈에 입술이 말려 올라간 예쁜 얼굴이었다.

"아님 뭔데?"

"좀 기다려." 리오나는 화를 내며 마유를 제지하는 듯한 몸짓을 했다. "마유는 너무 빨리 결과를 요구하니까 힘들어."

"그렇지만 우린 지금 곤란한 상황이잖아."

왜 그런지 모르겠지만 마유의 마음은 늘 절박했다. 빨리, 빨리, 빨리. 자유로워질 수 있는 돈도 필요했다. 그것도 아주 많이. 그리고 무엇보다도 자신을 괴롭힌 사람들을 때려눕히고 싶었다. 기무라와 치프, 작은아빠와 작은엄마, 밋쿠와 시오리.

"곤란한 상황인 건 맞지만 초조하게 굴면 될 일도 안 돼. 생각해봐, 슈토를 금속 배트로 때린 건 마유잖아. 기억하지?"

"하지만 그건……"

리오나가 당할 것 같았으니까, 라는 말을 삼켰다. 리오나도 미토도 과격하게 행동한 자신 때문에 성가신 일을 겪게 됐다고 생각하는 걸까?

"마유는 초조해하고 있어. 여러 가지로. 근데 우리는 말하자면 부모에게 방치된 애들이잖아? 심한 짓을 당하는 데에는 이골이 나 있다고. 그런 짓을 당해도 어딘가 좀 안달내지 않고 불평하는 걸로 끝내는 구석이 있단 말이야. 무슨 짓이든 해야 한다는 걸 알아도 이걸 어쩐다, 하고 약간 느긋한 느낌으로 살아왔어. 그런데 마유는 아니잖아. 갑자기 JK 비즈니스를 소개해달라고 해도 분명 안 맞는다고 하면서 하루 만에 화내고 돌아올 게 눈에 선하니까 못 해주겠다는 거야."

부모에게 방치된 애들이라는 건 리오나와 미토를 말하는 것일까? 두 사람의 유대는 마유가 뚫고 들어가려고 해도 튕겨져 나올 만큼 강한 것이었다. 게다가 슈토를 때린 것 때문에 리오나에게 비난을 받을 줄은 꿈에도 생각하지 못했다. 마유는 리오나에 대한 반감이 점점 커져가는 것을 느꼈다.

"잘난 척하기는."

마유의 말을 듣고 리오나가 작게 탄식했다.

"잘난 척한다고? 말이 너무 심한 거 아냐? 마유는 내가 슈토한테 다정하게 군다고 생각하는 모양인데, 나는 이 상황을 범죄로 만들고 싶지 않은 것뿐이야. 너도 체포되고 싶지는 않잖아? 그래서 어떻게든 슈토를 공범자로 만들려고 하는 거야. 마유가 그걸 전부 엉망으로 만들고 있어."

"엉망? 미안하네. 몰랐어. 방치된 지 얼마 안 됐거든."

마유는 노골적으로 빈정거린 뒤 자신도 모르게 몸을 움츠렸다. 아무리 그래도 말이 심했다는 생각이 들었다.

"미안."

리오나는 웃지 않았다.

"그렇게 바로 사과하니까 나는 화도 못 내잖아."

"미안."

"또 그런다. 마유는 무슨 일만 있으면 바로 사과하잖아. 그래놓고 또 금방 화내. 마유는 누구한테든 화만 내고 있어. 나는 화낼 기력도 없는데. 마유는 좋겠네. 화내고 나면 개운해지잖아. 근데 있지, 상대편 입장도 좀 생각해봐."

리오나가 냉정하게 말하자 다시 화가 나기 시작했다. 리오나의 말이 다 맞았기 때문이다.

"미안하다고 했잖아."

"이번엔 적반하장이야?"

리오나가 집요하게 굴자 마유는 다시 화를 냈다.

"짜증 나."

작은 목소리로 말했는데 리오나는 엄한 말투로 되받아쳤다.

"짜증 나게 해서 미안하네. 어쨌든 우리는 하루하루를 살아가는데 필사적이야. 경찰에 잡힐 짓은 하고 싶지 않아. 체포되기라도 하면 앞으로 살아가는 데 큰 손해란 말이야."

"리오나도 의외로 계산적이네."

마유는 '우리'라는 그야말로 리오나와 미토만의 강한 유대를 강조하는 말에 울컥해서 들으라는 듯이 말했다. 그러자 이번에는 리오나가 소리를 질렀다.

"계산적이라니? 뭐야, 그 말투는? 아무리 봐도 계산적이 못한 쪽이 바보 아냐? 마유 너, 내 방식에 불만이 있으면 나가도 좋아. 아무도 안 말려. 애초에 슈토를 회유해서 잘 넘어갔을지도 모르는데 네가 때려서 기절시키는 바람에 이렇게 된 거잖아."

"또 그 이야기야?" 마유는 넌더리가 나 얼굴을 일그러뜨렸다. "나는 리오나를 구해주려고 그런 거잖아."

"불쌍하게도 슈토는 이만한 혹이 생겼어."

리오나가 양손으로 큰 원을 만들어 보이자 마유는 벌컥 화를 냈다.

"불쌍해? 이제 됐어. 슈토 이야기는 이제 하고 싶지 않아. 내가 나갈 테니까 미토랑 슈토랑 셋이서 살면 되겠네."

"나가서 어디로 갈 생각인데?"

리오나는 갑자기 진지한 얼굴을 했다.

"어디든 상관없잖아?"

마유는 토라진 채로 말했다.

"그래, 상관없어. 어디로 가든 네 맘이야. 그렇지만 어디로 가는지 정도는 알려줘."

"왜?"

"네 짐도 남아 있잖아."

리오나의 쓸데없는 참견에 마유는 치밀어 오르는 화를 참을 수가 없었다.

"짐 같은 거 아무래도 상관없어. 어차피 교복이랑 교과서뿐이야. 그딴 거 필요 없으니까 버려."

"버리는 것도 일이야. 어리광부리지 말고 직접 버려. 그리고 말이야……"

마유는 리오나의 말을 끝까지 듣지 않고 걷기 시작했다. 리오나가 뒤에서 달려와 숨을 헐떡이며 마유의 어깨를 잡았다.

"마유, 기다리라니까. 진짜 어디로 갈 생각이야?"

"시부야."

마유는 돌아보며 답했다. 리오나의 걱정하는 듯한 얼굴이 눈에 들어와 가슴이 아팠다. 순간 돌아갈까 하는 생각이 들었다. 하지만 슈토를 감금해놓은 채로 태연하게 지내는 것에는 거부감이 들었다.

"시부야 어디? 다시 라멘가게로 돌아가는 거야?"

"설마. 말도 안 돼."

사이타마에 살던 집 근처 말고는 친숙한 곳이라고는 시부야밖에 없었다. 그래서 순간적으로 '시부야'라고 튀어나온 것이다. 그 순간 갑자기 요네다의 이름이 떠올랐다. 삐끼인 요네다에게 부탁해서 가게나 아르바이트를 소개받으면 될 것 같았다. 명함은 아직 지갑에 들어 있을 것이다.

"그럼 갈게. 그동안 고마웠어."

마유는 꼼짝 않고 서 있는 리오나에게 손을 흔들고 역을 향해 뛰어갔다. 도중에 돌아보니 리오나는 마유 쪽은 보지도 않고 스마트폰만 들여다보고 있었다. 미토에게 연락하고 있는 걸까? 마유가 또 가출해버렸어, 라고.

몸집이 작은 리오나와 비쩍 마른 미토 둘이서는 날뛰는 슈토를 제압하기 어려울지도 몰랐다. 임신 중인 미토를 끌어안고 어떻게든 슈토를 회유하려고 안달할 게 뻔한 리오나가 조금 불쌍하게 여겨졌다.

하지만 마유는 더 이상 슈토와 같은 공간에 있기 싫었다. 리오나는 슈토의 성적 취향을 인정해주는 것 같지만 마유는 그런 변태는 정말로 질색이었다. 어린 여자를 돈으로 살 수 있다고 생각하는 것부터가 용서가 안 되었다. 부모가 부자라서 시부야 근처에 좋은 아파트를 사줬다고 우쭐하게 구는 꼴이라니. 그래서 여자도 돈으로 살 수 있다고 생각한 걸까? 틀림없다. 아무리 그래도 너무 촌스럽기 짝이 없는 생각이었다. 정말 싫다. 마유는 슈토를, 아니 남자들을 증오하고 있는 자신을 깨달았다.

5

고마바토다이마에역에서 시부야역까지는 두 정거장이었다. 마유는 전철의 맨 첫 칸에 타서 창밖 풍경을 바라보았다. 이 정도 거리라면 걸어가는 게 절약이 됐을 텐데. 마유는 후회했다. 지갑에는 만 엔짜리 한 장과 동전밖에 없었다. 아직 손대지 않은 저금을 쓰는 것은 최후의 보루였다. 그전에 어떻게든 일자리와 잠잘 곳을 확보해야 했다.

마유는 커다란 극장 앞에 서서 오가는 사람들을 피하며 요네다의 명함에 적힌 번호로 전화를 걸었다.

"네, 요네다입니다."

신호가 채 울리기도 전에 요네다가 받았다. 마치 전화가 올 것을 미리 알고 있던 사람처럼 재빠른 대답이었다. 멀리서 클랙슨 소리가 들리는 걸 보면 아무래도 밖에 있는 것 같았다. 이 근처에 있는 걸까. 마유는 스마트폰을 귀에 바짝 대고 주변을 둘러봤지만 요네다의 모습은 보이지 않았다.

뭐라고 해야 할지 몰라 망설이고 있자 스마트폰에서 하아 하는 요네다의 숨소리가 들렸다. 전화를 건 사람의 목소리를 이제나저제나 하고 기대를 담아 기다리고 있는 것 같았다.

"저번에 명함을 받았는데."

마유가 주저하며 입을 열자 요네다는 연달아 질문을 퍼부어댔다.

"내 명함? 진짜? 장난 아니지? 지금 어디 있어?"

잠자코 있자 이번에는 천천히 물어보았다.

"내 명함 맞지?"

"맞아. 요네다 씨 명함."

"그거 내가 준 거야?"

"어. 도겐자카 신호 있는 데서 받았어."

갑자기 요네다가 적극적으로 나왔다.

"지금 어디에 있어? 그쪽으로 갈 테니까 알려줘."

"내가 갈 테니까 장소 알려줘."

순간 고민하는 듯 침묵이 흘렀다.

"나 어떻게 생겼는지 기억해?"

"대충은."

"알았어. 그럼 15분만 줘. 109도쿄의 유명한 쇼핑몰 옆 유니클로일본의 캐주얼 의류 브랜드 앞에 서 있을 테니까 보면 말 걸어. 근데 너 이름이 뭐야?"

"마유."

마유는 고지식하게 사실대로 답했다.

"좋아, 마유. 15분이면 도착하니까 꼭 기다려."

편의점에서 시간을 보내고 정확히 15분 뒤에 유니클로 앞으로 갔다. 정말로 요네다가 누군가를 기다리는 듯한 얼굴로 정면에 서 있었다. 흰색 티셔츠에 흰색 바지를 입고 있었는데 티셔츠는 목이 길게 늘어져서 꼭 속옷 같았고 흰색 바지도 때가 타서 꾀죄죄해 보였다. 어라, 이렇게 칠칠치 못한 남자였나? 아무래도 겁이 나서 망설이고 있자 요네다가 다가왔다.

"혹시 마유?"

"맞아."

하는 수 없이 고개를 끄덕이자 요네다가 기쁜 표정을 지었다.

"나 너 기억 나. 이 주변에서 자주 봤어. 늘 어두운 얼굴을 하고 있었잖아. 그래서 그때도 말을 걸었던 거야. 그 뒤로 어떻게 지냈어?"

무심코 눈물이 날 것 같은 다정한 말투였다.

"이런저런 일들이 있었어."

대답한 순간 눈물이 날 것 같았다.

"그랬겠지. 아직 어리니까. 많이 힘들었지? 요새 통 안 보여서 걱정했어. 가끔 네 생각이 났거든. 그때 거기서 만났던 애는 어떻게 지내고 있을까 하고."

요네다의 목소리에는 동정이 어려 있었다. 뭐라고 답해야 할지 몰라 가만히 있자 요네다가 빌딩 위층을 가리켰다.

"위에 카페가 있으니까 뭐 좀 마실까? 식사도 할 수 있어. 마유, 배고프지 않아?"

요네다의 안내로 엘리베이터를 타고 위층으로 향했다. 꽤 크고 넓은 가게였다. 마유는 놀라서 목소리를 높였다.

"이런 곳이 있었어?"

항상 길거리만 배회하고 있었기 때문에 시부야에 이런 가게가 있는 줄도 몰랐다. 빌딩 위에는 더 깜짝 놀랄 만한 세계가 많이 있는 걸까. 마유는 자신이 땅 위를 기어 다니는 개미처럼 느껴졌다.

가게 입구에 멈춰선 마유에게 요네다가 말을 걸었다.

"마유, 밥 아직 안 먹었지? 뭐 좀 먹을까?"

요네다가 마유의 손을 잡았다. 깜짝 놀라서 뿌리치자 요네다는 마음에 두는 기색도 없이 생글생글 웃었다. 자리로 안내받으면서 둘러보니 여기저기에 노트북을 펼치고 앉아 있는 남녀가 많아서 마유는 또 한 번 놀랐다.

"이 자리는 스마트폰도 충전할 수 있어. 할래?"

요네다는 뭐든 다 알고 있다는 식으로 테이블 밑을 가리켰다. 콘센트가 있어서 마유는 곧바로 충전을 했다. 슈토의 아파트를 나올 때 충전하는 것을 깜박했던 터라 마침 다행이었다.

"뭐든 다 아네?"

"시부야에 대한 거라면 뭐든지."

요네다가 자랑스럽게 말했다. 먼저 자리에 앉은 마유는 아직 서 있는 요네다를 올려다보았다. 비쩍 마른 몸은 마유보다 몸무게가 덜 나갈 것만 같았고 숱 많은 머리카락에 헤어스프레이를 뿌려 딱딱하게 세우고 있는 모습이 우스꽝스러워 보였다. 조금 전에 손을 잡혔을 때도 쉽게 뿌리칠 수 있었으니 요네다라면 자기를 덮쳐도 어떻게든 도망칠 수 있을 것 같았다.

"마유, 뭐 좀 먹자. 나도 배고파졌어."

요네다가 멋대로 춘권과 파스타를 주문했다. 마유는 요즘 외식을 해본 적이 거의 없어서 내심 기뻤지만 한편으로는 돈을 내라고 할까 봐 걱정스러웠다.

"사주는 거야?" 마유가 확인하듯 물었다.

"괜찮아, 괜찮아. 내가 낼 테니까 걱정하지 마." 요네다가 기분 좋은 듯 마유 쪽을 돌아보았다. "나를 의지해준 거잖아. 기뻐서 그래."

"나 일하고 싶어."

마유가 입을 열자 요네다는 맥주를 마시면서 "그 이야기는 나중에"라고 했다.

"그건 그렇고 마유, 그동안 어떻게 지냈어?"

요네다는 아까부터 예전부터 알고 지내던 사람처럼 이름을 불렀다. 허물없는 태도가 신경 쓰였지만 낯선 남자와 시부야 거리에 있다는 것에 마유는 묘한 해방감을 느꼈다. 슈토의 아파트에 틀어박혀 있던 것이 답답했다는 걸 겨우 깨달았다.

"근데 마유는 몇 살이야?"

요네다가 포크를 든 채로 물었을 때 파스타 소스가 테이블에 튀었다. 마유는 그제야 요네다의 식사 예절이 나쁘다는 것을 알아챘다.

"18살."

사실은 이제 막 17살이 된 참이었지만 사실대로 말할 수는 없었다.

"진짜? 더 어린 거 아니고? 그것보다는 더 어리지?" 요네다가 웃으며 말했다.

"진짜로 고2야."

고3이라고 하는 편이 나을까, 라고 생각하면서 마유는 거짓말을 했다.

"학교는 다니고 있어?"

요네다는 마유가 입은 티셔츠와 청바지를 곁눈질로 보았다. 마유는 이번에는 솔직하게 답했다.

"안 다녀. 엄밀히 말하면 자발적으로 쉬고 있을 뿐이지만."

"땡땡이?"

"아니, 그딴 학교 다시는 안 갈 거야."

마유는 춘권을 한입 가득 넣으면서 답했다. 딱딱하게 튀겨진 춘권 피 조각이 입 안 점막에 상처를 냈지만 맛있었다.

마유는 중학교를 졸업하기 전까지만 해도 먹을 것이 궁했던 적은 한 번도 없었다. 그런데 지금은 냉동 춘권 하나에 이렇게 감사하며 걸신들린 것처럼 먹고 있었다. 이제 어떻게 되는 걸까. 멍하니 있자 요네다가 친한 척 굴며 마유의 팔을 쿡쿡 찔렀다.

"저기, 가족들한테는 뭐라고 했어?"

"이런저런 사정이 있어서……"

마유가 얼버무리자 요네다는 뾰족한 턱을 문지르며 히죽거렸다.

"뭐야, 가출 소녀야? 그럼 어쩔 건데, 이제?"

다정하고 정중했던 요네다의 말투가 갑자기 털털해졌다.

"잘 모르겠어."

마유는 젓가락을 내려놓고 진저에일을 한 모금 마셨다. 요네다는 생맥주를 한 잔 더 주문했다.

"마유, 돈 필요하지?"

마유가 대답하지 못하고 머뭇거리자 요네다는 의기양양한 얼굴로 다 알고 있다는 듯 몇 번이나 고개를 주억거렸다.

"여자애가 혼자서 살아가려면 얼마나 힘들겠어. 다 이해해. 그래도 화이팅하자."

요네다가 마유의 팔을 주먹으로 툭툭 두드리며 말했다. 마유가 하는 수 없이 고개를 끄덕였지만 요네다는 "마유, 화이팅"이라는 소리만 반복했다.

"응." 그 기세에 눌려 마음에도 없는 대답을 하자 그제야 만족스러운 듯 요네다의 '화이팅'이 멈추었다.

"그래서 마유는 어떤 일을 하고 싶어?"

"JK 산책이나 뭐 그런 가벼운 느낌의 일이 좋겠는데."

"미안, 난 그쪽은 잘 안 하는데."

요네다가 딱 잘라 거절하자 마유는 아연했다.

"왜?"

"고등학생이랑 관련된 일은 대부분 그쪽 방면의 전문가가 경영하고 있어. 최근에는 조례도 생겼잖아. 경찰한테 쫓기면서도 어떻게든 합법으로 해보려고 하고 있더라고. 그 정도로 여고생을 좋아하는 녀석들이야. 우리 쪽에서는 여고생은 위험하니까 거의 손을 안 대. 마유가 정말로 돈을 벌고 싶다면 포르노나 유흥업소는 어때?"

포르노와 유흥업소라는 말을 듣자마자 마유의 얼굴색이 변했다.

"그런 건 싫어."

"그렇겠지? 아무래도 싫겠지."

의외로 요네다가 순순하게 물러나자 마유는 갑자기 맥이 쑥 빠지는 기분이 들었다. 아무 말도 하지 않는 마유를 쳐다보며 요네다가 말을 이었다.

"아무리 돈이 궁해도 알몸을 보이는 건 싫을 거야. 나도 싫어. 귀여운 마유가 누군지도 모르는 손님을 위해 알몸을 내보이다니, 말도 안 되지. 그럼 어떻게 할까? 나도 무슨 일을 소개해줘야 좋을지 모르겠어. 잠깐 사장님한테 물어보고 와도 될까? 우리 사장님은 여기저기에 발이 넓으니까 음식점 같은 데라도 마유한테 맞는 곳을 소개해줄 수 있을지도 몰라. 나중에 잠깐 사무실에 들르지 않을래?"

"사무실은 어딘데?"

"이 근처야. 걸어서 5분도 안 걸려. 거기서 사장님이랑 같이 고민해보자. 사장님은 아직 35살밖에 안 됐는데 엄청 친절하고 좋은 사람이야. 지금까지 많은 여자애들을 돌봐줬어. 그래서 다들 사장님한테 남자 친구 문제까지 상담할 정도로 굉장히 의지하고 있거든."

하지만 사무실에 끌려가면 그 순간 끝장이 나는 거라고, 바로 벌거벗겨져서 사진을 찍히거나 한다고 하는 이야기를 자주 들은 마유는 불안해졌다.

"사무실에는 가고 싶지 않아."

"왜?"

"그런 데 끌려가면 계약서에 억지로 사인하게 한다던데?"

요네다가 웃었다.

"마유는 어디서 들은 것만 많구나. 설마, 아무리 그래도 억지로 그런 짓은 못 해. 우리도 그렇게 깡패처럼 일하진 않아. 게다가 여자애가 싫다는 짓은 절대로 안 한다고."

"그래도 나는 그런 거 싫어."

"그래? 마유는 아무래도 사장님은 만나기 싫다는 거지?"

마유가 고개를 끄덕이자 요네다는 딱딱해 보이는 머리카락에 양 손을 넣고 "어떻게 하지"라고 중얼거리며 북북 긁는 듯한 동작을 했다.

"이거, 난처하게 됐는걸. 깨끗이 거절당해 버렸네. 그렇지만 나도 마유처럼 순수한 여자애는 소중히 여기고 싶으니까 어쩔 수 없지. 그래서 마유가 지금 가장 곤란한 일은 뭐야? 도움이 될 수 있도록 노력할 테니까 말해줘."

요네다는 '가장'이라는 말에 힘을 주어 물었다.

"오늘 밤 잘 곳……인 것 같아."

"그런 거라면 쉽지. 좋아. 내가 찾아줄게."

밋쿠한테 속았을 때를 떠올리고 마유는 허둥댔다.

"아냐, 괜찮아."

"사양하지 않아도 돼. 셰어하우스 같은 데는 어때? 저렴한 데 알 거든."

"얼마나 하는데?"

"1박에 천 엔 정도?"

"그럼 부탁할게."

"거기에 있으면서 천천히 생각해보는 게 좋을 거야. 마유가 앞으로 어떻게 살아가고 싶은지, 뭘 하고 싶은지, 여러 가지 희망사항이 있을 테니까. 잠깐만 기다려. 전화해서 물어보고 올 테니까."

요네다가 계산서를 들고 일어났다. 남겨진 마유는 접시에 남아 있는 춘권을 급하게 삼키고 나서 이대로 도망쳐버릴까 하고 주위 를 둘러보았다. 하지만 망설이고 있는 사이에 요네다가 돌아왔다.

"그럼 갈까?"

제3장 감금 255

"어딘데?"

"걱정 안 해도 돼. 날 믿으라니까."

요네다는 싱글싱글 웃으며 마유의 어깨를 툭 쳤지만 마유는 반신반의하고 있었다. 요네다는 유흥업소나 포르노에 일할 여자애를 스카우트하는 사람이라서 JK 비즈니스는 소개해줄 수 없다고 분명히 말했다. 그렇다면 빨리 도망치는 편이 낫지 않을까. 하지만 리오나와 헤어지고 나서는 의지할 사람이 아무도 없는 마유는 지푸라기라도 붙잡고 싶은 심정이었다.

카페를 나와 두 사람은 다시 도겐자카로 돌아왔다. 요네다가 따라오라는 듯한 태도로 앞장섰기 때문에 마유는 몇 발짝 뒤떨어져서 걸었다. 도겐자카에서 신센역 쪽으로 벗어나 주택가까지 걸었다. 무더운 오후라 배낭을 멘 등이 땀에 흠뻑 젖었다.

"택시를 타면 좋았을 텐데. 근데 택시를 타면 마유가 겁을 먹을 같아서 못 탔어."

요네다가 들으라는 듯이 중얼거렸다. 순간 요네다에게서 코를 훅 찌르는 자극적인 땀 냄새가 났다. 마유는 무심결에 고개를 돌렸다.

얼마 안 가 요네다는 한 이층 주택 부지 안으로 들어갔다. 문패는 없었지만 석조로 된 대문 구조는 훌륭했다. 잔디가 깔린 정원에서 젊은 남자 하나가 반라로 일광욕을 하고 있었다. 땀으로 범벅이 된 남자의 상반신이 눈에 들어왔다. 마유는 요네다의 땀 냄새를 떠올리고 한숨을 내뱉었다. 남자가 싫었다.

"여기야."

요네다가 가리킨 것은 기와지붕이 있는 오래된 일본식 가옥이었다. 현관의 햇빛 가리개와 문은 싸구려 소재로 얼마 전에 보수한 것 같은 모양새였다. 청소를 제대로 안 한 건지 현관 주위에는 마른 잎과 쓰레기가 나뒹굴고 있었다. 황폐하고 뒤죽박죽된 느낌이 드는 것은 그 때문일까.

"안녕하세요."

요네다가 문을 열고 인사하자 안에서 앞치마를 입은 중년 여성이 나왔다. 옅은 눈썹 위에 갈색 펜슬로 라인을 그린 것이 부자연스러워 보였다.

"아까 전화 드린 요네다입니다."

"아아, 네. 들어오세요."

요네다가 여자에게 천 엔짜리 세 장을 건넸다. 여자는 돈을 받아서 청바지 주머니에 넣었다. 1박에 천 엔이라고 했으니까 세 밤은 잘 수 있다는 걸까? 일단은 유흥업소나 포르노 촬영하는 데에 데려가지 않고 혼자 있게 해줄 모양이었다.

현관에서 스니커즈를 벗고 안으로 들어갔다. 먼지 때문에 복도가 껄끔거렸다. 마유는 양말이 더러워지는 것이 싫어서 까치발로 걸었다.

"이쪽이 여자들만 쓰는 방이야."

2층에 있는 일본식 방으로 안내받은 마유는 방을 보고 경악했다. 안 그래도 좁은 방을 커튼으로 네 등분 해놓아서 한 사람 당 쓸 수 있는 공간은 한 평도 채 되지 않았다.

"저쪽이 비어 있어."

여자는 안쪽의 어두운 공간을 가리켰다. 입구 쪽에 가까운 두 칸은 쓰는 사람이 부재중인 듯했다. 안쪽의 다른 한 칸에서는 인기척이 났지만 쥐 죽은 듯이 조용했다.

"이불은 구석에 쌓여 있으니까 알아서 써. 10시 소등이니까 다른 사람한테 폐 끼치지 않도록 하고. 그리고 화장실은 깨끗하게 써줘."

마유가 끄덕이자 요네다가 손을 흔들었다.

"돈은 미리 냈으니까 안심해. 그럼 난 갈게."

"요네다 씨, 일은?"

"마유가 사장님을 만나고 싶지 않다며? 만나서 얘기 나누고 싶어질 때까지 조금 쉬는 게 좋겠어."

요네다는 그렇게 말하고 곧장 셰어하우스를 나가버렸다. 하지만 이걸로 끝일 리가 없었다. 도망치면 어떻게 될까. 겨우 3천 엔 떼어 먹는다고 별일은 없겠지만.

마유는 자기 자리에 쌓여 있는 이불에 기대어 생각했다. 이불에서는 땀과 곰팡이 냄새가 났다. 앉아 있는 자리의 뒤와 오른쪽은 PVC 벽지가 발린 벽이고 왼쪽과 앞쪽에는 진한 회색의 암막 커튼이 쳐져 있었다. 조명은 천장의 형광등이 유일했는데 그마저도 위치가 나쁜 듯 빛이 별로 들어오지 않았다.

"여기 덥지?"

여자의 쉰 목소리가 바로 옆에서 들리자 마유는 놀라서 몸을 젖혔다. 옆 칸에 있는 여자가 말을 걸었다는 것을 깨닫기까지 잠시 시간이 걸렸다.

"네, 덥고 어두워요."

"어쩔 수 없지. 달리 갈 곳이 없으니까."

노파 같은 체념한 목소리였다. 상대방의 모습이 보이지 않는 것이 무서워 마유는 이불 더미에 숨듯이 몸을 웅크리고 물었다.

"저, 여기 오래 있었어요?"

"오래 있었지." 목소리가 답했다. "처음 들어왔을 때는 2층 남쪽 방을 혼자서 썼었지. 그다음에는 2층의 2인실로 갔다가 다시 3인실, 지금은 이 감옥 같은 곳이야. 돈이 없어지면 점점 등급이 내려가."

"여기 하루에 천 엔이에요?"

"나는 750엔이야. 고참이니까."

셰어하우스는 이런 곳인가. 어둑어둑한 천장을 올려다보자 마유는 눈물이 날 것 같았다. 리오나와 미토가 그리웠다. 그렇게 혐오했던 슈토마저도. 슈토를 돌봐야 하는 건 싫었지만 그 집에서는 화장실과 욕조를 직접 청소해서 깨끗하게 쓸 수 있었다. 주방에서 요리도 할 수 있었고 창밖으로는 하늘도 볼 수 있었다.

리오나와 싸우고 나와버렸지만 애초에 아무 데도 갈 곳 없는 자신을 슈토의 아파트에 데려가준 것은 리오나였다. 마유는 자기 발로 나온 주제에 버림받은 기분이 들었다.

마유는 리오나에게 사과하려고 스마트폰을 쥐고는 잠시 망설였다. "마유는 무슨 일만 있으면 바로 사과하는데, 그래놓고 또 금방 화내. 마유는 누구한테든 화만 내고 있어"라던 리오나의 말이 떠올랐다. 여기서 사과하면 또 같은 말을 들을 것 같았다. 그렇다면 리오나가 먼저 연락할 때까지 기다리자. 스마트폰을 내려놓자 손바닥에 땀이 고여 있었다.

마유는 곰팡이 냄새가 나는 이불 더미에 기대어 있는 사이 어느새 잠들고 말았다. 바로 옆에서 사람 목소리가 들려서 깜짝 놀라 잠에서 깼다. 순간 어디에 있는 건지 몰라서 혼란스러워진 마유는 눈앞의 암막 커튼을 보고 나서야 간신히 자기가 셰어하우스에 있다는 것을 깨달았다.

방을 나누고 있는 커튼 앞쪽에서 한 여자가 투덜투덜 화를 내고 있었다.

"흥, '너도 먹을래?' 라니. 누가 만졌을지도 모르는 그런 체리 누가 먹는다 그래. 더럽잖아. 나 바부 취급하는 거야? 너무하잖아."

혀 짧은 말투에 귀여운 목소리였지만 나이 든 아줌마가 젊은 여자인 척하는 걸로 들려서 어쩐지 기분 나빴다. 아무도 맞장구를 치지 않는 걸 보니 아무래도 혼자서 떠들고 있는 모양이었다.

마유는 바닥에 떨어져 있는 스마트폰을 주워들어 시간을 확인했다. 저녁 8시가 지난 시간이었지만 방이 어둑어둑한 데다 창문도 없어서 시간만 봐선 밤인지 낮인지도 알 수 없었다.

하지만 집 전체의 술렁거림에서 밤의 느슨함을 느낄 수 있었다. 이따금 계단을 쿵쿵 뛰어 올라가는 소리나 남자들의 낮은 목소리가 울려 퍼져 왠지 모르게 집 전체에 해방감이 느껴졌다.

그때 어디선가 잘게 썬 파 냄새와 함께 인스턴트 라면 냄새가 풍겨 왔다. 그 순간 마유의 배가 꼬르륵 울렸다. 커튼으로 대충 나누어진 좁은 방이니 그 소리가 다 들렸을 것이다. 마유가 창피함에 몸을 웅크리고 있자 왼쪽 커튼 밑에서 불쑥 손이 튀어나왔다.

"배고프지? 이거 먹을래?"

봉지에 든 빵이었다. 처음에 "여기 덥지?"라고 말을 건 여자였다. 손등의 주름은 목소리에서 느껴지던 나이가 틀리지 않았다고 말해 주는 듯했다.

"받아도 돼요?"

"괜찮아. 아직 어리니까 배가 금방 고파질 거야." 목소리가 웃었다.

"고맙습니다."

마유는 빵을 받아 가만히 베어 물었다. 편의점에서 흔하게 파는 치즈가 뿌려진 부드러운 빵이었다. 유통기한은 이틀 전에 지났지만 신경도 쓰지 않고 단숨에 먹어치웠다.

"고맙습니다. 잘 먹었습니다."

인사를 하자 "별 말씀을"이라고 고상한 대답이 돌아왔다.

"저기, 화장실은 어디에 있나요?"

이번에는 다른 목소리가 들렸다.

"1층 안쪽이야."

옆 칸 여자가 답하기 전에 앞쪽의 귀여운 척하던 여자가 경쟁하듯 답했다. 옆 칸 여자와 마유의 대화를 듣고 있었던 모양이었다.

"감사합니다."

마유는 인사를 하고 일어섰다. 방을 나가려면 아무래도 혀 짧은 여자의 공간을 지나지 않을 수 없었다.

"잠깐 지나가도 될까요?"

"괜찮아, 지나가."

여자는 달콤한 목소리로 승낙했다. 마유는 주뼛주뼛 커튼을 젖히고 여자가 있는 공간으로 들어갔다. 아까는 분명 깔끔하게 정리되어 있었는데 지금은 아무렇게나 벗어 던진 옷으로 발 디딜 틈도 없었다. 떡하니 놓인 짝퉁 명품 가방 옆에는 흰색 레이스 스커트와 검정 티셔츠, 금발 가발 등이 흩어져 있었다. 편의점 봉투 속에 주먹밥과 캔 맥주가 보였다.

"죄송합니다."

"괜찮아."

혀 짧은 소리를 내던 여자는 쇼트커트에 마른 체형의 중년 여성이었다. 그녀는 마유와 눈이 마주치자 생긋 웃어 보였지만 눈빛은 험상궂었다.

마유는 장지문을 열고 서둘러 복도로 나갔다. 2층에는 복도를 사이에 두고 네 개의 방이 있었다. 어느 방이든 마유가 있는 방처럼 커튼으로 칸을 나눠 여러 명이 묵고 있는 것 같았다.

남자들 방은 어딘지 살풍경하고 여자들 방은 어수선하게 물건이 넘쳐났다. 마유는 주위를 보지 않으려고 고개를 숙이고 걸었다.

한쪽 방에서 텔레비전 소리가 들렸다. 남자들의 웃음소리도 들리기에 복도에서 들여다보았다. 숙박객을 위한 거실로 사용되고 있는 듯 몇 명의 남자들이 텔레비전 앞을 차지하고 예능 프로그램을 보고 있었다. 개그맨이 뭔가 재미있는 이야기를 하자 일제히 웃음을 터뜨렸다. 노인들 틈에 섞여 서른 살쯤 되어 보이는 젊은 남자도 있어서 마유는 깜짝 놀랐다.

젊은 남자가 마유를 알아채고 손짓으로 불렀다.

"텔레비전 보고 싶으면 이리 와."

작업복인 듯한 회색 바지에 흰색 티셔츠를 입고 있는 남자의 팔에는 복잡한 문양의 문신이 있었다.

"아뇨, 괜찮아요."

"괜찮으니까 들어와. 콜라도 있어."

마유는 고개를 돌리고 잰걸음으로 자리를 떴다. 남자는 무서웠다. 남자는 싫었다. 남자한테는 무슨 일을 당할지 몰랐다.

라멘가게에서 그런 일을 겪은 이후 마유의 마음에는 타르처럼 거무칙칙한 얼룩이 들러붙어 떨어지지 않았다. 그런데도 JK 비즈니스를 하겠다니, 스스로 생각하기에도 모순적이기 짝이 없었다. 그것은 그만큼 궁지에 몰려 있다는 뜻이기도 했다. 마유는 대체 어떻게 해야 좋을지 알 수가 없었다.

화장실도 세면장도 남녀 공용이었다. 눈에 띄게 더러운 것은 아니었지만 결코 청결하다고는 할 수 없었다. 마유는 우울한 마음으로 많은 사람들이 신었을 욕실 슬리퍼를 바라보았다.

화장실에서 나오자 조금 전의 젊은 남자가 복도에 서서 기다리고 있었다. 짧은 머리에 햇볕에 그을린 피부, 눈썹에는 스크래치가 그어져 있었고 팔에는 꼭 해마처럼 생긴 용 문신이 있었다.

"아직 어린 게 이런 데나 오고, 어떻게 된 거야?"

언제 봤다고 다짜고짜 설교를 해대는 남자에 마유는 넌더리가 났다.

"그렇게 어리지 않거든요."

작은 목소리로 대답하고 피하자 남자는 순순히 보내주면서 굵은 목을 갸웃거렸다.

"아무리 봐도 어린앤데? 왜 이런 데 있어? 가출한 거 아냐?"

"금방 나갈 거니까 상관 마세요."

쓸데없는 참견에 화가 났지만 겉으로 드러내지 않으려고 힘껏 억눌렀다. 방에 들어가기 직전에야 물을 마시려고 했다는 걸 깨달았다. 하는 수 없이 세면장으로 돌아갔다.

문신을 한 남자의 모습이 보이지 않아서 마유는 안심하고 가만히 거실을 들여다보았다. 남자는 텔레비전 앞에 있는 마치 특등석 같은 소파에 앉아서 소심해 보이는 노인을 놀리고 있었다.

마유는 세면대에서 얼굴을 씻고 손바닥으로 물을 받아 마시고는 작은 손수건으로 얼굴을 닦았다. 오랫동안 빨지 않은 탓에 손수건에서는 불쾌한 냄새가 났다. 얼굴도 손도 몸도 마음도 모두 다 더러워진 듯한 느낌이 들어서 우울해졌다.

10시가 되자 팟 하는 소리와 함께 집 전체가 캄캄해졌다. 복도의 상야등 외에 조명이 켜진 곳은 없었다. 암막 커튼 안에서 각자 작은 손전등으로 볼일을 보거나 책을 읽고 있는 것 같았다. 마유도 스마트폰으로 동영상을 보다가 잠이 들었다.

6

다음 날 오전 요네다에게 전화가 걸려왔다.

"마유, 일어났어? 밥 먹으러 가자."

거실에서 기다리고 있자 요네다가 집 안으로 들어와 웃으면서 손을 흔들었다. 요네다는 어제와 똑같은 꾀죄죄한 흰색 바지 위에 검정색 탱크톱을 입고 있었다. 하얗고 가느다란 팔은 보잘것없어 보였다. 그러나 겨드랑이 털이 시꺼멓게 삐져나와 있는 것이 꼭 요네다의 생명력처럼 느껴져서 마유는 어쩐지 기분이 나빴다.

요네다와 마유는 시부야역 쪽으로 걷다가 비탈길 중간에 있는 우동가게로 들어갔다. 안쪽 테이블에 앉은 뒤 마유가 냉 우동을 고르자 요네다는 맥주에 따뜻한 우동을 주문했다.

요네다가 마유의 얼굴을 관찰하듯이 빤히 쳐다보았다.

"잘 잤어?"

"응."

"근데 거기는 프라이버시가 없잖아."

맞는 말이었지만 작은아빠네 집에 살 때는 이불 속을 제외하고는 자신만의 공간이 없었기 때문에 커튼이라고는 해도 칸막이가 있는 셰어하우스가 훨씬 나았다. 슈토의 집에서는 리오나가 소파에서 자고 미토와 마유는 마룻바닥에서 나란히 잤다.

"그래도 괜찮아."

작은 목소리로 대답하자 요네다가 맥주를 마시면서 말했다.

"마유, 너 착한 애구나. 난 네가 겁먹고 도망쳤을 거라고 생각했어."

요네다가 테이블 너머로 머리를 쓰다듬으려고 하자 마유는 반사적으로 고개를 뒤로 젖혔다. 헛스윙을 하게 된 요네다가 쓴웃음을 지었다.

"아직도 JK 비즈니스를 할 생각이야?"

"별로 하고 싶지는 않지만 돈이 없으니까."

"내가 할 말은 아니지만"이라고 말을 꺼낸 요네다는 쓴웃음을 지었다. "이 일은 다른 아르바이트보다 돈은 더 벌 수 있을지 몰라도 결코 만만한 일이 아니야. 돈을 벌려면 옵션을 더 해야 하기 때문에 결국엔 이런저런 일을 하는 수밖에 없어."

"이런저런 일이 뭔데?"

"이런저런 일이지."

"예를 들면 만지거나 하는 거?"

요네다가 목소리를 낮췄다.

"손으로 사정하게 하거나, 펠라티오를 하거나, 심지어 섹스까지. 뭐든 다 하는 거야. 하지 않으면 인기가 없거든."

마유의 얼굴에서 핏기가 가셨다. 안이하게 생각했다. 함께 거리를 산책하거나 노래방에 가거나 기껏해야 만지게 하는 정도라고 생각했던 것이다. 그렇게까지 하지 않으면 돈을 벌 수 없다는 건가. 그러면 매춘부랑 다를 게 없다. 리오나는 자세히 말해주지 않았지만 JK 비즈니스를 하면서 살아왔다고 했으니까 그런 옵션을 많이 넣어서 음란한 일도 했을 것이다.

"어떻게 하지?"

"음식점 같은 데도 있어. 어디든 마유가 일할 만한 곳이 있을 거야."

"하지만 시급 800엔으로는 그날 하루 버티는 게 고작이잖아. 난 내 방이 필요해."

점원이 테이블에 냉 우동을 올려놓자 마유는 나무젓가락을 쪼갰다.

"어라, 이런 데서 다 만나네."

갑자기 남자 목소리가 들려서 마유는 깜짝 놀라 고개를 들었다. 햇볕에 그을린 젊은 남자가 서 있었다. 눈부실 만큼 새하얀 셔츠와 새하얀 바지, 그리고 베이지색 재킷. 건달 느낌이 났지만 어딘지 모르게 촌스러웠다.

"이런, 미나미 씨가 여긴 웬일이세요?"

요네다가 놀라서 입을 반쯤 벌리고 있었다.

"옆에 앉아도 되지?"

남자는 친밀하게 요네다의 어깨를 두드리고 안쪽 자리로 가라는 듯 밀었다. 그리고 흥미진진한 기색으로 마유의 얼굴을 유심히 바라보았다. 점원이 가져온 물수건으로 손을 닦으며 남자가 요네다에게 "이 애야?" 하고 물었다.

"어제 전화 온 마유라는 애예요."

"그렇군. 귀엽게 생겼네. 이 정도면 무슨 일이든 줄 수 있지. 나이는?"

빠른 말투로 묻자 마유는 엉겁결에 대답했다.

"18살이에요."

"미자네? 근데 더 어려 보이는데? 닳지도 않았고. 인기 있겠어."

마유가 어지간히 수상쩍어 하는 표정을 짓고 있었는지 요네다가 설명해주었다.

"이쪽은 우리 프로덕션 사장님인 미나미 씨. 정말 우연히 만난 거야."

"맞아. 정말로 미리 짠 거 아니야. 어제 보고를 듣긴 했지만 이 건은 요네다한테 일임했으니까. 전혀 간섭할 생각이 없었는데 이렇게 우연히 만나게 될 줄이야."

미나미가 생글생글 웃으며 말했지만 마유는 곤혹스러워 고개를 숙였다. 요네다를 믿은 자신이 바보였다.

우동과 생맥주를 주문한 미나미가 루이비통 명함 케이스에서 명함 한 장을 꺼내 마유에게 건넸다.

"이거 내 명함이야. 잘 부탁해, 마유."

마유는 하는 수 없이 명함을 받아들었다. '미스토라 프로모션 대표이사 미나미 야스시게'라고 적혀 있었다. 요네다한테 받은 명함과 같은 회사명이었다.

"요네다가 혹시 이상한 소리 하지 않았어? JK 비즈니스는 만만하지 않다는 둥 하면서 겁주고 그랬지?"

막 나온 맥주잔을 입으로 가져가면서 미나미가 요네다 쪽을 턱으로 가리켰다.

"저 아무 말도 안했어요."

요네다가 실실 웃으며 맥주잔에 맺힌 물방울을 손가락으로 쓸어내렸다. 요네다의 손가락은 하얗고 끝이 가늘어 여자 손 같았다.

"이 녀석, 여자애들 스카우트하는 게 자기 직업이면서 이쪽 일 별로 안 좋게 보니까 분명 말했을 거야. 그렇지, 마유?"

미나미가 친근하게 마유의 눈을 들여다보았다. 미나미는 눈초리가 처져서 어딘가 애교 있는 얼굴이었다.

"뭐, 그랬던 것 같기도 하고……"

마유는 작은 목소리로 애매하게 답했다.

"역시, 그럴 줄 알았어." 미나미가 큰 소리로 말하고 옆에 앉은 요네다를 팔꿈치로 찔렀다. "마유는 아직 아마추어니까 그렇게 겁주면 못 써. 잘못된 정보를 주면 의욕이 사라져버리잖아. 업계의 손실이라고."

"그렇긴 하네요."

요네다가 턱을 내밀고 고개를 끄덕였다.

"사실 JK 비즈니스는 다 여고생을 엄청 좋아하는 사람들이 장사를 하고 있는 거야. 그래서 손님도 경영자도 본질은 같아. 다들 여고생의 팬인 거지. 19살이 되기 전의 여자애들은 단순히 귀여운 정도가 아니야. 이 세상 최고의 아름다움이라고 할 수 있어. 그대로 영구 동결 보존하고 싶을 정도라고. 그렇기 때문에 여자애들한테 심한 짓을 한다는 건 상상도 못 할 일이야. 그야 유흥업소나 포르노 같은 경우에는 우리가 봐도 불쌍하다 싶은 경우가 간혹 있긴

해. 하지만 우리가 하는 일은 달라."

우동이 나오자 미나미는 말을 끊고 나무젓가락을 쪼갰다. 우동을 몇 젓가락 건져 올려 기세 좋게 후루룩거리며 먹기 시작했다. 미나미는 "이거, 맛이 별론데"라고 요네다를 향해 동의를 구했지만 요네다는 아무 대꾸도 없이 우동을 먹으면서 테이블 위에 놓인 스마트폰을 보고 있었다. 미나미가 포기한 듯이 마유 쪽으로 몸을 틀었다.

"누차 말하지만 우리는 여고생을 이용하고 있는 게 아니야. 여고생을 우러러 받들고 여고생이 돈을 벌 수 있도록 돕고 있는 거랄까. 애초에 손님들도 다 여고생의 팬이기 때문에 다들 연애하는 마음으로 오고 있고 말이지."

"연애요?"

마유는 놀라서 엉겁결에 되물었다.

"그래, 그래." 미나미가 몇 번이나 고개를 끄떡였다. "손님들은 자기 취향인 귀여운 여자애랑 진심으로 연애가 하고 싶은 거야. 그래서 날라리 같은 스타일은 별로 안 좋아해. 금발로 염색하거나 매니큐어를 바른 화려한 애들은 전혀 인기가 없어. 어느 쪽이냐 하면, 좀 자심감이 없는 애들 있잖아. 다리가 굵거나, 팔에 난 털이 남들보다 짙거나, 그런 사소한 것에 콤플렉스를 느끼는 어디에나 있을 법한 여자애. 그런 애들이랑 연애하고 싶은 거야."

마유는 아연해서 먹는 것조차 잊고 있었다.

"근데 손님들은 다 나이가 많잖아요?"

아무리 그래도 또래 남자애들은 오지 않을 것이다.

"연령층은 다양하지만 주로 서른에서 마흔 사이가 많아. 앗, 그러고 보니 나도 그렇네."

미나미는 새삼 깨달았다는 듯이 껄껄 웃었다. 하지만 마유는 조금도 재미있지 않았기 때문에 따라 웃을 수가 없었다. 40대면 아빠랑 같은 또래다. 아빠 또래의 남자들과 연애를 한다니, 상상도 못 해본 일이었다.

"연애를 한다는 건 손님이 남자 친구가 된다는 거예요?"

마유의 질문에 미나미는 무척 기뻐하며 답했다.

"맞아. 손님들은 가게에서 귀여운 애를 보면 어떻게든 그 애의 마음에 들려고 애쓰는 거야. 그 과정이 즐거운 거거든."

"손님이 그 애를 목적으로 가게에 오잖아? 그러면 돈을 쓰는 거야."

요네다가 끼어들었다.

"그럼 아까 말한 옵션이란 건?"

마유가 묻자 요네다 대신 미나미가 답했다.

"그런 걸 기대하고 오는 손님도 없진 않아. 그도 그럴 게 그 애를 좋아하게 돼버렸으니까. 좋아하면 당연히 손도 잡고 싶고 키스도 하고 싶고 만지고 싶어지잖아. 그 수위가 점점 높아지는 건 당연해. 여고생들은 돈을 받은 만큼 그런 서비스를 해주면 균형이 맞는 거야. 수요와 공급의 관계니까."

마유는 고개를 갸웃거렸다. 뭔가 잘못됐다는 생각이 들었지만 잘 표현하기 어려웠다.

"인기가 없으면 아무것도 안 해도 되나요?"

"물론 안 해도 돼. 개중에는 정말로 기본적인 것만 하는 애들도 있어. 하지만 마유가 돈이 좀 필요하다 싶으면 손님한테 옵션을 권

하는 거야. 아무도 강요하지 않아, 이 일은."

"저 하기 나름이라는 건가요?"

마유가 묻자 "그렇지"라며 미나미가 손뼉을 치며 외쳤다. 그 소리가 너무 커서 가게 안에 쩌렁쩌렁 울렸다.

"미나미 씨, 목소리가 너무 커요."

요네다에게 주의를 받은 미나미가 창피한 듯 주위를 둘러보았다. 그 몸짓이 어수룩한 사람처럼 보였다.

"마유가 귀여워서 그만 열변을 토해버렸네." 미나미가 멋쩍은 듯이 말했다.

"진짜 미성년자는 좀처럼 보기 드무니까요. 보석 같은 존재예요. 업계 차원에서 소중히 여겨야죠."

요네다의 말에 고개를 끄덕이며 미나미는 생맥주를 한 잔 더 시키더니 마유에게도 물어봤다.

"마유, 콜라나 우롱차 마실래?"

"그럼 우롱차로 주세요."

우롱차를 주문한 미나미가 다시 마유 쪽으로 몸을 돌렸다.

"마유는 얼마쯤 벌고 싶어?"

"100만 엔 정도." 마유는 작은 목소리로 답한 뒤 덧붙였다. "방을 구할 수 있을 만큼."

"그 정도는 금방이야. 잘 버는 애들 중에는 하루에 20만 엔 버는 애도 있어."

미나미가 확신에 찬 어투로 말했다.

"하루에 20만 엔이나요?"

5일이면 100만 엔이다. 일주일만 일하면 방을 구할 수 있다. 꾹 참고 한번 해볼까? 마유는 마음이 동했다.

"물론 옵션을 죄다 넣어야지. 안 그럼 보통은 하루에 2만 엔 정도일 거야."

요네다가 걱정스러운 듯 끼어들었다.

"아니지. 최소 3만 엔은 확실해."

기세 좋게 설명하고 있던 미나미가 조금 머쓱해진 듯 정정했다.

"하지만 그 옵션 같은 걸 넣어야 된다는 거죠?"

마유가 걱정스러운 듯 묻자 미나미가 과장되게 손을 저었다.

"아니, 아니. 그렇지 않아. 그런 거 안 하는 애들도 있다니까. 왕창 벌지는 못해도 평범한 음식점 알바보다는 훨씬 많이 벌 수 있어."

그래도 매일 할 수는 없을 테니 적어도 3개월 이상은 해야 했다. 목돈을 손에 쥐는 게 얼마나 어려운지 깨닫자 마유는 정신이 아찔해졌다. 낙담한 마유에게 미나미가 말을 걸었다.

"이런 일을 하는 애들 얘기하면서 여성 빈곤이니 뭐니 떠들어 대는데 내가 듣기엔 웃기는 소리야. 그 애들은 전혀 가난하지 않아. 돈이 궁해서 이 일을 시작하는 애들은 거의 없어. 다들 손님이랑 이야기 나누는 게 즐거워서 오는 애들뿐이야. 이왕이면 유흥업소 같은 데서 돈도 왕창 벌고 싶지만 아직 나이가 어려서 위험하잖아. 그래서 이 일을 하는 거야."

"저는 돈이 궁해요."

마유가 불쑥 말하자 미나미가 몸을 쑥 내밀었다.

"그럼 당연히 해야지. 근데 마유네 집은 한 부모 가정이야?"

"한 부모요? 아닌데요."

마유가 고개를 젓자 미나미가 웃었다.

"아쉽네. 한 부모 가정에서 자란 애들은 화끈하다고 평판이 자자하거든. 그래서 한 부모 가정이라는 것만으로도 인기가 높아. 정말 이상한 세계지."

리오나와 미토도 편모 가정이라고 했다. 두 사람도 미나미 같은 남자에게 '한 부모 가정에서 자란 애들은 화끈해' 같은 말을 들었을까? 그건 차별이 아닌가?

리오나와 미토는 지금쯤 어떻게 지내고 있을까? 마유는 두 사람에 대해 생각했다. 둘이서는 슈토를 화장실에 데려가기도 힘들 텐데 어떻게 밥을 먹이고 화장실에 데려가고 있을까?

어지간히 멍하니 있었던 모양이었다. 얼굴 앞에서 좌우로 흔들리는 손을 깨닫고 마유는 퍼뜩 고개를 들었다. 요네다가 껄껄 웃고 있었다.

"마유, 정신을 어디다 두고 있는 거야?"

미나미가 물수건으로 테이블에 튄 소스를 닦으며 마유에게 말했다.

"저기, 마유. 아직 어떻게 할지 결정 못했으면 내 친구 중에 이번에 시부야에 가게를 내는 사람이 있거든."

"시부야? 별일이네요. JK 커뮤?"

요네다가 끼어들었다.

"어, 커뮤. 요즘 아키하바라나 이케부쿠로, 신주쿠 이쪽 애들만 잘나가고 있었는데 시부야에도 생기게 됐어. 마유, 거기서 한번 일해보지 않을래? 장소도 시부야가 낫지? 요네다한테 전화한 것도 이 일을 하고 싶어서 그런 거 아냐?"

"글쎄요. 어쩌지……" 마유는 당황해서 약지 손톱을 깨물었다. "저, 근데 커뮤가 뭐예요?"

"커뮤니케이션을 줄여서 커뮤. 개별 룸에서 손님을 만나는 시스템이야. 이야기를 하다가 마음이 맞으면 시간을 연장하기도 하고 따로 뭔가를 하기도 하고, 자기 마음이야. 손님한테 지명을 받아도 싫으면 쌀쌀맞게 굴어도 돼."

"쌀쌀맞게 굴어도 된다니……"

그런 게 가능할까? 말뿐일 게 뻔했다. 마유는 믿지 않았다.

"시험 삼아 한번 해봐." 미나미는 끈질겼다. "안 맞는 것 같으면 바로 그만둬도 되니까. 마유가 그만둔다고 해도 아무도 쫓아오거나 뭐라고 하지 않아. 이 업계는 이상할 정도로 야쿠자와는 관련이 없어. 그런 쪽 걱정은 안 해도 되니까 안심해."

"그렇지만 아까 요네다 씨가 이런저런 옵션을 하지 않으면 인기도 없고 돈도 못 번다고 했어요. 그러면 매춘부나 마찬가지잖아요. 나는 산책을 하거나 노래방에 가는 정도라고 생각했는데. 그런 게 아니라면 다시 생각해볼래요."

미나미가 난처한 기색으로 눈썹을 찌푸렸다.

"그러니까 아까도 말했잖아. 그런 애들도 있지만 그렇지 않은 애들도 많다고."

"얼마나 많은데요?"

마유가 묻자 미나미가 요네다를 노려보았다.

"이것 봐. 네가 거짓말만 하니까 마유가 망설이잖아. 너 책임지고 아니라는 걸 증명해."

"이것 참, 난감하게 됐네." 요네다가 쓴웃음을 지었다. "내가 겁을 좀 많이 췄나 본데 아무것도 안 하는 애들도 있어."

마유는 리오나의 의견이 듣고 싶어졌다. 주머니에서 스마트폰을 꺼냈다. 연락이 와 있으면 답장하는 척하며 물어볼 생각이었다. 하지만 문자도 카카오톡도 여전히 아무 연락이 없었다.

미나미가 허둥대는 느낌으로 말했다.

"마유, 그 점장 한번 만나 봐. 친구라고 하기엔 나이가 조금 많은 데 좋은 사람이야. 여자애들도 많이 의지하고 있으니까 뭐든 물어보면 도움이 될 거야."

스카우트인 요네다, 사장인 미나미, 그리고 JK 어쩌고 하는 곳의 점장까지. 많은 남자들이 자신을 설득하려고 다가온다. 마유는 언젠가 자신이 지고 말 것 같은 느낌이 들어서 견딜 수가 없었다.

7

"어라, 벌써 시간이 이렇게 됐네."

미나미가 손목시계를 보았다. 재킷 소맷부리로 들여다보이는 미나미의 시계는 번쩍거리고 비싸 보였지만 마유가 보기에는 너무 촌스러웠다.

"정말이네."

요네다가 스마트폰을 보고 동조하는 것이 묘하게 어색했다. 오후 3시가 지났으니 벌써 두 시간이나 이 우동가게에서 죽치고 있었던 것이다.

"귀여운 애랑 있다 보면 시간이 금방 지난다니까."

미나미가 마유의 눈을 보며 웃었다. 마유가 난처해서 시선을 피하자 미나미가 요네다에게 어리광을 부리듯이 말했다.

"마유, 완전 귀여워. 내가 따로 만나버릴까?"

"무슨 말을 하는 거예요? 안 돼요. 방금 전에 업계의 보석이니 뭐니 해놓고."

"그건 네가 말했잖아. '업계'는 됐어. 마유는 업계랑 상관없는 진짜 보석이야. 그것도 다이아몬드의 원석."

"그런가요? 다이아몬드 쪽이 낫네요."

미나미와 요네다는 둘이서 신나게 떠들어 대고 있었다.

"그럼, 난 가봐야 하니까 요네다는 마유한테 더 설명해줘. 필요하면 누구 여자애라도 하나 붙여서 상담해주든지 하고."

미나미가 계산서를 집으며 요네다에게 지시했다.

"그것도 괜찮겠네요. 알겠습니다."

미나미가 일어서면서 걱정스럽게 요네다를 내려다보았다.

"근데 너야말로 따로 만날 생각인 건 아니지? 왠지 안 좋은 이야기만 하는 게 수상해. 마유를 독차지하는 건 안 돼."

"그런 짓 안 한다니까요."

요네다가 자지러지게 웃었다. 그러자 무성한 겨드랑이 털이 드러났고 그것을 본 미나미가 놀렸다.

"그런 음란한 털 드러내고 그러는 거 아냐. 마유가 싫어하잖아. 마유는 소중한 보배니까 그런 더러운 털은 좀 감추라고."

요네다가 겨드랑이 밑을 가리듯이 팔짱을 끼고 소리 죽여 웃었다.

우동가게의 여자 점원이 마유의 얼굴을 힐끔힐끔 훔쳐보았다. 삐끼들에게 스카우트당하는 여고생이라고 눈치챈 게 틀림없었다. 마유는 빨리 여기서 벗어나고 싶어서 견딜 수 없었지만, 도망칠 수도 없었고 어떻게 해야 할지도 몰랐다.

"마유, 혹시 고기 좋아해?"

갑작스러운 미나미의 질문에 마유는 반사적으로 "네" 하고 답했다. 그러자 미나미가 곧바로 말을 이었다.

"잘됐다. 시부야에 가게를 낸다는 친구를 오늘 밤에 데려올 테니까, 다 같이 고기 먹으러 가자. 요네다, 이따가 리유엔으로 마유 데리고 와. 시간은 나중에 알려줄게."

아차, 당했다. 마유는 금세 후회했다. "알겠습니다"라고 요네다가 군인처럼 경례를 했다. 그 바람에 다시 겨드랑이털이 드러나자 요네다가 장난스럽게 왼손으로 겨드랑이 밑을 가렸다.

미나미가 떠난 뒤 요네다가 웃어 보였다.

"미나미 씨랑 우연히 만나게 돼서 정말 다행이야. 좋은 사람이지?"

"뭐, 그런 것 같네." 마유는 마음에도 없는 대답을 했다.

우연일 리가 없다. 마유가 사무실에 가지 않겠다고 완고하게 말했기 때문에 어젯밤부터 미리 짜고 여기서 만날 작정이었던 것이다. 아무리 어리다고 해도 그 정도는 눈에 보였다.

불신감을 감추지 않는 마유에게 요네다가 아첨하듯 말했다.

"마유, 옷은 필요 없어? 109에서 좀 사줄까? 반바지랑 티셔츠 같은 건 어때?"

작은아빠 집에서 나올 때 옷을 거의 챙기지 못했고 교복마저 슈토의 아파트에 놔두고 온 마유는 솔직히 마음이 동했다. 여름이니 갈아입을 옷은 많을수록 좋긴 했다.

대답을 망설이자 먼저 가게를 나선 요네다가 뒤를 돌아보았다.

"사양하지 않아도 돼. 유니클로나 H&M이라도 괜찮으니까."

미나미가 말했던 '다이아몬드 원석'이라는 말이 떠올랐다. JK 커뮤니케이션 가게에서 일하면 여고생을 좋아하는 남자들이 자신과 '연애'를 하고 싶다며 모여드는 걸까? 그리고 자신은 그 남자들을 옵션인지 뭔지로 조종해서 돈을 토해내게 하는 걸까?

하지만 그 배후에는 요네다나 미나미처럼 여자애들을 어른 남자와 만나게 하고도 아무렇지 않은 남자들이 있을 터였다. 도저히 할 수 있을 것 같지가 않았다. 마유는 고개를 옆으로 저었다.

"옷은 됐고, 그것보다 좀 피곤해서 쉬고 싶어."

요네다가 눈을 빛냈다.

"우와. 마유, 쉬고 싶어? 나랑 러브호텔에 가자는 거야?"

"아니. 셰어하우스로 돌아갈래."

단호하게 말하자 요네다가 투덜거렸다.

"내가 마유를 따로 만나면 사장님한테 죽겠지?"

아무래도 미나미와 요네다가 아까부터 말하는 '따로 만난다'는 것은 비즈니스를 하고 있는 남자와 여자아이가 가게를 통하지 않고 사귀는 것을 말하는 듯했다.

그들의 용어에 짐작이 간 마유는 '겐베'를 떠올리고 파르르 떨었다. 어른 남자와의 섹스는 상상조차 하기 싫었다.

"편의점에 들르고 싶은데."

마유가 패밀리마트를 가리키자 요네다가 스마트폰을 꺼냈다.

"다녀와. 난 여기서 기다릴 테니까."

아무래도 셰어하우스까지 데려다주고 점장과 만날 시간이 될 때까지 지키고 있을 생각인 것 같았다. 도망치는 것은 불가능해졌다.

마유는 초조해하며 편의점에 들어갔다. 옆 칸 여자에게 받은 빵을 갚을 생각이었다. 빵 선반에서 어제 받은 빵과 비슷한 치즈가 뿌려진 빵을 골라 계산했다. 편의점은 냉방이 잘 되어 있어서 상쾌했다. 여기서 나가고 싶지 않았다. 밖을 보니 요네다가 출입문 옆에서 담배를 피우며 마유를 보고 있었다.

셰어하우스에 도착하자 요네다는 거실을 가리켰다.

"난 저기에서 기다리고 있을 테니까 마유는 방에서 쉬어. 좀 자두는 게 좋을 거야. 분명 술판이 벌어질 거니까."

눈썹을 어색하게 갈색 펜슬로 그린 여자가 나타나 마유의 스니커즈를 안쪽 신발장에 넣었다. 신발장에는 열쇠가 채워져 있었다. 마유를 놓치지 않기 위해 여자에게 미리 알아듣게 말해놓은 것 같았다. 마유가 외출하지 않아서 몰랐을 뿐 아마 어젯밤부터 마유의 신발은 열쇠가 잠긴 신발장에 감춰져 있었을 것이다.

요네다는 자신의 집처럼 익숙한 태도로 거실에 들어가더니 식탁에 팔꿈치를 괴고 스마트폰을 꺼냈다. 마유는 그 모습을 곁눈질로 보고 2층으로 올라갔다.

네 등분된 방의 앞쪽 칸에 사는 두 사람은 부재중이었다. 마유 바로 앞 칸의 여자도 없었다. 마유는 암막 커튼을 젖히고 여자의 공간을 지나갔다. 여자가 있던 곳은 역시 깨끗하게 정리되어 있었지만 나무젓가락이 들어 있는 컵라면 용기가 놓여 있었다.

옆 칸의 늙은 여자는 자리에 있는 듯했지만 여전히 쥐죽은 듯 조용했다. 뭘 하고 있는지 가끔 스윽스윽 종이를 접는 듯한 소리만 들렸다.

"저기, 어제는 감사했습니다."

마유는 인사를 건넨 다음 암막 커튼의 틈으로 편의점 봉투째 빵을 밀어 넣었다. 순간 어리둥절하다는 듯한 침묵이 있었지만 이내 여자의 쉰 목소리가 들렸다.

"어머, 이거 받아도 되니?"

"네, 어제는 감사했어요. 정말 맛있었어요."

"그럼 사양하지 않을게."

갑자기 암막 커튼 자락이 들리고 여자의 손가락이 뭔가를 내밀었다. 개별 포장된 목캔디였다.

"답례"라는 짧은 말이 뒤따랐다.

"고맙습니다." 마유는 목캔디를 받아들었다.

얼마 안 있어 부스럭부스럭 빵 봉지를 여는 소리가 났다. 여자는 어지간히 배가 고팠는지 마유에게 받은 빵을 곧바로 먹기 시작했다. 달콤한 냄새가 마유가 있는 곳까지 풍겼다.

"이런 걸 새우로 도미를 낚는다고 하지."

고상한 말투였다.

"그거 무슨 뜻이에요?"

여자는 마유의 질문에는 답하지 않고 빵을 씹으면서 말했다.

"넌 의리가 있는 애니까 충고 하나 해줄게."

"무슨 말이에요?"

"빨리 도망치는 게 좋아."

예상하지 못한 말에 마유는 놀랐다.

"어디에서요?"

"무슨 말인지 모르겠어? 널 여기에 데려온 사람한테서 도망치라는 말이야."

어제는 요네다가 방 앞까지 데려다 주었다. 옆 칸 여자는 요네다를 관찰하고 있었던 걸까.

"왜요?"

"이상한 남자거든." 여자는 웃었다.

그래. 지금 도망쳐야 한다. 그렇지 않으면 미나미나 그 친구라는 점장에게 등 떠밀려 좋든 싫든 JK 비즈니스를 하게 될 것이다. 처음에는 이야기를 나누는 것뿐이겠지만 머지않아 몸을 보여주거나 만지게 하거나 싫은 일을 강요당하기 시작할 것이다. 아무리 거부해도 상대방은 돈을 냈으니까 뭘 해도 좋다고 생각한다면? 내가 그것을 견딜 수 있을까? 마유는 스스로에게 물었다. "관둬. 마유는 안 맞아." 문득 리오나의 말이 떠올랐다.

"그럼, 갈게요. 고마워요."

옆 칸 여자는 더 이상 아무 말도 하지 않았다. 조용히 빵을 삼키는 소리만 났다. 마유는 배낭을 등에 메고 일어섰다.

앞쪽 암막 커튼을 밀어 젖히고 복도로 나왔다. 마유는 어디로 도망쳐야 좋을지 망설였다. 요네다가 있는 거실을 지나지 않아도 현관으로 나갈 수는 있었다. 하지만 현관 옆 작은 방에는 눈썹을 그린 여자가 있었다. 마유의 스니커즈를 볼모로 잡은 채.

낯선 중년 남자가 방 앞에 멈춰 서서 망설이고 있는 마유를 보고 의아한 표정을 지었다. 남자가 말이라도 걸면 거실에 있는 요네다에게 목소리가 들릴 것이다. 마유는 발소리를 죽이고 서둘러 계단을 내려갔다. 화장실로 도망칠 생각이었다.

오른쪽 거실을 지날 때 흘끗 안을 들여다보았다. 요네다는 식탁 앞에 앉아서 스마트폰에 열중하고 있었다. 다행히 마유가 지나간 것을 눈치채지 못한 것 같았다.

마유는 화장실에 들어가 세면대 위쪽에 붙어 있는 작은 들창을 활짝 열었다. 옆집 담장이 바로 옆까지 바짝 붙어 있었다. 마유는 먼저 배낭을 밖으로 떨어뜨린 다음 겨우 밖으로 나왔다.

셰어하우스 건물과 옆집 담장 사이에는 어른이 한 사람 지나갈 수 있을까 말까한 정도의 틈밖에 없었다. 마유가 화장실 슬리퍼를 신은 채 좁은 담장 옆 통로에 내려서자 도둑고양이가 깜짝 놀라 돌아보았다.

배낭을 손에 들고 낙엽으로 뒤덮인 통로를 따라 정원으로 나온 마유는 정원수에 몸을 숨기며 겨우 대문 밖으로 빠져 나왔다. 대체 지금 뭘 하고 있는 건지 웃음이 새어나왔다. 자신이 먼저 전화를 걸어 스카우트를 불러들여 놓고 도망치다니. 리오나가 들으면 뭐라고 할까. "그러니까 마유한테는 안 맞는다고 했잖아"라며 웃을 게 뻔했다.

조금 걷자 상점가가 나왔다. 화장실 슬리퍼라 걷기 불편했지만 양말만 신고 걷는 것보다는 나았다. 다만 사람들이 힐끔힐끔 발을 쳐다보는 것이 싫었다. 이러다 경찰이라도 마주치면 큰일이다. 마유는 서둘렀다.

"무슨 일 있었니? 괜찮아?"

줄무늬 티셔츠를 입고 유모차를 끌고 있던 젊은 엄마가 놀란 듯이 마유의 발을 가리켰다.

"도둑맞았어요." 마유는 거짓말을 했다.

"저런, 안됐구나. 발바닥 안 아프니?"

"아프고 걷기도 힘들어요."

젊은 엄마가 상점가를 돌아보며 가리켰다.

"저쪽에 샌들이랑 슬리퍼 파는 가게가 있어."

젊은 엄마가 오래된 신발 가게를 알려주었다. 가게 앞에 먼지를 뒤집어 쓴 싸구려 샌들과 나란히 합성수지로 된 슬리퍼가 놓여 있기에 300엔을 주고 샀다. 화장실 슬리퍼는 신발을 샀을 때 받은 봉투에 담아 쓰레기통에 처넣어버렸다.

그때 스마트폰에 메시지가 왔다는 알람이 울렸다. 리오나다. 리오나가 틀림없어. 마유는 놀라고 또 기쁜 마음에 스마트폰을 얼른 보았다.

마유, 어떻게 지내? 문제가 생겼어. 돌아와.

바로 갈게. 미안.

마유는 스마트폰으로 지도 어플을 보면서 슈토의 아파트로 향했다.

제4장

파탄

1

마유가 이쪽으로 오겠다고 했다. 어젯밤에는 어디서 뭘 했을까? 리오나는 마유에게서 온 카카오톡을 떠올리고 쓴웃음을 지었다.

내가 또 사과한다고 리오나는 화내겠지?
하지만 어제는 정말 미안했어. 반성하고 있어.
근데 문제가 생겼다니 무슨 일이야?

리오나는 소파 위에서 몸을 웅크린 채 신음하고 있는 미토를 쳐다보았다.
"배 아직도 아파?"
"아파."
미토는 아랫배를 누르며 쥐어짜는 듯한 목소리로 말했다. 어젯밤 늦게 조금 출혈이 있었다고 하더니 오늘 오후에는 상당한 양의 피를 흘렸다고 했다. 리오나는 유산이 아닐까 걱정스러웠다.

"얼마나 아픈데? 생리통 같은 거야?"

미토가 고개를 들지 않고 진지한 목소리로 답했다.

"생리통이 없어서 모르겠어. 어쨌든 점점 심해져. 너무 아파."

"조금만 기다려. 마유가 곧 돌아온다니까, 같이 병원에 가자."

미토가 고통으로 일그러진 얼굴을 들었다.

"마유가 돌아온대?"

"응. 미안하다고 사과하더라."

"뭐야, 걔? 리오나가 애써 여기에 머물게 해줬는데 그렇게 화내고 뛰쳐나간 주제에 다시 돌아온다고? 우리 둘이서는 슈토를 전혀 케어할 수 없어서 힘들었는데. 그래놓고 뻔뻔하게 다시 돌아온다니."

미토, 너야말로 억지로 비집고 들어온 거잖아. 마유와 둘뿐이었다면 슈토도 참아줬을 텐데. 더구나 슈토를 '케어'한다는 말이 나오다니. 슈토가 쇠약해져서 죽으면 어떡하냐고 걱정했을 때는 "그딴 거 내버려두면 되잖아"라고 내뱉었던 주제에.

하지만 복통으로 괴로워하는 미토가 불쌍해서 리오나는 아무 말도 할 수 없었다.

"뭐 어때. 마유는 아직 아무것도 모르는 어린애잖아."

미토는 핏대가 선 이마에 땀을 흘리며 불평을 늘어놓았다.

"어린애라고? 리오나는 물러 터졌어. 난 마유처럼 고생 모르고 자란 애는 딱 질색이야. 엄마랑 아빠도 다 있고 학교 다니는 게 당연한 줄 아는 애잖아. 우리처럼 엄마한테 방치당하기라도 했음 좋겠어. 리오나는 엄마 남편한테 성폭행까지 당했잖아. 그것도 오랫

동안."

그런 말까지 할 필요는 없잖아. 왜 떠올리기 싫은 일을 굳이 말하는 거야?

리오나는 소꿉친구인 미토가 하는 말에 반감이 들었다. 미토의 마음속에는 성장 환경이 다른 마유에 대한 미움이 자리 잡고 있는 것 같았다. 리오나는 배가 아프다고 하면서도 마유의 험담을 멈추지 않는 미토의 작은 등을 바라보았다.

"그렇지만 마유네 부모님도 마유를 버리고 어딘가로 가버렸잖아. 벌써 돌아가셨을지도 모른다고 저번에 그러더라. 불쌍하다는 생각 안 들어? 게다가 마유는 아르바이트하던 곳에 속아서 성폭행까지 당했어. 성 경험도 없는 애가 그런 짓을 당한 거라고. 걔는 너무 심한 충격을 받아서 남자가 무서워가지고 어쩔 수가 없는 거야."

"나도 그건 불쌍하다고 생각해. 나처럼 남자한테 익숙한 몸도 아니었으니까." 미토는 비지땀을 흘리며 히죽 웃더니 곧바로 다시 몸을 웅크렸다. "아파."

리오나는 아파하는 미토가 걱정스러웠다.

"미토, 아직도 출혈이 있어?"

"응. 기저귀를 차야겠다 싶을 정도야."

"그거 위험한 거 아니야? 너 아무래도 유산인 것 같아."

"그럼 잘됐지 뭐."

"뭐가 잘돼?"

"굳이 낙태할 필요 없잖아."

"너 바보니?"

미토의 고약한 농담에도 리오나는 웃을 수 없었다. 벌써 저녁 시간이라 응급실에 가야 할 것이다. 산부인과도 응급실이 따로 있나? 어디로 데려가야 하지? 리오나가 허둥대며 스마트폰으로 검색하기 시작했을 때였다.

"우어어어!" 갑자기 울부짖는 듯한 큰 소리가 나더니 뒤이어 격렬하게 문을 차는 소리가 들렸다. 슈토였다. 문이 부서질 듯한 큰 소리에 리오나와 미토는 저도 모르게 얼굴을 마주보았다.

"또 그러네. 밖에 들리면 어떡하지?"

미토는 애가 타는지 기도하는 듯한 몸짓을 했다. 전에 쓰레기장에서 만난 주민이 묘한 얼굴로 쳐다본 것 때문인지 미토는 이웃의 반응에 예민하게 굴었다.

사실 미토의 몸 상태 외에도 문제는 더 있었다. 어젯밤부터 슈토가 손을 쓸 수 없을 정도로 날뛰기 시작한 것이다. 서너 시간 간격으로 간헐천이 뿜어져 나오듯이 사납게 날뛰었다. 리오나는 서둘러 창고 방으로 달려가 문 밖에서 속삭였다.

"슈토, 제발 부탁이니까 조용히 해."

"살려줘!"

슈토가 큰 소리로 외쳤다. 창고 방에는 창문도 없고 아파트 자체의 방음도 잘 되어 있긴 했지만 이렇게 큰 소리를 내면 목소리가 밖으로 새어나갈지도 몰랐다. 리오나는 손바닥으로 문을 세게 쳤다.

"소란 피우지 마. 물도 안 주고 밥도 안 줄 거야!"

잠시 침묵이 흘렀지만 슈토는 다시 외치기 시작했다.

"살려줘! 누가 좀 도와줘!"

창고 방은 현관에서 가깝기 때문에 리오나는 조마조마한 마음이 들었다.

"슈토, 계속 그러면 배트로 마구 때릴 거야!"

"죽어도 상관없어. 차라리 죽여줘! 괴롭단 말이야! 빨리 죽여
줘!"

"뭐가 그렇게 괴로운데?"

"몸이 힘들어. 제발 나 좀 살려줘."

문득 슈토가 불쌍해진 리오나는 문을 열어줄까 망설였다. 하지
만 문을 열면 그걸로 끝이었다. 슈토는 자신들을 죽일지도 몰랐다.
이것은 이미 '감금 플레이'의 단계를 넘어선 것이다.

"살려줘!"

슈토가 다시 문을 쿵쿵 찼다.

"그럼 죽어. 더 이상 소란 피우면 두 번 다시 물도 주지 않고 밥
도 주지 않을 거야. 그대로 굶어 죽으면 되겠네."

리오나의 협박에 슈토가 울면서 소리쳤다.

"어차피 어제 점심부터 아무것도 안 줬잖아. 이대로라면 진짜 죽
고 말 거야. 살려줘, 리오나."

맞는 말이었다. 마르고 몸집이 작은 리오나와 미토 둘이서는 슈
토를 화장실에 데려가는 것도 불가능했다. 묶여 있다고 해도 슈토
라면 간단히 자신들을 나가떨어지게 할 수 있을 것이다. 발로 차거
나 몸을 부딪쳐 오면 끝장이었다.

게다가 어젯밤부터 미토의 상태가 나빴기 때문에 슈토에게는 아
무것도 해줄 수 없었다. 슬슬 한계라는 것을 알고 있었지만 리오나
는 도저히 어떻게 해야 할지 알 수가 없었다.

"물이라도 줘. 안 그러면 더 소란 피울 거야."

슈토가 문을 힘껏 발로 찼다. 발이 더 아플 것 같은 소리였다. 그런 다음 바닥에서 점프라도 하는지 쿵쿵거리는 소리를 내고 있었다. 아래층 사람이 당장이라도 쫓아 올라올 것 같아 리오나는 초조해서 견딜 수 없었다.

"그만하라고 했잖아."

"싫어."

"그럼 죽어. 빨리 죽어버려."

갑자기 크게 입을 벌리고 웃는 소리가 들렸다. 한 번도 들어본 적 없는 새된 목소리였다. 슈토가 결국 실성해버린 걸까? 리오나는 섬뜩해져서 문 앞에 우두커니 서 있었다.

다시 애원하는 목소리가 들렸다. 슈토는 울고 있는 것 같았다.

"부탁이야, 제발 살려줘. 나 더 이상 못 버텨. 리오나, 어제는 컴퓨터도 넣어준다고 했잖아. 이제 컴퓨터도 필요 없으니까 물 좀 줘. 나 오줌도 안 나와."

"아무것도 안 하면 물 줄게."

"안 해. 약속할게."

하지만 결심이 서지 않았다.

"조금만 기다리면 반드시 줄 테니까 조용히 있어. 조용히 하지 않으면 도와줄 수 없어."

슈토는 좀 이상해진 것 같았다. 다시 악을 쓰는 소리가 들려왔다.

"누가 좀 살려줘!"

"조금만 더 기다리라니까."

"안 기다릴 거야!"

"부탁이니까 좀 기다려. 내가 어떻게든 할 테니까."

"내 집에 멋대로 들어와서 돈까지 훔치더니, 남은 건 날 죽이는 것뿐이야?"

"아니야!" 리오나는 외쳤다. "갈 곳이 없었을 뿐이야. 그래서 여기 있게 해주길 바랐는데 네가 날뛰어서 이렇게 된 거잖아!"

"리오나 혼자라면 괜찮아. 그러면 나도 신이 될 수 있었다고! 그런데 리오나가 이상한 친구들을 불러들여서 이렇게 된 거잖아!"

"신이라니 무슨 말이야?"

리오나가 묻자 슈토가 비웃었다.

"너희처럼 돈 없는 여자들을 재워주는 기특한 남자를 말하는 거야."

"기특하다고?"

리오나는 화가 났다. 교환 조건으로 플레이나 섹스를 요구할 땐 언제고 이제 와서 무슨 소리란 말인가.

"진짜 형편없는 새끼네. 그냥 죽어버려. 나도 이제 몰라."

자신도 놀랄 만큼 냉혹한 목소리가 나왔다. 갑자기 슈토가 조용해졌다. 지쳤는지 큰 한숨 소리만 들렸다. 리오나는 신경질이 나서 창고 방 앞을 떠났다.

마유가 빨리 돌아오지 않으면 슈토를 돌보는 것도 힘들고 미토를 병원에 데려갈 수도 없었다.

인터폰이 울렸다. 모니터를 들여다본 리오나는 불안한 듯 주위를 힐끔거리는 마유의 모습을 확인하자 안심이 되었다. 현관문을 활짝 열고 복도로 몸을 쑥 내민 채 마유가 올라오는 것을 기다렸다.

청바지와 티셔츠에 배낭. 어제와 똑같은 차림을 한 마유가 모습을 나타냈다. 마유는 리오나가 기다리고 있는 것을 보고 쑥스러운 듯 손을 흔들었다.

"리오나, 미안해. 나 때문에 힘들었지?"

마유는 그렇게 말하면서 현관으로 슬쩍 들어왔다.

"괜찮아. 돌아왔으면 다시 친구야."

마유의 얼굴을 본 순간 어째서인지 모든 것이 다 용서되었다. 마유의 상처 받은 몸과 마음이 손에 잡힐 듯 보였기 때문이다.

"시부야에서 걸어오느라 좀 늦었어."

마유가 변명했다. 고작 130엔밖에 안 하는 교통비까지 아끼고 있는 것이다.

"신발은 어떻게 된 거야?"

리오나는 마유가 벗어놓은 슬리퍼를 보면서 물었다. 마유가 저런 걸 가지고 있었던가? 하지만 마유는 사정을 밝히기를 주저했다.

"그 이야기는 나중에 할게."

"알았어. 그보다 빨리 좀 도와줘."

리오나는 마유의 등을 떠밀었다.

"뭔데? 슈토 일이야?"

마유는 슈토가 갇혀 있는 창고 방을 살피며 물었다. 조금 전의 광란이 거짓말이었던 것처럼 아주 조용했다.

"그것도 문제지만 아무래도 미토가 유산한 것 같아."

"정말이야?"

마유는 서둘러 거실 문을 열고 누워 있는 미토에게 말을 걸었다.

"미토, 미안해. 나 때문에 힘들었지? 그나저나 배가 아프다면서?"

미토는 아랫배를 양손으로 누른 채 애처로운 표정으로 돌아보았다.

"어떡해. 미토, 너무 아파 보여."

마유가 소파 옆으로 달려갔다.

"응, 걱정해줘서 고마워."

미토는 기분이 다 풀린 것처럼 대답했다. 하지만 앞에서는 심한 말을 못 해도 뒤로는 늘 태도가 달랐기 때문에 미토의 진짜 속마음은 알 수가 없었다.

2

그 순간 인터폰이 울렸다. 깜짝 놀란 리오나는 거실 문 옆에 있는 모니터까지 달려갔지만 화면에는 아무것도 비치지 않았다.

'누구?'

소파에 모로 누운 미토가 얼굴만 들고 입모양으로 물었다. 리오나는 말없이 고개를 저었다.

방문객이라면 먼저 건물 입구의 인터폰으로 해당 호수를 호출한다. 그러면 자동으로 얼굴이 뜰 텐데 어떻게 된 일일까? 고개를 갸웃거리고 있자 다시 인터폰이 울렸다.

"집 앞에 있는 거야."

마유가 리오나의 귓가에 속삭였다. 과연, 그런 거구나. 확실히 공동 현관 인터폰과는 소리가 달랐다. 잠겨 있는 공동 현관을 열 필요가 없다면 아파트 주민일 것이다.

슈토가 소란을 피우며 구조를 요청한 소리가 너무 커서 이웃 주민이 상황을 살피러 온 것일지도 모른다. 우려했던 일이 현실이 되었다.

"위험한 거 아냐?"

미토가 겁먹은 얼굴을 했다.

"쉿!" 리오나는 미토를 조용히 시켰다.

세 사람은 긴장한 채 몇 분 동안 꼼짝 않고 있었다. 그러는 사이 문 앞의 사람이 포기했는지 벨은 더 이상 울리지 않았다.

"아아, 다행이다. 이럴 때 저 자식이 또 소란 피우면 어떡하나 초조했어."

"슈토가 소란 피웠어?"

아무것도 모르는 마유가 불안한 얼굴로 물었다. 리오나가 대답하기 전에 미토가 답답하다는 듯이 말했다.

"어젯밤부터 이상해졌어. 살려달라고 소리치고 문을 발로 뻥뻥 차고. 미친 사람처럼 날뛰어서 옆집에서 쫓아올까 봐 조마조마했다니까. 그러다가 또 한동안은 쥐 죽은 듯이 조용해져서 완전 기분 나빴어. 마유가 오기 직전에도 난리가 났었어. 바닥을 쿵쿵 구르지를 않나. 기운도 좋다니까. 빨리 죽어버리면 좋을 텐데."

리오나는 이런 소리를 아무렇지 않게 하는 미토에게 넌더리가 났다.

"슈토가 죽으면 곤란한 건 우리야. 다들 살인범이 되는 거라고. 그래도 좋아?"

"좋을 리 없잖아. 어떻게 해야 할까?" 마유가 고민하는 듯했다.

"마유가 나가고 난 뒤로는 물도 안 주고 음식도 안 줬어. 우리 둘이서는 무리니까. 화장실도 못 데려갔어."

리오나의 말에 마유가 "그건 좀 안 됐다"라고 중얼거리자 미토가 화를 냈다.

"이게 다 마유가 나가서 그런 거잖아. 배트로 때린 것도 마유였지? 말해두는데 슈토가 죽으면 다 마유 탓이야."

마유가 고개를 푹 숙였다.

"그럴지도 몰라."

"마유는 꼴에 금방 뚜껑이 열려버리니까."

미토가 울분이 쌓였다는 듯 불만을 말하자 마유도 기분이 상했는지 입을 다물어버렸다.

리오나는 ATM에서 찾은 슈토의 돈을 지갑에서 꺼냈다.

"미토, 마유랑 같이 병원에 다녀와. 마유 스마트폰에 병원 홈페이지 주소 보내 놓을 테니까."

"어? 리오나가 같이 가주는 거 아니었어?"

미토는 지금 막 자신이 몰아세운 마유와 같이 가라는 말을 듣고 당황한 듯 말했다.

"좀 걱정되니까 나는 여기 있을게."

"뭐가 걱정되는데?"

마유가 영리해 보이는 눈빛으로 물었다.

"슈토 상태가 이상하니까, 이야기 좀 해보려고."

"혼자서 괜찮겠어?"

리오나는 마유의 질문에 뭐라고 답해야 할지 몰랐다. 무슨 일이 일어날지 상상조차 할 수 없었다. 하지만 지금 이 때를 놓치면 큰일이 일어날 것 같은 느낌이 들어서 가만히 있을 수가 없었다.

"그럼 갔다 올게."

미토는 마유의 부축을 받으며 배를 누른 채 걱정스럽게 돌아보았다.

"리오나, 밖에 아무도 없겠지?"

조금 전 인터폰을 누른 사람이 어둠 속에서 지키고 서 있을지도 모른다고 생각한 걸까? 마유가 재빨리 문을 열어 복도를 내다보고 돌아왔다.

"아무도 없어."

역시 마유는 배짱도 있고 기지도 있었다. 리오나는 마유가 돌아와서 진심으로 안도했다.

마유와 미토가 나가고 나자 집이 갑자기 조용해졌다. 슈토를 감금한 뒤부터 매일같이 들려오던 투덜거림도, 코고는 소리도, 걸어 다니는 소리도, 아무 소리도 나지 않았다.

리오나는 창고 방 문 앞에 서서 귀를 기울였다. 역시 아무 소리도 들리지 않았다. 그새 죽어버린 건 아닐까. 순간 불안해진 리오나는 방을 들여다볼까 고민했다. 하지만 갑자기 달려들까 무서워서 도저히 문을 열 수가 없었다.

"슈토, 어떻게 된 거야? 조금 전의 기세는 다 어디 갔어?"

작은 목소리로 물었지만 대답은 없었다. 만에 하나 감금당한 채 슈토가 죽어버리면 자신은 어떻게 해야 좋을까?

슈토를 만난 것은 반년 전, 리오나가 아키하바라에 있는 'JK 산책' 가게에 있을 때였다.

슈토는 여고생들 사이에서 평판이 나빴다. '변태 주제에 돈이나 깎는 재수탱이'라고 불리고 있었는데, 어린 여자의 침을 마시고 싶

어 하는 마조히스트인 데다 엄청 쩨쩨한 것으로 유명했다. 쩨쩨한
남자들은 대부분 처음부터 여자애들을 깔보고 멸시했다. "돈이 필
요해서 이런 짓을 하고 있는 거잖아" 같은 소리를 해대면 다들 싫
어하는 게 당연했다. 진심으로 좋아서 하고 있는 게 아닌 만큼 더
욱 노동에 대한 대가는 제대로 받아야 했다.

게다가 슈토는 도쿄대에 다니는 것을 늘 자랑했다. 학생증을 과
시하며 거만하게 굴기 때문에 슈토가 오면 다들 피했는데, 당시에
는 100kg 가까이 나가는 뚱보였기 때문에 더욱 미움받고 있었다.

하지만 리오나는 슈토를 상대하기 편한 손님이라고 생각했다.
시킨 대로 침을 마시게 해주고 긴 양말에 학생용 구두를 신고 여기
저기 밟아 주기만 하면 충분했다. 뚱보든 잘난 척을 하든 아무래도
상관없었다. 새아빠 같은 남자보다 몇 배는 낫다고 생각했다.

그래서 원하는 대로 전화번호도 알려주고 카카오톡 계정도 알려
주었다. 아무 데도 갈 곳이 없다고 털어놓았더니 자기 집에서 자도
된다고 하기에 그대로 눌러 살기 시작한 것이다. 슈토는 별로 좋은
사람은 아니었지만 그렇다고 해서 죽어도 싼 건 아니었다. 아무리
그래도 그건 아니었다.

창고 방 앞에서 우물쭈물 망설이고 있자 마유에게서 카카오톡이
왔다.

> 미토는 계류유산이래.(계류가 무슨 뜻인지는 모르겠지만.)
> 아직 배 속에 태아가 남아 있어서 며칠 입원해야 될 것 같아.
> 수술이 끝날 때까지 옆에 있을게.

이 상태라면 마유도 당분간 돌아올 수 없을 것이다. 리오나는 냉장고에서 생수가 들어 있는 페트병을 꺼내 창고 방 앞으로 갔다. 무슨 일이 있어도 자기 혼자 책임질 각오를 다지고 리오나는 큰맘 먹고 창고 방 자물쇠를 열었다.

"슈토, 괜찮아? 물 가져왔으니까 문 열게."

방은 깜깜했고 숨 막힐 듯한 악취가 코를 찔렀다. 환기가 되지 않은데다 땀과 오줌과 토사물 냄새가 뒤섞여 숨도 쉴 수 없을 정도였다. 안이 잘 보이지 않아서 불을 켰더니 슈토가 바닥에 쓰러져 있는 것이 보였다. 위액 같은 것을 토했는지 입 주변이 엉망이었다.

방 안이 더운데 물도 주지 않아서 일사병에 걸린 것 같았다. 이대로 내버려두면 정말로 죽고 만다. 리오나는 초조해져서 패닉 상태에 빠졌다. 마유에게 급히 카카오톡으로 메시지를 보냈다.

슈토가 의식불명이야.
바로 구급차 부를 거니까 빨리 돌아와줘.
이 집에서 철수해야 할 것 같아.

철수라는 말이 나올 줄은 몰랐다. 하지만 혼자서 모두의 흔적을 지우고 짐까지 들고 나가는 것은 불가능했다. 곧바로 마유에게서 답장이 왔다.

구급차? 빨리 갈게.
그런 놈이라도 죽으면 곤란해.

당연하지. 나도 싫어. 곤란하다고. 리오나는 우는 것도 웃는 것도 아닌 표정으로 옷이며 칫솔이며 닥치는 대로 가방에 집어넣었다.

인터폰이 울렸다. 주뼛주뼛 들여다보니 아파트 입구에 서 있는 마유의 영상이 떠 있었다. 리오나는 안도했다.

"아직 살아 있어?"

얼마 지나지 않아 마유가 뛰어 들어왔다.

"괜찮아. 아직 숨 쉬고 있어."

마유가 창고 방을 살펴보러 갔다가 황급히 돌아왔다.

"큰일이네. 완전 큰일이야."

마유가 리오나의 팔을 꽉 붙잡고 반복해서 말하자 리오나도 무서워졌다.

"빨리 구급차 부르자."

"구급대원한테는 뭐라고 설명할 거야? 우리에 대한 것도 물어볼 텐데."

"구급차가 도착하기 전에 도망쳐야지."

"어떻게?"

"나도 몰라. 하지만 저대로 내버려두면 곧 죽을 거야. 슈토의 스마트폰으로 전화하면 되지 않을까?"

"전화하기 전에 일단 저 방에서 꺼내자."

리오나는 끄덕이고 창고 방에서 슈토를 끌어내 로프를 풀었다. 위액으로 입가가 더러워진 슈토는 입을 반쯤 벌린 채 가쁜 숨을 내뱉고 있었다. 리오나가 처음 봤을 때보다 체중이 20kg은 줄어든 것처럼 보였다.

"난 창고 방 정리하고 올 테니까 리오나는 미토의 소지품을 확인해줘."

마유가 걸레를 들고 창고 방으로 뛰어갔다. 리오나는 미토의 화장도구며 속옷을 닥치는 대로 종이 가방에 쳐넣었다. 미토가 병원에 갈 때 어느 정도 챙겨 갔는지 짐은 거의 남아 있지 않았다.

"다 됐어? 이제 갈까?"

리오나는 마유에게 물었다. 창고 방에서 돌아온 마유가 손을 씻으며 끄덕였다.

"근데 방문에 달아놓은 자물쇠는 어떡하지?"

두 사람의 힘으로 뜯어내기는 무리였으니 내버려 두고 가는 수밖에 없었다. 리오나는 슈토의 스마트폰으로 119에 전화했다.

"저기, 아는 사람 집에 왔는데 그 사람이 쓰러져 있어요. 일사병 같아요."

의식은 없지만 맥박도 있고 호흡도 하고 있다고 전했다. 주소를 물어보기에 아파트명과 호수를 알려주고 "이거 장난 전화 절대 아니에요. 빨리 오지 않으면 죽을지도 몰라요"라고 덧붙였다. "전화를 거신 분은 누구시죠?"라는 질문에 황급히 전화를 끊었다.

"구급대원은 어떻게 안으로 들어오지?"

마유가 걱정스럽게 말했지만 리오나는 어깨를 움츠렸다.

"우리가 할 수 있는 건 여기까지야. 이제 남은 건 잡히지 않도록 도망가는 것뿐이야."

"그래. 그래도 슈토가 죽지 않으면 좋겠어."

"응"하고 끄덕이자 속에서 쓴 물이 올라왔다.

리오나는 집을 나서기 전에 슈토의 책상 위에 스마트폰을 올려놓았다. 그때 미토가 엿봤던 맞은편 집 거실이 눈에 들어왔다. 텔레비전이 켜져 있었지만 주부는 보는 둥 마는 둥 하면서 휴대전화로 누군가와 이야기하며 웃고 있었다.

"뭘 보고 있어? 빨리 가자."

마유가 옆에 와서 묻자 리오나가 말했다.

"평범한 사람들은 아무 일도 없이 잘 지내네."

마유가 쓴웃음을 지었다.

3

리오나와 마유는 슈토의 아파트를 빠져 나왔다. 주택가 모퉁이를 돌아 골목에 숨어 상황을 지켜보기로 했다.

집 현관문은 닫으면 자동으로 잠기는 타입이 아니었다. 아파트 현관만 통과하면 구급대원은 쉽게 슈토를 병원으로 데리고 갈 수 있을 것이다.

"우리 얼굴 카메라에 다 찍혔겠지?"

마유가 스마트폰을 보면서 우울하게 중얼거렸다.

그건 틀림없었다. 리오나가 슈토의 아파트에 눌러 산 지 벌써 한 달은 지났고 마유를 데리고 오기 전까지는 아무런 경계심도 없이 출입했기 때문에 리오나의 얼굴은 쉽게 알아볼 수 있을 터였다. 그래도 신원을 바로 알 수 있는 것은 아닐 것이라 생각했다. 이제는 여고생도 아니고 엄마와도 인연을 끊었고 본명은 버린 지 오래였다. 지금 자신은 '리오나'라는 가명으로 살아가는 중졸의 소녀일 뿐이었다.

"하지만 마유랑 미토는 별로 안 찍혔을 거야. 얼굴도 알아보기 어려울 거고. 별일 없을 거야."

들킬 리 없다고 리오나는 낙관적으로 생각했다. 만약 슈토가 죽어서 경찰에 잡힌다고 해도 슈토에게 부탁받아 '감금 플레이'를 하고 있었다고 우기면 되었다.

"그럼 다행이지만, 슈토가 죽어버리면 어떡하지?"

마유는 슈토를 배트로 때린 장본인이기 때문에 더 걱정되는 것 같았다.

"그렇다고 해도 마유랑 미토는 괜찮을 거야."

"아니, 괜찮다든가 그런 문제가 아니야. 뭔가 굉장히 뒷맛이 좋지 않아. 감금 플레이는 고사하고 고문 플레이라는 말이나 안 들으면 다행일걸."

"마유가 하고 싶은 말이 뭔지 잘 알겠어. 슈토가 죽지 않길 바라는 거지?"

"맞아." 마유가 작은 목소리로 동의했다.

리오나는 의식을 잃은 슈토의 얼굴을 떠올리고 우울한 기분이 들었다.

슈토는 분명 자신에게서 많은 것을 빼앗아 갔다. 리오나의 몸과 시간뿐만 아니라 긍지와 희망 같은 밝고 긍정적인 것까지 슈토는 앗아가버렸다. 하지만 슈토는 리오나의 소중한 것들을 빼앗고 있다거나 돈으로 사고 있다는 의식이 전혀 없었다. 오히려 자신은 리오나를 도와주는 '신'이라고까지 생각하고 있었다.

애초에 이 업계에 드나들며 여고생을 만나려는 남자들에게 여고생을 돈 주고 '산다'라는 개념이 제대로 박혀 있기나 할까? 대부분의 남자들은 어린 여자를 좋아했고 나이가 어리면 어릴수록 기뻐하고 설레면서 그들과 가볍게 연애를 한다는 생각으로 가게를 찾았다. 그런 일방적이고 남자들에게만 유리한 이야기가 말이나 되냐고 소리치고 싶었다. 이 얼마나 오만하고 어리석은 '신'인가. 리오나는 화가 났다. 하지만 아무리 그래도 슈토의 목숨까지 빼앗을 생각은 없었다. 부디 어떻게든 살아남아 달라고 리오나는 속으로 빌었다.

"앗, 가려워."

각다귀에게 물린 듯 마유가 발목 부근을 긁어 댔다. 리오나는 슬리퍼를 신은 마유의 맨발을 바라보았다.

"맞다. 신발은 어떻게 된 거야?"

마유가 씁쓸하게 웃었다.

"나도 뭔가 일을 해야겠다고 생각해서 요네다한테 전화했어. 전에 도겐자카에서 명함을 받은 게 있었거든."

"그 털 많은 요네다?"

리오나는 마유의 얼굴을 탐색하듯이 보았다. '설마 당한 건 아니지?'라는 말은 도저히 꺼내지 못하고 삼켰다. 요네다는 스카우트한 여자아이에게 바로 손을 대는 것으로 유명했다.

"정말 털이 많긴 하더라."

하지만 마유는 리오나의 진의를 알아채지 못한 듯 지난 일을 떠올리며 웃고 있었다.

"우리들 사이에선 헤어리hairy 요네다라고 불리고 있어." 리오나는 마유에게 웃음을 안겨 준 다음 물었다. "그래서 요네다랑 무슨 일 있었어?"

"프로덕션의 사장이란 사람을 만났어. 그 사람이 그러는데 이번에 시부야에 JK 커뮤니케이션 가게를 내는 사람이 있으니까 꼭 소개해주고 싶댔어."

"시부야에도 JK 가게가 생기는구나."

리오나는 살짝 미소를 지으며 고개를 끄덕였다. JK 비즈니스는 여고생을 좋아하는 남자 하나가 아키하바라에서 시작했는데, 처음에는 막 걸음마를 뗀 수준의 가게가 대부분이었다. 하지만 이제는 돈이 되니까 개나 소나 JK 비즈니스에 뛰어들려고 하고 있는 것이다.

요네다 같은 유흥업소나 포르노 쪽 삐끼들은 JK 비즈니스에 잘 파고들지 못했다. JK 비즈니스를 하고 싶은 여자애들은 SNS로 신청하기 때문에 얼굴을 보고 영입하는 스카우트가 필요 없는 것이다. 그래도 그들은 어떻게든 JK 비즈니스에 파고들어 단물을 빨려고 안달이 나 있었다. 여고생이 나이를 먹으면 그대로 포르노나 유흥업소로 보내면 될 테니까.

마유는 아무리 봐도 미숙하고 귀여운 미성년자다. 상등품이라고 요네다도 거기 사장도 틀림없이 흥분했을 것이다. 꼴좋다.

"용케 도망쳤네. 잘했어."

"너무 수상쩍어서 믿을 수가 없었어. 근데 이야기를 듣다 보니 넘어갈 것 같아서 어떻게 해야 좋을지 모르겠더라. 셰어하우스를 소개받았는데 요네다가 따라와서 감시했어. 운 좋게 같은 방에 묵고 있던 여자가 도망가라고 말해줘서 화장실 슬리퍼를 신고 창문으로 도망친 거야."

"화장실 슬리퍼? 완전 웃겨."

"더러운 데다 화장실 마크까지 붙어 있어서 창피해 죽는 줄 알았어."

리오나는 소리를 내지 않으려 애쓰며 자지러지게 웃었다. 간신히 웃음을 진정시키고 눈초리에 맺힌 눈물을 닦으며 물었다.

"근데 셰어하우스란 곳은 어디였어?"

지리에 어두운 마유가 더듬거리며 설명하는 곳을 리오나는 왠지 알 것 같았다. 분명 신발을 지키던 여자와 요네다는 한패였을 것이다. 그런 곳에서는 돈으로 바꿀 만한 것이 없는 가난한 남자나 늙은 여자는 의료보험증이나 면허증을 맡기는 수밖에 없었다. 그러는 사이 그것들도 다 빼앗기고 가진 것을 몽땅 털리는 것이다. 가난을 먹고 크는 비즈니스였다.

"마유는 신발 정도로 끝나서 다행이네."

"어, 정말 다행이야."

마유가 발을 보고 웃었을 때 구급차의 요란한 사이렌 소리가 가까워졌다.

"왔다."

두 사람은 몸을 웅크리고 주택가의 콘크리트 담장에 바짝 붙었다. 구급차는 아파트 앞에 멈춰 섰다. 사이렌 소리에 무슨 일인가 싶어서 나온 아파트 주민이 공동 현관을 열어주어 구급대원은 안으로 들어갔다. 이웃 주민과 통행인들이 멀찍이 둘러싸고 구경하고 있었다.

"이제 갈까?"

리오나는 숨을 죽이고 구급차를 바라보는 마유의 등을 두드렸다. 마유가 놀란 듯이 얼굴을 들었다.

"확인 안 해도 돼?"

"어떻게 확인할 건데?"

죽으면 '도쿄대생 일사병으로 사망'이라고 작은 인터넷 뉴스 정도는 나올 것이다. 죽지 않으면 그걸로 다행이었다. 더 이상 할 일은 없었다.

"그건 그렇네. 이제 어디로 가?"

"먼저 시부야에 가서 마유 신발 좀 사고, 그런 다음 밥이나 먹을까?"

"미토 병문안은 안 가?"

"내일 가도 돼."

리오나는 내뱉듯이 말했다. 아직 미토에게 화가 나 있었다. 하지만 어차피 내일이 되면 미토가 걱정되어 가보고 싶어질 것이 뻔했다.

"근데 일하러 안 가도 괜찮아?" 마유가 물었다. "요즘 잘 안 나갔지?"

셋이서 슈토의 아파트에 살게 된 뒤로 리오나는 가게에 두 번밖에 출근하지 않았다. 전에는 JK 산책 가게였는데 경찰에 걸려서 없어지고, 지금은 룸에서 일대일로 손님을 받는 JK 커뮤니케이션 가게로 바뀐 곳이었다. 점점 밀실로 바뀌고 수위가 높아진 탓인지 들어오자마자 "옵션은?"이라며 가격부터 흥정하는 손님들도 많아졌다.

"지긋지긋해." 리오나는 중얼거렸다.

돈을 받았다고 해서 처음 만난 아저씨에게 펠라티오를 해주고 섹스를 하는 게 얼마나 싫고 고통스러운지, 본인이 여자아이가 되어 보지 않는 한 남자들은 결코 모를 것이다.

"별로 가고 싶지 않아."

그 순간 모여 있던 인파가 흐트러졌다. 아파트 현관문이 열리고 들것이 구급차에 실렸다. 슈토의 생사는 확인할 수 없었지만 무사히 구조된 것 같아서 그제야 겨우 리오나는 안심할 수 있었다.

구급차가 사이렌을 울리며 떠나자 두 사람도 걷기 시작했다. 마유는 배낭과 책가방, 그리고 종이 가방을, 리오나는 작은 가방과 미토의 물건을 넣은 종이 가방을 들었다. 가방 속 물건들이 덜그럭거리는 소리가 울렸다.

"저기, 마유." 리오나가 말을 꺼냈다. "한 가지 물어보고 싶은 게 있는데, 괜찮아?"

"응, 말해." 마유가 돌아보았다.

"JK 비즈니스 하고 싶다고 했잖아. 왠지 자포자기한 느낌이었는데 그거 진심이었어?"

마유는 대답하지 않고 서쪽 하늘을 올려다보았다. 7시가 다 되어 주위는 어둑어둑해졌지만 저물어가는 노을빛이 아직 남아 있었다. 마유는 그 빛에 넋을 잃은 듯 잠시 동안 바라보며 아무 말도 하지 않았다.

"음, 자포자기했다기보다는 어떻게 해서든 돈을 벌어서 혼자 살 방을 구하고 싶었어. 미성년자니까 보증인이 꼭 있어야 하잖아. 근데 만나는 어른마다 변변한 사람도 없고. 스스로 몸을 지키는 수밖에 없잖아. 하지만 모르는 남자와 섹스하는 건 싫어."

리오나는 끄덕였다.

"맞아. 손님으로 오는 사람들은 겉으로는 다들 친절해. 이쪽이 미성년자라는 걸 알고 있으니까. 하지만 마음속으로는 돈이 필요하지? 그럼 줄 테니까 서비스 해, 라고 생각하는 거야. 물수건으로 닦기만 하고 제대로 씻지도 않은, 처음 만난 남자의 페니스를 핥거나 네 거기에 집어넣을 수 있어? 그뿐만이 아니야. 수영복을 입히거나 마사지를 시키거나 만지거나 온갖 일을 다 당해. 카페처럼 메뉴까지 있는걸. 완전 장난감이나 마찬가지야. 끝나고 나면 이름을 물어보거나 카톡 아이디를 가르쳐 달라고 엄청 끈질기게 굴어. 그렇게 만만한 일이 아니야. 게다가 대개는 점장이 가장 위험해. 맨 처음 손대는 게 점장이거든. 그걸 싫어하는 애한테는 일을 잘 안 줘. 지독하지?"

말없이 듣고 있던 마유가 고개를 들었다.

"역시 무리야. 평범한 아르바이트 찾을래."

마유가 리오나의 눈을 바라보며 말했다.

"그렇게 해. 돈은 내가 커뮤에서 벌 테니까. 둘이서 같이 살자."

마유가 멈춰 서서 리오나의 얼굴을 쳐다보았다.

"리오나한테만 싫은 일을 하게 할 순 없어."

"안 그러면 살아갈 수가 없는걸. 식당 알바는 급여가 쥐꼬리만 하잖아."

"알아." 마유는 풀이 죽어 어깨가 처졌다.

큰일이다. 또 그 라멘가게의 일을 떠올리게 해버렸다. 리오나는 마유의 팔에 손을 댔다.

"그것보다 난 JK 가게의 구조가 더 맘에 안 들어. 완전 열 받아."

"무슨 말이야?"

마유가 멍한 얼굴을 했다.

"예를 들면 내가 JK 커뮤 가게에서 손님을 기다리고 있다고 해봐. 손님이 찾아와서 나를 지명해. 그러면 나는 가게에서 있는 룸에 들어가서 손님과 단둘이 되는 거야. 가게는 아무것도 안 해. 지명료와 대실비를 받는 것만으로도 돈을 벌어. 점장은 방만 빌려주면 되는 거지."

마유가 불쾌한 듯 눈살을 찌푸렸다.

"그거 완전 착취잖아."

"맞아." 리오나는 마유의 팔을 두드렸다. "그래서 프리로 일 해볼까 해. 방을 빌려서."

"그렇지만 위험한 손님이 오면 어떡해?"

"어차피 가게에서도 점장은 아무 대처 못 해. 그저 태평하게 게임이나 하면서 놀고 있을 뿐이야."

"리오나의 말이 맞는 것 같아. 하지만 우리끼리 손님을 잘 다룰 수 있을까?"

마유는 걱정하는 기색이었다. 나이보다 훨씬 사려 깊은 아이다.

"모르겠어. 하지만 생각해볼 필요는 있을 것 같아."

리오나도 서쪽 하늘을 봤지만 노을은 이미 사라지고 없었다.

4

리오나는 마유를 공원 거리에 있는 식당으로 안내했다. 원래는 센타가이에 있는 가게를 좋아하지만 요네다와 마주칠 가능성이 있었고 마유가 피해를 당한 라멘가게와 가깝기 때문에 일부러 피했다. 그런 리오나의 마음을 헤아렸는지 메뉴를 보고 있던 마유가 갑자기 인사를 했다.

"리오나, 고마워."

"뭐가?"

"신경 써줘서. 게다가 신발까지 사주고."

리오나는 슬리퍼를 신고 있는 마유에게 H&M에서 스니커즈를 사주었다. 저렴한 것이었는데도 마유는 무척 기뻐하며 눈물까지 글썽였다.

"뭘 그런 걸 가지고. 고작 1,500엔짜린데."

"그래도 기뻐. 리오나가 없었다면 난 지금쯤 어떻게 됐을지 몰라.

정말 감사하고 있어."

노래방에서 만났을 때 마유는 명백하게 자포자기한 상태였다. 그때 요네다 같은 삐끼한테 걸렸다면 단숨에 낭떠러지 건너편으로 떨어졌을지도 몰랐다.

"근데 낭떠러지에 이쪽이란 게 있을까?"

리오나가 혼잣말을 하자 마유가 얼굴을 들었다.

"응? 뭐라고?"

"아무것도 아니야."

리오나는 고개를 젓고 메뉴를 내려다보았다. 음식에 관한 건 잘 모르기 때문에 뭐든 상관없을 것 같았다.

"오랜만에 임연수어나 먹을까?"

마유가 들뜬 목소리로 말했다.

"임연수어가 뭐야?"

"임연수어 몰라? 북쪽에서 나는 물고기잖아."

놀란 듯이 큰 소리로 말한 뒤 마유가 아차 싶은 얼굴로 입을 다물었다.

"미안. 이상한 소릴 해서."

"괜찮아. 사과하지 않아도 돼." 리오나는 쓴웃음을 지었다. "나 제대로 된 요리를 먹어본 적이 없어서 음식에 대해선 전혀 몰라."

엄마는 거의 요리를 하지 않았다. 그래서 리오나는 어렸을 때부터 맥도널드나 KFC에서 외식을 하거나 편의점 도시락만 먹었다. 그러는 사이 그것도 귀찮아져서 과자로 때우게 되었다. 할머니와 살았던 2년 동안은 둘이서 근처 식당을 돌아다녔다. 그래서 리오나는 식재료나 조리법에 관한 지식이 결여되어 있었다.

"그렇구나. 우리 집은 음식점을 했으니까."

그렇게 말하면서 마유의 얼굴이 어두워졌다.

"근데 마유네 부모님은 지금쯤 어떻게 하고 계실까?"

큰맘 먹고 물어보자 마유는 어두운 표정으로 고개를 갸웃거렸다.

"모르겠어. 연락도 아예 없고 두 분 다 휴대전화가 먹통이야. 걸어봐도 없는 번호래."

"무슨 일이 생긴 걸까?"

"우리 집은 원래 사이타마 쪽에서 일본 음식점을 하고 있었는데 한때는 인기가 많아서 장사가 굉장히 잘됐어. 그 기세로 아빠가 조금 세련된 레스토랑을 연 거야. 그게 잘 안 됐는지 엄청난 빚을 지게 됐다고 들었어. 그래서 집도 팔고 가게도 남의 손에 넘어가서 아빠랑 엄마는 도망 다니고 있는 것 같아."

"야쿠자 같은 사람들한테서?"

마유의 안색이 나빠졌다.

"모르겠어. 요즘 같은 때 그런 이야기는 들어본 적도 없다고 작은아빠가 화냈지만, 뭔가 엄청나게 실패했나 봐."

"빨리 해결되면 좋겠다."

리오나의 말에 마유가 고개를 숙이고 눈물을 흘리기 시작했다.

"엄마를 만나고 싶어. 험한 꼴이라도 당한 건 아닌지. 그런 생각을 하면 불쌍하고 걱정돼서 미칠 것 같아."

"연락은 전혀 없어?"

"없어"라고 대답하며 고개를 저었다.

마유는 중학교 3학년 때까지는 거리 생활과는 무관한 평범한 아이였다. 그렇기 때문에 더욱 상처 받고 혼란스러운 상태일 것이다.

"나는 철들 때부터 아빠가 계속 바뀌고 이런저런 일이 많았으니까, 어지간해서는 상처 받지 않아. 엄마 따윈 다시는 보고 싶지도 않고."

"멋있어, 리오나." 마유가 눈물을 닦으며 미소 지었다. "나도 그렇게 되고 싶어. 이런 일로 훌쩍거리기나 하고 한심해."

"마유는 아직 17살이잖아. 한 살 차이가 엄청 크다니까."

리오나는 마유를 바라보며 자신이 이 아이를 지켜야 한다고 생각했다.

갑자기 낭떠러지 건너편이 떠올랐다. 낭떠러지 이쪽 편에 떨어진 거라면 아직 돌아갈 수 있었다. 하지만 건너편에 떨어지면 다시는 돌아갈 수 없는 것이다.

"돌아간다니 어디로 돌아간다는 걸까?"

또 혼잣말을 하자 마유가 이상하게 쳐다보았다.

"리오나 아까부터 뭘 중얼거리는 거야?"

리오나는 쓴웃음을 짓고 리필 가능한 음료와 돼지고기찜 정식을 주문했다. 마유는 임연수어 숯불구이 정식을 주문했다.

"슈토는 어떻게 됐을까?"

마유가 아이스티에 빨대를 꽂으며 중얼거렸다.

"살아 있으면 좋겠다." 리오나는 진심으로 말했다.

"응. 생각지도 못한 결말이었어. 설마 일사병으로 의식불명이 될 줄이야. 갇혀 있어서 체력이 약해진 거겠지? 살도 그렇게 쭉 빠져 가지고. 슈토한테는 정말 못할 짓을 했다 싶어."

마유가 아이스티에 시럽을 넣으며 온순한 얼굴로 말했다.

"죽으면 뉴스에 나올 거야. 근데 아직 안 나왔으니까 괜찮아."

지나치게 낙관적인 생각이란 것은 리오나도 잘 알고 있었다. 가둬두고 밥이나 물도 충분히 주지 않은 데다 화장실에도 제대로 보내주지 않았기 때문에 만일 슈토가 죽는다면 처벌은 불가피할 터였다. 리오나는 쓸데없는 생각은 하지 말자고 고개를 몇 번이고 저었다.

"리오나, 이야기하고 싶은 게 있는데."

마유가 진지한 표정으로 말을 꺼낸 것은 리오나가 오곡밥에 소금을 뿌리고 있을 때였다.

"뭔데?"

"라멘가게에 관한 일 말이야. 나 그 뒤로 복수할 방법을 이것저것 생각해봤어."

"응. 나도 생각해봤어."

리오나의 말에 마유가 안심한 얼굴을 했다.

"리오나도 생각하고 있었구나. 고마워. 나, 가게에 기름을 뿌리고 불을 질러버릴까도 생각했는데 그럼 나만 손해일 것 같아."

"엄청 손해지." 리오나는 쓴웃음을 지었다. "평생 교도소 신세일걸?"

그러자 마유도 웃었다.

"인터넷에 소문을 흘리는 것도 생각해봤는데 어차피 금방 지워질 테고."

"맞아. 사실관계를 알 수 없으니까 이쪽이 앙심을 품고 썼다고 여길지도 몰라. 의외로 라멘가게 쪽이 동정을 받을 수도 있고."

인터넷은 가장 손쉬운 방법이지만 어떻게 전개될지 알 수 없었다. 좀처럼 이거다 싶은 방법을 찾기 어렵구나, 하고 생각할 때였다.

"그래서 나, 경찰서에 가볼까 해."

마유가 골똘히 생각하고 결심한 듯 말을 꺼내 리오나는 깜짝 놀라고 말았다.

"경찰서에?"

"응." 마유가 진지한 얼굴로 끄덕였다. "여러 가지로 생각해봤는데 그쪽에는 그게 가장 잘 먹힐 거라고 생각해. 내가 가출한 애니까 절대 고소하지 않을 거라고 우습게 보고 있는 거잖아."

"맞아. 그런 점이 교활해."

리오나도 분한 마음이 들었다. 새아빠는 리오나가 누구한테도 피해를 호소할 수 없다는 것을 알고 있었다. 경찰은커녕 엄마한테도 말하지 못했다. 친구나 선생님한테도 말 못하고 혼자서 겁먹고 고민했다. 리오나는 그때 차라리 죽는 게 낫다고 몇 번이나 생각했다.

"그래서 큰맘 먹고 가보려고 해. 그러면 치프한테도 경찰이 갈 거잖아. 엄청 겁먹지 않을까?"

"그렇지만 그쪽은 분명 마유의 무고라고 우길 거야."

리오나는 냉정하게 말했다.

"무고가 뭐야?"

마유가 어리둥절한 얼굴로 물었다.

"거짓말이라는 거야. 분명 마유가 자신을 깎아내리기 위해 거짓말을 하고 있다고 우길 거야. 어른 남자는 교활하니까 어떻게 해서든 죄를 면피하려고 하겠지."

순간 마유의 표정이 우울해졌다.

"그것만은 용서 못 해."

"알아. 게다가 경찰서에 가면 마유네 부모님한테도 연락이 갈 거야."

마유의 얼굴이 밝아지자 리오나는 의아했다.

"정말? 잘됐다. 그럼 부모님이 계신 곳을 알 수 있을지도 모르겠네?"

리오나는 반신반의했지만 마유는 그 생각에 정신이 팔린 것 같았다.

"어쩌면 엄마를 만날 수 있을지도 몰라."

라멘가게를 고발하는 것은 좋지만 그 대신 마유가 뭔가 소중한 것을 잃게 되는 것은 아닐까 리오나는 불안했다.

"마유는 작은아빠네 집에서 가출한 거니까 그쪽에 먼저 연락이 가지 않을까? 그러면 작은아빠가 데리러 올 거야."

"작은아빠에 대한 건 절대 말하지 않을 거야. 그럼 모르지 않을까?"

마유가 초조한 듯 말했다.

"경찰은 어떻게든 보호자를 찾아낼 거야. 만약 찾지 못하면 아동상담소로 가게 될 거고."

"왜? 난 어린애도 아닌데?"

"19살 미만이니까. 나도 아동상담소행이야. 이상한 시설로 보내져서 감시당하고 이것저것 물어볼 거야. 언제 어디서 무슨 일을 당했는지. 아, 맞다. 그 전에 병원에서 검사도 받게 될 거야."

"왜?"

마유가 불만스럽게 입술을 비쭉거렸다.

"그야 성폭행 피해자니까. 사실인지 아닌지 확인하는 거지."

우웩, 하고 마유가 토하는 시늉을 했다.

"싫어."

"그런 다음 꼬치꼬치 캐묻겠지. 왜 곧장 피해 신고를 하지 않았는지, 지금까지 어디서 뭘 했는지. 자칫하면 슈토 사건도 들켜버릴지 몰라."

"리오나는 왜 그렇게 부정적인 이야기만 해?"

마유가 짜증스럽게 말하자 리오나의 어투가 더욱 강해졌다.

"그게 어른들의 세계야. 마유는 어려서 몰라도 너무 몰라. 심한 일을 당했어요, 라고 하면 네, 그렇군요, 하고 끝나는 게 아니야. 나름대로 증명하지 않으면 안 돼. 저쪽도 일단 고발당하면 사회적으로 말살되는 거니까."

마유의 눈이 반짝 빛났다.

"그 자식들을 말살시킬 수 있다면 나는 뭐든지 할 거야. 병원에 가도 좋고 작은아빠한테 연락이 가도 상관없어. 체포돼도 좋아. 어떻게 돼도 좋으니까 그 자식들만은 꼭 교도소에 보내고 싶어."

"거기까지 각오하고 있다면 너 하고 싶은 대로 해."

"뭐야, 리오나. 냉정하네." 마유는 불만스러운 것 같았다. "같이 경찰서에 가줄 거라고 생각했는데."

"내가 가면 JK 비즈니스 하고 있는 거 아니냐고 바로 선도하려 들 거야. 매춘부 취급하면서."

"그건 너무해." 마유가 새파랗게 질렸다.

"그러니까 나는 가지 않는 편이 좋아. 마유, 혼자 갈 수 있겠어?"

마유는 망설이는 듯 젓가락을 내려놓더니 턱에 손을 대고 천장을 올려다보았다. 리오나는 마유의 접시를 보았다. 생선뼈가 깨끗하게 발려 있었다. 리오나는 마유가 건강한 가정에서 자랐다는 것을 다시 한 번 느꼈다. 그런 마유가 이렇게 필사적인 마음을 먹게 된 것을 생각하니 눈물이 날 것 같았다.

5

 그날 밤은 오랜만에 노래방에서 밤을 샜다. 딱딱한 의자에서 잤더니 목이 아팠다. 게다가 무더운 날씨 탓에 머리카락이 끈적끈적 달라붙어서 불쾌하기까지 했다. 리오나는 샤워도 하고 싶고 뜨끈한 욕조에도 들어가고 싶었다. 이럴 때 슈토의 집이 얼마나 쾌적했는지를 뼈저리게 느끼게 되었다.

 리오나가 잠을 잘 못 자서 찌뿌둥한 목을 돌리고 있자니 마유가 벌떡 일어났다. 막 깨서 조금 부은 얼굴로 리오나에게 말을 걸었다.

 "리오나 몇 시에 일어났어?"

 "글쎄. 30분쯤 전에?"

 창문도 없고 어두워서 바깥 상태를 알 수 없었다. 마유가 느릿느릿 자신의 스마트폰을 보고 한숨을 내뱉었다.

 "이제 곧 5시네."

 노래방 영업시간은 새벽 5시까지였다. 다시 24시간 영업하는 맥도널드나 패밀리 레스토랑 같은 곳으로 이동해야 했다. 수면 부족 탓에 머리가 어질어질했다. 이런 생활을 그만두기 위해서라도 어딘가 머물 곳을 찾아야 했다. 저금도 점점 줄어들고 있어서 리오나는 우울해졌다.

"배고프다. 아침은 맥도널드로 할까?"

리오나가 제안하자 마유가 끄덕였다.

"아직 돈 있으니까 맥도널드 정도는 내가 살게."

소시지 에그 머핀을 볼이 미어지게 한입 가득 베어 문 마유가 간신히 씹어 삼킨 뒤 리오나에게 물었다.

"근데 JK는 얼마나 벌 수 있어?"

"가장 많이 번 건 하루에 10만 엔이었어. 하지만 8천 엔밖에 못 벌 때도 있으니까 평균을 내면 그렇게 많지는 않을 거야. 나는 옵션 같은 거 별로 하고 싶지 않아서 많이 못 버는 편이야."

맥도널드의 커피는 연하지만 뜨거웠다. 혀를 데일 뻔한 리오나는 서둘러 종이컵에 담긴 물을 입에 머금었다. 리오나가 진정되기를 기다렸다가 마유가 물었다.

"그럼 10만 엔일 때는 어떻게 한 거야?"

"그때는 도저히 거절할 수가 없어서 옵션을 했어. 연장에 연장으로 굉장히 기분 나쁜 손님이었어."

엄청나게 더럽고 치근덕거리는 중년 남자였다. 그때의 혐오감이 되살아나 저도 모르게 얼굴을 찌푸리자 마유가 시선을 피했다.

"슈토 같은 손님이었어?"

"슈토는 마조히스트라 편해. 그 자식은 더럽고 징그러웠어."

"나는 남자를 싫어하니까 역시 JK는 못 할 것 같아."

마유가 혼잣말처럼 중얼거리자 리오나는 웃었다.

"이 일을 하다 보면 더 싫어질걸. 평생 연애 같은 건 못 할 거야."

"왜?"

"남자가 전부 징그러운 동물로 보여."

"알 것 같아."

마유가 코를 찡그렸다.

"이 일을 하는 애들은 다들 돈이 없어서 궁지에 몰린 애들이야. 미토처럼 부모가 집을 나가거나 나처럼 방임되거나 엄청 가난하거나. 다들 이런저런 사정이 있어."

마유처럼 평범한 가정에서 자란 애는 없어, 라는 말은 삼켰다. 마유네 집에 어떤 사정이 있었는지 모르기 때문에 쉽게 입에 올려서는 안 된다는 생각이 들었다.

"그걸 어른 남자가 이용하고 있는 거구나."

마유가 분한 듯이 말했다.

"맞아." 리오나는 내뱉었다.

"그러고 보니." 마유가 그리운 듯 말했다. "아까 그 노래방에서 리오나랑 처음 만났잖아. 리오나를 알게 돼서 정말 다행이야."

"그러네."

리오나는 건성으로 답했다. 점장한테서 메시지가 와 있었다.

"리오나, 오늘은 가게에 나왔나요?"라는 문의가 많아요. 손님들을 실망시키지 않기 위해서라도 오늘은 꼭 출근해주세요.

리오나는 마유와 미토가 슈토의 집에 들어온 뒤부터 거의 일을 나가지 않았다. 점장한테서는 매일같이 카카오톡이 왔다. 리오나가 출근 일정을 무시하고 결근하고 있기 때문이었다. 당연히 벌금도 많이 쌓였을 것이다.

죄송해요. 5시에 갈게요.

하는 수 없이 답장을 했다. 그 직후 가게 트위터에 '리오나입니다. 쉬어서 죄송합니다. 오늘은 저녁부터 가게에 있을 예정입니다. 다들 와주세요'라고 얼굴을 하트 마크로 가린 리오나의 사진이 업로드되었다.

"수전노 새끼."

리오나는 아직 30대인 점장의 간들거리는 얼굴을 떠올리고 욕을 했다.

"수전노라니." 마유가 따라서 말했다. "엄청 올드한 말이네."

"게다가 이 자식 무지하게 색골이야."

"어떤 식으로?" 마유가 웃었다.

"자기 취향인 애가 들어오면 가장 먼저 손을 대고 그 애만 챙겨줘."

"리오나도 예쁘게 생겼잖아. 괜찮았어?"

"나는 뭔가 거기 있는 애들과 다른가 봐. 그래서 좀 거북했던 게 아닐까. 왠지 모르게 거리가 있었어."

"알 거 같아. 리오나는 주관이 강하니까. 말 잘 안 들었지?"

"그런가?" 리오나는 고개를 갸웃거렸다.

"근데 옵션이라는 거, 구체적으로 뭘 하는 거야?"

마유가 흥미진진한 자세로 물었다.

"손으로 사정하게 하거나, 입으로 하거나, 진짜로 섹스를 하거나. 여러 가지야."

"씻지도 않고 만지는 거야?"

"어. 나도 그게 정말 싫었어."

"그런 걸 다들 하고 있는 거야?"

"사람마다 달라. 그렇지만 옵션을 더하지 않으면 돈을 벌 수 없어."

"그럼 점장 입장에서는 옵션을 해주는 애가 훨씬 좋겠네."

"물론이지. 그러니까 이제부터는 개인영업만이 답이야."

문득 생각이 난 리오나는 스마트폰으로 즉석 만남 사이트에 접속했다. 이 사이트는 가게에서 만난 여자애가 알려주었다. 보안이 확실하고 적당한 손님을 금방 만날 수 있는 사이트라고 했다. 점장에게 착취당하지 않기 위해서는 이런 사이트에서 손님을 찾는 게 나을 것 같았다. 만나기 전에 직접 손님을 고를 수 있는 것도 마음에 들었다.

마유가 아무것도 모른 채 머핀을 먹고 있는 동안 리오나는 프로필을 만들었다. 이름은 '리오', 옆을 보고 찍어서 얼굴을 알아볼 수 없는 영업용 사진을 올렸다. 나이는 '19살'이라고 속이고 직업은 '비밀'이라고 써서 여고생임을 암시했다. 나머지는 대충 채웠다. 장소는 '시부야, 신주쿠', 체형은 '150cm', '혈액형 B형. 아담하고 날씬하고 귀여워서 롤리타 같다는 말을 자주 들어요'라고 썼다.

'상대에게 전하고 싶은 말'이라는 란에는 '저랑 데이트하실 분~!

식사나 노래방 같이 가드려요. 원하시면 야한 것도. 만날 곳은 역 주변이 좋아요. 용돈 많이 주시는 분 환영해요'라고 써넣었다.

게시물을 올리자마자 20살의 회사원이라는 남자가 '오늘 저녁 어때?'라고 메시지를 보내왔다. 20살짜리 남자에게 돈이 있을 것 같지는 않았다. 오늘은 가게에 나가지 말고 적당히 시간을 죽이며 괜찮은 손님한테 연락이 오기를 기다릴까 하는 생각이 들었다.

"리오나 뭐해?"

마유가 묻자 리오나는 천천히 고개를 저었다.

"아무것도 아니야. 문자 좀 확인하고 있었어. 그보다 미토 병문안 가서 시간 보내다 올까?"

"그 전에 나 시부야 경찰서에 전화할 건데 같이 가주지 않을래?"

경찰서에 가겠다는 말이 진심이었나 싶어 리오나는 깜짝 놀랐다.

"지금 바로 전화할 거야?"

"응. 인터넷을 찾아봤더니 상담전화라는 게 있대. 먼저 전화해본 다음에 가려고. 리오나, 미안한데 같이 가주면 안 될까?"

리오나와 마유는 역 물품보관함에 짐을 넣고 세부 백화점으로 들어갔다. 화장실에서 세수를 하고 이를 닦고 머리를 빗었다. 마유는 세부 백화점 A관에서 B관으로 가는 통로 끝에 서서 피해상담센터에 전화를 했다. 그 사이 리오나는 아래쪽 도로를 걷는 사람들을 바라보고 있었다. 무덥고 흐린 하늘에서는 당장이라도 비가 쏟아질 것 같았다. 길거리 생활에서 가장 힘든 것은 비 오는 날이었다. 비가 내리면 모텔이라도 찾아 들어가야겠다고 생각했다.

그때 마유의 결의에 찬 목소리가 들려왔다.

"여보세요. 저기, 저, 성폭행을 당했는데요. 너무 분한데 어떻게 해야 좋을지 몰라서 전화했어요."

마유는 그렇게 호소하며 눈물이 났는지 눈가에 손을 댔다. 마유의 트라우마는 당분간 낫지 않을 것이다. 리오나는 우울한 마음으로 도로 쪽으로 시선을 돌렸다. 외국인 관광객 한 무리가 웃으면서 비탈길을 내려오고 있었다.

전화 상대가 참을성 있게 이야기를 들어주는지 마유는 조금 안도한 얼굴로 이야기를 이어나갔다. 마유의 목소리에 떨림이나 주저함이 느껴지지 않아 리오나도 안심했다.

"저요? 17살이에요. 라멘가게에서 아르바이트했는데 그 가게 2층에서 잠깐 지냈어요. 사장이 방을 빌려준다고 해서 쓰고 있었거든요. 근데 밤에 치프가 들어온 거예요."

상대방이 뭔가 잘못 알아들었는지 마유가 필사적으로 다시 설명했다.

"아니에요. 사장이 아니라 치프라고 불리던 사람이에요. 이름은 모르겠어요. 다들 치프라고만 불렀으니까. 네? 아직 있을 것 같긴 한데 확인해본 건 아니라서 잘 모르겠어요."

마유는 말을 멈추고 상대방의 이야기를 가만히 듣고 있었다.

"역시 진술서를 작성해야 하나요? 제가 직접 가지 않으면 안 되는 거죠? 그럼 지금 갈게요."

전화를 끊은 뒤 마유가 리오나 쪽을 쳐다보았다. 무언가 안도한 듯한 기색이었다.

"지금 경찰서로 와 달래. 전담 여경이 이야기를 들어준다고."

리오나는 그럼 마유 혼자서도 괜찮겠네, 라고 말하려다 관두었다. 만에 하나 마유가 아동상담소로 보내지게 되면 다시는 만날 수 없을지도 몰랐다. 그건 좀 찝찝한 기분이 들어 리오나는 같이 가기로 했다.

"그럼 같이 갈게. 나는 아무 말도 안 할 거니까 마유도 쓸데없는 말은 하지 마."

"알았어."

마유가 기쁜 듯 리오나의 팔을 잡았다.

6

시부야 경찰서는 시부야역 동쪽에 있었다. 접수처에서 통화했던 경찰관의 이름을 말하자 곧바로 남색 정장을 입은 짧은 머리의 중년 여성이 나타났다. 햇볕에 그을리고 화장기가 전혀 없는 얼굴에는 옅게 주근깨가 흩어져 있었다.

"안녕. 나는 가쓰라라고 해. 네가 아까 전화했다던 이토 양이니?"

가쓰라가 리오나를 쳐다보고 묻자 리오나는 말없이 옆에 있는 마유를 가리켰다.

"아아, 이쪽이 이토 양이구나."

가쓰라는 의외라는 듯 마유와 리오나를 비교하며 보았다. 쇼트 커트에 건강하게 잘 자란 듯 보이는 마유는 아무리 봐도 시부야 거리를 배회하는 고등학생과는 무관해 보였을 것이다. 하지만 갈색으로 염색한 긴 머리와 일자로 자른 앞머리, 작고 마른 체형을 한 리오나는 어디로 보나 양아치처럼 보였을 테니 베테랑 형사도 잘

못 짚은 것이다. 리오나는 그게 우스웠다.

마유에게 건넨 명함을 슬쩍 들여다보니 '주임'이라고 적혀 있었다. 아무쪼록 가쓰라가 적절한 조치를 취해주면 좋을 텐데. 리오나는 마음속으로 고개를 갸웃거렸다.

"자, 저쪽 방에서 이야기할까?"

가쓰라가 마유의 어깨를 감싸듯이 잡고 리오나를 돌아보았다. 순간 그 눈이 반짝 빛난 것처럼 보인 것은 기분 탓이었을까.

"친구도 괜찮으면 같이 들어와." 가쓰라는 두 사람을 1층 안쪽에 있는 작은 방으로 안내하고 의자를 권했다. "거기 편하게 앉아."

회의실에 있을 법한 큰 테이블과 의자 외에는 집기 하나 없는 살풍경한 방이었다. 형사 드라마에서 나오는 것 같은 벽면 거울은 없었다. 벽면을 둘러보던 리오나는 싱긋 웃고 있는 가쓰라와 눈이 마주쳤다. 정면으로 보니 사람 좋아 보이는 처진 눈을 하고 있었다.

"매직미러 같은 건 없어. 여기서 하는 이야기는 나 말고는 듣는 사람이 없으니까 안심해도 돼."

순간 마유의 어깨 힘이 빠지는 것이 느껴졌다. 말이 잘 통할 것 같은 여자 형사라 안심한 것이다.

가쓰라는 테이블 위에 노트와 뚜껑에 키티 인형이 달려 있는 빨간 볼펜을 꺼냈다.

"메모만 좀 할게, 괜찮지?"

가쓰라가 마유에게 물었다. 마유가 어떻게 할까, 라는 얼굴로 리오나를 보았다. 리오나는 괜찮다는 의미로 고개를 끄덕였다.

"네, 괜찮아요."

리오나의 승인을 얻은 마유가 답하자 가쓰라가 리오나 쪽을 향해 인사를 했다.

"고마워. 꼭 언니 같네."

"맞아요." 마유가 답했다.

"좋은 친구가 있어서 다행이구나."

하지만 마유는 아직 긴장이 풀리지 않은 기색으로 다시 리오나를 돌아보았다. 경찰서에 온 마유는 자신감이 없고 평소보다 더 어린애처럼 보였다.

"먼저 이름이랑 주소 좀 알려 줄래? 아, 괜찮으면 여기에 직접 써도 돼."

가쓰라가 노트를 건넸다. 필기구를 받아 든 마유는 꼼꼼한 글씨로 정성껏 한 글자씩 써 내려갔다.

'사이타마현 K시 신마치 5초메 2번지 28호'라고 집 주소를 쓴 다음 이어서 '이토 마유'라고 이름을 썼다.

위에서 들여다본 가쓰라가 놀란 얼굴을 했다.

"K시? 엄청 멀리서 왔네?"

유도신문인가? 가출한 것이 들통날지도 모른다는 생각과 마유가 제대로 대답을 하지 못하면 어쩌지 하는 생각에 리오나는 조마조마했다.

"전철로 한 번에 올 수 있어서 의외로 가까워요."

눈치를 챈 건지 아닌지 알 수 없는 표정으로 마유는 태연하게 대답했다.

"그렇구나. 이토 양은 시부야 거리를 좋아하니?"

"별로요." 마유가 고개를 갸웃거리자 가쓰라가 쓴웃음을 지었다.

"별로 좋아하지도 않는데 왜 여기에 온 걸까?"

"그야 아르바이트를 할 수 있으니까요. K시에는 아무것도 없어요."

"그렇구나. 아르바이트는 무슨 일을 했니?"

마유의 얼굴이 굳어졌다.

"라멘가게에서 일했어요."

"거기가 예의 그 가게지?"

미리 전화 상담 내용을 보고받았을 것이다. 가쓰라의 눈 안쪽에서 다시 번쩍 빛이 난 것처럼 보여서 리오나는 시선을 피했다. 가쓰라처럼 자신이 옳은 일을 한다고 믿고 있는 어른은 늘 거북했다.

"맞아요."

마유가 몸을 움츠렸다.

"가게 이름은?"

"겐베예요. 겐은 가타카나_{일본의 문자 중 외래어 표기나 의성어 · 의태어 표기, 강조용법 등}_{에 사용되는 글자}로 쓰고 베는 이런 한자예요." 마유가 노트에 적으며 말했다. "도겐자카에 있는 가게예요."

"겐베란 말이지." 가쓰라는 암기하듯이 되풀이했다. "그 이야기는 나중에 자세히 듣기로 하고. 이토 양, 노트에 생년월일도 써줄래?"

"네." 마유가 순순히 답하고 나서 '2000년 5월 10일'이라고 쓰자 가쓰라가 암산을 하듯이 눈을 가늘게 떴다.

"그렇다는 건 지금 17살이니?"

"맞아요."

"노트를 돌려줄래?"

가쓰라는 마유에게서 노트를 받아 자기 앞에 놓고 정색하듯 태도를 바꾸었다.

"그런데 17살이면 좀 곤란한걸. 부모님 성함도 알려줄래?"

"아빠는 이토 신이치. 엄마는 이토 에이코."

가쓰라가 한자를 물어보자 마유는 순순히 답했다. 가쓰라는 의외로 예쁜 글씨로 술술 써 내려갔다.

"나중에 아버지한테 연락을 하게 될 텐데, 괜찮니? 19세 미만인 경우 보호자한테 연락을 하게 되어 있단다."

마유가 애매하게 끄덕이며 슬쩍 리오나를 쳐다보자 리오나가 대신 답했다.

"저기, 마유는 성폭행당한 거 부모님한테 알리고 싶지 않아 해요. 쓸데없는 걱정을 하실 테니까. 게다가 상황이 상황이니만큼 불같이 화낼지도 모르고. 딸 입장에서는 엄청 창피하고 싫을 거예요."

가쓰라가 망설이듯이 고개를 기울이며 짧은 머리카락을 만졌다. 뻣뻣하고 숱 많은 머리카락 사이 군데군데 흰머리가 눈에 띄었다. 가쓰라의 단정하게 깎은 네모난 손톱과 왼손 약지의 결혼반지를 보고, 리오나는 이 사람도 아이가 있을까 하는 생각을 했다.

"이토 양의 마음은 잘 알겠지만 보호자에게 연락을 하는 것이 규칙이야. 그리고 보호자는 아직 17살인 이토 양을 보호하고 양육할 의무가 있어."

"알아요. 그렇지만 알리고 싶지 않아요."

마유가 불쑥 말하자 볕에 그을린 가쓰라의 얼굴 위로 웃음이 자리 잡았다.

"그럼 그 판단은 나중에 하기로 하자. 이제 자세한 이야기를 들어볼까?"

마유는 더듬거리면서도 담담히 이야기해나갔다. 몇 번을 들어도

싫은 이야기였다. 리오나는 귀를 틀어막고 싶은 것을 간신히 참고
듣고 있었다.

"위층 방이 비어 있으니까 늦어지면 거기서 자도 된다고 사장이
그랬어요. 세 평 정도 넓이의 작은 방인데 직원들이 짐을 놔두거나
유니폼을 갈아입는 용도로 썼어요. 그래서 막차를 놓치거나 하면
거기에서 잤는데 어느 날 한밤중에 치프가 들어온 거예요. 깜짝 놀
라서 일어나려고 했는데 갑자기 덮쳐 와서 움직일 수 없었어요. 저
항했더니 얼굴을 때렸어요."

마유는 눈물이 쏟아져 더 이상 말을 하지 못했다. 가쓰라는 안
쓰럽다는 듯 눈썹을 찌푸린 채 마유의 다음 말을 기다렸다. 하지만
마유가 흐느껴 울며 좀처럼 말을 하지 못하자 참지 못하고 먼저 입
을 열었다.

"그때 이토 양은 어떻게 했어?"

"도망치려고 했지만 가위에 눌린 것처럼 몸을 움직일 수 없었어
요. 너무 무섭고 아파서 어떻게 해야 할지 몰랐어요."

"그 일이 일어난 건 언제지?"

"7월 2일이에요."

가쓰라가 노트에 날짜를 적었다.

"임신은 하지 않았니?"

"모르겠어요. 근데 그 뒤로 생리를 했으니까 아마 괜찮을 거예요."

"그래. 그건 다행이구나. 불행 중 다행이야."

가쓰라가 안심한 듯 말하자 마유가 손으로 눈물을 닦았다.

"그 치프라는 사람이 가게 오너니?"

"아니요. 사장은 기무라라는 사람이고 치프의 이름은 몰라요. 하

지만 라멘 육수를 만들거나 하는 중요한 일을 맡고 있었어요."

"이름은 몰라?"

마유가 난처한 듯 리오나 쪽을 돌아보고 나서 느릿느릿 스마트폰을 꺼냈다.

"물어보면 알 수 있을지도 몰라요. 같이 아르바이트했던 사람이 있는데 한번 물어볼게요."

가쓰라가 끄덕이자 마유는 그 자리에서 전화를 했다. 상대는 요전에 통화했던 구마라는 남자일 것이다.

"여보세요. 나 마유인데, 혹시 가게 치프 이름 알아? 응, 성만 알려줘도 괜찮아. 기요타케? 맑을 청淸에 무사 할 때 무武? 고마워. 그리고 전에 가게에 대한 이야기했었잖아. 기무라 씨에 관한 거. 그래, 그 사람 위험하다던가 그랬잖아. 그거 무슨 뜻이었어? ……정말? 고마워."

마유는 소곤소곤 이야기한 뒤 전화를 끊고 가쓰라에게 말했다.

"성은 기요타케라는 것 같아요. 이름은 모른대요."

가쓰라가 노트에 써 두었다.

"근데 그 사람 위험하다는 건 무슨 말이야?"

"전에 아르바이트했던 남자가 그러는데 가게 2층에서 이상한 상영회 같은 걸 한 적이 있대요. 그게 아동 포르노였나 봐요."

"제 생각엔 가게 전체가 한 통속인 것 같아요. 엄청 악질적이에요."

리오나가 무심코 말참견을 하자 가쓰라가 리오나 쪽을 보았다.

"그러고 보니 네 이름을 아직 안 물어봤네?"

"저는 루이예요."

리오나는 순간적으로 거짓말을 했다. 아니, 루이카가 본명이니까 거짓말은 아니다. 하지만 거의 쓰지 않았기 때문에 이쪽이 가명인 듯한 느낌이 들었다.

루이라고 이름을 댄 것은 슈토가 의식을 되찾아 리오나와 마유의 이름을 대면 곤란할 거라고 생각했기 때문이다.

"루이라고 하는구나."

가쓰라는 더 묻고 싶어 했지만 리오나가 입을 다물자 단념한 듯 시선을 노트로 돌렸다.

"확실히 악질적인 케이스네. 자도 된다고 해놓고 밤에 몰래 들어왔다는 건 역시 계획적이라는 느낌이 들어."

"맞아요."

"보조 열쇠를 써서 들어온 걸까?"

"네, 저한테는 안 줬지만 치프는 갖고 있었을 거예요."

"혹시 부상을 당하지는 않았니?"

"부상? 부상이라……"

마유가 혼란스러운 듯 동공이 흔들렸다. 리오나는 또 무심결에 말해버렸다.

"마유, 그때 광대뼈에 멍이 있었어."

"아아, 이 부분을 맞았으니까."

마유가 왼쪽 눈 밑을 누르며 괴로운 표정을 지었다.

"출혈 같은 건 없었니?"

"조금 났는데 한동안 얼얼하게 아팠어요."

"그때 바로 경찰서로 왔으면 병원에 가서 치료도 할 수 있었는데. 왜 오지 않았니?"

가쓰라가 당연한 질문을 했다.

"어떻게 해야 좋을지 몰라서 망설였어요. 처음이었고 죽고 싶을 만큼 싫었어요. 불쾌하고 불쾌해서 어떻게 해야 할지 몰라서……"

당시의 심정이 떠올랐는지 마유의 얼굴이 어두워졌다.

"다음 날 아침 곧장 경찰서로 왔다면 아직 흔적도 남아 있었을 테고 곧바로 체포할 수 있었을지도 몰라."

"그렇지만……" 마유는 분한 듯이 고개를 숙였다.

"저기, 마유는 혼란스러워서 어떻게 해야 좋을지 몰랐을 거예요. 처음이었으니까 충격도 심했겠죠."

보다 못한 리오나가 끼어들었다. 가쓰라가 "응응" 하며 몇 번이나 끄덕였다.

"그랬겠지. 상당히 악질적인 수법이었으니까. 시간이 조금 지났지만 괜찮아. 다만 역시 보호자에게 연락은 해야 할 것 같구나. 전화번호 가르쳐 주겠니?"

마유가 스마트폰을 보면서 술술 말했다.

"아빠보다는 엄마 쪽이 좋겠죠? 엄마한테 먼저 연락해주세요."

가쓰라가 한 손에 노트를 들고 방을 나가자 마유가 지친 얼굴로 리오나 쪽을 보았다.

"전화 연결은 안 되겠지만 어쩔 수 없지."

"응, 이렇게 된 이상 어쨌든 강간범으로 그 자식들을 체포해달라고 하자."

"그건 알겠는데, 왠지 지친다."

마유가 우울한 얼굴로 한숨을 쉬었다. 가쓰라는 한동안 돌아오지 않았다.

7

"저기, 마유. 가쓰라 씨가 돌아와서 집에 대해 물어보면 뭐라고 말할 거야?"

리오나가 마유에게 물었다. 지친 기색으로 고개를 숙이고 있던 마유가 얼굴을 들었다.

"어떻게든 얼버무려야지. 근데 안 되면 안 되는 대로 괜찮아. 여기까지 왔으니까 이제 됐어. 나 뭐든 할 거야. 그 자식들만 체포된다면 나는 어떻게 돼도 좋아. 그딴 가게 망해버렸으면 좋겠어."

마유가 단호하게 말했다.

"체포되면 가게 같은 건 금방 망할 거야."

"그렇겠지? 쌤통이다."

마유가 독살스럽게 내뱉었다.

"대신 마유는 아동상담소나 보호시설 같은 데로 보내질 텐데 괜찮아?"

망설이는 듯이 마유의 눈이 흔들렸다.

"리오나는 같이 안 갈 거지?"

리오나는 세차게 고개를 저었다.

"나는 절대 안 가. 그럴 바에는 혼자 살겠어."

리오나는 처음 보는 어른이 '네 심정 이해해'라고 아는 척하거나 '불쌍하게도'라고 동정하는 것이 싫었다. 그럴 바에는 혼자 살다가 길에 쓰러져 죽는 편이 낫다고 생각했다.

하지만 마유는 자유가 제한되고 감시당하더라도 라멘가게 일당을 고발하고 싶은 것이다. 그것이 두 사람의 갈림길이었다.

"나 리오나랑 헤어지고 싶지 않아."

마유가 갑자기 기운이 빠진 듯 중얼거리자 리오나도 섭섭한 마음에 마유의 어깨에 손을 얹었다.

"힘내."

"응, 고마워." 마유가 숙연하게 답했다.

"오래 기다렸지?"

가쓰라가 손에 몇 장의 서류를 들고 돌아왔다. 의자에 앉더니 흘끗 마유를 보고 나서 걱정스러운 듯 고개를 갸웃거렸다.

"어머니랑 전화가 연결되지 않는데 어떻게 된 걸까?"

"역시 안 되나요?"

마유가 어두운 표정으로 끄덕였다.

"그래서 아빠한테도 전화해봤는데 마찬가지야. 어떻게 된 거니? 전화번호가 바뀌었을까?"

마유는 고개를 저었다.

"그러지는 않았을 거예요."

"방금 전에 역시 안 되냐고 한 건 무슨 뜻이니?"

"가끔 연결이 안 될 때도 있고 하니까."

마유가 애매하게 대답했다. 가쓰라는 미심쩍은 듯 마유를 잠시 바라봤지만 마유가 고개를 들지 않자 이야기를 바꿨다.

"그럼 집 전화번호는?"

"집 전화는 없어요."

"아아, 그래?" 가쓰라는 쓴웃음을 지었다. "그럼 어떤 방법으로 연락을 취해야 좋을까?"

마유는 고개를 숙인 채였다. 리오나는 마유가 어떻게 이 상황을 모면할 것인지 또다시 마음을 졸였다. 하지만 가쓰라는 초조했던 듯 다른 질문을 했다.

"아까 물어본다는 걸 깜빡했는데 그날 밤 그런 싫은 일이 있고 그다음 날은 어떻게 됐니? 치프라는 사람은 사과했니?"

불쾌한 듯 마유의 얼굴이 다시 일그러졌다.

"다음 날 맥도널드에서 시간을 보내고 있었는데 도저히 참을 수가 없었어요. 게다가 아르바이트 비도 못 받았거든요. 큰맘 먹고 가게로 갔어요. 근데 치프는 카운터 안에서 시치미를 뗀 얼굴로 전혀 고개를 들지 않았어요. 사과는커녕 나 같은 건 완전 무시했어요. 아, 없었던 일로 칠 셈이구나 하고 느꼈어요. 화가 나서 사장한테 일주일치 급여를 달라고 했더니 옛다, 먹고 떨어져라 하는 느낌으로 5만 엔을 줬어요. 부족하다고 했더니 휴게실을 숙소 대신 썼으니까 숙박비를 뺀 거래요. 그래서 치프가 밤에 들어온 걸 말했더니 그런 일이라도 없었으면 내가 안 나갔을 거라면서……"

말하는 사이 분한 마음이 치밀어 온 것인지 마유가 눈물을 뚝

뚝 흘렸다. 가쓰라는 메모를 하는 것도 잊은 듯 아연한 모습이었다.

"참 지독한 일을 당했구나. 분명히 무슨 일이 있었는지 알고 말한 거네. 정말 악질이야."

"우습게 보인 거죠, 제가."

마유는 자신이 가출이나 다름없는 상태였기 때문에 우습게 보였다고 말하고 싶었을 것이다. 하지만 상대가 가쓰라라서 서둘러 말을 끊었다.

"이토 양의 어떤 점 때문에 우습게 보였다고 생각해?"

가쓰라는 놓치지 않았다.

"제가 어리니까. 아직 고등학생이니까요."

마유가 잘 둘러댔다.

"고등학생이구나. 학교는 어디야?"

마유는 사이타마의 공립학교 이름을 댔다. 가쓰라는 메모하면서 불쑥 물었다.

"학교는 제대로 다니고 있니?"

"다니고 있어요."

마유가 단호하게 답했을 때 노크 소리가 들렸다. 남색 정장을 입은 20대 여성이 들어왔다. 긴 머리를 하나로 묶고 볕에 그을린 얼굴에는 화장기가 없었다. 가쓰라와 마찬가지로 여자 형사인 걸까. 그녀는 가쓰라에게 종이를 한 장 건네고 나갔다.

가쓰라가 종이로 시선을 떨어뜨리며 말했다.

"이토 양이 써준 주소 말인데, 다른 사람이 살고 있는 것 같아. 이 주소가 확실하니?"

마유가 가볍게 끄덕였다.

"그럼 부모님은 어디에 살고 계시니?"

"가르쳐주지 않아서 몰라요. 돈을 벌러 간 것 같은데."

"설마 너만 놔두고 어디론가 가버린 거니?"

리오나가 허둥대며 가쓰라에게 항의했다.

"버리고 간 게 아니에요. 마유는 부모님한테 사정을 다 들어서 알고 있는 걸요. 그렇지?" 마유에게 동의를 구했다.

"그 말이 맞니? 부모님이 설명해주셨어?"

가쓰라가 진지한 표정으로 마유 쪽으로 몸을 돌려 물었다. 마유는 "네"라고 수긍했다.

"부모님은 엄청나게 많은 빚을 졌다고 했어요. 그래서 집도 다른 사람한테 넘기고 멀리 일하러 갔어요. 저는 친척집에 맡겨졌으니까 딱히 버리고 간 건 아니에요."

"부모님이 빚 때문에 나가셨다고? 두 분 사이는 어땠니?"

의외의 질문이었는지 마유는 잠시 말문이 막혔다.

"보통이었다고 생각해요."

주저하는 마유의 모습에 리오나는 위화감을 느꼈지만 가쓰라는 알아채지 못한 기색이었다.

"그래. 그럼 네가 맡겨진 친척집 연락처를 알려 주겠니? 일단은 보호자니까."

"꼭 말해야 하나요?"

마유가 고집스럽게 입술을 앙 다물었다.

"몇 번이나 말하지만 이토 양은 미성년자라서 고소하려면 보호자의 동의가 필요해. 보호자가 있다면 당연히 이 일에 대해 논의해야 하고. 그러니까 가르쳐 주지 않으면 곤란해."

마유가 단념한 듯 작은아빠의 이름과 주소를 말한 뒤 필사적인 얼굴로 말했다.

"작은아빠한테 저에 대해선 말하지 말아주세요."

"왜?"

"말하고 싶지 않아요."

"뭔가 다른 이유가 있니?"

"그 집을 나왔기 때문이에요."

아아, 결국 말해버렸다. 리오나는 머리를 감싸 안고 싶었지만 꾹 참았다.

"집을 나온 뒤로는 어떻게 했니? 가게에서 잤다고 하기에 이상하다고 생각했어. 어디에서 지냈니?"

가쓰라가 몸을 쑥 내밀었다.

"마유는 저희 집에서 지냈어요."

리오나가 끼어들었다. 가쓰라는 역시 그랬군, 이라는 식으로 리오나의 얼굴을 보았다.

"루이 양은 어디에서 살고 있어?"

리오나는 거기까지는 조사하지 않을 거라고 가볍게 보고 요코스카의 할머니 주소를 말했다. 불에 타버려 이젠 없어진 집이지만 그래도 슈토의 집에서 지냈던 일이 발각되면 곤란할 것 같았다.

"요코스카? 그렇게 멀리서? 교통비도 꽤 나올 텐데."

가쓰라는 요코스카에서 지냈다는 말 따위는 처음부터 믿지 않는 듯한 말투로 말했다. 마유는 도와줘서 고맙다는 얼굴로 리오나를 쳐다보았다.

"그럼 이토 양은 학교도 거의 가지 못했겠네? 사이타마라고 했으니까."

　처음에는 성폭행 피해 상담을 해주며 동정심을 품은 태도를 보이던 가쓰라가 점점 선도라도 할 것 같은 분위기로 변해갔다.

　"별로 가고 싶지도 않았어요. 부모님이랑 같이 살 때는 공부도 제대로 했었고 실제로 비교적 잘하는 편이어서 도내에 있는 여고로 진학도 결정되어 있었어요. 하지만 작은아빠 집에 맡겨지면서 별로 가고 싶지 않은 학교로 옮기게 된 거예요. 솔직히 내키지 않았어요."

　마유도 태도를 바꿨는지 솔직하게 하고 싶은 말을 하기 시작했다.

　"그렇구나. 어쨌든 이 가게 같은 경우 워낙 악질적이라 다른 피해자가 나올 가능성도 있어. 나도 어떻게든 입건하고 싶으니까 네 사정도 고려해봐야겠구나."

　"다행이다."

　마유가 진심으로 안도한 듯 한숨을 내쉬었다.

　"하지만 아무래도 작은아버지한테는 연락을 해야 할 것 같아."

　그렇게 말하고 가쓰라가 일어서려고 하자 마유가 매달렸다.

　"작은아빠한테는 절대로 알리지 말아주세요."

　가쓰라가 놀란 듯이 다시 의자에 앉았다.

　"무슨 일 있었니?"

　"작은아빠가 저를 성폭행하려고 한 적이 있어요."

　침통한 표정으로 꺼낸 마유의 말에 리오나는 귀를 의심했다. 처음 듣는 이야기였다. 리오나는 무심코 마유의 얼굴을 쳐다보았다. 전에 리오나가 작은아빠한테 무슨 일을 당한 건 아닌지 물었봤을

때 마유는 "에이, 작은아빠가 어떻게 그런 짓을 해"라며 손사래를
쳤다. 그 어린애 같은 유치한 말투에 뭔가를 은폐하려는 의도는 전
혀 느껴지지 않았다.

"괜찮다면 더 말해주겠니?"

그때까지 호의적인 말투였던 가쓰라의 표정이 갑자기 험악해졌
다.

"작은아빠는 저한테 흥미가 있었던 모양이에요. 작은엄마가 없
을 때면 만지려고 하거나 이불 속에 들어오려고 했어요. 그게 싫어
서 나온 거니까 절대 알리지 말아주세요."

"즉, 성적학대가 있었다는 거네?"

"하지만 성폭행까지는 당하지 않았어요. 그럴 위험이 있어서 집
을 나온 거예요."

"그렇구나." 가쓰라는 한숨을 쉬었다. "괴로웠겠구나. 아동상담소
분과 이야기하고 올 테니까 잠깐 기다려."

가쓰라가 다시 방을 나갔다. 마유는 안도한 기색으로 숨을 내쉬
었다.

"저기, 마유. 작은아빠에 대한 이야기는 처음 듣는데."

"미안. 거짓말이야." 마유가 웃으며 답했다.

"역시 거짓말이지? 깜짝 놀랐어."

"리오나의 이야기가 생각나서 나도 모르게 흉내 내서 말해버렸
어. 작은아빠한테 연락 가는 거 진짜 싫거든."

마유는 고작 그런 이유로 자신의 쓰라린 경험을 이용한 것인가.
리오나는 불쾌함에 몸서리쳤다. 마유의 말투나 그런 식으로 이용
할 수밖에 없는 상황이라는 것은 문제가 아니었다. 이 불쾌한 마음

은 그것과는 별개로 영원할 것이다. 마유에게 있었던 일은 경찰이 해결해주겠지만 자신에게 일어난 일은 그 누구도 해결해줄 수 없기 때문이다. 자신의 상처가 그 정도로 깊다는 것을 마유는 알지 못하는 것이다.

리오나는 저도 모르게 의자에서 벌떡 일어났다.

"리오나, 왜 그래?"

마유가 놀란 듯이 물었지만 리오나는 대답하지 않고 방에서 나갔다.

8

리오나가 방을 나간 직후 꽈당 하고 큰 소리가 났다. 마유가 다급하게 일어나는 바람에 의자가 넘어지는 소리였다.

"리오나, 어디 가는데?"

마유가 쫓아와서 리오나의 팔을 잡았지만 리오나는 아무 말도 하지 않고 뿌리쳤다.

"잠깐 기다려. 왜 화를 내는 거야?"

마유가 어리둥절한 표정을 지었지만 리오나는 개의치 않고 푸른 형광등 불빛이 비추고 있는 경찰서 복도를 걷기 시작했다.

"리오나, 기다리라니까."

마유가 허둥대며 쫓아왔다. 마침 그때 복도 맞은편에서 가쓰라가 황급히 이쪽을 향해 오는 것이 보였다.

"가쓰라 씨가 오고 있어. 마유는 방에 가 있는 편이 좋겠다."

리오나가 돌아보며 말하자 난감한 듯 마유의 어깨가 축 처졌다.

리오나의 태도가 왜 갑자기 변한 건지 납득이 가지 않는 듯한 기색이었다.

"그렇지만…… 리오나는 어떻게 할 거야?"

"이제 가려고."

"어디로 갈 건데?"

잠자코 있자 마유는 어쩔 수 없다는 듯 더는 붙잡지 않았다.

"나중에 연락할게."

리오나는 대답하지 않았다.

"어머, 넌 가는 거니?"

스쳐 지나갈 때 리오나를 붙들지 말지 망설이는 듯 가쓰라가 입술을 깨물고 멈춰 섰다.

"죄송해요. 일이 있어서."

리오나는 작은 목소리로 답하고 도망치듯 현관 쪽을 향했다. 마유를 혼자 두고 나온 것이 신경 쓰였지만 마유가 가쓰라의 질문에 답하는 것을 듣고 싶지 않았다. 리오나에게 있었던 일을 자신의 경험처럼 말하는 모습을 보기라도 한다면 마유를 절대 용서하지 못할 것 같았다.

어른들이 아르바이트하는 여고생을 속여서 휴게실에 머물게 하고, 자고 있는 틈을 노려 성폭행한 것은 비열하고 용서할 수 없는 범죄였다. 사형당해도 싸다고 생각했다. 하지만 정말로 그 남자들을 처벌할 방법이 있다는 것을 알게 되자 리오나는 마유와 자신이 비교되어 견딜 수가 없었다.

엄마마저 내 편이 되어주지 않은 것을 저주하면서 아무 말도 하지 못하게 된 자신은 새아빠에게 '협력'한 것이 되는 걸까. 새아빠는 그런 자신을 우습게 보고 성폭행을 멈추지 않았다.

그게 진짜 '우습게 보는' 거야, 마유. 나이 때문이 아니야. 의연한 태도를 취하지 않아서도 아니야. 도망칠 수 없다는 걸 알고 있기 때문인 거야.

어느 날 새아빠가 귓가에 속삭인 적이 있었다.

"사실은 너도 이런 거 좋아하지?"

그때 느낀 리오나의 살의와 절망을 마유는 어디까지 이해할 수 있을까?

옆방에서는 엄마가 코를 골며 자고 있었다. 도와줄 사람은 어디에도 없었다. 어디로 도망쳐야 할지도 몰랐다. 밤이 되는 것이 무섭고 싫어서 견딜 수 없었다. 리오나는 새아빠와 같은 집에 있는 것만으로도 구역질이 났다. 정말로 죽여버리고 싶었다.

그때 도부이타 거리에서 할머니와 우연히 만나지 않았다면 리오나는 정신이 이상해졌거나 아니면 진작 자살했을지도 몰랐다.

내가 어떻게 되어버릴지도 모른다는 공포. 무심코 소리를 지를 정도의 역겨움. 되돌릴 수 없는 불결함을 떠안게 된 자신에 대한 경멸. 그런 견딜 수 없는 전율과 두려움을 경험하지 않은 사람이 알 리가 없었다.

경찰서 출입구에 있는 접수 데스크에는 사무직인 듯한 여자가 혼자 앉아 있었다. 그 옆에 가쓰라에게 서류를 가져다 준 젊은 여자 형사가 상사인 듯한 정장 차림의 남자와 서서 이야기하고 있는 것이 보였다. 두 사람 다 진지한 얼굴로 이야기에 열중하고 있어서 리오나는 들키지 않고 무사히 밖으로 나올 수 있었다.

시부야 경찰서 앞 육교를 건너며 경찰서를 돌아보았다. 지금쯤 마유는 가쓰라에게 무슨 이야기를 하고 있을까? 성폭행이라는 지독한 경험을 공유한 두 사람이 설마 이렇게 헤어지게 될 줄은 생각지도 못했다.

가만히 서 있기만 해도 흥건히 땀이 났다. 무더위에 지친 리오나는 종합 쇼핑몰 안으로 들어갔다. 엘리베이터 홀 구석에 서서 스마트폰을 바라보았다.

아침에 등록한 만남 사이트에서 메시지가 세 통 와 있었다. 대충 보니 회사원, 학생, 프리랜서라고 되어 있었다. 누구와 만날지 정하기 전에 리오나는 미토에게서 온 카카오톡을 먼저 열어보았다.

리오나, 난 아직도 배가 아파. 앞으로 3일은 입원해야 한대. 병원은 와이파이도 안 되고 심심해. 빨리 와.

리오나는 미소 지으며 '지금 병문안 갈게. 뭐 좀 사갈까?'라고 답장을 했다. 그러자 곧바로 미토의 메시지가 왔다.

리오나 안 오는 게 낫겠어. 지금 링거 매달고 휴게실에 있거든. 여기는 와이파이가 있으니까. 근데 아무래도 슈토가 이 병원으로 실려 온 것 같아ㅋㅋㅋ 경찰이 엄청나게 와 있어. 옆에 있는 아줌마의 이야기를 듣고 있는 중이야. 또 연락할게.

리오나는 놀라서 '슈토 살아있대?'라고 묻자 곧바로 '생사불명ㅋㅋ'라고 답이 왔다. ㅋㅋ라니. 웃어넘길 수 있는 사건이 아니었다. 리오나는 기가 막혔지만 미토와 슈토의 사이가 나빴다는 것을 떠올렸다. 서로 으르렁거렸던 두 사람이 우연히 같은 병원에 있다니 얄궂은 일이었다. 하지만 리오나는 슈토가 실려 간 곳을 알게 된 것은 다행이다 싶었다.

미토를 찾아가 만남 사이트에 대한 이야기라도 하려고 했는데 또다시 갈 곳을 잃어버렸다. 하는 수 없이 쇼핑몰의 위층으로 올라가 앉아서 쉴 만한 벤치라도 찾으려고 엘리베이터 버튼을 눌렀다. 그때 미토에게 전화가 걸려왔다.

"리오나? 나 미토야."

혀 짧고 어리광부리는 목소리가 여전한 것이 몸은 괜찮은 것 같았다.

"미토, 말해도 괜찮아? 아프지 않아?"

리오나는 미토와 통화를 하기 위해 지하에서 올라와 문이 열린 엘리베이터 앞에서 등을 돌렸다. 안에서 리오나가 타기를 기다리고 있던 중년 여성이 리오나를 쏘아보면서 문을 닫았다.

"괜찮아. 지금은 수술도 다 끝나서 소독만 하고 있어. 사실 오늘부터 통원해도 된대. 다들 그렇게 하고 있나 봐. 근데 나는 지낼 곳이 없으니까 집이 멀다고 거짓말하고 입원해 있는 거야. 여기 밥도 나오고 완전 편해."

"집이 멀다는 건 거짓말이 아니잖아. 요코스카인걸."

"하긴 그렇지. 남자 친구 집은 더 시골이었고."

"입원비는 충분할 것 같아?"

"어떻게든 되지 않을까? 만약 부족하면 리오나가 좀 빌려줘." 미토는 태평하게 말을 이었다. "리오나, 병원 밥 꽤 맛있어. 아, 리오나는 포테이토칩만 있으면 살 수 있으니까 상관없나? 넌 감자 좋아하니까."

리오나는 계속 이어지는 미토의 수다를 가로막았다.

"근데, 슈토가 거기로 실려 간 거 맞아?"

"맞다니까. 심심해서 휴게실에 죽치고 있었거든. 근데 제복 입은 경찰들이 우르르 몰려오길래 무슨 일인가 했지. 마침 내과에 입원한 아줌마 하나가 자세히 알고 있어서 이야기해줬어. 어제 일사병으로 구급차에 실려 온 도쿄대생을 조사하러 온 거라고. 뭐야, 그거 슈토 이야기잖아, 라고 혼자 속으로 엄청 웃었어. 그 자식 살아 있나 봐."

"다행이다. 살인범이 되지 않아서."

리오나는 진심으로 안도해서 무심코 큰 소리를 내버렸다. 리오나의 말에 깜짝 놀랐는지 근처에서 스마트폰을 보고 있던 젊은 남자가 리오나의 얼굴을 빤히 쳐다보았다. 리오나는 아무렇지도 않은 듯 입구 쪽으로 이동해 그대로 밖으로 나갔지만 소음에 휩싸여 미토의 목소리를 알아듣기 어려웠다. 하는 수 없이 다시 건물 입구 쪽으로 돌아갔다.

"그딴 거 아무래도 상관없어."

미토가 코웃음을 쳤다.

"근데 경찰은 왜 온 거래?"

"누군가 감금한 게 아닌가 하고 소동이 일어났대. 인터넷 뉴스 같은 데 나오는 거 아냐? 도쿄대생, 소녀들에게 감금당해 일사병으로 죽을 뻔하다. 너무 웃기지 않아?"

리오나는 슈토가 날뛰며 큰 소리를 낸 탓에 주민이 찾아왔던 일을 떠올렸다. 인터폰을 두 번이나 눌렀으니까 어지간히 큰 소리가 났던 게 분명했다. 경찰이 왔어도 전혀 이상하지 않은 상황이었다. 그렇게 생각하자 식은땀이 날 것 같았다.

"미토도 가담했잖아. 방범 카메라 영상 분석이라도 하면 위험하다고."

"있지, 가장 위험한 건 리오나야. 리오나가 가장 많이 찍혔을걸? 한참 전부터 그 집에 들락거렸지? 영상이 인터넷에 올라가기라도 하면 어떻게 될까?"

우리의 본명과 주소까지 다 밝혀지겠지, 라는 말을 리오나는 차마 할 수 없었다. 자물쇠까지 달고 슈토를 감금했다. 자신들은 범죄를 저지른 것이다.

"플레이야, 플레이. 감금 플레이. 그걸로 밀고 나가."

리오나가 불안을 떨쳐버리듯 말하자 미토가 웃었다.

"사실 그게 맞지. 마조히스트니까."

하지만 미토의 입원비도 슈토의 통장에서 찾은 돈이었다. 비밀번호를 캐내서 허락도 받지 않고 인출한 자신들은 절도범이기도 했다.

편의점 ATM에도 분명히 얼굴이 찍혔을 것이다. 자칫하면 지금 경찰서에 있는 마유도 그대로 선도될지도 모르는 상황이었다. 그렇게 되면 마유는 경찰에게 리오나의 본명을 말할까? 작은아빠한테 성폭행 당할 뻔했다고 거짓말한 것 때문에 리오나는 마유에 대한 신뢰가 급격히 사라졌음을 느꼈다.

"에잇, 어떻게든 되겠지."

"맞아." 미토도 기세 좋게 답했다.

"지금부터 병문안 가려고 했는데."

"응, 나도 보고 싶어. 그렇지만 위험하니까. 슈토가 의식을 되찾으면 경찰한테 이것저것 말할 거 아냐. 리오나라는 이름도 말할 테고 마유의 이름도 나오겠지."

"마유는 지금 시부야 경찰서에 있어."

"엑, 왜? 불에 뛰어드는 나방도 아니고."

마유는 자신이 어떻게 되든 '겐베' 일당을 지옥에 보낼 각오를 하고 있었다. 그러니까 무슨 일이 일어나도 괜찮을 것이다.

"리오나, 지금 어디에 있어?"

"시부야 쇼핑몰."

"그럼, 나 마카롱 사다주라. 단 거 먹고 싶어."

"태평하네. 안 오는 게 낫겠다고 방금 전에 말하지 않았어?"

"맞다, 그랬지."

갈 곳이 없는 리오나는 암울한 생각으로 가득 찼는데 미토는 실실 웃고 있었다.

"근데 마유는 어떻게 된 거야?"

미토가 묻자 리오나는 뭐라고 답해야 할지 망설였다.

"마유는 아마 아동상담소나 그 비슷한 시설로 보내질 거야."

"왜?" 미토가 얼빠진 소리를 냈다. "어째서?"

"라멘가게를 고발하러 갔거든. 미성년자니까 당연히 보호자한테 연락이 갈 거고."

"보호자도 없잖아?"

"그러니까 기관에서 보호해주는 거야."

"아, 그렇구나. 그래서 리오나는 도망쳐 왔구나."

아니야, 라고 말하고 싶었지만 잠자코 있었다. 미토는 외로웠는지 좀처럼 전화를 끊지 않았다. 리오나는 손목시계를 들여다보았다. 이제 곧 정오다.

저녁에 만날 상대를 찾아야 했다. 누구로 할까? 일러스트레이터라던 남자는 프로필 사진이 배우를 조금 닮아서 멋있었다. 리오나는 그 사람으로 해야겠다고 속으로 중얼거렸다.

9

패밀리 레스토랑에서 시간을 보낸 뒤 리오나는 자칭 일러스트레이터라는 남자에게 메시지를 보냈다. 상대가 좋은 사람이면 하룻밤 같이 있게 해달라고 부탁해볼 생각이었다. 잘 되면 저녁 식사와 잠자리 정도는 해결할 수 있을 것이다. 어젯밤은 노래방에서 밤을 샜기 때문에 샤워를 하고 싶어 견딜 수 없었다.

안녕하세요. 리오예요. 오늘 시간 되는데 바로 올 수 있나요?

좋아. 어디로 가면 돼?

5분도 안 돼 남자에게 답장이 왔다. 처음부터 반말인 것이 조금 마음에 걸렸지만 프로필 사진의 느낌이 좋았고 일러스트레이터라는 일에도 흥미가 일었다.

리오나는 JK 산책에서 시작해 JK 마사지, JK 커뮤니케이션으로 업무 형태가 바뀌면서 하는 일도 조금씩 바뀌어왔다. 돈을 벌기 위해 옵션도 했다. 불쾌한 일을 겪은 적도 한두 번이 아니었다. 하지만 가게라는 뒷배가 있어서인지 위험한 상황에 처한 적은 없었다.

하지만 개인으로 손님을 잡는 이상 위험은 늘 뒤따르기 마련이었다. 프로필만 봤을 때는 별 문제없을 것 같았지만 만나기 전까지는 아무래도 걱정이 되었다.

30분 뒤에 시부야 쇼핑몰 앞에 있을게요. 오늘은 사복인데 청바지를 입고 있는 몸집이 작은 여자아이예요. 도착하면 메시지 주세요.

남자로부터는 '알겠음. 서둘러 갈 테니까 기다려'라는 간결한 답장이 왔다.

리오나는 쇼핑몰 화장실로 들어가 검은색 스웨터와 청바지로 갈아입었다. 서둘러 세수한 후 간단하게 화장을 했다. 될 수 있는 한 고등학생으로 보이도록 눈가에는 아무것도 바르지 않았다.

30분 뒤, 리오나는 만나기 전에 먼저 어떤 사람인지 살펴보려고 쇼핑몰 안에서 잠시 바깥 상황을 살폈다. 하지만 아직 도착하지 않은 건지 그럴듯한 남자는 보이지 않았다. 과감히 밖으로 나가자 중년 남성이 쓱 다가왔다.

"리오 맞지?"

남자가 귓가에 속삭였다. 아무래도 건물 옆에 모습을 감추고 있었던 모양이었다. 리오나는 순간 불안해졌지만 남자가 생글거리는 인상이라 조금 안심했다.

"네, 맞아요."

귀엽게 들리도록 높은 목소리로 대답하면서 리오나는 남자를 훑어보았다.

프로필에는 30대라고 되어 있었는데 훨씬 젊었을 때의 사진을 쓴 건지 실물은 아무리 봐도 40대 후반이었다. 사진보다 머리숱이 많이 줄어들었고 키도 작았다. 체중도 늘어서 사진 속 모습은 전혀 찾아볼 수 없었다. 리오나는 배우처럼 키가 큰 남자를 상상하고 있었기 때문에 크게 실망했지만 얼굴에는 드러나지 않도록 애썼다.

"안녕. 난 스즈키라고 해."

남자는 평범한 이름을 댔다.

"리오예요."

스즈키도 품평하듯이 리오나를 머리부터 발끝까지 노골적으로 훑어보았다. 값이 매겨지고 있다는 생각이 든 순간 리오나의 팔에 닭살이 돋았다. 자신의 반응에 당황해 리오나는 고개를 갸웃했다. 대체 어떻게 된 걸까.

사진과 달랐지만 스즈키의 복장은 말쑥하고 깨끗했다. 베이지색 재킷에 치노 팬츠, 재킷 안에는 흰색 폴로셔츠를 입고 있는 것이 확실히 프리랜서다운 복장이었다.

가게에 오는 손님들은 애초에 옷이나 헤어스타일에 전혀 신경을 쓰지 않는 남자가 많았다. 그러면서 어린 여고생과 연애하고 싶다는 말을 하다니 기가 막힐 노릇이었다. 하지만 남자들은 자신은 손님이고 선택하는 쪽이라며 여자아이들을 얕보고 있었다. 그 압도적으로 일방적인 시선이 옷차림에 신경 쓰지 않아도 된다고 생각하게 하는 것이다. 그런 점에서 스즈키는 가게에 오는 손님들과는 조금 다른 타입인 것 같았다.

"리오는 오늘 뭐하고 싶어?"

스즈키가 끈적끈적한 눈빛으로 리오나의 입 언저리를 보면서 물었다. 스즈키는 좀처럼 눈을 마주치지 않았다.

"오늘 밤 잘 곳이 없으니까 1박 하고 싶은데 괜찮아요?"

나중에 트러블이 생기는 것이 싫어서 확실하게 말하자 스즈키가 기뻐했다.

"어? 진짜? 밤새 오케이야?"

"그럼요." 리오나는 일부러 경박하게 말했다. "밤새 같이 있고 싶어요."

"같이 뭐할 건데?"

스즈키가 확인하듯이 물었다.

"이것저것 하고 싶어요. 노래방에 가도 좋고 밥도 먹고 싶어요."

"좋아. 기쁘네."

스즈키가 손목시계를 보자 리오나도 슬쩍 들여다보았다. 오후 5시. 스즈키의 시계는 싸구려 같았다.

"그럼 바로 호텔로 갈까?"

좀 이른 것 같아 리오나는 고개를 저었다.

"지금 바로요?"

"밤새 오케이라며? 그럼 호텔방에서 느긋하게 있자고."

이제부터 스즈키와 밤새 계속 같은 방에서 보내야 하는 건가 생각하니 역시 두려운 마음이 들었다.

"괜찮긴 한데…… 돈은 얼마나 줄 거예요?"

스즈키가 놀란 듯이 리오나의 얼굴을 보았다. 처음으로 눈이 마주쳤다.

"그런 건 분명하네?"

"죄송해요."

리오나는 고개를 꾸벅 숙이고 혀를 내밀었다.

"괜찮아, 괜찮아. 당연한 거지. 리오, 얼마가 필요한데?"

리오나는 작은 목소리로 속삭였다.

"3만 엔 가능해요?"

"좋아. 호텔에서 줄게. 그래도 되지?"

"와, 기뻐요. 고마워요."

리오나는 일부러 높은 목소리로 인사했다.

3만 엔이라는 금액에는 물론 섹스도 포함되어 있었다. 자신의 취향은 아니었지만 불결한 젊은 남자보다는 스즈키가 훨씬 나았다. 하긴 이 일을 하면서 취향인 남자를 만날 확률 같은 건 제로에 가까웠다.

스즈키는 리오나의 왼손을 잡고 "손이 작네" 하며 웃었다. 그런 다음 리오나의 손을 뒤집어 손목 안쪽에 있는 상처를 흘끗 보았다. 마치 자해한 흔적이 있다는 것을 알고 뒤집은 것 같았다.

스즈키는 아무 말도 하지 않았지만 리오나는 상처를 감추는 것을 깜빡했다는 것을 깨닫고 당황했다. 상처를 본 손님들은 리오나를 정신병자라고 생각한 건지 하나같이 불안한 표정을 지었다.

"러브호텔 말고 일반 호텔로 갈까?"

스즈키는 상처에 대해서는 언급하지 않고 태연하게 말했다. 리오나는 스즈키에게 손을 잡힌 채 재잘거렸다.

"정말요? 리오, 일반 호텔 가본 적 없는데."

스즈키가 데려간 곳은 시티호텔과 비즈니스호텔의 중간 레벨인 캐주얼한 호텔이었다. 방은 그리 넓지 않았지만 침대는 더블베드였다. 리오나는 태어나서 처음으로 러브호텔 이외의 호텔에 와 보았다.

"우와. 이런 데 처음 와 봐요. 너무 좋아요."

리오나는 침대 위에 앉아서 일부러 들뜬 척했다. 가게에 오는 손님들은 커뮤니케이션 능력이 떨어지기 때문에 어색해지는 순간을 싫어했다. 그래서 리오나도 먼저 기분 좋게 말을 거는 습관이 몸에 배어 있었다.

"혹시 여고생이야?"

스즈키가 다시 끈적끈적한 눈빛을 하고 물어보았다.

"네. 맞아요."

"그럼, 교복 입어줘. 그래야 흥분하거든."

뻔뻔스러운 요구에 리오나는 하는 수 없이 끄덕였다.

"그럼, 샤워하고 난 다음에 입어도 될까요?"

"좋아. 먼저 씻고 와. 난 맥주 마시고 있을 테니까. 천천히 씻고 나와도 돼."

스즈키가 재킷을 벗으면서 말했다.

"그럼, 그렇게 할게요."

열심히 귀여운 척하며 쳐다봤지만 스즈키는 시선을 피했다. 리오나의 왼쪽 손목에 난 상처를 봤기 때문일까.

리오나는 불안한 생각이 들었지만 일단 욕실에 들어가서 따뜻한 물을 틀었다. 어쨌든 욕조에 몸을 담그고 머리를 감을 수 있게 된 것이 기뻤다.

비치된 샴푸와 비누로 머리를 감고 정성껏 몸을 씻은 다음 욕조에 몸을 담갔다. 좁은 일체형 욕실의 부예진 거울을 보면서 드라이어로 머리를 말리고 이를 닦았다.

얇은 목욕 타월을 몸에 두르고 욕실에서 나오자 스즈키는 맥주를 마시면서 텔레비전을 보고 있었다. 리오나의 모습을 보더니 텔레비전을 껐다.

"리오, 학교 어디 다녀?"

"비밀이에요, 그런 건."

"그러지 말고 가르쳐줘. 어디 학교야?"

"비밀이라니까요."

리오나가 계속 얼버무리자 스즈키가 다가와 맥주 냄새와 입 냄새가 섞인 숨을 토하며 말했다.

"키스 한번 할까? 나 여고생이랑 키스하는 거 처음이야."

"거짓말!" 리오나는 놀라는 척했다.

"거짓말 아니야."

하는 수 없이 스즈키의 입에 입술을 살짝 갖다 댔다. 그러자 스즈키가 리오나의 얼굴을 양손으로 잡고 혀를 휘감아왔다. 스즈키의 혀는 크고 두꺼워서 숨을 쉴 수가 없었다. 괴로워하며 버둥거리자 스즈키는 그제야 손을 떼고 만족스럽게 웃었다. 사디스트 같아서 왠지 불안해졌다.

"귀엽네." 스즈키가 어색하게 말했다.

"스즈키 씨도 귀여워요."

그러자 스즈키가 부루퉁한 얼굴을 했다. 이런 아저씨는 어떻게 다뤄야 좋을지 알 수가 없어서 리오나는 곤혹스러워하며 화제를 바꿨다.

"이제 교복 입을게요."

"그거 어디 교복이야?"

"그러니까 비밀이라니까요." 생긋생긋 웃으며 얼버무렸다.

리오나의 교복은 아무 데서나 살 수 있는 코스튬이었다. 체크 플리츠 미니스커트에 흰 블라우스, 스커트와 무늬가 같은 체크 리본까지 맞춰 사서 꼭 한 세트 같았다. 거기에 남색 긴 양말에 갈색 구두를 신으면 진짜 교복 같은 모습이 완성되었다.

"스즈키 씨가 씻는 동안 입을게요."

"그럼, 얼른 씻고 올게."

스즈키가 욕실로 사라지자 리오나는 교복으로 갈아입었다. 리본 스냅을 뒤로 고정시키고 방에 있는 거울로 확인했다.

"좋은데."

스즈키가 욕실에서 나왔다. 불룩 튀어나온 배에 목욕 타월을 두르고 있었다.

"고마워요."

"교복 입은 걸 보니 미자 같은데?"

"맞아요. 고2니까."

"언제부터 이런 아르바이트를 한 거야?"

그렇게 물어보면서 스즈키가 목욕 타월을 풀자 축 늘어진 성기가 눈에 들어왔다. 리오나가 눈을 돌렸지만 스즈키는 리오나의 무릎을 꿇게 했다.

"자, 서비스 해봐."

역시 제일 먼저 펠라티오를 시킬 것이라고 생각은 하고 있었다.

리오나는 스즈키의 성기에 입을 갖다 댔다. 리오나의 입 안에서 커지기 시작한 스즈키의 성기가 목을 찌를 것만 같았다. 리오나는 괴로움에 몸서리쳤지만 스즈키는 키스했을 때와 마찬가지로 리오나의 얼굴을 양손으로 잡고 놓아주지 않았다. 스즈키는 그 상태로 리오나의 머리를 앞뒤로 움직이기 시작했다. 구역질이 났지만 토하지도 못하고 호흡곤란에 빠질 것 같은 채로 리오나는 10분을 넘게 견뎌 내야 했다.

스즈키는 짐승 같은 소리로 헐떡이며 오랜 시간을 들여 리오나의 입 안에 사정했다. 다 내보내자 마치 더러운 것이라도 되는 것처럼 리오나의 얼굴을 양손으로 떠밀어버렸다.

엉겁결에 엉덩방아를 찧은 리오나는 그 여파로 정액을 삼키고 말았다. 구역질이 났다. 스즈키는 리오나 따위는 잊어버린 듯 침대에 앉아 얼빠진 웃음을 띠고 있었다.

리오나는 스즈키가 불쾌하게 여기지 않도록 조심하며 빠른 걸음으로 욕실에 들어갔다. 서둘러 세면대에 정액을 토해내고 소리를 죽여 양치질을 했다. 고개를 들자 갑자기 구역질이 나서 리오나는 젖지 않은 바닥을 찾아 무릎을 꿇었다. 구역질이 가라앉자 눈물이 왈칵 쏟아졌다.

왜 이렇게 된 걸까? 그리고 왜 나는 스즈키 같은 인간을 배려하고 있는 걸까? 리오나는 자신에게 화가 났다.

가게에서도 옵션으로 펠라티오를 한 적이 있었다. 그때는 이렇게까지 제멋대로에 난폭한 손님은 없어서 혼자서도 잘 해낼 줄 알았는데 생각이 짧았다. 가게에 오는 손님이 최소한의 예의를 차린 것은 여자아이가 그 가게의 상품이었기 때문이었다는 걸 깨달았다. 리오나는 참을 수 없이 불쾌했다. 돈을 냈으니까 무슨 짓을 하든 상관없다는 남자의 마음을 똑똑히 보게 되자 마음이 싸늘하게 식는 것이 느껴졌다.

혼자서 성매매를 한다는 것은 이런 불쾌한 기분이 동반되는 일이었다. 돈을 내는 사람과 돈을 받는 사람의 뛰어넘을 수 없는 깊은 골이 느껴졌다. 넓은 바다로 노를 저어 나와 봤지만 나뭇잎처럼 가벼운 자신의 배는 금방 전복될 것 같아서 리오나는 두려움을 억누를 수 없었다.

스즈키는 식사하러 가지도 않고 이제부터 밤새 자신을 괴롭힐 생각인 걸까? 그렇다면 한시라도 빨리 호텔에서 도망치는 편이 좋을지도 몰랐다. 리오나는 마음이 조급해졌다. 하지만 아직 돈을 받지 않았다. 언제 줄 생각인 걸까? 먼저 말하는 게 나을까?

마유나 미토보다 훨씬 사회 경험이 많다고 자부했던 리오나의 기가 꺾이고 말았다.

"리오, 왜 그래? 괜찮아?" 스즈키의 밝은 목소리가 들렸다.

"괜찮아요."

리오나는 얼굴을 닦고 공들여 양치질을 마무리한 후 욕실 문을 열었다. 목욕 타월을 다시 허리에 두른 스즈키가 욕실 앞에 서 있었다.

"리오, 굿잡."

경박한 브이 사인을 내민 스즈키에게 리오나도 장단을 맞춰 브이 사인을 해보였다.

"땡큐."

하지만 속으로는 눈물이 날 만큼 극심한 불안감으로 떨고 있었다.

"리오가 펠라티오를 잘해서 엄청 싸버렸지 뭐야. 덕분에 맥주가 맛있어졌어."

스즈키는 기분이 좋은 듯했다. 작은 소파를 독차지하고 앉아서 마시다 만 캔 맥주를 입에 가져갔다. 리오나에게는 음료수 하나 권하지 않았다. 수돗물이면 충분하다고 생각하는 것이다.

"스즈키 씨 노래방 가지 않을래요? 리오, 노래 부르고 싶어요."

넌지시 떠보자 스즈키는 노골적으로 싫은 얼굴을 했다.

"응? 난 여기가 좋은데. 다시 나가는 거 귀찮잖아."

"그렇지만 좀 심심한걸요."

스즈키는 쉰에 가까운 나이라 다시 서는 데에 시간이 걸릴 것이다. 이대로 밤새 스즈키와 호텔에 있기는 싫었다. 게다가 왠지 위험할 것 같은 느낌이 들었다.

"노래하고 싶으면 여기서 불러 봐."

스즈키가 담배에 불을 붙이며 턱으로 바닥을 가리켰다.

"무슨 노래 불러요?"

"거 왜 있잖아, 요즘 여자 아이돌 같은 거. 모처럼 교복까지 입었는데 하나 불러줘 봐."

"에이, 싫어요. 부끄럽잖아요."

리오나가 몸을 꼬며 거부하자 스즈키가 빤히 쳐다보았다. 그 시선에 당황한 리오나는 속내를 감추기 위해 계속 아양을 부렸다. 그러자 스즈키가 툭 던지듯 말했다.

"리오는 왠지 진심으로 웃는 것 같지가 않아."

"어머, 아니에요."

리오나가 부정했지만 스즈키는 진지한 얼굴로 말을 이었다.

"겉으로는 살랑거리면서 웃고 있지만 속으로는 상대를 관찰하고 있지. 안 그래?"

스즈키는 무슨 말이 하고 싶은 걸까. 초조해진 리오나는 필사적으로 주장했다.

"그렇지 않아요."

"어른을 얕보면 안 돼."

"그게 무슨 말이에요?"

당황한 리오나가 스즈키의 얼굴을 올려다보았다. 그 시선을 받아내며 스즈키가 가소롭다는 듯이 웃었다.

"어른을 얕보면 안 된다고 했어. 리오가 몇 살인지는 모르겠지만 고등학생이란 거 거짓말이지?"

"거짓말 아니에요. 단지 학교 이름을 말하고 싶지 않은 것뿐이에요."

"그럼 그게 교복이라고?"

스즈키가 담배 연기에 눈을 가늘게 뜨면서 물었다.

"그래요."

리오나는 목 부근에 매달린 타탄체크 리본을 만지작거렸다.

"그런 거 아무 데서나 다 파는 옷인 거 모를 줄 알아? 마트 같은 데서도 팔걸?"

스즈키가 깔보듯이 내뱉었지만 리오나는 끝까지 우겼다.

"사실대로 말하면 우리 학교 교복 진짜 촌스러워요. 세일러복인 데다가 완전 구닥다리란 말이에요. 그래서 이걸 입고 다니는 거예요. 이쪽이 훨씬 귀여우니까. 고등학생이라는 거 절대 거짓말 아니에요."

"그럼 좀 끈질긴 것 같지만 학생증 보여줘 봐."

"싫어요."

리오나는 왜 그렇게까지 해야 하냐고 발끈했지만 이내 깨달았다. 스즈키는 리오나가 여고생이라서 돈을 내려고 한 것이다. 프로필에 명시하지는 않았지만 여고생임을 암시했던 것은 사실이었다.

"리오는 확실히 나이는 어려. 피부 탄력부터 다르잖아. 나는 10대랑 20대를 확실하게 구별할 수 있거든. 20살이 넘으면 몸 전체에 지방이 끼기 시작하지. 그러면서 여자들이 자기주장을 하기 시작해. 짜증나게. 근데 미자는 아직 꽃봉오리같이 몸 전체가 단단해. 그건 뭐랄까, 생물 본연의 강인함이랄까? 이제부터 필 거라는 느낌, 그 느낌을 잘 아니까 아저씨들은 뭉클해지는 거야. 감동한 나머지 눈물을 흘리는 녀석까지 있다고. 어쨌든 어리다는 것만으로도 굉장한 거니까."

스즈키가 거침없이 떠드는 것을 리오나는 잠자코 듣고 있었다. 스즈키의 말은 여자아이는 마치 어리지 않으면 아무런 가치도 없는 동물이라고 말하는 것 같았다.

"저기, 나 배고파요."

스즈키는 그제야 정신을 차린 듯 작은 테이블 위에 놓여 있는 손목시계를 바라보았다.

"벌써 8신가? 그렇겠군." 스즈키는 잠시 생각하는 듯했다. "근데 교복 입은 애를 데리고 식당에 갈 수도 없고. 편의점에서 뭐 좀 사올까?"

편의점 도시락인가. 순간 리오나의 얼굴에서 실망한 표정을 읽기라도 한 듯 스즈키가 히죽 웃었다.

"제대로 된 밥이 먹고 싶나 보군. 그렇다는 건 리오, 가출 소녀야?"

"아니에요."

"그럼, 집이 어딘데?"

스즈키가 새 담배에 불을 붙이며 거만한 태도로 물었다.

"가마쿠라."

리오나는 거짓말을 했다. 가출한 것이 아니라 단지 집이 멀어서 들어가지 않는 거라고 주장하고 싶었다.

"가마쿠라? 나 그쪽 주변 잘 아는데."

큰일이다. 리오나는 입을 다물었다. 다행이 스즈키는 더 캐묻지 않고 이야기를 바꿨다.

"그럼, 아빠는 뭐하는 사람이야?"

"정신과 의사." 리오나는 당당하게 거짓말을 했다.

스즈키의 얼굴에 살짝 두려워하는 기색이 떠올랐다.

"진짜? 근데 왜 이런 일을 하는 거야?"

"반항."

알기 쉬운 설명이었는지 스즈키도 납득한 것 같았다.

"그렇군."

부모가 의사라고 한 뒤부터 스즈키는 조금 위축된 듯 보였다. 권위주의자라고 리오나는 속으로 경멸했다. 하긴 미성년인 여자를 사려는 남자가 변변한 인간일 리 없었다. 리오나는 다시 한 번 말했다.

"배고파요. 밥 먹으러 가요."

"알았어. 그럼 갈까? 가마쿠라 아가씨니까 입맛도 까다로운 거 아냐? 뭐가 좋아?"

리오나는 순간 말문이 막혔다. 식사라곤 포테이토칩만 먹어온 터라 달리 먹고 싶은 음식도 없었고 종류도 잘 몰랐다.

"라멘이면 돼요."

귀찮아져서 대충 말하자 스즈키가 뜻밖이라는 듯 웃었다.

"아가씨가 라멘을 좋아하다니, 서민적이네."

스즈키가 옷을 입는 동안 리오나도 재빨리 사복으로 갈아입었다. 가방 안에 교복을 넣으려고 보니 안에 든 화장도구와 속옷 주머니가 뒤죽박죽이 되어 있는 듯한 느낌이 들었다. 리오나가 샤워를 하는 동안 스즈키가 몰래 열어본 걸까? 가방 안에 들어 있던 지갑도 슬며시 확인해보았다. 돈은 그대로였지만 몇 천 엔밖에 들어 있지 않은 것이 들통 났을지도 몰랐다. 스마트폰은 잠금 설정을 해놓았기 때문에 엿볼 수 없었을 것이다. 다행이었다. 서로 속고 속이는 게임 같아서 리오나는 쓴웃음을 지었다.

무슨 일이 생기면 바로 도망칠 생각이었다. 하지만 밥을 먹으러 가는 동안 의심받으면 안 되니까 짐은 두고 가기로 했다. 대신 가방을 문 근처로 옮겨놓았다.

"그럼 갈까?"

스즈키는 처음 만났을 때와 같은 차림을 한 리오나를 보고 팔을 꽉 붙잡았다. 꼭 연행당하는 것 같아서 리오나는 기분이 나빴다.

"어디 가고 싶은 가게라도 있어? 시부야에 맛있는 라멘가게 알아?"

"도겐자카의 겐베."

리오나는 반사적으로 대답하고 바로 후회했다. 가쓰라가 내탐하러 와 있으면 어떡하지? 들키면 뭐라고 변명해야 할까? 하지만 마유의 이야기만 듣고 한 번도 가본 적 없는 가게라서 걱정보다는 호기심이 앞섰다.

"들어본 적 없는데, 거기 맛있어?"

"그럭저럭?"

"뭐야, 그럭저럭이야?" 스즈키는 실망한 듯했지만 곧바로 걷기 시작했다. "거기로 하지."

두 사람은 메이지 거리에서 도겐자카 쪽으로 올라갔다. 밤이 되자 무더위는 조금 가셨지만 바람이 없는 탓에 배기가스 냄새가 떠돌았다.

축구 시합이라도 있었는지 교차로 주변에는 많은 사람들이 모여 큰 소리를 내며 떠들고 있었다. 인도를 가득 메운 인파가 거치적거려서 리오나는 걷기가 힘들었다.

스즈키는 물색하는 듯한 시선으로 소리를 지르는 젊은 여자들을 뚫어지게 쳐다보고 있었다. 그 옆에서 함께 걷고 있는 자신은 누가 보아도 돈에 팔려온 어린애로 보일 것이다. 리오나는 창피함에 고개를 숙이고 걸었다.

'겐베'에는 가쓰라는 없었다. 경찰의 그림자도 보이지 않았다.

"여긴가? 평범한 가게네."

스즈키가 혼잣말처럼 중얼거렸다. 리오나는 눈에 띄지 않도록 스즈키 옆에 숨어서 가게를 들여다보았다.

손님을 상대하고 있는 것은 가게 오너처럼 보이는 뚱뚱한 중년 남자였다. 주방에는 젊은 남자들뿐이었다. 마유를 성폭행했다는

374 길 위의 X

중년의 '치프'는 보이지 않았다. 벌써 체포된 걸까, 아니면 도망친 걸까?

주방을 응시하고 있던 탓에 리오나는 오너로 보이는 남자와 눈이 마주쳤다.

"어서 오십쇼."

리오나는 카운터 자리에 스즈키와 나란히 앉았다. 스즈키는 라멘 두 개와 교자 한 접시, 맥주를 주문했다.

"잔은 두 개 드릴까요?"

아르바이트인 듯한 젊은 남자가 묻자 스즈키가 리오나를 돌아보았다.

"리오는 미성년자니까 맥주는 필요 없지?"

미성년자라는 말을 들은 건지 사장이 리오나를 보았다. 그 눈에 호기심과 아주 익숙한 무언가가 떠올랐다. 욕망이었다. 마유, 불쌍하게도 너는 이걸 꿰뚫어보지 못했구나. 리오나는 안타까웠다.

10

기름이 둥둥 떠다니는 라멘이 나왔다. 리오나는 이 가게 2층에서 일어났던 일을 상상하자 식욕이 일지 않았다. 비계가 많은 중국식 돼지고기 구이와 국물을 깨작거리고 있자 사장이 카운터 너머로 들여다보았다.

"입에 안 맞니?"

리오나를 어린 매춘부라고 판단한 건지 거만하게 반말로 물었다.

"아뇨, 맛있었어요."

답을 한 것은 스즈키였다. 스즈키는 진작에 라멘과 교자를 다 먹고 이쑤시개로 이를 쑤시고 있었다.

"감사합니다."

사장은 어색한 웃음을 지으며 스즈키의 그릇과 접시를 치웠다. 스즈키는 국물도 거의 남기지 않았다.

"잠깐 전화 좀."

스즈키가 누구에게랄 것도 없이 스마트폰을 내보이며 자리를 떴다. 가게 밖으로 나가서 전화를 걸더니 입가를 손으로 가리면서 리오나의 시선을 피하듯이 등을 돌렸다. 그것을 본 리오나는 나무젓가락을 내려놓았다.

"그만 먹을 거니? 맛없었어?"

거의 손대지 않은 라멘을 보고 사장이 불쾌한 얼굴을 했다.

"아뇨, 죄송해요."

사장은 리오나가 남긴 라멘을 촤악 하고 큰 소리가 나도록 싱크대에 부어버렸다. 카운터에 앉아서 맥주를 마시고 있던 회사원 일행 두 명이 반사적으로 얼굴을 찌푸렸다. 아무리 그래도 손님 앞에서 버릴 것까지는 없지 않느냐고 생각했을 것이다. 하지만 사장은 무뚝뚝한 얼굴을 풀지 않았다.

리오나도 화가 나서 과감히 물어보았다.

"근데 여기 있던 치프라는 사람은 어디 갔나 봐요?"

"치프?"

사장이 갑자기 당황한 얼굴을 하자 리오나는 유쾌해졌다.

"어, 치프. 친구가 그 사람한테 심한 일을 당했다던데."

큰 소리로 말하자 사장은 무슨 말인지 모르겠다는 얼굴로 고개를 갸웃해 보였다. 그러고는 뒤돌아서 이쪽을 보지 않았다. 젊은 남자들이 몰래 눈짓하는 것이 보였다.

틀림없다. 분명 경찰한테 무슨 이야기를 들은 것이다. 꼴좋다. 하지만 사장은 아무 처벌도 받지 않는 것이 화가 났다. 리오나는 사장의 등을 계속 노려보았다.

"리오, 그만 가자. 잘 먹었습니다."

아무것도 모르는 스즈키가 돌아와 검은 가죽 장지갑을 꺼내 계산을 마쳤다. 스즈키는 인사를 하지 않는 사장을 이상한 듯 쳐다보았다. 하지만 사장은 고개를 숙인 채 작업에 몰두하는 척하고 있었다.

"뭐야, 불친절하구만."

스즈키는 툴툴거리면서 지갑을 뒷주머니에 넣었다. 가게 밖으로 나오자 두툼한 손을 리오나의 어깨에 얹었다.

"배고프다더니 왜 남겼어?"

"미안해요. 그렇지만 너무 느끼해서요."

"리오는 가마쿠라 아가씨니까."

스즈키가 비꼬는 듯한 말투로 말했다. 두 사람은 다시 도겐자카를 내려가 메이지 거리까지 걸어갔다. 하라주쿠 쪽으로 조금 걸어가자 호텔이 나왔다.

방에 들어가자 스즈키가 말했다.

"리오, 친구 불러도 돼?"

두 사람을 동시에 상대하라고? 리오나는 자기 얼굴색이 바뀐 것이 스스로 느껴질 정도였다. 스즈키는 조금 전의 전화로 친구를 부른 모양이었다.

"리오는 그런 거 싫어요. 게다가 아직 돈도 안 받았고. 처음이랑 이야기도 다르잖아요."

리오나는 맞을 것을 경계하면서 생글거리는 얼굴로 말했다. 어떻게든 얼버무려서 잘 넘겨야 했다.

남자가 있는 곳에 방문해야 하는 파견 서비스에서 아는 여자아이가 윤간을 당한 적이 있었다. 약속한 방으로 갔더니 처음에는 젊은 남자가 웃으면서 맞이했다고 했다. 친절한 손님이라고 안심한 순간 화장실에 숨어 있던 남자 둘이 나타나 윤간한 것이다. 게다가 그런 짓을 하면서 사진까지 찍었다고 했다. 그 사진을 퍼뜨리겠다고 협박하면서 고소를 못하게 하려는 악질적인 남자였다. 리오나는 자기도 그런 꼴을 당하게 될지 모른다고 생각하자 초조해졌다.

"리오, 3만 엔 달라고 했잖아. 근데 시세 치고 꽤 비싼 거 아냐? 더군다나 리오는 진짜 여고생도 아니잖아? 얼굴은 예쁘장하지만 손목에는 버젓이 자해한 상처까지 있고. 몸도 너무 말라서 그 정도 가치는 없다고 생각하는데."

가치가 없다는 말을 들은 것은 처음이었다. 리오나는 자존심이 상했다기보다 이런 나이 먹은 남자가 잘난 척 말하는 것이 더 분했다.

"알았어요. 그럼 할 테니까 돈부터 주세요."

"알았어, 알았어."

스즈키는 기뻐하며 장지갑에서 다 구겨진 만 엔짜리 세 장을 꺼냈다. 리오나는 지폐를 받아서 재빨리 지갑에 넣었다.

"한 명이 더 온다는 거죠?"

확인 차 물어보니 "뭐, 그렇지"라고 스즈키가 애매하게 끄덕였다.

어쩌면 두 명이 더 와서 인당 만 엔으로 자신을 장난감처럼 갖고 놀 생각인지도 몰랐다. 리오나는 초조해졌지만 겉으로는 드러내지 않고 평온한 기색으로 물었다.

"그럼, 교복을 입는 편이 좋겠네요?"

"응, 그래 주면 좋지."

리오나는 일부러 스즈키가 보는 앞에서 옷을 갈아입었다. 스즈키가 음흉한 눈빛으로 쳐다보더니 갑자기 다가와 덮치듯이 키스하려고 했다. 리오나는 고개를 돌려 피하면서 웃었다.

"꺄악, 마늘 냄새!"

"교자 때문인가."

스즈키는 욕실로 들어가면서 리오나를 감시하기 위해 문을 열어두었다. 스즈키가 이를 닦기 시작하자 리오나는 의심받지 않도록 침대에 앉아 스마트폰을 보는 척했다. 리오나의 태도에 안심했는지 스즈키가 소변을 보려다가 이것만큼은 본인도 꺼림칙했는지 열어둔 문을 반쯤 닫았다.

그 순간, 리오나는 지체 없이 일어나 가방을 껴안고 밖으로 나갔다. 쾅 하고 문이 닫힘과 동시에 뭐라고 소리치는 스즈키의 목소리가 들렸지만 전속력으로 복도를 내달렸다.

밑에서 스즈키의 동료가 올라오면 붙잡힐지도 몰랐다. 리오나는 엘리베이터를 타지 않고 계단으로 뛰어 내려갔다. 호텔 직원에게 붙들리면 '살려 주세요. 성폭행당할 뻔했어요'라고 외칠 생각이었다.

우려와 달리 로비에서는 아무 주목도 받지 않고 무사히 밖으로 나올 수 있었다. 3만 엔은 손에 넣었지만 위험한 다리를 건널 뻔했다. 리오나는 아직도 심장이 두근거렸다.

스즈키가 쫓아올지도 몰라 재빨리 택시를 잡고 "신주쿠역"이라고 외치듯이 말했다.

"수학여행?"

리오나의 가방을 본 택시 운전사가 백미러로 리오나의 얼굴을 보면서 물었다. 리오나는 무시하고 대답하지 않았다. 대부분의 성인 남자들이 여고생을 하나의 인격체로 취급하지 않는다는 것을 리오나는 잘 알고 있었다. 하물며 돈을 주고 여고생을 사는 남자들은 유흥비가 필요해서 아무렇지 않게 몸을 파는 애들이라고 여고생을 멸시하는 것이다.

리오나는 만남 사이트에 들어가 보았다. 다른 손님을 찾을까, 아니면 오늘은 이 돈으로 어디 들어가서 쉬는 게 나을까? 멀리 보이는 신주쿠 번화가의 네온사인이 어둠에 잠겨 색을 잃은 것처럼 보였다. 마유와 미토, 셋이서 지낸 짧은 시간이 즐거웠던 만큼 혼자서 방황하는 거리는 너무 위험하게 느껴졌고 눈물이 날 만큼 외로웠다.

리오나는 신주쿠역 동쪽 출구에서 내려 역 안으로 들어갔다. 이대로 요코스카에 돌아갈까 하는 생각이 들었다. 나약해졌다는 증거였다. 집에 가면 그 가증스러운 새아빠와 얼굴을 마주해야 했다. 하지만 이대로 거리를 헤매고 있어 봤자 이제 리오나의 곁에는 아무도 없었다. 어쩌면 미토도 퇴원하고 요코스카에 돌아올지 몰랐다. 둘이서 아르바이트라도 하면서 같이 살까 하는 생각이 들었다.

그 순간 전화벨이 울렸다. 마유였다. 리오나는 아주 잠깐 주저했지만 전화를 받았다. 마유와 이야기할 마음이 든 것은 '젠베'에 갔기 때문이었다. 자신이야 어떻게 되든 가게를 고발하고 싶다는 마유의 마음이 뼈저리게 느껴졌다.

"여보세요, 마유?"

"아, 다행이다. 전화 받아서." 마유가 안도한 듯이 말했다.

"왜?"

"나 내일부터 한동안 보호소라는 곳에 들어가. 거기에 가면 휴대 전화를 맡겨야 한대. 그래서 그 전에 꼭 리오나와 이야기하고 싶었어."

"그렇구나, 역시 그렇게 되는구나."

마유가 보호소에 들어가게 될 거라고 예상은 하고 있었다.

리오나는 전에 보호소에 있었다는 친구에게 이야기를 들어서 그곳의 엄격한 생활을 잘 알고 있었다. 학교도 보내주지 않고 묵묵히 그곳의 일정을 따르게 시킨다고 들었다.

"응. 작은아빠 일로 거짓말했잖아. 그래서 아동상담소 쪽도 초조했나 봐."

"성폭행당할 뻔했다는 이야기?"

입에 담자마자 리오나는 불쾌함에 얼굴이 일그러졌다.

"그 일 말인데. 미안해, 리오나. 내가 작은아빠한테 성적인 학대를 받았다고 거짓말해서 화났지? 리오나한테 들은 이야기를 그대로 베낀 거니까. 나중에 깨달았어. 아, 리오나는 이게 싫었구나 하고. 미안해. 그럴 생각은 없었는데 반대로 생각해보니까 나도 엄청 불쾌할 것 같더라. 정말 미안해."

울고 있는 건지 마유의 목소리가 떨렸다.

"괜찮아. 나도 오기를 부려서 미안. 조금 전에 손님이랑 '겐베'에 갔었어. 뚱뚱한 사장이 있었는데 왠지 기분 나쁜 사람이었어. 치프처럼 보이는 녀석은 없었지만 분위기는 알겠더라. 마유의 기분이 어땠을지 충분히 알 수 있었어. 진짜 열 받아."

"응, 가쓰라 씨가 조사했는데 치프는 얼마 전에 그만뒀대. 기무라한테 사정을 들으러 갔더니 끝까지 모르쇠였다고 가쓰라 씨가 화냈어."

기무라는 그 뚱뚱한 중년 남자일 것이다. 리오나는 마유와 함께 화를 냈다.

"그 자식 완전 밥맛이었어. 틀림없이 한패야."

"응, 경찰에도 그렇게 말해뒀어."

"그럼, 조만간 고발당하겠네."

"기무라도 어떻게든 입건하고 싶다고 가쓰라 씨가 그랬어."

마유가 안도한 듯 말했다. 보호소에 들어가면 자유를 잃겠지만 마유가 그걸로 속이 풀린다면 제3자가 이러쿵저러쿵할 일은 아니었다. 리오나는 더 이상 간섭하지 않기로 했다.

"마유, 거기에는 얼마나 있을 것 같아?"

"모르겠어. 내일 아동상담소 쪽 사람이랑 가쓰라 씨랑 같이 작은아빠를 만나기로 했어."

"작은아빠는 마유가 자기한테 성적 학대를 당했다고 말한 거 알고 있어?"

"모르지 않을까 싶어."

마유의 목소리가 침울하게 들렸다.

"네가 뱉은 말이니까 네가 직접 매듭지어."

"알고 있어." 마유가 순순히 답했다. "해도 되는 말이 있고 해선 안 되는 말이 있는 거니까. 그게 거짓말이라는 게 들키면 치프 일도 거짓말이라고 여길지 모르잖아. 양치기 소년처럼. 그게 걱정되더라. 리오나한테도 작은아빠한테도 나쁜 짓을 했다고 생각해."

"응."

리오나는 혼잡스러운 신주쿠역을 바라보며 건성으로 답했다. 이제 당분간 마유와는 만날 수 없게 되었다. 이제 어쩌지? 또다시 소외된 기분이 들어 우울해졌다.

"리오나, 이제 어떻게 할 거야?"

"아직 안 정했어."

"다시 만날 수 있겠지?"

"물론이야. 나오면 연락해."

"슈토는 어떻게 됐을까? 죽었을까?"

"말하는 걸 깜박했네. 슈토 살아 있어. 미토랑 같은 병원으로 옮겨졌대."

"정말? 어떻게 그렇게 됐대? 그래도 잘 됐다."

"우연히 그렇게 됐나 봐. 정말 잘 됐지 뭐야."

둘이서 소리 높여 웃었더니 조금 기운이 났다. 문득 시선이 느껴져서 고개를 들었다. 발매기 앞에 서 있는 회사원인 듯한 남자가 리오나를 쳐다보고 있었다. 설마. 리오나는 얼굴을 돌리면서 마유에게 말했다.

"그럼 힘내, 마유. 또 만나."

제5장

가족

1

리오나와 통화를 마친 마유는 스마트폰 전원을 끄고 구석에 있는 콘센트에 충전기를 연결했다. 그리고 오늘 밤 묵게 될 방을 다시 한 번 둘러보았다.

임대아파트의 현관 옆에 있는 작은 방이었다. 벽에는 흰색 PVC 벽지가 발려 있고 창문은 없었다. 가쓰라의 어머니나 시부모님이 왔을 때 묵는 손님용 방이라고 했다. 마유는 슈토를 가둬두었던 방과 많이 닮았다고 생각했다.

순간 금속 배트로 슈토를 때렸을 때의 감촉이 떠올라 마유는 비명을 지를 뻔했다. 황급히 손으로 입을 막았다. 하마터면 살인자가 될 뻔한 것이다. 게다가 통장 비밀번호를 캐내서 슈토의 돈도 훔쳤다. 나는 대체 무슨 짓을 저지른 걸까?

게다가 '겐베' 일당을 고발하려다가 작은아빠에게 성적 학대를 받았다는 거짓말까지 했다. 이제 어떻게 해야 하지? 갑자기 무서워진 마유는 어깨가 축 처졌다.

그때 내내 주방에 있던 가쓰라가 얼굴을 들이밀며 말을 걸었다.

"이토 양, 통화는 다 끝났니?"

"네, 끝났어요."

마유는 허둥대며 대답했다. 가쓰라가 방 안을 들여다보았다. 감정을 애써 감춘 듯한 무표정한 얼굴로 스마트폰 충전기를 흘끗 보는 것이 느껴졌다.

"죄송해요. 멋대로 충전해서."

"괜찮아. 써도 돼."

마유는 어쩔 줄 몰라 하며 그 자리에 못 박혀 서 있었다. 가쓰라가 마유의 얼굴을 보고 웃었다.

"그렇게 신경 쓰지 않아도 돼. 별것도 아닌데 뭘."

가쓰라 말에 마유는 꾸벅 인사를 했다.

이 집은 가쓰라가 가족과 함께 살고 있었는데 임대아파트라고는 해도 부촌인 아오야마에 가까운 노른자위 땅에 있는 아파트였다. 가쓰라는 평범한 회사원인 남편과 초등학교 5학년인 딸과 셋이서 살고 있다고 했다. 남편은 오카야마에 출장 중이고 딸은 학원이 끝난 뒤 나카노에 있는 할아버지 댁에서 묵기로 해서 집에 없었다.

마유는 여자 형사가 이런 평범한 생활을 하고 있다는 것이 믿기지 않았다. 경찰은 미성년자가 거리를 배회하는 것만으로도 곧장 단속을 해버린다는 부정적인 이미지가 강했다. 하지만 가쓰라는 보호소에는 내일 들어가도 된다며 마유를 자신의 집에서 재워주겠다고 자청했다.

보호소에 들어가면 휴대전화도 빼앗기고 사복도 금지되고 모두

제복을 입어야 한다고 했다. 외출도 마음대로 할 수 없고 일과도 빡빡하기 때문에 그 전에 잠깐이라도 자유롭게 해주자는 온정에서였을 것이다.

"오늘은 이토 양을 우리 집에서 재울게"라는 가쓰라의 말을 듣고 동료 여자 형사가 깜짝 놀란 얼굴을 했다. 좀처럼 없었던 예외적인 케이스였던 모양이다.

"방금 누구랑 통화했는지 물어봐도 될까?"

가쓰라가 벽장에서 이불과 요를 꺼내며 지나가는 투로 물었다.

마유도 이불 꺼내는 것을 거들었다. 이불에서는 향긋한 세제 냄새가 났다. 막 세탁한 시트 향을 맡자 순간 마유의 손이 멈췄다.

"가족 중 누군가는 아니겠지?"

"아니에요. 아까 같이 있던 친구예요."

가쓰라는 기억을 떠올리는 듯 눈을 가늘게 떴다.

"아아, 먼저 돌아간 애 말이구나. 루이라고 했던가?"

가쓰라가 이불을 살짝 들어 올리며 말했다. 마유는 리오나가 가명을 썼다는 것을 떠올리고 애매하게 끄덕였다.

"아, 네. 맞아요."

"보호소에 들어가면 한동안 만날 수 없을 테니까, 통화할 수 있어서 다행이네."

"정말 다행이에요."

가쓰라가 굳이 말하지 않아도 마유는 리오나와 통화할 수 있어서 기뻤다. 리오나는 늘 자신보다 조금 앞서 갔다. 그러면서 이따금 돌아보고 마유가 따라오는 것을 기다려줬다.

어른스러운 리오나. 현명한 리오나. 다정한 리오나.

리오나에게 연락하지 못한 채 보호소에 들어가버렸다면 자신은 얼마나 침울한 나날을 보냈을까?

"나이에 비해 차분한 아이였어."

가쓰라가 베개에 커버를 씌운 뒤 기세 좋게 팡팡 두드렸다.

"언니 같은 친구예요."

마유는 지금쯤 혼자서 뭘 하고 있을지 리오나를 걱정했다. 미토는 병원에 있고 자신은 곧 보호소에 들어가 친구들과 만날 수 없게 될 것이다.

리오나니까 물론 혼자서도 잘 지낼 거라고 생각했다. 하지만 리오나가 혼자 노력해서 겨우 빌붙어 살고 있던 슈토의 집도 마유와 미토가 뻔뻔하게 난입해서 파괴한 것이나 다름없었다. 마유는 미안함에 몸이 움츠러들었다.

"자, 이불은 이걸로 됐고, 밥 먹기 전에 목욕하고 와."

"그래도 돼요?"

"괜찮아. 게다가 내일은 병원에 들러서 검사도 해야 하니까."

가쓰라가 장난스럽게 양볼을 부풀리고 째려본다.

그렇다. 내일은 병원 진찰이 있었다. 2주 전이었다면 열상이나 울혈이 생생하게 남아 있었을 텐데. 마유는 빨리 회복해버린 자신의 젊음이 원망스러웠다.

어제는 리오나와 노래방에서 밤을 새고 씻지를 못한 탓에 몸이 끈적거려서 찝찝했다. 마유는 가쓰라가 내민 타월과 갈아입을 옷을 들고 욕실로 향했다.

주방에서는 카레 냄새가 풍겨왔다. 집에서 만든 카레가 먹고 싶다는 생각이 들자 눈물이 나올 것 같았다. 마유는 서둘러 세수를 했다.

마유는 리오나와 미토를 만나고서야 자기가 좋은 환경에서 나고 자라 혜택을 받은 아이란 것을 알았다. 중학교를 졸업하자마자 갑자기 부모님이 사라진 것은 예상 밖이었지만 그전까지는 리오나와 미토가 경험한 것 같은 불운과는 무관한 생활을 해왔다.

"엄마."

마유는 소리 내어 엄마를 불러보았다. 집을 나온 뒤 처음으로 불러본 것 같은 기분이 들었다. 그 울림이 주는 그리움에 스스로도 놀랐다. 이어서 "다녀왔습니다"라고 말해보았다. 부모님은 대체 어디서 뭘 하고 있는 걸까? 마유가 멍하니 시부야 거리를 떠돈 이유 중 하나는 이런 현실을 잊기 위해서였다. 생생한 현실에서 눈을 돌리고 싶었던 것이다.

씻고 나오자 파자마가 세탁기 위에 놓여 있었다. 파자마에서도 향긋한 세제 냄새가 났다.

"감사합니다. 욕실 잘 썼습니다."

마유는 주방으로 가서 가쓰라에게 인사를 했다.

"개운해졌지?"

카레가 담긴 접시를 내려놓던 가쓰라가 돌아보며 미소 지었다.

"네, 고맙습니다."

테이블 위에는 커다란 볼에 담긴 샐러드도 있었다. 가쓰라가 집게로 딱딱거리는 소리를 내며 말했다.

"샐러드 많이 먹어."

"네." 마유는 사양하지 않고 접시에 샐러드를 수북이 담았다. 엄마가 직접 만들어주던 수제 드레싱을 떠올렸지만 식탁에는 시판되는 드레싱뿐이었다.

"잘 먹겠습니다."

양배추를 포크로 여러 장 찍어서 입에 넣었다. 패밀리레스토랑의 세트 메뉴에 딸려 나오는 샐러드나 편의점에서 산 샐러드가 아닌, 누군가가 자신을 위해 손수 씻고 자르고 섞어서 만들어준 샐러드는 아주 신선하고 맛있었다.

"조금 전에 마유네 작은아버지랑 이야기했어."

카레를 먹고 있던 가쓰라가 불쑥 말을 꺼냈다.

"뭐라고 하던가요?"

마유는 조금 긴장돼서 포크를 접시에 내려놓았다. 긴장한 이유는 물론 거짓말을 했기 때문이었다.

"'형의 딸이니까 형이 없으면 자신이 돌보는 게 당연하다. 그러니까 현시점에서 보호자임은 분명하다. 하지만 마유는 자신을 별로 따라주지 않았다'라고 하셨어."

마유는 가볍게 끄덕이고 가쓰라의 다음 말을 기다렸다.

"그래서요?"

"'그렇게 나쁘게 한 건 없다고 생각하지만 어쨌든 집이 좁으니까 마유가 서운한 부분이 있었을지도 모르겠다. 하지만 우리 집에서는 그게 최선이었다. 돌아온다면 다시 우리 집에서 돌봐주고 싶다'라고 하셨어."

"하지만 작은엄마가……"

마유의 말을 가로막듯이 가쓰라가 손을 뻗어 옆에 있는 노트를 집어 들었다. 기쓰라는 식사를 멈추고 노트를 들여다봤다.

"작은어머니인 사치에 씨와도 이야기했어. 작은아버지와는 다른

의견이더라. 조금 길어지겠지만 말할 테니까 들어봐. 마유를 맡긴
다는 말을 들었을 때 물론 반대했다. 이유는 집에 그럴 만한 여유
가 없으니까. 경제적으로도 그렇지만 좁은 거실 말고는 방이 두 개
밖에 없다. 하나는 부부 침실이고 다른 하나는 초등학교에 다니는
딸들의 방이다. 부부 침실에서 재울 수는 없으니까 딸들 방에서 재
웠는데 공부할 책상을 둘 공간이 없는 것은 물론, 이불을 깔 공간
조차 부족했다. 마유도 불만이었겠지만 우리도 상당한 인내를 강
요당했다. 아주버님 내외가 맡긴 돈도 거의 없어서 사립학교는 무
리였다. 그래서 가까운 공립으로 보냈는데 마유는 그게 불만인 듯
늘 돈이 없다고 불평했다. 결국엔 우리가 그 돈을 빼돌렸다는 말까
지 했다. 도둑 취급하는 것 같아서 정말로 괘씸했다. 게다가 태도
도 나빴다. 오전에는 토라진 채 방에서 누워 있기만 하고 점심때가
지나서 외출하고 다음 날 해 뜰 무렵까지 돌아오지 않았다. 어디서
뭘 하고 있는지 전혀 알 수가 없었다. 주의를 주면 되레 화내기 일
쑤였다. 나도 파트타임으로 일하고 있는 몸이라 집에 늘 불평만 하
는 조카가 있는 게 괴로웠다. 딸들 교육에도 좋지 않다고 생각했다.
한 달 전에 마유가 집을 나갔을 때는 놀라고 말았다. 내 급여를 훔
치고 냉장고 속 달걀을 전부 들고 나간 데다 큰딸의 자전거까지 어
딘가에 버렸다. 아무리 가출을 한다고 해도 너무 심한 짓을 했다.
그 애를 다시 맡는 것은 불가능하니까 어디 시설 같은 데로 갔으면
좋겠다."

마유는 반론했다.

"고등학교에 다닐 돈은 부모님이 다 줬다고 했어요. 그러니까 작
은엄마가 거짓말하는 거예요. 용돈도 부족했고 밥도 배불리 먹은

적이 없어요."

"작은아버지네 집은 형편이 어렵지 않았니?"

마유는 놀라서 가쓰라의 얼굴을 보았다.

"지금 작은엄마를 편드는 거예요?"

"그렇지 않아." 가쓰라는 쓴웃음을 지으며 고개를 저었다. "그런 게 아니야. 어른들의 사정을 애들은 모르는 경우가 있어. 반대로 아이의 고통을 어른이 모르는 경우도 있지."

"그런 건 알고 있어요."

마유는 분해서 눈물이 났다.

"그래서 작은아버지한테 물어봤어. 네가 말한 거."

"뭐라고 하던가요?"

마유는 손등으로 눈물을 닦았다.

"전혀 사실무근이래. 그 전까지는 네가 돌아오면 다시 돌봐주겠다고 했는데 낙담한 기색이었어. 너무 섭섭하대. 남도 아니고 작은아버지인데 그런 일은 있을 수도 없고, 집에 딸이 둘이나 있는데 그런 생각은 해본 적도 없대. 엄청 상처받으신 것 같았어."

"그래서요?"

마유는 반항적으로 턱을 치켜들었다.

"중요한 일이니까, 이토 양. 거짓말은 하지 말아줘." 가쓰라가 거듭 당부했다. "작은아버지가 정말로 성적인 행위를 시도해왔니?"

"엉덩이도 만지고, 가슴도……"

마유는 거짓말을 계속했다.

"작은어머니가 싫어서, 그 집에 돌아가기 싫어서 그렇게 말하는 건 아니고?"

가쓰라가 재차 확인했다.

"설마, 그럴 리가요. 절대 아니에요."

가쓰라는 잠시 마유의 눈을 바라보더니 "알았어"라고 작은 목소리로 말했다.

"작은아버지는 네 보호자가 될 수 없겠구나."

당연하죠. 내 보호자는 우리 엄마 아빠뿐이에요. 두 사람 모두 훌륭한 어른이죠.

마유는 마음속으로 대답했다.

2

마유는 카레를 한 숟가락 떠서 찬찬히 바라보았다. 가쓰라가 만들어준 카레는 시판 카레를 사용한 돼지고기 카레였는데 어린이용인지 조금 달았다.

마유의 아빠는 요리사였지만 집에서 카레를 만들 때는 시판 카레를 썼다. 그래도 아빠의 카레는 그 누가 만든 것보다 맛있었다. 뭘 넣어야 그렇게 맛있어지는 걸까? 아빠가 만들어줘서 맛있게 느껴진 걸까? 이제는 더 이상 아빠의 카레를 먹을 수 없을지도 모른다. 그런 생각을 하자 갑자기 식욕이 사라졌다.

마유가 카레 접시를 건너편으로 밀자 가쓰라가 말을 걸었다.

"이토 양, 아직 많이 남았는데 더 안 먹을 거니?"

"죄송해요. 배가 불러서요."

"혹시 안 좋은 생각이라도 떠오른 거니?"

가쓰라는 눈치가 빨랐다. 숨기는 게 불가능하다고 생각하면서도 마유는 고개를 저었다.

"아뇨, 그런 게 아니라…… 죄송해요."

접시에 숟가락을 내려놓고 사과하자 가쓰라가 웃었다.

"이토 양은 참 예의 바르네. 가정교육을 잘 받았달까, 굉장히 야무져. 휴대전화를 충전했을 때도 사과했지? 누군가에게 뭘 받으면 반드시 감사 인사를 하고. 그게 자연스럽게 몸에 배어 있어. 그래서 시부야 거리를 방황하는 여자애들과는 조금 다르다는 인상을 받았어. 나는 그런 네가 왜 보호소에 가야 하는지 이해가 안 돼. 다른 친척은 없니?"

마유는 나고야에 있는 이모에 대해 말해야 할지 망설였다. 비 내리던 밤, 도겐자카에서 전화로 10만 엔을 빌려 달라고 부탁했을 때 이모는 냉정한 태도를 보였고 마유는 거기에 큰 상처를 받았다. 갈곳이 없어서 정말로 절박한 상황이었음에도 이모는 그것을 모르는 척하며 밤늦게 돌아다니는 것만을 혼냈던 것이다.

남동생이 어떻게 지내는지 연락 한 번 주지 않는 냉정한 이모. 집에 남자애들밖에 없으니까 여자애는 곤란하다며, 마치 마유가 아들들을 유혹하기라도 할 것처럼 생각해 자신을 거부한 이모. 남동생만을 귀여워하며 다들 즐겁게 지내고 있는 것은 아닐까 하는 피해망상이 사라지지 않았다. 그게 괴로워서 마유는 이모의 존재조차 떠올리고 싶지 않았다.

"그럼 친척에 관한 건 내일 작은아버지가 오시면 물어볼게."

"내일 시부야 경찰서로 오는 거예요?"

"응, 사정을 듣고 싶다고 했더니 내외가 함께 오신대."

카레를 다 먹은 가쓰라가 티슈로 입가를 닦으며 말했다. 티슈를 내려놓은 가쓰라가 마유의 얼굴을 빤히 바라보았다. 가쓰라의 눈빛이 모든 것을 꿰뚫어볼 것 같아서 두려워진 마유는 그 시선을 피해버리고 말았다.

"작은아빠는 뭐라고 반응하던가요?"

"그 일 말이니?"

"네." 대답하면서 마유는 가쓰라의 표정을 살폈다. 하지만 가쓰라는 아무것도 눈치채지 못한 기색으로 답했다.

"전화라 잘은 모르겠지만 당혹스러워하셨어. 왜 그런 거짓말을 할 필요가 있었을까 하면서. 조금 전에 너한테 말한 대로야."

"거짓말 아니에요."

마유는 태연하게 주장했다. 작은엄마가 같이 온다는 말을 듣자 그 집에서 눈치 보며 지내던 괴로움이 되살아났다.

"그것보다는 너를 걱정하는 게 더 컸어. 돈도 없을 텐데 어디서 어떻게 지내고 있는지 엄청 걱정된다고 하셨어."

"과연 그럴까요? 그럴 사람이 아니에요."

마유은 반감을 감추지 않았다. 작은아빠는 무기력한 술꾼이라 퇴근하면 침실에 처박혀 술만 마시고 집안일은 전부 작은엄마에게 맡겼다. 마유는 밥도 배불리 먹지 못하고 욕조도 쓰지 못했는데 작은아빠는 그 모든 것을 보고도 못 본 척했던 것이다.

"확실히 그렇긴 해"라고 가쓰라가 수긍한 것은 의외였다. "조카를 맡아 놓고 그 애가 가출했는데 가출 신고도 하지 않은 사람들이잖아."

"그 사람들은 기본적으로 저 같은 건 아무래도 상관없다고 생각할걸요."

분해서 눈물이 날 것 같았지만 마유는 필사적으로 참았다. 리오나를 만나기 전까지 혼자 지내며 힘들었던 일들이 떠올랐다. 내가 왜 이런 꼴을 당해야 하는 건지 불합리하다는 생각이 머릿속에 가득 찼다.

"그래서 작은아버지한테 복수한 거니?"

가쓰라의 말에 마유는 퍼뜩 고개를 들었다.

"무슨 말이에요?"

"성적 학대 이야기야."

가쓰라가 진지한 얼굴로 말했다.

"그건 사실이에요."

리오나의 얼굴이 어른거려 가쓰라의 캐묻는 듯한 눈을 똑바로 바라볼 수가 없었다.

"그럼 구체적으로 말해주겠니?"

가쓰라가 노트에 받아쓸 자세를 취했다. 마유는 리오나의 이야기를 떠올리며 자기 일처럼 말해보려고 했지만 리오나에게 사과했던 것이 떠올라 도저히 입이 떨어지지 않았다.

"떠올리고 싶지 않아요."

간신히 얼버무리자 가쓰라가 볼펜을 내려놓았다.

"그럼 작은아버지는 어떤 사람이니?"

"아빠보다 4살 어린 동생인데 소심하고 몸도 약한데다 술을 좋아해요. 아빠가 늘 험담을 했어요. 그 자식은 구제불능이라고."

"네 아버지는 그런 사람에게 너를 맡긴 거니? 무척 절박한 상황이었나 보구나."

가쓰라가 기가 막힌다는 표정으로 말했다. 정신을 차리니 어느

샌가 마유의 딱한 사정을 가쓰라가 들어주고 있는 모양새가 되었다. 가쓰라는 경찰서가 아닌 다른 곳에서 자세한 이야기를 들을 생각이었던 모양이었다.

"그럼 작은어머니는?"

"날라리"라고 마유는 내뱉듯 말했다.

"날라리라고?" 가쓰라가 쓴웃음을 지었다. "작은아버지랑 결혼했다기에는 조금 젊은 것 같던데?"

"그거야 작은아빠가 술을 너무 많이 마셔서 첫 번째 부인은 도망가고 지금의 작은엄마는 후처니까요."

가쓰라가 재미있다는 듯이 얼굴을 일그러뜨리며 웃었다.

"이토 양은 후처라는 말도 다 알고 영리하네. 공부도 잘했지?"

"공부는 좋아해요. 그런데 가고 싶었던 학교에 못 가게 돼서 형편없는 학교에 다니고 있어요. 돈이 없으니까 이제 대학교도 못 가고."

"학자금 대출 같은 것도 있으니까 어떻게든 될 거야."

가쓰라가 노트에 뭔가를 쓰면서 말하자 마유는 반박했다.

"그건 결국 빚이잖아요. 갚을 능력도 없는데 받을 수는 없어요."

가쓰라가 쓴웃음을 지었다.

"그건 그렇지. 넌 정말 똑 부러지는 애구나. 다시 작은어머니 이야기로 돌아가 보자. 작은어머니랑은 어땠니?"

마유는 입을 다물었다.

"전 그 여자가 너무 싫어요."

"그 여자라고 하는 거 아니야." 가쓰라가 주의를 줬다. "작은어머니랑은 잘 맞지 않았구나."

"맞지 않은 정도가 아니에요. 그 사람은 제가 오는 것을 반대해서 처음부터 시비조였어요. 제가 맘에 들지 않았던 거죠."

"가족들끼리 지내기에도 빠듯한데 갑자기 너를 맡게 돼서 작은어머니도 부담스러웠던 게 아닐까?"

"그렇지만 제가 뭘 어떻게 할 수 있는 것도 아니잖아요."

마유가 엉겁결에 큰 소리를 내자 가쓰라가 양손을 들어 제지했다.

"자자, 진정해. 이토 양의 기분도 이해하지만 작은어머니의 기분도 헤아려 줘야지."

마유는 머리를 흔들었다.

"그딴 거 몰라요. 전 그 사람한테 괴롭힘을 당했다고요. 도시락도 안 싸주고 용돈도 조금밖에 안 줘서 점심도 못 먹고 매일 배가 고팠어요. 직접 밥을 해서라도 먹으려고 했는데 주방을 못 쓰게 해서 어떻게 할 방법이 없었어요. 세탁기도 쓰지 말라고 해서 교복도 전부 손으로 빨았어요. 욕조도 못 쓰게 해서 학교를 빼먹고 낮에 몰래 샤워하는 게 전부였어요. 그래서 돈이 필요해서 아르바이트했는데 그런 일을 당한 거예요."

말하다 보니 이런저런 일들이 떠올라 또 분해서 눈물이 맺혔다. 모든 게 작은엄마인 사치에의 탓인 것만 같았다.

가쓰라는 그런 마유의 모습을 가만히 관찰하고 있는 듯 보였다.

"그럼 이토 양은 작은아버지랑 작은어머니는 만나기도 싫고 같이 살기도 싫은 거구나."

"네, 보고 싶지 않아요. 기분만 나빠질 게 뻔해요."

"그 문제는 나중에 다시 이야기하자. 근데 만약 작은아버지가 너한테 아직 말하지 않은 부모님에 대한 일을 알고 있다면 어떻게 할래?"

마유는 안색이 달라졌다.

"그게 무슨 말이에요?"

가쓰라는 마유의 시선을 받아내며 고개를 갸웃거렸다.

"글쎄, 확실한 건 몰라. 그냥 감이 그래. 갑자기 부모님이 실종됐다고 하니까 뭔가 사건에 휘말린 건 아닐까 하는 생각이 들었어. 나는 그쪽이 더 신경 쓰이는데."

"저도 걱정되긴 하는데 엄마가 자세한 건 가르쳐주지 않았어요."

"어머니는 뭐라고 하셨니?"

마유는 기억을 떠올리며 대답했다.

"아빠가 새로운 가게를 냈는데 망했다고. 그래서 집을 팔아서 빚을 갚는다고 했어요. 아빠랑 둘이서 돈 벌러 갈 거니까 저랑 남동생은 친척집에서 잠깐만 기다리라고 했고요. 그래 놓고 집을 팔고 그 길로 야반도주를 해버린 거예요."

"남동생이 있구나."

가쓰라의 눈이 빛났다. 마유는 무심코 입을 함부로 놀렸다는 것을 깨달았다. 이모의 존재가 들키게 생겼다.

"남동생은 어디에 맡기셨니?"

가쓰라가 카레 접시를 치우고 노트를 펼치자 마유는 포기하고 솔직하게 말했다.

"6살 아래인 남동생이 나고야의 이모 집에 있어요."

"이모랑은 어떤 관계니? 이름과 주소 좀 알려줄래?"

마유는 하는 수 없이 엄마의 언니라는 것 등을 솔직하게 밝혔다.

"나중에 전화해서 물어봐야겠구나."

"그럼 남동생이 어떻게 지내는지도 물어봐 주세요. 이름은 료스케라고 해요."

가쓰라가 노트를 내밀자 마유는 여백에 '료스케'라고 썼다.

"료스케라고, 알았어."

어렴풋했던 불안이 하나둘 안개 속에서 모습을 드러내듯이 뚜렷해지고 있었다. 마유는 처음으로 자신이 짊어진 짐의 무게를 깨닫고 힘이 쭉 빠졌다.

"이토 양은 작은아버지네 집으로 돌아가기 싫어서 보호소에 들어가려는 거지?"

"1지망은 아니지만 차라리 그쪽이 나아요."

마유는 즉각 답했다.

"1지망은 뭔데?"

"혼자 사는 거요. 아니면 친구랑 사는 거."

그러자 가쓰라가 한숨을 쉬었다.

"그렇지만 너는 아직 미성년자라 보호자가 필요해. 그리고 보호소가 낫다고 말하지만 그건 네가 보호소를 모르기 때문이야. 생활도 엄격하고 규칙이 엄청나게 많아. 학대를 당한 애들이나 부모한테 버림받은 애들, 남자 친구한테 속아서 몸을 팔게 된 애들처럼 정말 갈 곳도 없고 험한 일을 당한 애들이 가는 곳이야. 다들 트라우마가 있어서 다루기도 힘들고, 보호소 내의 왕따 문제도 심각하다고 들었어. 이토 양은 심지가 강하고 부모한테 학대를 받은 것도 아니니까 시샘을 받을지도 몰라."

"시샘을 받아요? 제가 왜요?"

마유는 놀라서 되물었다. 자신의 어디를 시샘한다는 것일까. 거리를 방황하다 성폭행까지 당했는데.

가쓰라는 페트병에 든 차를 컵에 따르며 말했다.

"상상을 초월할 만큼 심한 일을 당한 애들은 너처럼 똑 부러지지 않아. 좀 더 정신적으로 병들어 있어. 자해를 하거나 유독 자존감이 낮거나. 도와주고 싶어도 그 방법조차 찾을 수 없는 애들이 많아."

마유는 리오나의 손목에 난 상처를 떠올리고 침묵했다. 하지만 받은 상처의 깊이에 따라 대응을 달리하는 것에는 위화감이 들었다.

"친척이 있다면 성인이 될 때까지 거기에 있는 편이 좋아. 조금 싫은 일이 있어도 참고 고등학교에 다니도록 해."

가쓰라가 타이르듯이 앞으로 2년만 견디라고 말했다. 하지만 견디지 못한 것은 마유가 아니라 어른들이었다. 심술을 부리고, 따돌리고, 용돈을 충분히 주지 않고, 굶긴 것은 어른들이었다. 마유는 그런 괴로운 생활을 견딜 바에는 보호소에서 지내는 편이 훨씬 낫다고 생각했다.

"그러니까 보호소에는 가지 않는 게 낫다는 말인가요?"

가쓰라가 힘차게 끄덕였다.

"이토 양은 가능하면 그 편이 낫다고 생각해. 한 번 들어가면 좀처럼 나오기 어렵거든. 학교도 못 가고 외출도 마음대로 못 해. 규제가 너무 심해서 교도소 같다는 사람도 있어. 그리고 갈 곳이 있는 아이라면 정말로 곤란한 아이에게 양보해줬으면 하고."

어차피 학교에는 제대로 가지도 않고 있었다.

"그럼 어떻게 하면 좋을까요?"

"일단 내일 보호소에 가는 건 보류하고 나고야의 이모에게 맡아

줄 수 있는지 물어본 다음에 결정하도록 하자."

가쓰라는 요령 좋게 그릇을 정리한 다음 부부 침실로 보이는 방에 들어갔다. 거기에서 나고야의 이모와 전화로 이야기를 나눌 모양이었다. 마유는 식탁 앞에 앉은 채로 기다렸지만 통화는 좀처럼 끝나지 않았다. 지루해서 스마트폰으로 동영상을 보고 있자 가쓰라가 한 손에 노트를 들고 돌아왔다.

"이모라는 분은 네가 가출했다는 걸 듣고 깜짝 놀라시더라. 딱 한 번 돈을 빌려 달라는 전화가 왔었는데 그 뒤로 아무 연락도 없어서 별 문제 없이 학교에 다니고 있을 거라고 생각하셨대. 작은아버지는 너에 대해서 아무 연락도 하지 않은 것 같아. 나는 그게 좀 의아했어. 조카가 가출했는데 보통은 다른 친척 집에 간 게 아닐까 하고 전화해보지 않을까? 작은아버지네 집은 정말로 너한테 무관심하구나."

작은아빠는 아빠의 동생이고 이모는 엄마의 언니이기 때문에 딱히 연락도 잘 하지 않고 소원한 관계이긴 했다.

친할아버지와 친할머니는 아주 오래전에 이혼했는데 친할아버지는 5년 전에 사고로 돌아가셨고 친할머니는 치매에 걸려 지금은 요양 시설에 계셨다. 외할아버지와 외할머니는 몇 년 전에 두 분 다 병으로 돌아가셨다. 원래 친척도 적고 관계가 돈독하지도 않았다.

"무관심하다기보단 귀찮은 존재를 내쫓았다고 좋아하고 있을 거예요."

마유의 말에 가쓰라가 거듭 확인했다.

"그렇지만 성적 학대가 있었다고 했잖아. 그렇다면 작은아버지는 무관심할 리 없을 텐데."

마유는 가쓰라의 말을 가로막았다.

"저기, 라멘가게는 어떻게 됐어요?"

가쓰라는 술술 답했다.

"치프인 기요타케가 진작에 가게를 그만뒀다는 이야기는 했지? 아마도 너를 성폭행한 다음다음 날이 아닐까 싶어. 갑자기 가게를 그만둔다고 해서 놀랐다고 사장이 천연덕스럽게 말하더라. 잡힐 거라고 생각해서 도망친 게 아닐까? 행방을 쫓고 있으니까 조금만 기다려."

"기무라 쪽은 어떻게 되나요?"

'그런 일이라도 없었으면 안 나갔을 거잖아'라고 했던 기무라다. 마유는 급여를 받았을 때의 굴욕이 떠올라 목소리가 떨렸다.

"어떻게든 입건하고 싶지만 좀 어려울지도 모르겠어."

가쓰라가 유감스럽다는 듯이 고개를 저었다.

"너무 분해요."

"나도 분해. 근데 이런 일은 아르바이트하는 애들을 통해서 다소문이 나기 마련이야. 앞으로 장사를 못 하게 될 가능성도 있어."

"그렇게 느긋하게 기다릴 순 없어요." 마유는 화가 난다는 듯 말했다. "그 자식들 전부 죽어버렸으면 좋겠어요."

"그러게. 정말 악질적인 놈들이야."

드물게 가쓰라가 노기를 띤 목소리로 동의했다. 필사적인 마음으로 고소했는데 정작 치프는 도망가버리고 기무라에게 문책은 없다니 마유는 낙담하고 말았다.

"어쨌든 내일 결정하자." 가쓰라가 하품을 참는 얼굴로 말했다.

마유 지금 가쓰라라는 여자 형사 집에 묵고 있어. 내일 보호소로 보낼 줄 알았는데 나고야에 사는 이모 이야기를 듣고 마음이 바뀌었나봐. 근데 나는 이모 집에 갈 바에는 보호소에 들어가는 게 나아. 그러고 보니 리오나는 처음부터 보호소 가는 거 반대했었지? 내가 틀렸는지도 몰라.

미토 보호소는 더럽게 엄격하다는 소문이 있어. 이모네 집에 가는 편이 낫지 않을까? 근데 슈토는 일인실로 옮긴 것 같아. 엄마인 것 같은 사람을 봤거든. 역시 마마보이였어.

리오나 마유가 좋을 대로 해. 아무리 엄격해도 친척집보다 낫다면 그렇게 하는 게 좋지. 나는 신주쿠에 있는 만화방에 가려다 경찰한테 걸릴 뻔했어. 허둥지둥 도망쳐서 막 야마노테선을 탔어. 시부야에서 미토가 퇴원하는 거 기다리고 있을게. 혼자서 맥도널드나 가야지. 외롭다.

미토 리오나 혼자서 불쌍해ㅠㅠ. 나는 내일모레 퇴원이래. 어디서 좀 기다려줘. 마유는 형사네 집 같은 데서 나와. 셋이서 살자!

리오나 미토, 돈이야, 돈ㅋㅋㅋ 돈이 없으니까 어쩔 수 없잖아. 그때까지 돈 벌어둘게.

마지막 메시지는 리오나였다. 카카오톡으로 서로 어떻게 지내는지 이야기를 나누는 사이 마유는 눈물을 참을 수가 없었다. 그저

셋이서 같이 살고 싶었다. 하지만 라멘가게 놈들을 도저히 용서할
수 없어서 경찰서에 뛰어들었던 것인데 다시 친척집에 돌려보내질
신세가 되고 말았다.

3

다음 날 아침이 되자 가쓰라는 토스트와 홍차, 요구르트로 아침 식사를 차려주었다. 식사를 마친 마유는 가쓰라와 함께 근처 산부인과에 들러 진찰을 받았다. 진찰 결과는 경찰서로 보내준다고 해서 두 사람은 기다리지 않고 바로 시부야 경찰서로 향했다.

접수처 부근 벤치에서 한 여자가 가쓰라를 기다리고 있었다. 마흔 전후로 보이는 여자는 긴 머리를 가지런히 묶고 흰 셔츠에 남색 스커트를 입은 수수한 차림이었는데, 립스틱만 깜짝 놀랄 만큼 붉은색인 것이 눈에 띄었다.

"야마자키 씨 안녕하세요."

가쓰라가 인사한 뒤 마유에게 말했다.

"이분은 아동상담소의 야마자키 씨야. 네 담당이셔. 보호소도 알아봐주셨고 오늘 상담도 해주실 거야."

"이토 마유 양이지? 나는 야마자키라고 해. 네 이야기는 이미 들었단다. 어떻게든 도움이 되고 싶어."

야마자키는 마유의 눈을 들여다보며 동의를 구하듯이 말했지만 마유는 쩔쩔매며 아무 대답도 하지 못하고 뒷걸음질을 쳤다. 어제부터 여러 어른들이 앞에 나타나 마유의 마음을 백일하에 드러내고 이러쿵저러쿵 자기들 마음대로 주석을 달고 있는 것만 같아서 영 불편했다.

"가쓰라 씨, 이토 씨 부부가 와 계세요."

머리가 긴 여자 형사가 가쓰라의 귓가에 속삭이는 것이 들렸다. 작은아빠가 온 것이다. 가쓰라가 마유를 바라보았다.

"작은아버지 내외가 오셨대. 만날 거니?"

주저하고 있자 가쓰라가 마유의 어깨를 감쌌다.

"오랜만이잖아. 만나서 이야기해보는 게 나을 거야. 하고 싶은 말이 있으면 다 해. 우리도 같이 들어갈 테니까."

마유는 아무 말도 하지 않고 고개를 숙이고 있었지만 가쓰라의 재촉에 하는 수 없이 끄덕였다.

"그럼 회의실에 계시는 것 같으니까 그쪽으로 가자."

마유는 가쓰라와 젊은 여자 형사, 그리고 아동상담소의 야마자키에게 이끌려 2층 회의실로 향했다.

"오늘은 일부러 여기까지 오시게 해서 죄송합니다."

가쓰라가 먼저 들어가 깍듯하게 인사했다. 입구를 등지고서 긴 책상 앞에 앉아 있는 작은아빠 부부가 의례적으로 고개를 숙이는 것이 보였다. 마유는 작은아빠의 뒤통수가 숱이 적어 둥그렇게 비어 있는 것이 아빠랑 꼭 닮아 보여서 깜짝 놀랐다. 애초에 작은아빠의 뒤통수를 제대로 본 적이 없었다.

작은엄마는 핀으로 머리를 틀어 올리고 검은색과 파란색 줄무늬가 그려진 원피스를 입고 있었다. 자길 보는 시선을 알아차린 것인지 갑자기 작은엄마가 휙 하고 뒤돌아 마유를 쳐다보았다. 그 눈에 담긴 적의를 알아채고 마유도 반항적으로 고개를 돌려버렸다. 그러나 야마자키가 등을 떠미는 바람에 하는 수 없이 방으로 들어갔다.

"자자, 마유는 가쓰라 씨 옆에 앉고. 여러분 죄송하지만 녹음을 좀 하겠습니다. 괜찮죠?"

야마자키가 녹음기를 올려놓자마자 작은아빠가 말을 걸었다.

"마유, 걱정했단다."

작은아빠의 말에 마유는 속으로 거짓말이라고 외쳤다. 마유의 마음은 굳게 닫혀 쉽게 열리지 않았다.

작은아빠는 집에서 매일 술만 마셔 댔기 때문에 제대로 이야기를 나눈 적이 없었다. 만일 작은아빠가 이 불운한 조카에게 조금만 신경을 썼더라면, 용돈을 충분히 받지 못해서 체육복이나 노트를 못 샀던 것이나 점심도 거의 먹지 못한 것, 빨래를 못 해 깨끗한 옷을 입지 못했던 것도 다 알 수 있었을 것이다.

"마유, 너 지금까지 대체 어디에 있었던 거야?"

작은엄마가 굵은 목소리로 물었다. 비난하는 기색이 역력한 그 목소리에는 마유만 알아차릴 수 있는 작은엄마의 초조함과 신경질이 담겨 있었다.

마유가 대답하지 않자 야마자키가 간살스러운 목소리로 타일렀다.

"마유 양, 지금까지 어디에 있었고 어떻게 지냈는지 작은아버지랑 작은어머니한테 설명해드리는 게 어떻겠니? 작은아버지께서 무척이나 걱정하셨단다."

쓸데없는 참견이었다. 아동상담소 직원이라더니 아무것도 모르잖아. 마유는 입을 다문 채 계속 고개를 숙이고 있었다.

"마유는 저희 집을 나갈 때 제 급여가 들어 있는 봉투를 훔쳐갔어요. 저희 집은 제 급여가 없으면 생활이 안 되기 때문에 그 달에는 정말 힘들었어요. 애들 급식비조차 내지 못했으니까요. 남편도 공장 비정규직이라 둘이서 벌지 않으면 생활이 어려워요. 그걸 몇 번이나 설명했는데도 마유는 이해해주지 않네요. 저희 집 애들이랑은 달리 부모님한테 응석 부리면서 자랐으니까요. 마유네 아버지는 레스토랑도 하고 선술집도 하고 나름대로 열심히 살았으니까 돈도 많았을 거예요. 그래서 마유는 원래 사치스러운 아이였어요. 저희 집 수준과는 맞지 않는 애니까 처음부터 맡지 말아야 했다고요."

작은엄마는 야마자키에게 장황하게 불만을 늘어놓았다. 야마자키는 크게 한숨을 쉬고 나서 마유를 쳐다보았다.

"마유 양, 급여를 훔친 게 사실이니?"

"아뇨, 모르는 일이에요."

작은엄마가 거품을 물고 말했다.

"그럴 리 없어요. 이 애는 우리 큰애 자전거를 타고 나가서 어딘가에 내버리기까지 했어요. 너무하지 않아요? 도저히 새로 사줄 형편이 안 되니까 그걸로 끝이었는데, 우리 애는 자전거 어디 갔냐고, 자전거가 왜 사라졌냐고 펑펑 울었어요. 어찌나 불쌍하던지. 게다가 냉장고 안에 넣어둔 음식도 자주 없어졌어요. 조금도 빈틈이 없달까, 이런 말하기 좀 그렇지만 집 안에 도둑고양이가 있는 느낌이라 한시도 마음 편한 날이 없었어요. 물론 가출했으니까 걱정은 됐죠. 어디서 뭘 하고 있을까 걱정돼서 잠 못 드는 밤도 많았어요. 내가 너무 엄격했던 건 아닐까, 이 사람한테 물어본 적도 있다니까요."

작은엄마가 옆에 앉은 작은아빠의 무릎에 손을 얹는 것이 보였다.

"마유 양의 이야기로는 댁에서는 밥도 제대로 주지 않았다던데요. 용돈도 충분하지 않아서 점심을 못 먹는 날이 많아서 힘들었다는데, 이건 사실인가요?"

야마자키가 조금 주저하는 기색으로 작은엄마에게 물었다. 작은엄마의 수다스러움에 질린 듯한 말투였다.

"그렇다고 답하면 학대가 되는 건가요?"

작은엄마는 노골적으로 부루퉁한 표정을 지으며 시비를 거는 듯한 말투로 대답했다. 작은아빠는 아무 말도 하지 않고 줄곧 가만히 있었다.

"아뇨, 아뇨. 그런 의도는 아닙니다. 댁에 그럴 여유가 없어서 그런 거라면 학대라기보다는 생활보호 범주에 들어가는 게 아닐까 하고……"

야마자키가 쩔쩔매며 답하자 작은엄마의 안색이 갑자기 바뀌었다. 작은엄마는 "그렇게 듣기 안 좋은 소리 하지 마세요"라고 내뱉듯이 말하며 야마자키의 말을 끊었다.

"여유는 없지만 저희 나름대로 잘 살고 있다고요! 다만 군식구가 느는 건 상정 밖의 일이었어요. 생각지도 못한 일이 생겨서 어쩔 도리가 없었던 건데, 그걸 가지고 가난하니까 생활보호의 대상이라는 둥 멋대로 단정 짓지 마세요."

작은엄마는 어디서 주워들었는지 '상정想定'이라는 말을 썼다. 위화감을 느껴 고개를 든 순간 마유는 작은아빠와 눈이 마주쳤다. 작은아빠의 얼굴을 제대로 본 적이 거의 없긴 했지만 그래도 그 사이 인상이 아예 달라진 것 같아 깜짝 놀라고 말았다. 술을 너무 많이 마셔서 탈이 난 건지 눈 밑의 살도 축 늘어진 데다 눈이 움푹 파여 몹시 지쳐 보였다. 눈이 마주치자 작은아빠가 먼저 차갑게 시선을 피했다.

"아뇨. 당치도 않아요. 생활보호대상이라니요. 그런 말은 한마디도 안 했어요."

야마자키가 허둥대며 고개를 저었다. 작은엄마가 화를 내는 통에 이번에는 작은아빠가 거들었다.

"애 둘이나 셋이나 키우는 건 다 똑같다는 말은 순 거짓말입니다. 한 명이 늘면 다 같이 망해요. 특히 고등학생은 돈이 많이 드니까요."

이번에는 작은엄마가 배턴터치를 하듯 말을 이어받아 마유 쪽을 향해 턱을 치켜들었다.

"마유는 한창 자랄 나이라 배도 금방 꺼질 거예요. 우리 애들은 급식이 있어서 괜찮지만 마유는 고등학생이잖아요. 저는 도시락을 싸줄 능력도 시간도 경제력도 없으니까 알아서 챙겨 먹으라고 용돈을 준 거예요. 그게 부족하다고 하면 우리도 어쩔 도리가 없어요. 애초에 마유를 돌봐 달라고 부탁받았을 때 아주버님한테 10만 엔밖에 못 받았단 말이죠. 그걸로 고등학교 교복이랑 정기권을 샀더니 남는 것도 없었다고요."

"거짓말 하지 마." 마유는 화내며 소리쳤다. "분명 돈을 더 받았을 거야. 엄마가 그랬어. 작은아빠한테 돈을 많이 줬으니까 안심하라고. 근데 내가 받은 건 한 달에 2천 엔뿐이었어. 매일 점심으로 주먹밥 하나만 사도 한 달에 3천 엔은 든다고! 부족한 게 당연하잖아. 학교에 다니려면 학용품도 사야 하는데 그걸로는 턱없이 부족하단 말이야!"

야마자키가 도움을 구하듯이 가쓰라를 쳐다봤지만 가쓰라는 알아채지 못한 듯 펜을 놀리고 있었다. 작은엄마가 반론하려고 입을 연 순간 야마자키가 제지하며 물었다.

"사치에 씨 잠깐 기다려 주세요. 그럼 돈이 없어서 곤란했을 때 마유 양은 어떻게 했니?"

"그래서 아르바이트를 한 거예요."

라멘가게를 떠올리자 목소리 톤이 낮아졌다.

"흥, 무슨 아르바이트를 했는지 알 게 뭐예요. 아르바이트를 할 거면 근처 편의점 같은 데서 하면 되잖아요. 일부러 교통비까지 들여가며 시부야에 갈 필요가 뭐가 있어요. 이 애는 그냥 놀고 싶었던 거예요. 그럼 멋대로 나가서 놀면 될 것을 마치 복수라도 하듯이 제 급여 봉투까지 훔쳐가고. 정말 지독하기 짝이 없다니까요."

작은엄마가 독살스럽게 말했다.

"이토 양, 그게 사실이니?"

가쓰라가 갑자기 낮은 목소리로 물었다.

"그렇지만 엄마가 돈을 충분히 줬다고 했는걸요. 그걸 나한테는 안 주고 작은엄마가 멋대로 쓰고 있다고 생각했어요. 그러니까 그 정도는 받아도 된다고 생각해서……"

마유가 항변했다. 그러자 작은엄마가 누구에게랄 것 없이 "글쎄, 쟤가 저렇다니까요"라고 동의를 구하듯이 말했다.

"작은아버지는 네 생활비로 10만 엔밖에 받지 못했다고 하시는데, 어머니가 사실대로 말씀 안 해주신 게 아닐까?"

"우리 엄마는 거짓말 같은 거 안 해요!"

마유는 저도 모르게 정색하고 소리쳤다. 엄마의 험담을 듣자 머리에 피가 몰렸다.

"아냐. 너희 엄마가 거짓말한 거야."

작은엄마가 천연덕스럽게 말하자 마유는 분해서 미칠 것 같았다.

"우리 엄마는 거짓말 안 한다니까!"

마유가 눈물을 글썽이며 항의했지만 작은엄마는 시치미뗀 얼굴로 고등학생이나 할 법한 싸구려 링 귀걸이를 오른손으로 만지작거렸다.

"분명히 말해두겠는데 아주버님한테 받은 돈은 정확히 10만 엔이었어요. 그것도 다 구겨진 지폐로 열 장. 정말이지 돈에 쪼들리고 있다는 느낌이 역력했어요. 이렇게 문제가 될 줄 알았다면 영수증이라도 받아둘 걸 그랬네요."

야마자키가 작은아빠에게 물었다.

"이토 씨께서는 마유 양의 아버지께 어떤 형태로 부탁을 받으신 건가요?"

고개를 숙이고 있던 작은아빠는 가래가 낀 듯 헛기침을 하고 나서 얼굴을 들었다.

"갑자기 형한테 전화가 와서 잠깐 동안만 딸을 맡아 줄 수 없나고 했습니다. 잠깐 동안이라고 하면 보통 일주일 정도라고 생각하지 않겠습니까?"

작은엄마가 작은아빠의 얼굴을 보면서 과장되게 고개를 끄덕였다.

"그렇죠."

"그런데 맡기기 직전에 고등학교 다닐 3년간이라고 해서 깜짝 놀랐습니다."

"10만 엔 갖고는 턱도 없지." 작은엄마가 거들었다. "사립은 도저히 보낼 수 없으니까 고등학교도 다시 알아봐야 했다고요."

"그 3년이라는 기간은 마유 양의 아버지께서 말씀하신 건가요?"

"형수도 말했습니다." 작은아빠가 답했다.

"그때 마유 양은 뭘 하고 있었나요?"

작은아빠 부부가 얼굴을 마주보았다.

"분명 2월 말일이었으니까 시험인지 뭔지가 끝난 다음이라 친구랑 쇼핑이라도 간 게 아닐까요? 아무튼 그 자리에는 없었습니다."

야마자키가 질문하려는 것을 손으로 가로막으며 가쓰라가 물었다.

"그때 마유 양 부모님의 모습은 어땠습니까?"

"딱히 이상한 점은 없었습니다. 형과 자주 만나는 편은 아니어서 평소에 어떤지는 잘 모르지만 여윈 것 같지도 않았고 건강해 보였습니다. 일은 어떻게 된 거냐고 물었더니 망해서 빚까지 지게 됐다고 웃으며 말하더군요. 자세히 물어볼까 했지만 빚보증을 서달라는 말이라도 들으면 성가실 것 같아서 저도 소극적이었습니다. 하지만 형은 그런 말은 하지 않고 단지 딸을 잠깐 동안만 맡아 달라고 했습니다.”

“그럼 마유 양 어머니 쪽은 어땠습니까?”

답을 한 것은 작은엄마였다.

“형님은 조금 기운이 없어 보였어요. 늘 네일 같은 거 신경 쓰고 깔끔하게 사는 사람인데 그때는 매니큐어가 지저분하게 벗겨져 있더라고요. 앞머리에도 새치가 눈에 띄어서 뭔가 굉장히 지친 모습이었어요.”

“그야 그렇겠지. 집이 팔려서 바로 비워주게 생겼으니까.”

작은아빠가 이어받아 설명했다.

“빚을 졌다는 건 알겠습니다만, 그밖에 아이들을 맡기게 된 다른 이유는 말씀하지 않으셨나요?

“별로 자세한 이야기는 하지 않았습니다.”

작은아빠가 기억을 떠올리듯 허공을 보며 답했다.

“그런데도 이토 씨는 용케 마유 양을 맡아주셨네요. 조카라고 해도 벌써 고등학생이고 집이 좁아서 맡기 어려웠을 텐데.”

가쓰라가 미소 띤 얼굴로 말했다.

“마유를 데려온 날 확실하게 거절하려고 했는데 제가 무슨 말을 하기도 전에 서둘러 가버리더군요. 깜짝 놀랐습니다. 마유가 ‘엄마는?’이라고 물었지만 저희도 대답해줄 수가 없었습니다. 어디로 사라진 건지 알 수 없었으니까요.”

“무슨 일이 있었던 거군요.”

가쓰라가 턱에 손을 대고 혼잣말을 했다.

“그런데 마유 양의 고소 내용 중에 이토 씨로서는 도저히 납득이 가지 않는 것이 있다고 하셨는데.”

이번에는 야마자키가 완곡하게 물었다. 그 즉시 작은아빠가 노기를 띤 목소리로 답했다.

"그건 말이군요. 제가 마유한테 관심을 보였다는 이야기였죠? 말도 안 되는 이야깁니다. 사실무근이에요." 작은아빠가 단호하게 말하고는 고개를 흔들었다. "절대 있을 수 없어요. 애초에 마유랑 단둘이 있어본 적도 거의 없습니다. 게다가 저희 집은 좁아서 그럴 공간도 없어요. 도대체 왜 그런 거짓말을 한 건지 저도 그 이유를 알고 싶습니다."

마유가 잠자코 있자 작은엄마가 마유를 노려보며 말했다.

"이것도 저희에 대한 복수가 아닐까요? 이 사람 형님네 딸이라고 해서 저도 어떻게든 사이좋게 지내보려고 했어요. 근데 이 애는 처음부터 저희 집을 무시하더라고요. 아직도 그 눈빛이 기억나요. 저희 집 주방을 무슨 기분 나쁜 것이라도 보는 양 둘러보는데 정말 상처받았다니까요. 그야 얘네 집은 부자였으니까 가난한 집이 어떤지에 대한 생각 자체가 없는 거예요. 저희 집 애들한테도 고압적인 자세였고. 도대체가 얹혀사는 처지라는 자각이 없었다니까요."

충격이었다. 아무리 피가 이어져 있지 않은 사이라고는 해도 작은엄마라는 사람 입에서 조카 험담이 거침없이 나오다니. 마유는 그 신랄한 말을 들으며 작은엄마가 마유뿐만이 아니라 마유네 가족들까지도 증오하고 있다는 것을 깨달았다.

"저희 남편이 병에 걸려서 회사에서 잘렸을 때는 정말로 힘들었어요. 경제적으로도 어려운 시기였고요. 아주버님께 돈 좀 빌려 달라고 부탁했지만 아주버님은 들은 척도 하지 않았어요. 기본적으로 서로 돕는다는 개념이 없는 가족이에요. 그래서 이번 일은 정말

로 어이가 없었어요. 그때 우리를 못 본 척한 주제에 이제 와서 뻔
뻔하게 딸을 맡기다니. 아주버님은 다 잊었겠지만 저는 잊지 않았
어요. 아니, 이 사람도 잊지 않았을 거예요. 그래도 저희는 이 애를
맡아줬어요. 근데 돌아온 게 이런 처사라니."

작은엄마의 말은 격류처럼 흘러나와 뻣뻣하게 굳은 마유의 몸을
세차게 때렸다. 지금까지 작은엄마의 속마음을 들어본 적은 한 번
도 없었다.

"이토 씨, 마유 양한테 뭔가 하고 싶은 말이 있나요?"

"아뇨, 아무것도 없습니다."

가쓰라가 묻자 작은아빠는 진절머리가 난 듯이 고개를 돌리더니
한숨을 내쉬며 대답했다. 작은아빠의 그런 태도를 본 순간 마유는
자신이 정말로 버림받았다는 것을 깨달았다. 이상하게도 쓸쓸한
기분과 함께 안도감이 동시에 들었다.

"마유는 작은어머니나 작은아버지한테 뭔가 하고 싶은 말이 있
니?"

"죄송해요. 거짓말을 했습니다."

용기를 내서 사과하자 작은아빠 부부는 힘이 빠진 듯 서로의 눈
을 마주보았다. 안도의 숨을 내뱉는 소리마저 들리는 듯했다.

"죄송합니다." 마유는 다시 한 번 사과했다.

"뭔가 이상하다고 생각했어."

가쓰라가 노트에 뭔가를 써 넣으며 중얼거렸다.

"한 가지 묻고 싶은 게 있는데 괜찮니?" 야마자키가 마유의 눈을
보면서 말했다. "왜 그런 거짓말을 한 거니?"

"작은아빠네 집에 돌아가고 싶지 않았으니까요."

갑자기 작은엄마가 의자를 걷어차며 일어섰다.

"고작 그런 이유로 작은아빠를 모함한 거니? 어떻게 그럴 수가 있어? 네가 이렇게까지 형편없는 애일 줄은 몰랐어!"

마유는 놀라서 앉은 채로 머리를 감쌌다. 한 대 맞을 거라고 생각했지만 작은엄마는 아무 말도 하지 않고 눈물만 흘리고 있었다.

"믿을 수 없어. 기껏 돌봐준 조카한테 그런 말이나 듣고. 우리 남편이 너무 불쌍해. 참고 산 우리 가족이 불쌍해."

"이렇게 사과도 했고, 이 애도 피해자입니다. 용서해주세요."

가쓰라의 목소리가 들렸다.

4

　마유는 회의실에 홀로 남겨져 오도카니 앉아 있었다. 상황이 악화된 것이 모두 자기 탓인 것만 같았다. 눈앞에는 가쓰라가 사다준 편의점 도시락이 놓여 있었지만 거의 손을 대지 못했다.

　작은엄마는 울고불고 화를 내며 자신을 힐난했다. 그렇다면 지금까지 작은엄마가 자기에게 했던 일들은 대체 어떻게 생각해야 하는 것일까. 밥공기에 절반밖에 담겨 있지 않던 밥, 건더기도 없이 싱겁기 짝이 없던 된장국, 반찬이 없어서 소금을 뿌려 밥을 먹은 적도 있었다.

　그것은 가난이라기보다는 괴롭힘이 아니었을까. 이제 와서 자신을 맡아 키울 돈이 없었다고 변명하기보다 처음부터 확실하게 말해주는 편이 오히려 고마웠을 것 같았다. 그러면 작은아빠 집을 나와서 고등학교에 가지 않고 일을 했을 것이다. 리오나처럼. 그 편이 훨씬 나았다.

가쓰라와 야마자키는 그만 돌아가겠다는 작은아빠 부부와 함께 방을 나간 뒤 좀처럼 돌아오지 않았다. 따분해진 마유는 스마트폰을 열어봤지만 리오나와 미토에게서는 아무런 연락도 없었다. 몸서리치도록 외로웠다. 누구보다 엄마가 가장 보고 싶었다.

엄마는 왜 연락 한 번 없는 걸까. 어쩌면 진작에 죽어버렸는지도 몰랐다. 그렇게 생각하자 온몸에 소름이 돋았다.

뒷모습이 어지간히 미덥지 않았는지 회의실로 돌아온 가쓰라가 걱정스러운 듯 말을 걸었다.

"마유, 괜찮니? 조금만 기다리면 나고야에서 이모가 오실 거야."

'이토 양'이라고 부르던 게 어느 샌가 '마유'가 되었다. 뒤돌아보니 가쓰라는 눈을 크게 뜨고 익살맞은 표정을 짓고 있었다.

"작은아버지 내외는 지금 야마자키 씨랑 이야기하고 있어. 역시 널 맡을 순 없다고 거절하고 있는 모양이야. 만약 나고야의 이모도 맡아줄 수 없다고 하면 보호소로 가게 될 거야."

"그걸로 됐어요."

마유는 눈을 내리깐 채 작은 목소리로 말했다.

"그렇구나. 그게 네 목적이었구나. 잘 알았어. 하지만 작은아버지는 네 거짓말에 무척 상처받으셨을 거야. 갈 때 보니까 엄청 기운이 없어 보였어. 작은어머니라는 사람도 맥이 빠진 듯했고."

"과연 그럴까요?"

마유는 고개를 갸웃거렸다. 아직 작은엄마와 작은아빠에 대한 불신이 사라지지 않았다.

"그래. 그 사람들은 그렇게 나쁜 사람들이 아니야. 게다가 네 아버지의 동생이잖아."

"아빠 동생이라고는 해도 작은아빠랑 작은엄마는 자기 가족밖에 생각 안 해요. 저는 조카일 뿐이지 그 집 가족은 아니잖아요."

"그건 그래. 요즘 사람들은 곤경에 처한 친척 아이를 도와주려고 하지 않아. 돈이 없다기보다는 성가신 일을 떠안고 싶지 않으니까. 옛날에는 가난해도 친척끼리 서로 돕고 그랬는데."

가쓰라는 투덜거리면서 비뚤어진 회의실 테이블을 똑바로 정리했다. 그러다가 의자 하나를 마유 앞에 갖다 놓고 물어보기 시작했다.

"그런데 말이야. 야마자키 씨가 돌아오기 전에 마유한테 물어보고 싶은 게 있어."

가쓰라가 갑자기 의자를 당겨서 앉자 의자 다리가 바닥에 긁혀 귀에 거슬리는 소리가 났다.

"뭔데요?"

마유는 도전적으로 말했다. 가쓰라의 남색 재킷은 조금 끼는 듯 어깨 주변에 주름이 잡혀 있었다. 그 주름을 보고 있자 가쓰라가 헛기침을 했다.

"여기 오기 전에 경찰서에 같이 왔던 친구네 집에서 지냈다고 했지? 그거 정말이니?"

"정말이에요."

"분명 요코스카라고 했던 거 같은데. 시부야에서 그렇게 먼 데까지 가서 잔 거니?"

"그런데요?"

마유는 필사적으로 평정을 가장하고 대답했다. 가쓰라가 떠보듯이 마유의 눈을 슬쩍 쳐다봤지만 모르는 척했다.

"그 친구랑 같이 어디 다른 데 있었던 건 아니고?"

"예를 들면 어디요?"

"실은 말이지. 그제 S병원에 구급차로 실려 온 대학생이 있는데, 그 부모가 자기 아들이 여자애들한테 감금된 탓에 더위를 먹은 거라고 주장하고 있어. 자물쇠가 설치된 방문 사진을 사람들에게 보여주고 다녔나 봐. 이웃에서 여자애들이 왔다 갔다 하는 걸 목격했다는 증언이 나왔대. 게다가 통장에서 돈도 빠져나갔다면서 ATM기의 방범 카메라 영상을 조사해달라고 했나 봐. 다행히 그 대학생은 목숨을 건졌지만 부모는 화가 날 수밖에 없지. 형사사건이라며 수사해달라는 요청이 있었어."

아아, 어떡하지? 마유는 패닉에 빠질 것 같았지만 얼굴에 동요가 드러나지 않도록 무표정을 가장하려 애썼다.

"그래서 여성청소년과에서 방범 카메라 영상을 확인해봤는데 가장 많이 찍힌 여자애가 어제 온 네 친구와 닮은 것 같은 느낌이 들어서 말이야. 다른 아이들도 찍히긴 했는데 선명하지 않아서 알아보기가 어렵더라고."

가쓰라가 말을 끊고 마유의 눈을 보았다.

"뭔가 아는 거 없니?"

"없어요." 마유는 딱 잡아뗐다.

"그래, 모르는구나." 가쓰라의 어깨가 축 처지는 것을 보며 마유는 다시 한 번 부정했다.

"전혀 모르는 일이에요. 왜 그런 걸 물어보시는 거예요?"

"관계없다면 미안. 젊은 애들 머리 모양이 워낙 비슷해서."

"근데 그 대학생은 어떻게 됐어요?"

마유는 용기를 내서 물어보았다. 그러자 가쓰라가 유쾌하게 웃었다.

"그게, 실은 엄청난 반전이 있었어. 의식을 되찾은 대학생이 그 애들은 친구니까 고소하지 않겠다고 했대. 잠깐 게임 비슷한 걸 했을 뿐이라고. 그리고 돈도 자기가 빌려준 거라고 주장하고 있나 봐. 그래서 부모도 고소는 포기했지. 이 일에 대해 뭔가 아는 거나 들은 거 없니?"

"아뇨, 없는데요."

마유는 딱 잘라 말했다. 내심 안도했지만 그 표정이 겉으로 드러나지 않도록 애썼다.

"그렇구나. 마유는 관계없구나."

가쓰라가 고개를 끄덕였다.

"관계없어요."

마유는 재차 부정했다.

"그럼 여성청소년과에 잠깐 다녀올게."

가쓰라가 나가고 안도한 것도 잠시, 교대로 야마자키가 들어왔다.

"이런 일은 처음 있는 케이스라 정말 놀랐어."

야마자키가 느닷없이 언짢은 얼굴로 말했다. 마유가 거짓말한 것에 화가 난 것이다. 마유는 순식간에 야마자키에 대한 반감으로 가득 찼다. 지금 자기 일에 관여되어 있는 어른들이 모두 적으로 느껴졌다. 기분이 상해서 잠자코 있자 야마자키가 먼저 입을 열었다.

"마유 양, 나고야의 이모가 너를 맡아주실 것 같니?"

"아니요. 전에도 한 번 거절당했거든요."

마유도 언짢은 목소리로 대답했다.

"그렇지만 남동생은 맡아주고 계시지?"

네 명이었던 가족이 갑자기 둘이 됐는데 그 둘마저 떨어져 지내고 있다. 왜 아무도 도와주려고 하지 않는 걸까? 그건 자기 주변에 의지할 만한 어른이 한 명도 없기 때문이다. 그렇게 자문자답하며 마유는 절망적인 기분에 마음이 무겁게 가라앉았다. 몇 분 뒤 회의실 문을 노크하는 소리가 들렸다.

"나고야에서 후지사와 씨가 오셨습니다."

가쓰라와 함께 이모가 들어왔다.

"안녕하세요. 후지사와입니다. 여러 가지로 폐를 끼쳐 드려 죄송합니다."

이모는 성급하게 안으로 들어와 곧장 야마자키 쪽을 향해 몇 번이나 머리를 숙였다.

검정 상의에 베이지색 바지, 흰색 스니커즈를 신고 작은 가방을 비스듬히 메고 있는 이모는 여전히 돈을 들이지 않은 검소한 복장을 하고 있었다. 동생인 마유의 엄마와는 대조적인 수수한 사람이었다.

금속 안경테 안경 너머로 글썽거리는 눈물이 보였지만 마유는 시선을 확 돌려버렸다. 이모를 본 건 료스케를 데리러 왔을 때가 마지막이라 거의 5개월 만이었다.

"마유, 그 뒤로 걱정 많이 했단다. 갑자기 한밤중에 돈을 빌려 달라고 하질 않나."

마유는 고개를 숙이고 대답하지 않았다. 이제 와서 무슨 말을 하는 거냐고 따지고 싶었다. 이모에게도 강한 반감이 들었다. 이모가 자신을 도와주지 않아서 그 자식한테 성폭행을 당한 것이다. 마유의 마음은 증오로 가득 차 있었다.

"지금 마유 양의 작은아버지 내외가 와 계신데 마유 양과 사이가 조금 좋지 않아서요. 후지사와 씨 댁에서 마유 양을 맡아주셨으면 합니다."

"저희 집은 좁은 데다 남자애가 둘이나 있어서 방이 없어요. 게다가 이미 료스케도 맡고 있고. 이걸 어쩐다지."

이모는 몹시 난처한 얼굴로 말했다.

"료스케는 잘 있어요?"

마유가 묻자 이모는 오래된 플립형 휴대전화를 꺼냈다.

"사진 볼래?"

이모는 눈을 가늘게 뜨고 버튼을 조작해 몇 장의 사진을 보여주었다. 전부 사촌형제들과 사이좋게 식사를 하면서 브이 사인을 하고 있는 사진이었다.

"즐거워 보이네."

무의식중에 말이 새어나오자 이모가 미소를 지었다.

"처음에는 엄마 보고 싶다고 걸핏하면 훌쩍거렸는데 지금은 건강하게 학교에 잘 다니고 있어. 축구를 하고 싶다며 지역 클럽에도 들어갔어. 즐거워서 어쩔 줄 모르는 것 같아."

남동생은 초등학교도 다니고 축구도 하는데 왜 자신만 각박한 거리에서 방황하고 있는 걸까. 마유는 갑자기 솟구친 상실감에 눈앞이 아찔해지는 것 같았다.

"같이 사는 게 어려우시면 여고생이 들어갈 수 있는 기숙사 같은 곳을 지원해주시는 건 어떨까요?"

야마자키가 제안했다. 가쓰라는 말없이 이모와 마유를 바라보고 있었다.

"그렇군요. 남편과 이야기해봐야겠지만 저희 집 근처에 원룸이 있으니까 거기를 빌려서 지내게 하는 것도 괜찮은 방법 같네요."

이모가 망설인 끝에 답했다.

"마유 양이 성인이 될 때까지입니다. 실질적으로는 고등학교를 졸업할 때까지인데, 그때까지 금전적인 지원을 해줄 수 있다는 말씀이신 거죠?"

야마자키가 거듭 확인하자 이모가 결심한 듯 고개를 끄덕였다.

"하는 수 없죠. 저희도 여유는 없지만 제 동생 자식이니까 어떻게든 해줘야죠. 안 그러면 마유가 너무 불쌍하잖아요."

"다행이네요."

야마자키가 안도한 듯 미소 지었다. 가쓰라도 누그러진 표정을 보이며 야마자키와 눈을 마주보았다. 한 건 해결되었다고 안심하는 눈치였다.

"이모, 엄마랑 아빠는 어떻게 됐어요?"

마유가 질문한 순간 이모의 몸이 경직되는 것이 느껴졌다.

"글쎄다." 이모가 고개를 갸웃거리자 마유는 계속해서 말했다.

"엄마한테 아무 연락도 없는데 혹시 죽었어요? 빚을 졌다고 했으니까 동반자살하거나 그런 거 아니에요? 알고 있으면 가르쳐줘요."

"나도 몰라."

이모가 머리를 흔들며 부정했지만 마유는 물고 늘어졌다.

"거짓말이죠? 이모는 분명히 알고 있잖아요. 엄마가 이모한테 말하지 않았을 리가 없어요. 하나뿐인 언니이고 료스케까지 맡겼으니까. 정말로 빚뿐이에요?"

가쓰라가 몸을 앞으로 내미는 것이 느껴졌다. 야마자키도 진지한 표정으로 이모를 바라보았다.

"뭔가 사건에 휘말린 건가요? 공갈을 당했다던가."

가쓰라가 끼어들자 이모가 크게 한숨을 내쉬었다.

"애들한테는 절대로 말하지 말라고 부탁받았어요."

"그런 말이 어디 있어요? 나한텐 알 권리가 있어요! 내 부모에 관한 거잖아요. 내가 이런 꼴을 당한 것도 전부 엄마 아빠 탓인데. 그러니까 무슨 일이 일어난 건지 나는 들을 권리가 있어요. 무슨 말을 들어도 아무렇지 않을 자신 있어요."

이모는 망설이는 듯 허공을 응시한 채 대답하지 않았다.

5

이모의 침묵이 길어지자 마유는 마침내 부모님이 돌아가셨다는 말을 듣게 될 거라고 각오했다. 계속 걱정만 하며 지내는 것보다 안 좋은 소식이라도 알게 되는 것이 나을 것 같았다.

불안해서 잠도 제대로 못 드는 밤이면 마유는 절망했을 때의 충격에 대비해 품고 있던 희망을 하나하나 깨부수어 나가는 작업을 했다. 그러고 있자면 정신이 이상해질 것 같았다. 당장이라도 부모님이 데리러 올 것만 같아서 들뜬 날이 있었는가 하면 진심으로 부모님을 원망한 날도 있었다. 격하게 오르내리는 기분을 주체하지 못해 차라리 죽고 싶다고 생각한 적도 몇 번이나 있었다.

"이모, 말해줘요. 난 괜찮으니까."

이모는 망설이는 듯 탄식만 내뱉으면서 아무 말도 하지 않았다.

"쓸데없는 참견일지도 모르지만 마유 양이 이렇게까지 말하는데 그만 알려주시는 게 어떻겠습니까? 17살이면 이런저런 사정도 이해할 수 있을 거라고 생각합니다."

야마자키도 거들자 이모가 입을 열었다.

"에이코랑 약속했어요. 시간이 조금 지날 때까지 애들한테는 말하지 않겠다고."

"조금이라면 어느 정도를 말씀하시는 건지?"

"글쎄요. 어느 정도일까요?"

이모가 중얼거렸다. 이모는 언제쯤 말해줘야 할지 생각한 적이 없는 걸까? 마유는 제멋대로인 어른들에게 화가 났다.

"이제 충분하잖아요. 가르쳐줘요. 나도 피해를 입었으니까."

부모님이 돈을 벌러 간다는 말을 남기고 사라진 지 5개월의 시간이 지났다. 대체 언제까지 기다려야 하는 걸까.

"갑자기 작은아빠 집에 맡겨져서 학교도 다른 곳으로 옮겨지고 내 삶은 엉망진창이 됐다고요. 근데 조금 지난 후에 알려준다니 너무한 거 아니에요? 이제 엄마도 아빠도 다 싫어요."

이모가 쓴웃음을 지으며 마유의 말에 동의하듯 끄덕였다.

"무슨 사정이 있었던 겁니까?"

가쓰라가 냉정한 목소리로 물었다. 이모는 체념한 듯 가쓰라 쪽을 보았다.

"다 에이코 잘못이에요. 언니로서 정말로 죄송하게 생각하고 있습니다."

"이모, 지금 누구한테 사과하는 거예요?"

마유는 짜증나서 외쳤지만 "쉿, 조용히"라고 가쓰라에게 제지당했다. 이모가 말을 이었다.

"어디서부터 말해야 좋을지 모르겠네요. 에이코가 절 만나러 온

건 2월 마지막 주 월요일이었어요. 연락도 없이 갑자기 나고야까지 찾아왔더라고요. 에이코는 요식업, 저희는 토목건축 사무소를 하고 있기 때문에 바빠서 만날 일이 거의 없었거든요. 깜짝 놀라서 대체 무슨 일이냐고 물어봤죠."

"그때 에이코 씨는 혼자서 찾아오신 건가요?"

가쓰라가 메모를 하면서 확인했다. 이모가 끄덕였다.

"네. 가게로 찾아와서는 한 시간 안에 돌아가야 한다며 당장 이야기 좀 할 수 없겠냐고 했어요. 하는 수 없이 일하다 말고 집으로 돌아가서 이야기를 나눴어요."

"엄마는 뭐라고 했어요?"

마유가 다그치듯이 물었지만 이모는 마음을 가라앉히려는 듯 가방에서 작은 녹차 페트병을 꺼내 한 모금 마셨다.

"제부가 자수할 거라고."

모두가 깜짝 놀란 듯 숨을 삼켰다.

"자수라고 하셨나요?"

가쓰라의 질문에 이모가 끄덕였다.

"네. 너무 뜻밖이라 저도 놀랐어요. 그런데 에이코가 이러더라고요. 자기네 레스토랑의 소믈리에랑 사랑에 빠져서 둘 다 이혼하고 같이 살기로 했다고요."

"엄마가? 거짓말이죠?"

이모의 입에서 나온 말은 하나도 믿을 수가 없었다. 마유는 이모에게 덤벼들고 싶은 충동을 필사적으로 억눌렀다.

"거짓말이 아니란다, 마유. 사실이야. 네가 듣고 싶다고 해서 나도 에이코와의 약속을 깨고 이야기하는 거야. 분명히 너는 에이코의 자식이니까 사실을 들을 권리가 있어. 그러니까 끝까지 들어보렴."

이모는 다시 녹차를 한 모금 마시고 나서 마유를 보며 온화한 말투로 말했다.

"어쨌든 두 사람은 같이 살기로 결정했대요. 그런데 제부는 그동안 아무것도 눈치채지 못한 모양인지 두 사람에게 배신당했다며 길길이 날뛰었대요. 납득할 수 없다고 이혼도 안 해주겠다고요. 소믈리에는 당연히 가게에 더 이상 있을 수 없게 되어서 오사카로 직장을 찾아 이사를 갔는데 그 사람은 벌써 이혼을 한 모양이더라고요. 그런 걸 제부가 오사카까지 쫓아가서 그 남자를 식칼로 찔러버린 거예요. 그러고는 집으로 도망쳐 와서 남자를 죽여버렸다고 에이코에게 털어놓았대요. 에이코가 깜짝 놀라서 남자한테 연락해보니 다행히 급소를 빗나가서 생명에는 지장이 없었다고 해요. 그런데 이번에는 남자 쪽에서 길길이 날뛰며 제부를 경찰에 고소하겠다고 소란을 피웠대요. 그래서 제부는 오사카에서 자수하기로 한 거예요."

이모가 말을 끊자 야마자키가 망연한 모습으로 말했다.

"그래서 갑작스럽게 가게도 접고 집도 팔고 아이들을 멀리 떼어놓은 거군요."

"맞아요. 그렇지 않으면 소문의 희생양이 될 거라고 생각한 거죠. 아이들을 지키기 위해서였어요. 저도 혼자 남은 마유가 가여웠지만 마유는 도쿄에 있는 편이 좋을 거라고 생각했어요. 사이타마에 제부의 남동생도 있었으니까요. 거기는 여자애들뿐이라 사이좋게 지낼 수 있겠다 싶었어요."

"아니요. 마유 양은 그 집에서 잘 지내지 못한 것 같아요."

야마자키가 딱한 듯 대변해줬지만 마유는 전혀 깨닫지 못했다. 충격을 받아 아무 생각도 할 수 없었다.

"그런데 후지사와 씨, 상해사건이라면 합의할 수 있을 텐데요. 그걸 위해서 집을 판 게 아닌가요?"

가쓰라가 묻자 이모는 고개를 저었다.

"나중에 들었는데, 제부가 자수할 때 아예 죽여버릴 작정으로 식칼을 갈아서 들고 갔다고 경찰에 진술했대요. 그래서 살인미수와 상해죄로 입건됐다는 것 같아요. 그리고 가게랑 집을 처분한 건 원래 빚이 꽤 있어서 저당 잡혀 있었다고 하더라고요. 그래서 깨끗하게 정리하고 자수하기로 한 거죠."

"그럼 이토 씨는 아직 구치소에 있습니까?"

"아마 그럴 거예요."

"조사해보겠습니다. 그럼 마유 양의 어머니는 오사카에서 이토 씨의 옥바라지를 하고 계신 건가요?"

이모가 천천히 고개를 저었다.

"그게 부끄러운 이야기인데 소믈리에랑 같이 살고 있는 것 같아요. 저한테도 전혀 연락이 없어서 잘은 모르겠지만요. 그런데 이제 곧 아기가 태어날 예정이에요. 아기가 생겼으니까 이혼을 요구한 거겠죠. 그래서 제부도 욱해서 그런 짓을 저지른 게 아닐까 싶어요."

마유는 순간적으로 배낭 속에서 엄마가 사준 전자사전을 꺼내 벽에 내던졌다. 벽에 맞았을 때보다 바닥에 떨어졌을 때 더 큰 소리가 났다. 전자사전에서 소형 건전지가 데굴데굴 굴러 나왔다.

가쓰라와 야마자키가 거의 동시에 일어나 마유 쪽으로 다가왔다.

"뭐예요, 그 얼굴은? 아무렇지도 않아요, 그딴 거."

마유는 가쓰라에게 내뱉듯 말했다. 어떻게 해야 할지 몰라 입술을 깨무는 가쓰라의 얼굴을 보니 통쾌한 기분이 들었다.

"마유 양." 야마자키가 울 것 같은 얼굴로 어깨에 손을 얹자 마유는 힘껏 뿌리쳤다.

"만지지 마."

이모가 이리저리 굴러간 전자사전 부품을 주워 책상 위에 올려놓았다.

"이제 못 쓰겠구나."

"그런 거 아무래도 상관없어."

그래. 아무래도 상관없다. 자신은 정말로 엄마한테 버림받은 것이다. 아빠도 질투에 미친 건지 자포자기해버렸다. 기가 막혀서 말이 안 나왔다. 눈물조차 나오지 않았다.

"마유 양, 부모님에 대해 아무것도 눈치채지 못했니? 너는 예민한 성격이니까 뭔가 눈치채고 있지 않았어?"

야마자키가 직업적인 태도로 마유의 얼굴을 보았다. 자, 새로운 트라우마를 짊어지게 된 소녀가 눈앞에 있다. 이제 어떻게 할까? 분명 그런 생각을 하고 있을 게 뻔했다.

"그딴 걸 내가 어떻게 알아요?"

마유의 엄마는 통통한 이모와 달리 키도 크고 늘씬했다. 한 달에 한 번은 미용실에 가서 머리를 다듬고 젊은 아가씨처럼 유행하는 옷을 입었다. 네일과 피부도 정기적으로 숍에 가서 관리하며 외모를 가꿨다.

마유는 어렸을 때부터 아름다운 엄마가 늘 자랑거리였다. 그런 엄마가 아빠를 배신하고 아빠를 범죄자로 만들었으며 자기와 남동생을 아무렇지 않게 버렸다. 그래 놓고 소믈리에랑 같이 살면서 아이를 낳아서 키우려고 하고 있었다. 자신은 성폭행까지 당했는데. 아무것도 모르고 엄마를 걱정했던 스스로가 불쌍해서 견딜 수가 없었다.

용서 못 해. 갑자기 발작과도 같은 분노가 솟구쳤다. 마유는 스스로를 자제할 수 없게 될까 두려운 마음에 분노를 억누르기 위해 팔짱을 꼈다.

"소믈리에라는 사람은 알고 있니?"

가쓰라가 마유의 눈을 보면서 물었다.

"알고 있어요. 왜요?"

마유는 도전적으로 가쓰라를 마주보았다. 가쓰라는 동요하지 않았다.

"어떤 사람이었니?"

날카로운 질문을 하는 가쓰라를 야마자키가 걱정스러운 표정으로 바라보았다.

"엄마보다 젊어요."

남자에 대해 이야기하던 엄마의 풍부한 표정을 떠올렸다.

"이번에 소믈리에를 고용했단다. 엄청 멋있는 사람이야. 우리 가게의 와인 메뉴가 부실하다고 해서 아빠가 발끈했어. 상가 레스토랑이니까 어쩔 수 없지 않냐고. 그렇지만 역시 소믈리에가 있으니까 확실히 다르더라. 뭔가 한층 고급스러워진 느낌이랄까?"

2년 전쯤 마유는 딱 한 번 가게에서 소믈리에를 만난 적이 있었다. 자세가 똑바르고 아니꼬운 남자였다. 주방에서 아빠가 달갑지 않은 얼굴을 하고 있었던 것이 기억났다. 요리 메뉴에까지 참견한다며 아빠가 푸념해서 엄마와 말다툼한 적도 있었다.

"그래서 아빠는 어떻게 되는 거예요?"

"징역 5년 이상일 거야."

가쓰라가 태연하게 답했다. 야마자키는 불안을 감추지 못하고 난처한 얼굴을 하고 있었고, 이모는 이따금 눈물을 짓더니 풀이 죽어 어깨를 떨구고 있었다. 딱 한 사람, 가쓰라만 침착했다.

"에이코가 시간이 조금 지날 때까지 애들한테 말하지 말라고 한 건 아기가 태어날 때까지, 라는 의미일지도 모르겠네요."

"그럼 이제 금방이잖아. 또 남동생이 생기는 거예요? 아니면 여동생?"

마유는 일부러 못되게 말했다. 하지만 그 아기가 자신과 피는 이어져 있어도 가족은 될 수 없다는 것을 알았다. 자기 혼자만 실이 끊어져 바람에 흩날리는 연이 된 것 같은 기분이 들었다. 기댈 곳이 없었다. 남동생은 언젠가 진실을 알게 돼도 잘 살 수 있을 것이다. 이모의 집이 있으니까. 하지만 자신에게는 있을 곳이 없었다. 어떻게 하지?

"결국 나는 부모한테 버림받은 거네."

"그렇지 않아." 이모가 황급히 말했다. "에이코는 너를 가장 걱정했어. 부모의 사정 때문에 네가 뒤에서 안 좋은 말을 듣게 될지도 모르잖아. 네가 상처받게 될까 봐 그것만 걱정했어."

"거짓말이야." 마유는 웃었다. "엄마는 자기 행복밖에 생각하지 않았어. 게다가 아빠도 작은아빠한테 사실대로 말하지 않았잖아. 이제 자수하러 갈 거라고 얘기했어야지. 둘 다 자기 멋대로야. 완전 재수 없어."

리오나와 미토의 이야기를 들었을 때 자신은 정말 행복하게 살아왔다고 생각했다. 그런데 사실은 아무것도 모르고 있었을 뿐이었다.

"마유, 이제 어떻게 할 거니?"

가쓰라가 물었다.

"우리 집으로 와. 이모가 어떻게든 할게."

이모가 필사적으로 말했다.

"그 말씀은 살 집을 구해준다는 건가요?"

야마자키가 흘끗 마유를 쳐다보았다.

"네."

"조금 걱정이네요. 혼자서 괜찮을지."

"난 아무렇지도 않아요."

마유는 스마트폰 전원을 켜면서 이모를 보지 않고 답했다. 스마트폰에는 아무런 메시지도 와 있지 않았다.

"어쨌든 이대로 내버려둘 수는 없는 노릇이니까 마유는 오늘 밤 나고야로 데려가겠습니다."

이모는 마유의 자포자기한 태도에 조마조마한 기색이었다. 빠른 말투로 가쓰라와 야마자키에게 말했다. 한시라도 빨리 경찰서에서 나가고 싶은 것 같았다.

"후지사와 씨 잠깐 할 말이 있는데 저쪽 방으로 가시죠."

야마자키가 이모를 데리고 방을 나갔다. 두 사람을 배웅한 가쓰라가 노트를 덮고 마유에게 말했다.

"이모네 집에 가게 돼서 다행이구나."

"그럴까요?" 마유는 고개를 갸웃했다. "어차피 마찬가지예요."

"뭐가 마찬가지라는 거니?"

가쓰라가 얼굴을 들었지만 마유와 눈을 마주치지 않았다.

"작은아빠네 집이랑 마찬가지라는 거죠. 성가신 존재가 될 뿐이에요."

"그렇지만 작은어머니는 너와 피가 이어지지 않은 젊은 사람이었잖니. 그런 경우에는 잘 지내기가 힘든 법이야. 하지만 이모는 마유 엄마의 친언니니까 조금 더 살갑게 지낼 수 있지 않겠어?"

마유도 가쓰라 쪽을 보지 않고 대답했다.

"마찬가지예요. 가쓰라 씨."

지금까지와 말투가 달라서인지 가쓰라가 놀란 듯 마유를 쳐다보았다.

"나는 다를 거라고 생각하는데."

"그럼 그렇게 생각하세요."

마유는 무시하듯이 코웃음을 쳤다. 모든 것이 웃음이 날 만큼 어이없었다. 어른들과 진지하게 마주해봤자 쓸데없다는 생각이 들었다.

"마유, 꽤 냉정하네."

가쓰라가 수습하려는 듯 웃어보였지만 마유는 동요하지 않았다.

"냉정한 게 아니라 어이가 없는 거예요. 참 대단들 하다 싶어서. 신물이 날 지경이에요. 부모 따위 걱정해서 나만 손해 봤어요."

"너한테 알리기가 꺼려졌겠지."

가쓰라가 손목시계를 들여다보면서 말했다.

"왜요?" 마유는 정색하고 대들었다. "왜 꺼리는데요? 그냥 자식한테 털어 놓는 게 창피했을 뿐이잖아요? 엄마는 불륜에 혼외 임신까지 해서 아빠랑 우리를 버리려고 했던 게 창피했을 뿐이에요.

그런 주제에 어른들은 말하죠. 어려서 모른다고, 이해하지 못할 거라고. 아니요. 애들도 다 알아요. 자기 부모니까 결국 받아들일 수밖에 없어요. 그러니까 솔직하게 말하고 우리를 이해시키란 말이에요. 바보 취급하는 것도 정도껏 하라고요."

"그래, 네 말이 맞아."

가쓰라가 수긍했다.

"그렇게 다 안다는 듯한 얼굴 하지 마세요! 기분 나빠요!"

마유는 쾅하고 주먹으로 테이블을 쳤다. 누구든 상관없이 마구 화풀이하고 싶은 기분이었다.

"네가 화내는 것도 이해가 된다는 의미로 말한 거야."

가쓰라는 어떻게든 마유를 진정시키려고 하는 것 같았다.

"그게 아는 척하는 거예요. 하나같이 나를 바보 취급하고 있어요. 어린애여도 알 건 다 알고 있다고요. 제가 우스워 보여요?"

격앙된 마유는 감정을 수습하지 못하고 울음을 터뜨렸다. 한 번 터진 울음은 쉽게 멈추지 않았다. 설마 부모에게 배신당할 것이라곤 생각도 하지 못했다. 깊은 상처에서 뿜어져 나오는 피가 멈추지 않았다. 성폭행 당한 굴욕과 정처 없이 시부야 거리를 떠돌던 때의 외로움, 작은아빠네 집에서 겪은 원통한 일, 온갖 부정적인 감정과 기억이 솟아나 마유는 오열했다.

"울고 싶을 때는 실컷 울어."

가쓰라가 어깨에 손을 얹고 속삭였다.

"어쭙잖은 위로 같은 거 필요 없어요."

마유는 그 손을 뿌리쳤다. 가쓰라는 가만히 서 있었다.

노크 소리가 나고 이모와 야마자키가 들어왔다. 이모는 손수건으로 눈물을 닦으면서 마유에게 말했다.

"마유, 야마자키 씨한테 들었어. 불쌍하게도. 그러니까 밤늦게 쏘다니고 놀면 안 된다고 했잖니."

야마자키가 라멘가게에서 성폭행당한 일을 말했을 것이다.

"논 거 아니에요."

마유는 매서운 눈으로 이모를 노려보았다.

"시부야 같은 데서 아르바이트를 하니까 그런 일을 당한 거 아니니. 작은아빠네 집에 얌전히 있었으면 좋았을 것을."

"이게 전부 엄마 때문이야. 내 탓이 아니라고. 이제 그만하세요."

눈물이 다 마르자 갑자기 냉정한 목소리가 나왔다.

"에이코도 잘못한 건 맞지만 네가 가출 같은 걸 하니까 그렇게 된 거잖니."

이모도 물러나지 않았다.

"그만 좀 하세요. 정말 지긋지긋해요."

마유는 배낭을 손에 들고 방을 나가려 했다.

"잠깐 기다려, 마유. 기다리라고."

가쓰라와 밀고 당기고 하다가 간신히 벗어난 마유가 복도로 뛰쳐나갔다.

"기다려, 마유. 가지 마."

가쓰라가 뒤쫓아 왔지만 마유는 가까운 계단을 뛰어 내려갔다. 제복 경관과 슈트 차림의 남자들을 밀치고 복도를 내달렸다.

"마유, 연락해."

마유의 기세에 가쓰라가 포기했는지 멈춰 서서 전화하는 시늉을 했다. 마유는 돌아보지 않고 밖으로 나가버렸다.

6

한여름 뙤약볕이 내리쬐는 시부야 거리를 걷자 해방감과 동시에 극심한 불안감이 밀려왔다. 아직 16년밖에 살지 않았지만 이 정도로 외롭다고 느낀 적은 처음이었다.

낯선 거리를 헤매고 있어도 마음속에는 늘 언젠가 부모님과 만날 수 있을 거라는 희망이 있었다. 하지만 부모님은 가정을 망가뜨린 채 진실을 알려주지도 않고 도망쳤다.

"용서 못 해."

그렇게 외치며 마유는 육교를 뛰어 올라갔다. 육교 위를 달리자 다리가 쿵쿵거렸다. 앞서 걷던 젊은 여자가 놀란 듯 돌아봤지만 마유에게 타인의 시선 따위는 아무래도 상관없었다.

스마트폰이 울렸다. 확인해보니 역시 이모였다.

"아, 짜증나."

마유는 스마트폰 전원을 껐다.

육교 한가운데에 서서 난간에 팔꿈치를 대고 밑을 내려다보자 갑자기 더위가 확 느껴졌다. 여름 해 질 녘의 열기와 육교 밑에 늘어선 신호대기 중인 차량 행렬에서 뿜어져 나오는 열기가 함께 올라왔다.

자신에게는 더위를 피해 도망칠 수 있는 집도 없었다. 땀과 먼지로 범벅이 된 채 길가에 쭈그려 앉아 있는 수밖에 없는 걸까. 어떡하지, 어떡할까? 마유는 눈앞이 캄캄해진 기분으로 육교 밑 차량 행렬을 바라보고 있었다.

이모네 집에 신세를 진다고 해도 군식구라는 처지에는 변함이 없었다. 남동생은 이미 가족으로 융화되었을지 몰라도 마유는 자신이 없었다. 친척이라고 해도 결국은 남이다. 그 틈에서 생활하기에 자신의 마음은 이미 너무 많이 복잡해져 있었다.

게다가 마유는 나고야의 사정에 어두웠다. 낯선 곳에서 새로운 생활을 하면서 엄마의 연락이 올 때까지 기다려야 하는 것이다. 도저히 견딜 수 있을 것 같지 않았다. 정처 없이 걷다 보니 시간이 얼마나 흘렀는지도 몰랐다.

"어이, 갑자기 뛰어나가면 위험해."

갑자기 누군가 어깨를 툭 치자 마유는 깜짝 놀라 돌아보았다. 눈앞에 중년 남성이 생글생글 웃으며 서 있었다.

자살이라도 하려는 것처럼 보인 걸까. 마유는 멋쩍음을 감추려고 가볍게 웃어 보였다. 정신을 차리고 보니 어느새 해도 저물어 서쪽 하늘이 붉게 물들어 있었다.

"왜 그러니? 갈 곳이 없어?"

마유는 솔직하게 끄덕였다.

"그럼 우리 집에 올래? 이 근처야. 별로 깨끗하진 않지만 사양하지 않아도 돼."

남자는 그렇게 말하고 걷기 시작했다. 마유가 그대로 우두커니 서 있자 남자는 손짓해 불렀다.

"사양하지 않아도 돼. 따라와."

남자는 흰색 반팔 셔츠에 회색 바지를 입고 있었다. 검정 벨트로 허리를 졸라맨 바지에는 주름이 잡혀 있었고 검정 숄더백을 비스듬히 메고 있는 모습은 영 미덥지 않았다. 하지만 갈 곳도 없고 의기소침해 있던 마유는 생각할 여지가 없었다. 비틀비틀 남자를 따라갔다.

"택시 탈까?"

남자가 잡은 택시에 말없이 올라탔다. 남자가 가까이 다가오자 시큼한 땀 냄새가 훅 밀려왔다. 마유는 고개를 돌리고 창밖을 바라보았다. 저물 듯 저물지 않던 하늘이 쪽빛이 되면서 밤이 시작되었다.

뒷골목에 들어서자 남자는 택시를 세우고 작은 검정 지갑에서 꼭꼭 접힌 천 엔짜리 지폐 두 장을 꺼내 요금을 지불했다.

"이제 조금만 더 가면 돼."

도망치는 것을 막으려는 듯 남자는 마유가 등에 멘 배낭에 손을 걸쳤다.

"고등학생?"

마유는 또 끄덕였다.

"어떻게 된 거야? 가출?"

"아니에요."

"와, 처음으로 말했다. 귀여운 목소리네."

어리광 부리는 듯한 말투가 기분 나빴지만 마유의 마음은 마비된 것처럼 미동조차 하지 않았다. 나란히 걷다 보니 편의점이 나왔다.

"도시락 사줄게. 아무거나 괜찮니?"

마유가 끄덕이자 남자는 "여기서 기다려. 도망가면 안 돼"라고 당부하고 가게 안으로 들어갔다. 도망칠까 생각도 했지만 주위를 둘러보니 빌라와 저층 아파트가 빽빽이 늘어서 있어 어디로 가야 할지 알 수가 없었다. 불안해진 마유는 도망칠 결심이 서지 않았다.

"다행이다. 기다려줬구나. 고마워."

남자는 착한 아이라며 마유의 머리를 쓰다듬었다. 마유는 머리를 흔들어 남자의 손을 피했지만 남자는 개의치 않고 기쁜 듯이 말했다.

"봐, 네 도시락도 샀어."

마유는 아무 말도 하지 않고 도시락이 두 개 든 편의점 봉투를 받아들었다.

"저기가 우리 집이야."

남자가 가리킨 곳에는 빌라보다 조금 나은 3층짜리 초라한 아파트였다. 남자의 집은 2층이라고 해서 마유는 남자의 뒤를 따라 계단을 올랐다. 앞서 가던 남자가 몇 번이나 돌아보며 평가하듯이 자신을 보고 있다는 걸 알았지만 마유는 애써 모르는 척했다. 열쇠를 연 남자가 문을 활짝 열어놓고 쑥스러운 듯 말했다.

"정리가 안 되어 있어서 부끄럽지만 자고 가도 돼."

"실례하겠습니다."

마유가 머리를 숙이며 인사하자 남자가 기뻐했다.

"예의 바른 애구나."

현관 바로 옆에는 세 평 정도 되는 주방이 있었다. 그 안쪽에 방이 하나 더 있는 것 같았지만 장지문이 닫혀 있어 보이지 않았다. 남자가 에어컨 스위치를 켰다.

마유는 심하게 더러운 집안 꼴에 아연실색했다. 부엌에 있는 작은 테이블 위에는 빈 컵라면 용기와 도시락 용기, 나무젓가락 등의 쓰레기로 넘쳐났다. 싱크대도 새까만 곰팡이로 뒤덮여 고약한 냄새가 떠돌았다.

"여기서 먹자."

남자가 테이블 위의 쓰레기를 비닐봉지로 옮겨 담아 자리를 만들었다. 마유는 하는 수 없이 남자와 마주 앉았다. 하지만 고약한 냄새와 쓰레기 때문에 도저히 먹을 수가 없었다. 도시락을 절반 이상 남기고 남자에게 말했다.

"화장실 좀 쓸게요."

현관 옆에 있는 문이 화장실이라고 남자가 알려줬다. 마유는 문을 열자마자 화장실을 쓰겠다고 한 것을 후회했다. 여기도 붉고 검은 곰팡이로 더러워져 있어 도저히 쓸 수가 없었다.

난 대체 뭘 하고 있는 걸까. 이대로라면 이 더러운 집에 사는 남자와 섹스를 하게 될 것이다. 마유는 그제야 제정신이 들었다. 바닥에 둔 배낭을 들어서 등에 메자 남자가 어리둥절한 얼굴로 일어섰다.

"가는 거야?"

마유는 아무 말도 하지 않고 스니커즈를 대충 꿰어 신은 채 뛰쳐나갔다. 계단을 뛰어 내려가 뜨거운 바깥 공기를 느끼자 눈물이 넘쳐흘렀다.

"택시비랑 도시락 값은 내고 가야지."

나긋나긋한 남자 목소리가 귓가에 들렸다. 깜짝 놀라 돌아보니 조금 전 그 남자가 바로 뒤에 서 있었다. 마유는 엉겁결에 비명을 지르며 달리기 시작했다.

"아 씨, 뭐야. 진짜 열 받네."

남자는 쫓아오지는 않았지만 큰 소리로 외치기 시작했다.

"저 애 도둑이에요."

지나가던 사람들이 깜짝 놀라 도망치는 마유를 보았다. 아무리 그래도 마유를 쫓아오는 사람은 없었다. 하지만 하나같이 의심스러운 눈초리로 두 사람을 번갈아 보고 있었다.

"도둑이에요. 저런 귀여운 얼굴을 하고 도둑년이래요."

남자는 재미있어 하며 열을 올렸다.

"너 괜찮니?"

타이트스커트에 펌프스 차림의 회사원인 듯한 중년 여성이 도망치는 마유에게 말을 걸어왔다. 하지만 마유는 뻣뻣하게 굳은 채 고개를 옆으로 흔드는 것밖에 할 수 없었다. 남자가 아직 길에서 소리치고 있었기 때문이다.

여자는 더러운 것이라도 보는 듯한 눈초리로 남자를 노려본 다음 마유에게 말했다.

"이상한 사람들 많으니까 조심해."

마유는 대답조차 제대로 하지 못하고 다시 달리기 시작했다. 차량의 왕래가 잦은 큰길까지 나와서 돌아보니 남자의 모습은 보이지 않았다. 그제야 안도하며 이마에 솟은 땀을 손으로 닦았다. 그런 다음 주위를 둘러보았다.

지금 있는 곳은 사사즈카라는 곳 같았다. 위치가 어떻게 되는지는 잘 모르지만 시부야에서 그리 먼 것 같지는 않았다. 이제 어떻게 하지? GPS로 패스트푸드점이라도 찾아보려다가 스마트폰 전원을 꺼두었다는 것을 떠올렸다.

전원을 켜자 5건의 착신 메시지가 있었다. 3건은 이모였고 한 건은 가쓰라였다. 남은 한 건은 모르는 번호였다. 일단 이모의 음성메시지부터 들어보았다.

"마유, 내 말투가 기분 나빴다면 사과할게. 부탁이니까 돌아와. 가쓰라 씨도 야마자키 씨도 걱정하고 있어. 어디 갈 데도 없잖니. 우리 집에는 료스케도 있으니까 안심하고 와. 아깐 방이 없다고 했지만 그런 건 어떻게든 될 거야. 기다릴 테니까 꼭 연락줘. 정말 내가 말이 심했어. 야마자키 씨의 이야기를 듣고 너무 놀라서 어떻게 해야 좋을지 몰랐단다. 네가 그런 일을 당하다니. 에이코한테도 뭐라고 해야 할지 모르겠구나. 처음에 너를 맡긴다는 이야기를 들었을 때 여자애니까 조심해야 한다고 그렇게 일렀는데."

이모의 메시지는 장황했다. 듣기가 괴로워서 마유는 음성메시지를 삭제했다. 남은 2건도 듣지 않고 지웠다. 반면 가쓰라의 음성메시지는 간결했다.

"마유, 넌 지금 형사사건에 관계되어 있으니까 연락줘. 그리고 이모가 무척 걱정하셨어. 걱정해주는 사람이 있는 것만으로도 행복한 거야. 잊지 마."

남은 한 건은 엄마한테서였다. 침통한 음성이었다.

"마유, 미안해. 네 이야기는 언니한테 다 들었어. 이번 일 말인데, 네가 상처받을까 봐 도저히 사실대로 말할 수 없었어. 아빠도 너희한테는 알리고 싶지 않다고 했고. 그래도 적당한 시기가 되면 전부 말하려고 했어. 이런저런 일이 많아서 전화로는 말하기 어려울 것 같아. 조금 안정되면 꼭 이야기할 테니까 기다려줘. 이 번호가 엄마 새 휴대전화 번호야. 전화주길 바란다."

그리운 목소리였다. 드디어 엄마한테 연락이 왔다. 하지만 이제는 너무 늦어버렸다.

이모도 엄마도 똑같은 배신자였다. 엄마의 연락처를 알고 있었으면서 아무것도 알려주지 않았다. 둘 다 자신을 속이고 있었던 것이다.

마유는 엄마에게 온 통화 기록을 주저 없이 삭제했다. 걱정했던 만큼 미움도 컸다. 엄마도 이모도 만나고 싶지 않았다. 기대고 싶지도 않았다.

오히려 그 남자를 찌르고 자수한 아빠가 불쌍해 미칠 것 같았다. 아빠도 남동생도 자신도 제멋대로에 자기밖에 모르는 엄마의 희생양이 된 것이다.

"용서 못 해."

이 말을 내뱉은 게 몇 번째일까. 마유는 엄마만큼은 절대로 용서할 수 없다고 생각했다. 하지만 불결한 남자들에게 몸을 팔아서 살아가는 건 싫었다. 이제 어떻게 살아가야 하지?

7

마유는 도로 옆에 있는 작은 공원에서 리오나에게 전화를 걸었다. 고슈가도 위로 고속도로가 나 있어 소음이 심했지만 한시라도 빨리 리오나의 목소리가 듣고 싶었다.

"어라? 마유, 어떻게 된 거야? 보호소에 간다고 하지 않았어?"

리오나는 깜짝 놀란 것 같았다.

"이모가 오는 바람에 보류됐어."

"그럼 내일 들어가? 보호소에 갔으면 틀림없이 휴대전화도 빼앗겼을 거라고 생각했어. 그래서 연락도 안 했는데."

"그랬구나. 그때는 보호소에 들어가도 상관없다고 생각했어."

"지금은?"

"도망쳐버렸어."

리오나가 크게 웃었다.

"진짜? 그럼 라멘가게는 어떻게 되는 거야?"

"모르겠어."

마유는 리오나의 목소리를 들을 수 있게 돼서 안도했다. 서로 이해할 수 있는 건 친구밖에 없다는 생각이 들었다.

"마유, 지금 어디에 있어?"

"사사즈카라는 곳."

"가깝네. 난 미토의 병원에 있어. 이리로 와."

"어, 갈게."

"그럼 로비에 있을게. 면회 시간은 8시까지니까 좀 서둘러야 할 거야."

"응, 금방 갈게."

마유는 스마트폰으로 장소를 확인하고 역으로 향했다. 하지만 면회 시간에 늦을 것 같아서 도중에 편의점 ATM에서 2천 엔을 찾아서 택시를 잡아탔다.

병원 입구에서 내리자 밖에서 담배를 피우고 있던 미토가 마유를 발견하고 손을 흔들었다. 핑크색 반팔 입원복을 입고 핀으로 긴 머리를 틀어 올린 미토는 옆에서 담배를 피우고 있던 노인에게 가볍게 인사를 하고 마유 쪽으로 왔다.

"담배 피워도 괜찮아?"

"응, 이제 아무렇지도 않아. 내일 퇴원해도 된대. 푹 쉬고 잘 먹었어."

미토는 배가 부른 듯 가볍게 배를 쓰다듬었지만 배는 움푹 들어가 있었다.

"그럼 내일 데리러 올게."

"응, 꼭 와. 혼자는 불안하니까."

미토는 마음이 약해진 듯 울상을 지으며 말했다.

"리오나는?"

리오나의 모습이 보이지 않아서 물어보자 미토가 목소리를 낮췄다.

"몰래 슈토의 상태를 보러 갔어. 이제 곧 면회 시간이 끝나니까 슈토네 엄마도 갔을 거라면서."

아슬아슬하게 형사사건이 되는 것을 피했을 뿐인데 리오나도 참 대담한 짓을 한다 싶었다. 마유는 슈토가 고소를 하지 않도록 막은 일도 말해줘야겠다고 생각했다.

"안에서 기다리자."

미토가 담배를 끄고 마유의 팔을 잡았다. 미토의 가는 팔이 휘감기자 마유는 안도한 나머지 주저앉을 뻔했다.

"왜 그래? 무슨 일이야?" 미토가 재미있어 하며 물었다.

"이런저런 일이 있어서 좀 지쳤어."

"누구에게나 이런저런 일은 있어."

미토가 태연하게 말하고 얼굴에 웃음을 띠웠다. 평소에는 눈 주위를 검게 칠하고 있어서 몰랐는데 화장을 하지 않은 미토의 얼굴은 어려 보였다.

면회 시간이 끝날 무렵이 되자 로비의 조명이 어두워졌다. 하지만 미토가 입원환자라는 것을 알고 있어서인지 벤치에서 이야기하고 있어도 아무도 주의를 주지 않았다.

마유는 콜라를 하나 사서 나눠 마시며 미토의 이야기를 들었다.

"수술이 끝나고 나서도 계속 배가 아팠어. 이대로 죽는 건가 싶더라. 실제로 화농되어서 위험했대. 원치도 않은 애를 임신하게 돼서 수술한 건데 되레 그 애한테 살해당하는 건가 싶었어. 왠지 여자는 허무한 것 같아. 난 앞으로도 절대 애는 안 낳을 거야."

미토가 어린애 같은 말투로 장황하게 떠들었다. 마유는 모자가 정이었던 미토도 엄마한테 버림받았다는 것을 떠올렸다.

"미토, 엄마 보고 싶지 않아?"

"보고 싶지."

미토가 태연하게 말했다.

"만나면 어떻게 할 거야?"

"울면서 매달린 다음에 마구 패줄 거야. 마구 팬 다음에 다시 울면서 매달리고. 이걸 끝없이 반복할 것 같아. 그건 멈추지 않아."

그런 상황을 수없이 시뮬레이션 해본 것인지 미토는 주저 없이 답했다.

"멈추지 않는다라니?"

표현이 이상해서 마유는 조금 웃었다.

"하지만 내가 아기를 낳게 되면 그 끝없는 반복이 겨우 멈추지 않을까 하는 생각도 들어."

"무슨 뜻이야?"

"임신하고 보니까 애가 생기는 게 너무 간단한 거야. 만약 아무 생각 없이 낳아서 나 같은 애가 태어났다고 해봐. 난 성가셔서 버려버릴지도 몰라. 이거 리인카네이션reincarnation 아냐?"

"리인카네이션이 뭐야?"

"그런 영화 있었잖아. 본 적 없어?"

"없어." 마유는 고개를 저었다.

"인과因果가 빙글빙글 도는 거야. 그런 걸 생각하면 엄마에 대한 미움이 사라져. 나도 같은 행동을 하고 있으니까. 안 그래?"

마유는 애매하게 웃었다.

"잘 모르겠어."

임신이라는 것이 얼른 와 닿지 않는 것은 성폭행으로 인해 섹스를 혐오하게 됐기 때문일 것이다.

"마유는 어떤데? 엄마 안 보고 싶어?"

마유는 할 말을 찾지 못해 곤혹스러웠다. 미토가 이상하다는 듯이 마유의 얼굴을 쳐다보았다.

"보고 싶지 않아?"

그때 엘리베이터 홀 쪽에서 리오나가 걸어오는 것이 보였다. 소매가 없는 검정 원피스를 입고 있었다.

"마유, 뭐야? 벌써 도망친 거야?"

리오나는 마유를 껴안고 머리를 마구 쓰다듬었다. 마유는 기뻐서 리오나가 하는 대로 가만히 있었다.

"어. 싫어져서 도망쳤어."

리오나가 날카로운 눈빛으로 마유를 관찰했다.

"엄청 지쳐 보여."

"응, 완전 지쳤어. 나중에 이야기해줄게."

병실로 돌아가야 하는 미토가 두 사람에게 손을 흔들었다.

"그럼 난 병실로 돌아갈 테니까 내일 봐."

어둑어둑한 로비에 둘만 남자 리오나가 속삭였다.

"마유, 밥 먹으러 가자."

"응. 근데 리오나, 그 옷은 어떻게 된 거야?"

"엄마가 사줬어." 리오나는 우울한 얼굴로 말했다. "싸구려야."

"엄마를 만났어?"

"응. 어제 혼자서 맥도널드에 간다고 했잖아. 그거 거짓말이었어. 너무 외로워서 요코스카에 돌아갔었어."

"리오나도 그럴 때가 있구나."

"있지, 그럼." 리오나는 노려보는 척했다. "완전 침울했어. 만남 사이트 쪽으로 일을 시작해보려고 했는데 위험한 손님한테 걸려서 하마터면 윤간을 당할 뻔했어. 간신히 도망쳐 나왔는데 기가 팍 죽어버렸어. 그래서 다시는 안 돌아가겠다고 했던 요코스카에 간 거야. 가자마자 엄마랑 싸워버렸지만."

오늘의 리오나는 어쩐지 너무 연약해 보였다.

"나도 기분 나쁜 남자가 말을 걸었는데 하자는 대로 택시를 타고 따라갔어. 경찰서에서 막 도망쳐 나왔을 때라 나도 모르게 끌린 거야."

"알 것 같아."

야마테 거리에서 도겐자카 쪽으로 내려갔다. 리오나가 러브호텔가의 네온사인을 가리켰다.

"마유, 오늘은 러브호텔에서 잘까? 돈은 있으니까 걱정하지 않아도 돼. 집에 갔을 때 새아빠 지갑에서 몰래 10만 엔 빼왔어. 뭐라고 하지는 못할 거야. 난 꽃 같은 소녀 시절을 빼앗겼으니까."

리오나가 웃었다.

8

편의점에서 도시락과 리오나가 좋아하는 포테이토칩을 사서 러브호텔에 묵기로 했다.

마유가 화장실에서 나오자 리오나가 마유의 스마트폰을 가리켰다.

"또 전화 왔어."

발신자는 역시나 엄마였다.

스마트폰 전원을 켠 뒤로 벌써 몇 번이나 울리고 있지만 그때마다 무시하고 있었다.

"짜증나."

마유가 스마트폰 전원을 끄는 것을 보고 리오나가 물었다.

"이모야? 아니면 그 여자 형사?"

"아니, 엄마."

"뭐어? 엄마한테 연락 왔었어?"

아무것도 모르는 리오나가 깜짝 놀란 표정을 지었다.

"응. 내가 엄마에 대한 이야기를 듣고 충격받아서 뛰쳐나와버렸거든. 이모가 놀라서 엄마한테 연락한 것 같아."

"뭐야. 그럼 이모는 엄마 연락처를 알고 있었던 거잖아."

쉴 새 없이 포테이토칩을 집어먹고 있던 리오나는 소금 범벅이 된 손가락을 핥으면서 어이없다는 듯이 말했다.

"맞아."

"대체 무슨 일이 있었던 거래?"

"치정 싸움 같은 거야. 완전 어이없어서 누구한테 말하기도 창피해."

리오나에게는 냉정한 척 말했지만 막상 자신의 입으로 설명하려고 하니 마유는 제대로 말할 자신이 없었다.

"무슨 일이 있었는데?"

"엄마한테 애인이 생겼는데 이혼하고 그 사람이랑 결혼하고 싶다고 했대. 그랬더니 아빠가 화가 나서 상대 남자를 식칼로 찔러버렸대."

그렇게 말하는 것이 고작이었다.

"엄청난 사건이네. 마유는 왜 그 일을 몰랐어?"

리오나가 믿을 수 없다는 얼굴로 물었다.

"상대 남자가 오사카에 있어서 아빠가 오사카까지 가서 찔렀다는 것 같아. 그래서 전혀 몰랐어. 2월이 되고부터 아빠는 기분이 굉장히 나쁜 것 같았어. 소리 지르고 화내고 갑자기 가게를 쉬기도 하고 아르바이트생을 자르기도 했어. 엄마랑도 만날 싸웠어. 뭔가 안 좋은 느낌이 들긴 했지만 나는 그게 다 가게가 힘들어진 탓이라고만 생각했지. 설마 그런 일이 일어났을 줄은 꿈에도 몰랐어."

마유는 눈물이 나려는 것을 필사적으로 억눌렀다.

"그래서 엄마 아빠는 어떻게 됐어?"

리오나는 냉정한 목소리로 말하며 포테이토칩 봉지를 옆으로 밀어 놓았다.

"아빠가 자수하기로 했대. 그래서 나랑 남동생한테는 아무것도 알리지 않고 친척집에 맡긴 거야. 자연스럽게 친구 관계도 끊어지도록 한 것 같고."

"괴롭힘을 당할지도 모르니까?"

"그런 것 같아."

"아무리 그래도 너무 강제적이야. 애들한테도 인간관계라든지 나름 복잡한 사정이 있는데. 안 그래? 그것 때문에 마유도 고생했잖아. 그렇지?"

리오나가 동정심을 담아 말해준 것이 기뻐서 마유는 몇 번이나 고개를 끄덕였다.

"맞아. 내가 들은 건 빚을 갚기 위해 둘이 멀리 일하러 가게 됐으니까 고등학교 졸업할 때까지만 기다리라는 거였어. 그런 말만 들었는데 둘 다 야반도주한 것처럼 연락이 되지 않으니까 걱정이 될 수밖에."

"그렇지만 아빠는 경찰에 체포된 거니까 어쩔 수 없었잖아."

"맞아. 불쌍하긴 하지만 아무리 그래도 찌를 것까진 없었는데. 엄청 충격이었어. 아빠가 사람을 해치는 짓을 했다니."

"그 마음 알아." 리오나가 어두운 목소리로 중얼거렸다. "내 친아빠도 교도소에 들어가 있었어."

"그래서 어떻게 됐어?"

"진작에 나왔을걸? 근데 몰라. 면회를 갔었는데 만나지 못했으니까."

"왜?"

"아빠 쪽에서 면회를 거부했어. 할머니가 집에 난 불 때문에 돌아가셔서 그걸 알려주러 간 건데, 만나고 싶지 않다는 말을 들어서 충격받았어. 이제 와서 나 같은 거 신경 쓰고 싶지 않았겠지."

리오나가 벌레 씹은 듯한 얼굴로 말했다.

"리오나를 보려니까 자기 상태가 부끄러워서 그런 게 아닐까?"

마유는 아빠의 기분을 상상해서 말해봤지만 리오나는 고개를 저었다.

"마유네 아빠라면 그럴지도 몰라. 하지만 우리 아빠는 달라. 그 사람한테 나는 오래전에 버린 자식이니까."

"그렇지만 나도 버림받았어, 리오나."

마유의 말에 리오나가 고개를 갸웃거렸다.

"그렇지 않아. 너희 엄마는 계속 너한테 연락하려고 하고 있잖아. 아빠도 엉겁결에 그런 짓을 저질러버렸지만 지금쯤 반성하고 있을 거야."

"리오나네 엄마도 연락했잖아. 돌아오라고."

"관둬. 우리 집은 정말로 형편없는 부모야."

리오나는 내뱉듯이 말하고 다시 포테이토칩 봉지에 손을 넣었다.

"우리 집도 마찬가지야. 아빠는 체포됐으니까 연락이 되지 않는 건 당연하다고 쳐. 정말 열 받는 건 엄마 쪽이야. 솔직하게 말해줬으면 좋았잖아. 전화번호까지 바꿔버리고 완전 다른 인생을 살고 있어. 자기 행복밖에 생각하지 않는 거야."

리오나가 눈살을 찌푸렸다.

"남자랑 살고 있는 거지?"

"맞아. 이제 곧 아기도 태어날 거래."

배신당한 고통이 되살아나 눈물이 흘러나왔다.

"울지 마. 겨우 그딴 걸로."

리오나가 어깨를 쿡 찌르자 마유는 하소연했다.

"그렇지만 오늘 막 들은 데다 도저히 인정하고 싶지 않단 말이야."

"인정하는 수밖에 없어. 현실이니까."

마유는 화가 치밀어 리오나를 노려보았다.

"우리 집은 리오나나 미토네 집이랑 달라. 평범한 집이라고."

"그건 그렇지."

화낼 줄 알았는데 쿨하게 인정해버리자 마유는 어깨에서 힘이 쭉 빠졌다.

"미안."

"괜찮아. 사실인걸 뭐. 우리 부모도 미토네 엄마도 날라리였어. 내 진짜 이름 말했었나? 눈물의 꽃이라고 써서 루이카라고 해. 자식한테 기생 이름 같은 걸 붙여줘서 어쩌겠다는 거야. 진짜 열 받아. 형편없는 부모를 만나면 이렇게 뼈아픈 일들뿐이야."

"들었어."

마유는 쓴웃음을 지었다.

"그래서 우리 엄마도 미토네 엄마도 남자 보는 눈이 없으니까 변변찮은 남자만 데려오는 거야. 나는 엄마가 남자랑 싸워서 울고 소리칠 때마다 아아, 이 사람은 아직도 여자구나 라는 생각이 들어서 기분 나빴어."

그렇다. 마유는 엄마가 불륜을 저지른 것보다, 아빠가 질투에 미쳐 사람을 찌른 것보다, 부모님이 연애라는 행위를 아직 하고 있다는 사실에 충격을 받은 것이다. 그게 부끄러워서 자식에게 감추려고 하는 마음을 이해 못 하는 것도 아니었다. 하지만 자식 입장에서는 사실을 감추려고 하는 부모의 태도에도 상처를 받았다.

"마유의 기분은 알겠지만 엄마를 용서해주는 편이 좋을 거야."

"왜? 리오나도 용서하지 못한 주제에 왜 나한테는 그런 입 바른 소리를 하는 거야?"

리오나는 다 먹은 포테이토칩 봉지를 쓰레기봉투 대용인 비닐봉지에 밀어 넣고 마유를 향해 돌아보았다.

"내가 생각하기에 마유네 엄마랑 아빠는 진심이야. 우리 엄마 같은 사람이랑은 전혀 달라. 마유네 엄마는 그 남자를 정말로 좋아하니까 아빠랑 헤어지고 싶었던 거잖아. 그리고 아빠는 엄마가 헤어지자고 말한 게 정말로 충격이었던 거고. 다들 진심이잖아. 이건 누구도 어떻게 할 수 없어. 포기하고 받아들이는 수밖에."

"못 받아들이겠어."

"왜?"

"징그럽잖아. 생각해봐, 부모라고. 내 부모가 그런 생생한 치정 문제에 얽혀 있는 거란 말이야. 기분 나빠."

"어쩔 수 없어."

결말이 나지 않는 논쟁이 시작되어버렸다.

"리오나는 왜 그렇게 착한 아이인 척하는 건데?"

마유는 화가 나서 소리쳤다.

"착한 척하는 게 아니야. 어쩔 수 없잖아. 마유야말로 왜 인정하지 않는 거야? 마유는 여전히 어린애야. 진짜 질린다. 5살짜리 꼬맹이랑 다를 게 하나도 없어."

리오나의 말에 자신감을 잃은 마유는 입을 다물었다.

"너희 엄마는 네가 걱정돼서 계속 전화하고 있잖아. 이모도 그렇고. 이제 그만 받아줘. 엄마의 변명도 좀 들어주고."

"싫어." 마유는 딱 잘라 거절했다.

"왜 싫은데?" 리오나가 드물게 화난 말투로 말했다. "마유 넌 엄마가 걱정하고 있는 걸 알고 더 걱정시켜야지, 하고 있는 거야 지금. 자신이 심한 꼴을 당했으니까 부모도 조마조마한 기분을 느껴보라고 복수하고 있는 거잖아. 내 말이 틀려?"

"그래, 맞아. 그게 나빠?"

인정하고 나자 허무해져서 마유는 입을 다물었다.

"사실을 알았으니까 이제 됐잖아. 앞으로 평생 엄마 아빠를 원망해도 좋으니까 일단은 연락해. 연락해서 돈을 뜯어내는 거야."

"돈을 뜯어낸다고?"

의외의 말을 듣고 마유는 깜짝 놀라 되물었다. 리오나는 마유를 곁눈질로 보면서 페트병 콜라에 입을 댔다.

"그래. 엄마 아빠한테 최대한 많은 돈을 뜯어내서 혼자 살아. 그 돈으로 방도 빌리고 고등학교까지 마치는 거야. 그렇지 않으면 나처럼 만남 사이트 같은 거나 들여다보면서 일하는 수밖에 없어. 그런 일 하고 싶어?"

"하고 싶진 않지만 꼭 해야 한다면 할 거야."

마유가 부루퉁해져서 말하자 리오나가 코웃음을 쳤다.

"그럼 어디 한번 해봐. 자랑할 건 아니지만 난 윤간당할 뻔한 다음에 손님한테 오줌 세례까지 맞았어."

"거짓말!" 마유는 리오나의 가느다란 팔을 붙잡았다. "그런 거 싫어, 리오나. 너무 불쌍해."

리오나가 크게 한숨을 내쉬었다.

"너무 비참해서 미토한테도 말 못하겠더라. 자기 친구를 부른다는 손님한테서 무사히 도망치고 나니까 또 한 건 해볼까 싶었거든. 그래서 이번에는 30대 회사원이랑 신주쿠에서 만났어. 그 자식 겉모습은 젊고 멋있었는데 완전 쓰레기더라고. 처음에는 노래방에 가자고 했었는데 갑자기 호텔로 이야기가 바뀐 거야. 그래서 호텔에 갔는데 들어가자마자 결박하더니 욕실에 내동댕이치더라. 그런 다음 오줌 세례를 퍼부은 거지."

"다치거나 하진 않았어?"

"다치진 않았지만 몇 번이나 성폭행을 당했어. 아침이 돼서야 겨우 풀려난 거야. 오줌 범벅이었으니까 샤워만 하게 해달라고 사정사정해서 씻고 머리도 못 말리고 도망 나왔어. 그래서 요코스카로 돌아갔어. 새아빠와 다시는 얼굴을 마주치고 싶지 않은데 어지간히 약해져 있었나 봐."

리오나가 담담히 털어놓는 동안 마유는 라멘가게에서 당한 일을 떠올리며 우울한 기분으로 듣고 있었다.

"나 그동안 JK 일을 하면서도 위험한 건 잘 피해왔다고 생각했거든. 근데 교활한 어른들은 역시 한 수 위였어. 그래서 하는 말이야.

부모한테 어떻게든 돈을 뜯어내서 일단 머무를 곳을 만들어. 그렇지 않으면 더 지독한 일을 겪게 될 거야."

더 지독한 일이라니 그게 뭔데? 마유는 차마 물어볼 용기가 나지 않았다.

9

마유는 한참을 망설이다가 리오나가 욕실에 들어간 사이 엄마에게서 온 음성메시지를 들어보았다.

"마유, 아무래도 나랑은 이야기하고 싶지 않은 거구나. 그럼 멋대로 말할 테니까 나중에 들어. 아빠한테는 정말 몹쓸 짓을 했다고 생각해. 아빠는 사람을 해치는 죄를 지었어. 하지만 죄를 저지른 건 아빠뿐만이 아니야. 우리도 마찬가지지. 그건 뼈저리게 잘 알고 있어. 그렇지만 인생에는 어떻게 할 수 없는 일도 있다는 걸 알아줬으면 해. 지금은 이해하지 못해도 언젠가 알게 되는 날이 오면 그걸로 충분해. 이번 일은 네가 아직 어린애라고 생각했던 엄마 아빠의 큰 실수였어. 네가 반발할 수는 있었겠지. 그렇지만 솔직하게 말하는 게 나았을 거라고 반성하고 있어. 물론 이제 와서 늦었다고 할지도 모르겠지만 엄마 아빠는 너희를 지키려고 필사적이었어. 그것만은 알아주길 바라. 그런데 설마 작은아빠 집에서 그런 일을 겪었을 줄은 전혀 몰랐어. 언니가 아동상담소의 야마자키라는 사람한테 자세한 이야기를 들었는지 아까 전화로 이것저것 알려줬어. 마유, 정말 미안해. 너한테 힘든 일을 겪게 해버렸어. 하다못해 목소리만이라도 듣고 싶지만 넌 아직 용서해주지 않겠지."

엄마는 천천히 타이르듯이 말하고 있었다. 마유는 끝까지 듣지 않고 음성메시지를 삭제했지만 메시지는 두 건 더 녹음되어 있었다.

"마유, 끈질기게 전화해서 미안해. 무슨 일이 있어도 목소리가 꼭 듣고 싶었어. 너는 이제 와서 늦었다고 생각할지도 몰라. 그렇지만 이것만큼은 꼭 내 입으로 말해야겠다고 생각했어. 벌써 알고 있겠지만 다음 달에 아기가 태어나. 여자아이야. 네 여동생이 되는 거지. 이름도 정했어. 마미真実라고. 앞은 너랑 똑같은 한자를 쓰고 뒤만 달라. 마유는 자유, 마미는 진실이라는 뜻으로 한자를 정했어. 너를 내버려둔 주제에 무슨 소리냐고, 여동생 같은 거 인정하고 싶지 않다고 화낼지도 모르겠네. 설령 내가 아빠가 아닌 다른 사람과 살아도, 여동생이 태어나도 너는 분명 이해해줄 거라고 믿어. 네가 내 딸이라는 것에는 변함이 없어. 그 진실은 변하지 않는다는 의미에서 여동생에게 마미라고 이름을 붙인 거야."

마유는 조금 망설인 뒤 이 메시지도 삭제했다. 망설인 이유는 자신도 인정하기 어려운 감정 때문이었다. '마미'라는 이름이 자신의 이름보다 고급스럽고 훌륭한 의미가 담겨 있는 듯한 느낌이 들어서 질투가 난 것이다.

새로운 사실을 알게 되자 마유는 새삼 자신이 잃어버린 것의 크기를 깨닫게 되었다. 자기는 거리를 방황하고 아빠는 교도소에 들어갔는데 엄마 혼자만 새로운 생활에 들떠 있는 것 같았다. 마음속에서 분노와 반감이 뒤엉켜 점점 커져갔다.

다음 음성메시지는 "마유, 엄마야"라는 말과 깊은 한숨 소리뿐이었다. 괴로운 듯한 엄마의 탄식을 듣자 바로 삭제하기가 망설여졌다. 마유는 한동안 스마트폰을 귀에 바짝 댄 채 가만히 있었다.

자신은 마미라는 이름의 17살이나 어린 여동생을 사랑스럽게 여길 수 있을까? 남동생인 료스케는 아빠가 다른 여동생에 대해 어떻게 생각할까?

마유는 갑자기 남동생의 웃는 얼굴과 까부는 목소리가 떠올라 스마트폰에 저장된 사진을 쳐다보았다. 작은아빠네 집에 맡겨진 뒤로 이 가족사진을 몇 번이나 들여다보았는지 모른다. 화목한 가족이라고 믿고 있었는데 갑자기 이런 식으로 무너질 거라고는 생각지도 못했다. 부모님 탓으로 돌리고 비뚤어지는 것은 쉽다. 그러나 어둠 속에 내팽개쳐진 자신은 앞으로 혼자 힘으로 버티고 살아남아야 하는 것이다.

리오나와 미토와 함께라면 헤쳐 나갈 수 있을지도 몰랐다. 하지만 누구도 채워줄 수 없는 외로움만은 어쩔 수 없었다. 이런 것을 벌써부터 알고 싶지는 않았다.

"마유, 마유, 여기 욕조 엄청 커. 러브호텔은 다 그런가 봐."

리오나가 샴푸 냄새를 풍기며 욕실에서 나왔다. 눈물을 보이고 싶지 않아서 마유는 돌아보지 않고 침대에 누워서 뒹굴며 답했다.

"둘이서 들어가야 하니까 그런 거 아닐까?"

리오나가 마시다 만 콜라를 냉장고에서 꺼냈다.

"너무 커서 안정감이 없어. 나 할머니랑 살았을 때는 집에 욕조가 없어서 이틀에 한 번 대중목욕탕에 가는 게 큰 즐거움이었어.

돌아오는 길에 선술집 들러서 할머니는 맥주나 소주를 마시고 나는 콜라를 마셨거든. 할머니가 신문이나 주간지를 읽는 동안 나는 그 가게에 있는 만화책을 읽었어. 다 닳아서 페이지가 너덜너덜해진 만화책이 잔뜩 놓여 있었지. 엄청 오래된 만화였어. 데즈카 오사무의 《불새》라든가, 마쓰모토 레이지의 《하이카라 씨가 간다》라든가, 마유 그런 만화 알아?"

"다 처음 들어봐."

"그럴 줄 알았어. 그런 고전적인 만화책을 읽은 건 나밖에 없더라고. 그렇지만 즐거웠어. 계속 읽고 싶었는데 할머니는 빨리 마시고 가려고 해서 급하게 읽었지."

"리오나도 귀여운 구석이 있네."

마유가 놀리자 리오나가 웃었다.

"나 할머니를 가장 좋아했거든. 만날 수만 있다면 꼭 다시 한 번 만나고 싶어."

분하게도 마유는 지금 이 순간 엄마가 가장 보고 싶었다. 가장 보고 싶으면서 가장 보고 싶지 않은 사람. 가장 좋아하면서 가장 미워하는 사람. 마유는 아무 말도 하지 못하고 가만히 있었다.

부모님의 행동을 받아들일 수는 있어도 용서할 수는 없었다. 그래도 다음번에 전화가 걸려오면 받아서 이야기해볼까? 그리고 혼자서 살기 위한 돈을 달라고 부탁해보는 것이다. 그런 식으로 생각했더니 또 다른 문이 열리는 희미한 소리가 들린 것 같은 기분이 들었다.

"무슨 생각해?"

리오나가 묻자 마유는 솔직하게 말하기 싫어서 침대 위를 뒹굴었다.

"딱히 아무 생각도 안 했어."

"엄마 생각했지?"

"아니야." 시치미를 떼고 얼버무렸다. "슈토에 대해 생각했어. 그 자식 어떻게 된 걸까 싶어서. 지금 미토랑 같은 병원에 있지?"

하지만 드라이어를 쓰고 있는 리오나에게는 들리지 않은 것 같았다. 마유는 다시 한 번 말했다.

"리오나, 가쓰라 씨가 슈토에 대해 물어봤어."

"가쓰라 씨라면 그 여자 형사지? 뭐라고 했는데?"

리오나가 걱정스러운 듯 손을 멈췄다.

"슈토네 부모님이 경찰에 신고했대. 여자애들이 멋대로 집을 점령하고 슈토를 감금한 다음 통장에서 돈까지 훔쳤다고. 가쓰라 씨가 아파트 방범카메라 영상을 봤는데 리오나랑 조금 닮은 것 같은 느낌이 든다고 했어."

"그거 완전 위험하잖아. 어떡하지? 그래서 경찰서에 가는 거 망설인 건데."

리오나의 반쯤 젖은 갈색 머리가 이마에 사르르 내려앉았다.

"근데 슈토가 자기 친구들이라고 주장했다나 봐. 돈도 자기가 빌려준 거라고 말한 것 같아. 그래서 부모도 신고를 취소했대."

리오나가 가슴을 쓸어내리는 몸짓을 했다.

"휴우, 살았다. 정말 다행이야."

"리오나, 아까 슈토의 병실에 갔었지?"

마유가 묻자 리오나가 고개를 끄덕였다.

"맞아. 그 자식 건방지게 1인실을 쓰고 있더라. 면회 시간이 끝나기 직전에 갔더니 마침 슈토네 엄마도 돌아가려는 참이었어. 그래서 복도 끝에서 기다리다가 병실 앞까지 갔는데 차마 들어갈 용기가 나지 않았어. 내일 눈 딱 감고 사과하고 올까 싶어."

"그럼 나도 갈래. 배트로 때린 거 사과할 거야."

"그러자."

리오나가 다시 머리를 말리기 시작하자 마유는 침대에 누워서 하품을 했다.

"슈토네 집에서 지냈던 것처럼 다시 셋이서 같이 살고 싶어. 음식도 하고 싶고."

"근데 그렇게 돼도 미토는 오지 않을 거야."

"왜?"

미토는 기대려는 성향이 강하다고 느꼈기 때문에 리오나의 말은 의외였다.

"병원에서 친해진 여장남자가 있는데 그 사람 집으로 갈 생각인가 봐. 말 안 했나?"

"처음 들어. 전혀 몰랐어."

"흡연구역에서 자주 만나는 사람이라고 했어."

그러고 보니 바깥 흡연구역에서 어떤 노인과 이야기하고 있었던 것이 떠올랐다.

"그 사람이라면 봤어. 같이 담배를 피우고 있다가 미토가 그럼 갈게, 라고 반말을 했어. 여장남자라고 해도 벌써 70은 다 되어 보이던데."

"그 사람이야. 분명." 리오나가 다시 드라이어를 멈추고 이야기했다. "엄청 마음이 잘 맞는대. 부인은 죽고 혼자 살고 있는데 돈도 많다는 것 같아. 미토가 담배를 피우려고 라이터를 찾고 있었는데 옆에서 쓱 불을 붙여주더래. 미토는 입이 싸니까, 왜 입원했냐고 물어보길래 다 말했나 봐. 남자 친구 집에서 쫓겨났는데 남자 친구 애를 임신한 걸 알게 됐다, 돈도 없는데 유산이 돼버려서 큰일이었다, 뭐 이렇게 다 털어놨대. 그랬더니 엄청 동정하면서 갈 곳이 없으면 꼭 자기 집으로 오라고 했나 봐. 그 사람은 당뇨병으로 입원한 거라 곧 퇴원할 거라고, 마침 잘됐으니까 오라고 했대."

"그런 모르는 사람의 집에 가도 괜찮을까? 무슨 일이라도 당하면 어떡해."

리오나가 어깨를 움츠리며 웃었다.

"몰라. 알아서 하겠지. 상대가 그렇게 젊은 나이도 아니고 심한 짓은 못 할 거라고 그러더라. 걘 요령이 좋으니까 마침 잘됐다고 별 생각 없이 따라갈걸?"

"그대로 결혼이라도 하는 건 아닐까? 왜, 그런 연예인도 있었잖아."

"의외로 그럴지도 몰라. 갑자기 부잣집 사모님이 되는 거지. 그러면 미토네 엄마도 어디서 소식을 듣고 갑자기 나타날지도 모르고."

리오나가 우습다는 듯이 말했다. 미토라면 어떤 사태가 발생해도 자신을 두고 도망친 엄마를 용서할 것이다. 엄마가 한 것처럼 아이가 방해가 되면 자신도 똑같은 행동을 할 거라며 미토는 엄마를 이해하고 있었다. 누구보다도 현명하게 살아가는 지혜가 있는 걸지도 몰랐다. 리인카네이션이라고 말하던 미토가 떠올랐다. 나도 엄마처럼 누군가를 좋아하게 되면 그것도 다 빙글빙글 도는 인과인 걸까?

"마유, 또 생각에 잠겼어."

리오나가 다시 어깨를 쿡 찔렀다.

"나도 불같은 연애를 하게 되면 엄마를 용서할 수 있을까 싶어서. 해본 적이 없으니까 잘 모르겠지만. 혹은 반대로 누군가에게 좋아하는 사람을 빼앗기면 아빠의 심정을 이해할 수 있을까 하는 생각을 했어. 지금은 전혀 와 닿지 않지만."

더듬거리는 마유의 설명을 리오나는 참을성 있게 듣고 있었다.

"그럴지도 몰라. 그래서 네 경우는 우리 집이랑 전혀 다르다는 거야. 나는 우리 엄마랑 아빠를 평생 이해하고 싶지도 않고 용서하지도 않을 거야. 형편없는 사람들이니까. 엄마는 머리 나쁜 날라리에 아빠는 멍청한 양아치야. 난 그 사람들처럼 되기 싫으니까 절대 리인카네이션이라고 생각 안 해. 마유가 말한 것처럼 경험하면 알게 되는 것도 아니야. 엄마를 싫어하는 건 같지만 각자 다 다른 거야."

"리오나는 정말 머리가 좋구나."

마유는 팔베개를 하고 누워 리오나의 콧날이 오뚝한 옆모습을 바라보며 말했다. 리오나가 훗 하고 웃었다.

"이런 걸로 머리 좋다고 칭찬받고 싶지 않아. 그건 그렇고 내 경우가 가장 비참하네."

마유는 그렇다고 말할 수도 없어서 잠자코 있었다. 그러자 리오나가 스스로 말했다.

"이런 걸 비교해봤자 아무 소용도 없지만."

"저기, 리오나. 외롭거나 하진 않아?"

리오나는 가느다란 목을 기울인 채 곧바로 답하지 않았다.

"외롭다는 거랑은 조금 다를지도 몰라. 나는 포기했으니까."

"그래? 나는 너무 외로워. 어디에도 내 편은 없는 기분이야. 아무도 의지할 사람이 없어서 살아가는 게 두려워. 물론 리오나와 미토가 있으니까 내 편은 있는 거지만, 가족 중에 내 편은 한 명도 없는 느낌이야. 거기에 아직 익숙해지지 않아서……"

"그런 건 평생 익숙해지지 않아. 마유는 그동안 행복하게 살았잖아. 나야 원래부터 외로웠으니까 이젠 아무렇지도 않아."

스마트폰은 더 이상 울리지 않았다. 리오나는 침대에서 내려가 이를 닦으러 갔다. 마유는 옆으로 누운 채 눈을 감았다.

10

꿈을 꿨다.

마유는 중학교 1학년 때 교실의 창가에 서서 펜스로 둘러싸인 농구 코트를 바라보고 있었다. 코트는 사용하지 않은 지 오래되어 잡초가 무성하게 자라 있었다. 가끔 개를 데리고 산책 나오는 사람들이 울타리 안에 개를 풀어놓아서 코트에는 개똥이 엄청나게 많다는 얘기를 들은 적이 있었다.

"마미."

여자애들 몇 명이 한목소리로 이름을 불렀다. 마유는 돌아보며 반 친구들에게 웃어 보였다. 꿈속에서 마유는 마미라는 이름이 되어 있었다.

"마미, 저 애가 그러는데 자기가 진짜 마미래."

누군가 알려주자 마유는 깜짝 놀라 복도 쪽을 돌아보았다. 교복을 입은 여중생이 교실에 들어오려는 찰나였다. 쇼트커트에 생글

거리며 웃고 있지만 한 번도 본적 없는 얼굴이었다.

내가 진짜 마미니까 저 애한테 따지러 가야 하지 않을까? 그렇게 생각하며 안달복달하고 있는 사이 눈이 떠졌다.

순간 마유는 자신이 어디에 있는 건지 몰라서 낯선 방을 두리번거렸다. 핑크색 벽지에는 파스텔컬러의 풍선이 그려져 있었고 침대도 핑크색이었다. 멍하니 있자 리오나의 목소리가 날아들었다.

"마유, 빨리 일어나. 이제 체크아웃 시간이야."

맞다. 리오나랑 러브호텔에 왔었지. 마유는 그제야 기억을 떠올렸다.

"이상한 꿈을 꿨어."

마유는 일어나서 리오나의 얼굴을 보았다. 리오나는 엄마가 사 줬다는 검정 원피스를 머리부터 뒤집어쓰며 입고 있는 중이었다. 리오나의 희고 가는 다리가 왠지 안쓰러웠다.

"무슨 꿈을 꿨는데?"

원피스에서 머리를 내민 리오나가 마유를 쳐다보았다.

"말하고 싶지 않아."

설마 마미라는 이름을 받게 될 '여동생'이 되는 꿈을 꿀 줄은 생각지도 못했다. 더군다나 중학교 1학년 때 교실이 꿈에 나온 것도 이상했다. 그 잡초로 엉망이던 농구 코트가 마음속에 남아 있었던 것은 그 풍경이 쓸쓸해 보인다고 늘 생각했기 때문일까?

"왜 말하기 싫은데?"

리오나는 기껏해야 꿈이잖아, 라고 말하고 싶은 듯한 얼굴로 마유를 이상하게 쳐다보았다.

"그야 창피한 꿈이니까."

리오나가 웃었다.

"그럼 꿈이어서 다행이잖아. 현실이었다면 완전 싫었을 텐데"

그 말이 맞다고 생각하면서 마유는 침대에서 내려왔다. 언제 또 샤워를 할 수 있을지 모르기 때문에 체크아웃 시간이 다 되었지만 서둘러 샤워를 해야겠다는 생각이 들었다.

욕실에서 나와 비치된 얇은 목욕 타월로 머리를 닦고 있자 리오나가 진지한 얼굴로 말했다.

"마유, 같이 잘 수 있어서 즐거웠어."

"응, 나도. 계속 같이 있고 싶어."

"그래." 리오나가 끄덕였지만 그 태도가 애매한 느낌이 들어서 마유는 불안해졌다. 외톨이가 된 마유는 리오나와 미토, 두 사람과 영원히 같이 있고 싶었다.

"리오나, 다 같이 지낼 방을 찾아보자."

"그것보다 마유." 리오나가 강한 어조로 말했다. "나 생각해봤는데. 그 라멘가게에 벽보를 붙이는 건 어때? 9시 반이니까 아직 영업 안 하지? 네가 당한 일을 종이에 써서 셔터에 붙이고 오자."

"그래 봤자 금방 뜯어버릴 텐데."

그 가게에는 다시는 가고 싶지 않았다. 마유의 말에 리오나는 고개를 저었다.

"괜찮아. 붙인 다음에 사진 찍어서 트위터에 올릴 거니까. 지나다니는 사람들도 사진을 찍을 테니까 SNS에 금방 퍼질 거야."

"그럼 매일 붙일까? 뜯어도 뜯어도 계속 붙어 있으면 분명 사람들도 사실이라고 생각할 거야."

"맞아. 그러는 사이에 영업도 못 하게 될 거야."

"꼴좋다."

치프인 기요타케는 조만간 경찰에 잡힌다고 해도 사장인 기무라가 아무런 처벌도 받지 않는 것은 분해서 견딜 수가 없었다. 왜 이런 단순한 방법이 이제야 생각난 걸까? 인터넷에 소문을 퍼트리는 것보다 훨씬 쉽고 강력할 것이다.

"거긴 몇 시에 문 열어?"

"11시 반에. 서둘러야겠네."

마유는 머리도 말리지 않고 서둘러 티셔츠와 청바지를 입었다. 리오나는 벌써 가방을 챙겨서 기다리고 있었다.

"편의점에서 종이랑 매직을 산 다음 어디 들어가서 쓰자."

마유는 고개를 저었다.

"편의점에선 도화지 안 팔아. 초등학생 때 사러 간 적이 있었는데 안 팔았어."

학교에서 방재훈련 포스터를 그려오라고 했을 때였다. 학교에서 나눠준 도화지가 다 구겨져버린 탓에 엄마랑 같이 새 도화지를 사러 갔었다. 불현듯 그때 엄마 목소리와 손의 감촉이 되살아났다. 마유는 갑자기 밀려든 그리움에 당황했다. 동시에 아빠의 웃는 얼굴이 떠올라 눈물이 날 것 같았다. 그 기억들은 두 번 다시 돌아오지 않을, 이제는 잃어버린 소중한 시간이었다.

리오나는 마유의 상태를 눈치채지 못한 듯 태평하게 말했다.

"그렇구나. 근데 이 주변에 문방구 같은 게 있을까?"

"문방구보다 100엔 숍을 찾아봐. 100엔 숍이라면 문구류도 팔거야."

리오나가 재빨리 스마트폰으로 장소를 찾았다.

"센타가이에 있는 것 같아."

두 사람은 체크아웃을 한 뒤 스마트폰 지도에 의지해 100엔 숍으로 향했다. 아직 오픈 전이라 100엔 숍이 문을 열 때까지 가까운 편의점에서 주먹밥을 사 먹으면서 기다렸다. 도화지와 빨간색 매직, 검은색 매직, 박스 테이프를 구입한 마유는 가게 내부에 테이블이 있는 편의점으로 들어가 도화지에 매직으로 크게 쓰기 시작했다.

고발
'겐베'는 성폭행 라멘가게입니다.
저는 이 가게 2층에서 성폭행을 당했습니다.

"좋아, 잘한다!"

리오나가 신나서 목소리를 높이며 박수쳤다. 그 목소리에 도화지를 들여다본 옆자리 남자 손님이 놀란 얼굴로 마유를 쳐다보았다.

"도화지는 많이 있으니까 매일 밤 붙여주겠어."

휴대전화로 시간을 확인하니 벌써 10시 20분을 지나고 있었다. 기무라는 11시 전에 가게에 나오니까 이 고발문이 사람들 눈에 띄는 것은 기껏해야 30분 정도라는 얘기였다.

"빨리 가자."

편의점을 나와 라멘가게로 달려갔다. 벌써 기온이 올랐는지 샤워를 하고 나왔는데도 벌써 온몸이 땀으로 엉망이 되었다. 그래도 마유는 자신이 직접 복수를 할 수 있다는 것에 마음이 설렜다. 치프 기요타케만 체포되고 끝나는 걸로는 용서할 수 없었다.

빨간 페인트로 낙서가 되어 있는 겐베의 회색 셔터는 아직 내려져 있었다. 가게 안에서 배어나온 기름으로 도로 위가 검게 얼룩져 있는 것이 보이자 마유는 구역질이 났다.

이 일대는 지나다니는 사람이 많지는 않지만 점심시간이 되면 근처 직장인들이 식당을 찾아 많이 오가곤 했다. 그 전에 떼어져버리는 것이 유감이었다.

"이런 벽보를 눈여겨보는 사람이 있을까?"

마유는 갑자기 자신이 없어졌다. 그러자 박스 테이프를 든 리오나가 재촉했다.

"마유, 종이를 한가운데에 대봐."

마유가 셔터 중앙에 양손으로 도화지를 고정하자 리오나가 재빨리 박스 테이프로 사방을 빈틈없이 고정해 붙였다. 회색 셔터에 붙여진 흰 도화지는 빨간색으로 쓴 '고발'과 '겐베', '성폭행'이라는 글자가 두드러져 사람들의 이목을 끌었다.

그 즉시 지나가던 직장인인 듯한 젊은 남자가 깜짝 놀라며 멈춰서서 가게를 올려다보았다. 길 건너편 우동가게에서도 흰색 모자에 앞치마를 두른 젊은 여자 아르바이트생이 나와서 호기심이 가득한 시선을 보내고 있었다.

리오나가 '겐베'라는 간판이 들어오도록 사진을 찍었다. 마유도 똑같이 사진을 찍은 뒤 리오나 쪽으로 스마트폰 카메라를 돌렸다. 리오나가 턱을 당겨 노려보며 포즈를 취했다.

"마유 찍어줄 테니까 그 옆에 서 봐."

"기념사진이야? 이건 트위터에 올리지 마."

마유는 쓴웃음을 짓고 리오나에게 사진을 부탁했다. 그 자리에서 사진을 주고받고 있자 지나가던 학생인 듯한 남자가 스마트폰으로 고발문 사진을 찍었다.

"이거 사실이니까 퍼뜨려 주세요."

마유가 부탁하자 남자가 고개를 끄덕였다. 몇 사람이 더 사진을 찍자 마유는 모두에게 말을 걸어 SNS에 올려 달라고 부탁했다.

"저기, 이거 진짜예요?"

밖으로 나와 상황을 지켜보고 있던 우동가게의 젊은 아르바이트생이었다. 흰색 모자 사이로 갈색 머리카락이 비어져 나와 있었다.

"진짜예요. 이 가게 조심하는 게 좋아요."

"누가 그런 거예요? 맨날 으스대는 그 뚱뚱한 남자?"

기무라였다.

"아뇨, 전에 있던 치프라는 남자예요. 늘 주방에서 라멘만 만들고 있던 사람."

"본 적 있어요. 좀 마른 사람이죠?"

둘이서 이야기하고 있자 스마트폰을 만지작거리던 리오나가 끼어들었다.

"혹시 트위터나 인스타그램 하고 있으면 이거 사진 찍어서 퍼뜨려 줄래요?"

여자는 바지 뒷주머니에서 스마트폰을 꺼내 재빨리 촬영했다.

"경찰에는 신고했어요?"

여자가 스마트폰을 주머니에 넣으면서 물었다.

"네. 근데 사장도 공범인데 증거가 없어서 못 잡는대요."

"완전 쓰레기 같은 가게네."

여자가 내뱉듯이 말하자 마유는 통쾌했다.

"마유, 그 자식 왔어. 숨는 게 좋을 것 같아."

겨드랑이에 스포츠 신문을 낀 기무라가 셔터를 열려고 하다가 벽보를 알아채고 주위를 두리번거렸다. 마유와 리오나는 우동가게 옆 골목에 몸을 숨겼다. 기무라는 고발문을 박스 테이프 째 확 뜯고 나서 분노한 표정으로 뒤를 돌아보았다. 혀를 차는 소리가 들리는 것 같았다.

"꼴좋다." 리오나가 옆에서 중얼거렸다. "저딴 자식 확 죽어버렸으면 좋겠어."

기무라가 2층 휴게실로 가는 계단을 난폭하게 올라가자 마유와 리오나는 골목에서 뛰쳐나와 이노카시라선 개찰구 쪽으로 도망쳤다.

"내일도 붙이러 오자. 가게가 망할 때까지 계속 붙여버리는 거야."

마유가 말하자 리오나가 유쾌한 듯 웃었다.

"마유, 이제야 조금 기운 차린 것 같네."

이노카시라선 철교 밑을 지나 미토의 병원 방향으로 걷기 시작했을 때 마유의 전화벨이 울렸다. 엄마 번호였다. 마유의 심장박동이 갑자기 빨라졌다.

"왜 그래? 받아봐."

리오나가 마유의 어깨를 두드리며 재촉했다.

"엄마 전화야."

"그럴 거라고 생각했어. 그러니까 받아. 받아서 엄마랑 이야기해봐."

"싫어." 전화를 끊으려고 하자 리오나가 제지했다.

"마유는 엄마를 좋아하잖아. 고집부리지 말고 빨리 받아서 이야기해."

"그렇지만……" 마유는 머뭇거렸다. "난 리오나랑 미토랑 살 거니까 됐어. 엄마는 나를 버렸잖아."

"마유한테 이런 생활은 무리야."

"그렇지 않아. 날 버리지 마."

전화는 계속 울리고 있었다.

"버리는 거 아니야. 마유는 그쪽 문제를 먼저 해결하는 게 낫다는 거지."

"리오나는 어떻게 할 건데?"

"손님한테 메시지가 왔어. 일하고 올게."

마유는 허둥대며 리오나의 원피스를 붙잡았다.

"같이 미토의 병원에 가기로 했잖아. 슈토한테도 사과하러 가야지."

마유는 리오나를 쫓아가려고 했지만 리오나는 마유를 거부하듯이 몸을 비틀고 완고하게 등을 보이며 떠나버렸다.

11

엄마의 전화는 끊어지고 말았다. 마유는 멍하니 리오나의 등을
바라보았다. 리오나는 이노카시라선 철교 밑을 지나 비탈길을 총
총 걸음으로 올라가고 있었다.

마유는 뒤쫓아갈까 생각했지만 "마유는 그쪽 문제를 먼저 해결
하는 게 낫다는 거지"라던 리오나의 말이 가슴에 박혀서 몸이 움직
이지 않았다.

마유는 사실을 말해주지 않은 엄마에게 화가 났고 새 생명을 잉
태한 엄마와 그 새로운 가족을 질투해 상대 남자를 찔렀다는 아빠
에게 동정심을 느꼈다. 그래서 어떻게 해야 좋을지 몰라서 마구 비
뚤어져 있었을 뿐이었다.

리오나가 한 말이 틀린 것은 아니라는 생각이 들었다. 이 문제를
해결하게 되면 이런 형편없는 기분에서 해방될 수 있는 것일까?
마유는 쇼핑몰 안으로 들어가서 구석에서 통화 기록에 남은 엄마

번호로 전화를 걸었다.

"여보세요." 엄마는 기다렸다는 듯이 바로 받았다. "마유? 마유 맞지? 전화해줘서 고마워."

엄마의 목소리를 듣는 순간 마유는 분노가 되살아나 마음에도 없는 말이 툭 튀어 나왔다.

"그렇게 굽실거릴 필요까진 없잖아."

"뭐?" 엄마가 놀란 기색으로 목소리를 높였다.

"굽실거릴 필요 없다고 했어. 어차피 버린 자식인데."

엄마는 안타깝다는 듯이 말했다.

"너희를 버린 적은 단 한 번도 없어. 다만 엄마랑 아빠한테 이런 저런 일이 벌어져서 너무 대혼란이었으니까 잠깐만 기다려 달라고 할 생각이었어. 설마 일이 이렇게 될 줄은 몰랐어. 정말 잘못했다고 생각해."

대혼란이라는 말은 엄마가 여러 상황에서 자주 쓰는 말이었다.

'오늘은 손님이 많아서 다들 대혼란이었어.'

'다들 수다스러워서 각자 자기 말만 하는 탓에 대혼란이었어.'

엄마가 평소에 그 말을 쓰던 상황과 말투가 떠올라 마유는 그리움에 말문이 막혔다.

"너희한테는 정말 미안하게 생각하고 있어. 솔직하게 말했으면 좋았을 텐데. 엄마가 연애를 하다가 아이가 생겨버렸는데, 아빠가 화가 나서 그 사람을 찔러버렸다고, 자식한테 꼴사나워서 어떻게 말할 수 있었겠니."

실제 나이보다 10살은 더 젊어 보이는 엄마는 마유의 자랑이었다. 그러나 그런 엄마의 입에서 '연애'라든지 '그 사람'이라는 말이

나오자 생리적인 혐오가 치솟았다.

"그게 아니라 사실대로 말하면 우리가 멀어질 거라고 생각한 거지? 그게 무서워서 거짓말로 얼버무린 거야. 우리를 다른 데에 맡겨 놓고 시간을 벌려고 한 거잖아. 결국 당신들 사정밖에 생각하지 않은 거야. 그래도 료스케는 나아. 이모네 집이니까. 근데 나는 아빠랑 사이가 나쁜 작은아빠네 집이라고. 엄마도 늘 작은엄마 험담을 했었잖아. 그 사람은 가정교육을 못 받았네 어쨌네. 그래 놓고 나를 그런 곳으로 쫓아 보내다니 너무한 거 아냐?"

"미안해. 정말 잘못했어."

엄마가 풀이 죽어 사과했다.

"미안하다면 다야? 그것 때문에 나는 성폭행까지 당했어. 이제 다시는 원래의 나로 돌아갈 수 없다고. 근데 엄마는 애인이랑 잘 지내고 있지? 진짜 형편없어! 형편없는 부모야!"

말을 꺼낼 때부터 흘러넘친 눈물이 멈추지 않았다.

"맞아. 정말 형편없는 부모야. 마유한테는 정말 몹쓸 짓을 했다고 생각해. 용서해주지 않아도 돼."

엄마가 콧물을 훌쩍거리며 울었다.

"용서 안 할 거야. 평생."

"알아. 용서받지 못해도 어쩔 수 없어. 널 대하는 방식이 잘못됐다고 반성하고 있어."

"그래서 새로 태어나는 자식한테는 더 좋은 방식으로 대하겠네? 나한테 잘못된 방식을 시험해봤으니까."

"그런 생각한 적 없어." 엄마가 한숨 섞어 말했다. "어쨌든 마유, 이모 집으로 가서 거기에서 다시 학교에 다녀. 엄마가 돈 보낼 테니까 따로 나와서 살아도 되고."

엄마는 같이 살자는 말은 하지 않았다. 마유는 새삼 충격을 받고 잠시 침묵했다.

"도쿄에 있는 고등학교에 가고 싶다면 어떻게든 방법을 찾아볼 테니까. 어쨌든 고등학교만큼은 나와야 하지 않겠니. 요즘 세상에 고등학교도 나오지 않으면 곤란하잖아. 네가 공립으로 진학한 데다 도중에 그만뒀다는 말을 듣고 엄마 충격받았어. 작은아빠네 집은 전혀 교육에 신경 쓰지 않았어."

엄마의 말은 공허했다. 마유는 마음속에서 불타오르고 있던 무언가가 갑자기 사라져 싸늘하게 식어가는 것을 느꼈다.

"엄마."

"응?"

"그럼 말이야, 내 계좌에 2백만 엔만 입금해줘. 그 돈으로 도쿄에서 혼자 살 테니까. 걱정하지 않아도 돼."

엄마는 당황한 듯 마유의 말을 가로막았다.

"잠깐, 그게 무슨 말이야? 혼자 산다니? 넌 아직 고등학교 1학년이야. 학교에 가지 않으면 안 돼. 조금 전에도 말했지만 고등학교는 나와야 한다니까."

"그래. 그러니까 여기서 야간이라도 들어가서 아르바이트하면서 살 거야. 근데 집이 없으면 안 되니까 일단 2백만 엔만 줘. 그 돈으로 집 빌려서 방세 내고 살게."

이번에는 엄마가 침묵할 차례였다.

"그런 돈이 어디 있어……"

"그럼 어떡할 건데? 자식을 내버린 주제에. 자기 생각만 하니까

작은아빠한테도 10만 엔밖에 안 준 거 아냐? 다 들었어. 그걸로 고
등학교까지 가라고? 태평한 소리하고 자빠졌네. 바보 아냐?"

엄마에게 이런 식으로 말한 적은 한 번도 없었다. 갈 곳을 잃은
지난 반년의 경험이 이렇게 심한 소리까지 하게 만든 거라고 마유
는 생각했다.

"알았어." 엄마는 힘없는 목소리로 답했다. "그렇지만 엄마도 돈
이 없으니까 2백만 엔은 못 보내. 백만 엔이라면 어떻게든 될 거야.
내일 보낼게. 돈 확인하면 이모한테 연락해. 그리고 형사한테도."

"알았어. 그럼 부탁해."

"마유, 또 연락할게."

"그것보다 아빠가 어떻게 됐는지나 알려줘."

탄식이 들렸다. 조금 시간이 흐르고 엄마가 답했다.

"알았어. 대신 료스케한테는 말하지 마."

마유는 대답하지 않고 전화를 끊었다. 이야기하는 사이 눈물은
말라 있었다. 마유는 벽에 기대어 리오나에게 카카오톡을 보냈다.

엄마랑 이야기했어. 돈 준대. 그러니까 같이 살자. 마유

응.

리오나의 답장은 그게 다였다. 하지만 곧바로 답장이 온 걸 보면
리오나는 역시 자신을 걱정하고 있는 것이다. 마유는 그제야 겨우
살짝 미소를 지었다.

옮긴이 _ **유가영**

전남대학교 일어일문학과를 졸업하고 현재 전문번역가로 활동 중이다. 옮긴 책으로는
《셰익스피어 사랑학》《논어의 말》《행복은 내 곁에 있다》《9040 법칙: 인생의 90퍼센트
는 40대에 결정된다》《수첩 속 비밀》《원하는 것을 얻는 31가지 방법》《절대로 물들지
말아야 할 70가지 습관》《타바타 트레이닝 THE ORIGINAL》《일러스트로 읽는 괴짜 화
가들》《맛집천국 도쿄》《기억술사3: 진실된 고백》 등이 있다.

길 위의 X

1판 1쇄 | 2018년 11월 5일
1판 4쇄 | 2019년 1월 14일

지은이 | 기리노 나쓰오
옮긴이 | 유가영

펴낸이 | 임지현
펴낸곳 | (주)문학사상
주소 | 경기도 파주시 회동길 363-8, 201호(10881)
등록 | 1973년 3월 21일 제1-137호

전화 | 031)946-8503
팩스 | 031)955-9912
홈페이지 | www.munsa.co.kr
이메일 | munsa@munsa.co.kr

ISBN 978-89-7012-992-1 03830

이 도서의 국립중앙도서관 출판예정도서목록(CIP)은 서지정보유통지원시스템 홈페
이지(http://seoji.nl.go.kr)와 국가자료공동목록목록시스템(http://www.nl.go.kr/
kolisnet)에서 이용하실 수 있습니다. (CIP제어번호 : CIP2018031405)